BIBLIOGRAPHIE

Maintenant et à jamais

Contre vents et marées

La valse des souvenirs (Allie et Adam – Partie 1)

À fleur de cœur (Allie et Adam – Partie 2)

Allie et Adam (Intégrale)

Un souffle de vie

Étincelles de bonheur

Le poids du silence

Landrat Sécurité, tome 1 : **Nathaniel**

Landrat Sécurité, tome 2 : **Benjamin**

Landrat Sécurité, tome 3 : **Jeremy**

Soldats d'Elite, tome 1 : **Ghost**

Soldats d'Elite, tome 2 : **Ace**

Soldats d'Elite, tome 3 : **Hunter**

Soldats d'Elite, tome 4 : **Blue**

Soldats d'Elite, tome 5 : **Blade**

SNIPER

SOLDATS D'ELITE

TOME 6

AUDREY MARTINEZ

ROMAN

Couverture : Audrey Martinez via Canva.
Illustrations : Canva et Adobe Stock Photos (@georgerudy)

www.audreymartinez.fr

ISBN : 978-2-491392-77-2

« La plus grande preuve d'amour, c'est la confiance. »

Joyce Brothers

- PROLOGUE -

SNIPER

— Montre-moi ma filleule, s'extasie Chelsea.

— Qui a dit que tu serais la marraine ? s'amuse Mia.

— Tu plaisantes, j'espère ? Comme si tu avais le choix.

Elle s'approche du lit et sourit en apercevant le joli visage de Hope.

— La plupart des bébés sont moches, mais alors, toi, tu es magnifique, ma princesse.

— Chels !

— Quoi, c'est vrai, les bébés sont moches, c'est comme ça. Mais celle-ci a tout pris de toi, heureusement.

— On va changer de marraine, grogne Ghost.

Mia éclate de rire, alors que sa meilleure amie récupère le précieux paquet. La voir tenir un bébé dans ses bras remue quelque chose en moi, mais je fais de mon mieux pour ne rien laisser paraitre. Appuyé contre le mur de la chambre, je me délecte du bonheur des miens. Ghost embrasse le front de sa femme avec tendresse. Je crois ne l'avoir jamais vu aussi heureux. Je ne sais pas si j'aurai des enfants, un jour, mais j'aimerais connaitre cette alchimie, ce bonheur de partager la vie de quelqu'un. Ma mère m'a élevé seule, je n'ai jamais connu mon père, et je me suis toujours promis que le jour où j'aurai un enfant, je serai présent pour lui.

— Comment va Lexie ? demande la jeune maman.

— Fatiguée, mais ça va, répond Ace.

— Ça dû être terrible, murmure Megan en se blottissant dans les bras de Hunter.

— L'important, c'est qu'elle soit rentrée près des siens, dis-je.

Chelsea lève le visage vers moi et nos regards se croisent. Je mentirais si je disais que je ne suis pas intéressé. Je le suis depuis le début, mais c'est compliqué. C'est la meilleure amie de Mia, elle vit à Washington, et surtout, on ne veut pas la même chose.

— Tu dors à la maison ? demande la femme de Ghost.

— Non, ma puce, vous avez bien mieux à faire que m'héberger. Je vais me trouver un hôtel.

— Hors de question, tu...

— Viens à l'appart, interviens-je un peu trop rapidement.

— Quoi ?

— Ça ne te dérange pas ? se réjouit Mia.

— Depuis que Blue a déménagé, sa chambre est vide.

Ghost fronce les sourcils. Il semble lire en moi un peu trop facilement.

— Ça te va, Chels ?

Elle hésite, mais elle ne veut pas avoir à s'expliquer avec Mia, alors elle hoche la tête en me jetant un regard noir.

Je souris, plutôt fier de moi. Ça fait trop longtemps qu'elle m'évite, et on a besoin de parler. Au moins, à l'appart, elle ne pourra pas fuir la conversation.

Chelsea rend le bébé à Mia et se rapproche de moi. Son parfum m'enivre immédiatement, un mélange sensuel qui réveille tous mes sens.

— A quoi tu joues ? murmure-t-elle.

— J'héberge l'amie d'une amie.

Elle grimace et regarde autour de nous pour s'assurer que personne ne nous entend, mais ils sont tous occupés à discuter du bébé.

— Ne complique pas les choses.

— Tu y arrives très bien toute seule.

Elle lève son visage vers moi et une multitude d'émotions traversent son regard. Regret. Désir. Peur. Colère.

Elle mordille sa lèvre inférieure et ses yeux dérivent vers ma bouche. On ne peut pas lutter contre cette alchimie, cette attirance entre nous. C'est palpable, indéfinissable. Je n'aurais jamais dû m'engager sur cette voie, mais une fois que j'ai mis un pied dans l'engrenage, impossible de faire marche arrière.

Parce qu'on ne lutte pas face à l'évidence.

On ne tourne pas le dos à son coeur.

On fonce, on prend des risques.

On se bat pour ce qui nous fait vibrer.

Et ce qui me fait vibrer, ce qui fait battre mon cœur, mon évidence.

C'est elle.

- 1 -

CHELSEA

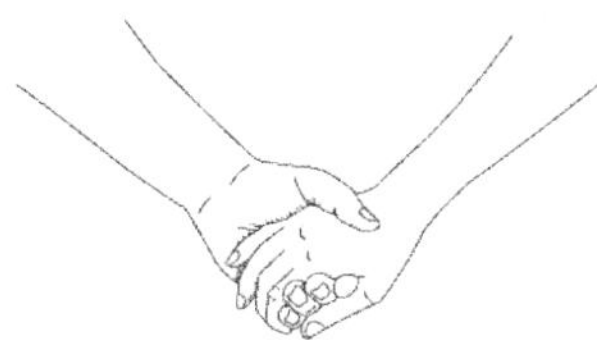

Je dérape dans le couloir et me rattrape juste à temps à l'encadrement de la porte, une pince coincée entre mes dents. Je pousse le battant avec mon épaule et cours jusqu'à mon casier, tout en attachant mes cheveux trempés.

— T'es en retard... constate Jonah.

— Tu es perspicace, ce matin, ironisé-je en ouvrant violemment la petite porte métallique pour chercher des affaires sèches.

Mon collègue ricane alors que je retire mes ballerines, mon jean et mon pull. Quelle idée de mettre des ballerines un jour de pluie. Mais pour ma défense, je me suis levée en retard, donc j'ai attrapé ce qui me tombait sous la main. Heureusement, en plus de ma tenue d'infirmière, j'ai également des vêtements de rechange dans mon casier. Entre le sang, le vomi et les divers fluides qui nous attaquent en permanence, ce n'est pas la première fois que je dois me changer intégralement.

— Mauvaise nuit ?

Je hausse les épaules sans répondre, puis je récupère ma blouse verte pour l'enfiler sur mon haut manches longues. En fait, je n'ai trouvé le sommeil qu'à deux heures du matin, ce qui ne m'a pas laissé beaucoup d'heures de repos. Après dix jours passés à Coronado, je n'avais clairement pas envie de rentrer à Washington. J'ai profité de Mia, de ma magnifique filleule et... de Sniper.

Je grimace pour empêcher mes pensées de s'égarer dans cette direction et enfile mon pantalon, puis je jette un coup d'œil à mes chaussettes humides. Je n'en ai pas de rechange.

— Jolies, s'amuse mon collègue en croisant les bras sur son torse.

Je grogne parce qu'il me taquine toujours sur mes chaussettes. J'aime qu'elles soient colorées. Et souvent, j'avoue qu'elles sont dépareillées, comme ce matin où je porte une chaussette rose avec des citrons jaunes, et une chaussette orange avec des fleurs blanches.

— On se voit plus tard, dis-je en claquant la porte de mon casier.

Jonah ne se vexe pas de mon attitude. On travaille ensemble depuis trois ans, alors il a l'habitude de gérer mes humeurs changeantes. Il faut dire que je n'ai pas eu le temps de boire mon café, ce qui annonce une mauvaise journée, mais je n'ai pas d'autre choix que de foncer dans la mêlée en espérant m'en sortir sans trop de dégâts.

Je trottine jusqu'au bureau des infirmières et me glisse devant le tableau des gardes pour jeter un œil au nouveau planning. Ma mâchoire se décroche quand je me rends compte qu'on m'a collée de nuit pour le mois à venir.

— C'est une blague, râlé-je en m'approchant pour vérifier les autres gardes.

Mes collègues alternent entre jour et nuit, et pour certains, il n'y a que des gardes de jour. Le traitement de faveur est donc pour ma pomme, et je n'ai pas besoin de chercher bien loin pour comprendre la raison de cette pseudo-punition.

Les gardes de nuit, on y passe tous, c'est normal. Je n'ai pas d'enfant, pas de famille, alors ça ne me dérange pas. Sauf que ne faire que ça, c'est un rythme différent. Une ambiance différente. La nuit, les patients sont souvent plus difficiles. Des bagarres, de l'alcool, de la drogue, rien de bien joli.

— Reed, tu nous fais l'honneur de ta présence, grogne Amanda, la chef des infirmières.

— Désolée, dis-je sans m'étendre.

Ça ne mènerait à rien, et elle déteste qu'on s'épanche sur notre vie perso, alors lui servir une excuse à deux balles ne ferait que la mettre en rogne. Sans compter qu'elle m'a dans son collimateur depuis que j'ai commis l'erreur de sortir avec Derek.

— Très présentable, ajoute-t-elle en avisant mes cheveux mouillés.

Cette fois, je ne réponds pas.

— La trois, la six et la sept t'attendent.

Elle sourit en coin et se détourne alors que je rattrape in extremis les dossiers qu'elle me lance sans délicatesse. Tout en marchant vers les urgences, je jette un coup d'œil aux documents et mords ma lèvre inférieure en constatant qu'on m'a refilé les cas dont sûrement personne ne veut. Les urgences, c'était une évidence. L'adrénaline, les décisions prises sur le vif, les journées qui ne se ressemblent pas, la multitude de cas différents, j'ai toujours adoré ça. Mais depuis quelques semaines, travailler est devenu une épreuve. Je me rends à l'hôpital, la boule au ventre. Inquiète de savoir ce qui va m'attendre pendant ma garde. Non pas à cause des patients, mais des collègues, ou plus précisément, de certains collègues. Mon havre de paix s'est transformé en zone de guerre froide. Des ricanements, des coups en douce, des rumeurs, des murmures sur mon passage. Heureusement, tous ne participent pas à ces commérages de cour de récré, mais ceux qui le font sont très doués pour miner mon moral, jour après jour.

Au début, j'ai gardé la tête haute, je me suis raccrochée à ce boulot que j'adore, mais au fil des semaines, j'ai eu de plus en plus de difficultés à tenir le cap, à sourire, à aimer ce que je faisais.

Ces dix jours à Coronado m'ont fait autant de bien que de mal. J'avais envie et besoin de voir Mia. Besoin de me ressourcer, de profiter de personnes qui m'apprécient. Je me suis gavée de leur énergie, et de leur amitié. Le problème, c'est le retour. Les quitter, revenir ici, reprendre ma vie. Seule. Depuis que Mia est partie, ce n'est plus la même chose. On s'appelle, je lui rends visite autant que possible. Elle vient aussi parfois, mais ça ne suffit pas. Elle a une nouvelle vie, une famille, elle est heureuse, tandis que moi, je m'enfonce un peu plus au fil des mois.

Au début, ce n'était pas si terrible, mais depuis que j'ai commis cette erreur de jugement, j'en paie le prix chaque jour. Je me suis voilé la face, j'ai voulu combattre la solitude et ces sentiments qui me compliquent la vie en sortant avec un médecin de l'hôpital. Une décision que je regrette amèrement. J'aurais mieux fait d'acheter un chat et de dénicher un coup d'un soir pour combler le vide, mais non, il a fallu que je cède aux avances de cet enfoiré de charmeur. Sauf que les apparences sont trompeuses, et sous la surface, la pomme est pourrie. Enfin, je ne suis sûre de rien, mais mon instinct hurle comme un loup affamé. J'ai trouvé nos rendez-vous malaisants. Il y avait un truc qui ne collait pas dans son comportement. J'ai préféré couper court à cette relation. Et il semblerait que l'égo de monsieur ait été blessé. En réalité, je ne comprends pas son acharnement. Ce n'est pas comme si les prétendantes manquaient. Il pourrait me remplacer en un claquement de doigts. Mais non, il s'entête à se venger.

— Monsieur Reacher, dis-je en approchant du lit numéro trois, je m'appelle Chelsea, je vais m'occuper de vous aujourd'hui.

— Je suis désolé, dit-il en montrant l'étendue des dégâts.

— Tout va bien, on va nettoyer tout ça.

Je dépose les dossiers sur le meuble près du lit et commence à retirer les draps recouverts de vomi tout en lui posant des questions sur son état. Je l'aide à enfiler une blouse propre puis je vérifie sa tension, tandis qu'une autre infirmière, cul et chemise avec notre boss, ricane à quelques mètres de moi. Sûrement ravie de me voir gérer ce genre de cas. Je l'ignore, comme je l'ai toujours fait. Répondre, réagir, ça ne fait qu'exacerber les attaques. Alors j'en fais abstraction du mieux possible, même si au fond, mon moral en prend un sacré coup.

Jonah nous rejoint et tire brutalement le rideau pour nous séparer de la vipère.

— Merci, dis-je alors qu'il couvre l'homme avec un drap propre.

— Pas de problème.

Il se place près de moi et jette un œil autour de nous avant de reprendre.

— J'ai vu que tu avais des gardes merdiques, tu veux qu'on en échange quelques-unes ?

— Je vais palper votre ventre pour m'assurer que tout va bien, dis-je au patient.

Il acquiesce alors que je décale le drap pour l'ausculter.

— Merci, mais ça va aller.

— Klein ! La neuf pour toi, annonce notre infirmière en chef.

Il me sourit et tourne les talons pour récupérer le dossier. Jonah est un collègue en or, et il nous est déjà arrivé d'échanger des heures quand nous avions besoin d'avoir des journées ou des soirées de libres. Mais dans le cas présent, je ne veux pas le mettre au milieu de tout ce merdier, et il est certain que si je lui refilais mes gardes, ça nous retomberait dessus. Je ne ferais qu'empirer la situation, donc je préfère serrer les dents et encaisser les coups bas jusqu'à ce que je trouve une meilleure solution.

Est-ce que j'ai envisagé de tout plaquer pour rejoindre Mia ? Des milliers de fois. Mais j'aime cet hôpital, j'aime Washington, je n'ai toujours connu que cette ville, alors la quitter, c'est bien plus qu'une petite décision.

Cette envie m'a tiraillée au départ de ma meilleure amie. J'y ai longuement réfléchi, sauf que je n'ai pas encore osé sauter le pas.

Quand je vois le résultat, j'aurais peut-être dû.

Je termine l'examen du patient et lui fais une prise de sang avant de le laisser pour passer au cas suivant. Alors que je complète le dossier, mon regard se perd une fraction de seconde sur le pansement qui entoure mon index et une bouffée de nostalgie m'envahit. Ce n'est qu'un détail, une anecdote sans intérêt. Et pourtant...

J'étais dans la cuisine, je venais de me servir un café, encore à moitié endormie, quand Sniper est apparu à côté de moi. J'ai sursauté, j'ai lâché la tasse et elle s'est brisée. Une petite coupure de rien du tout en voulant ramasser les débris, à cause d'un foutu ninja qui se déplace tellement silencieusement qu'on pourrait penser qu'il flotte. Je l'ai incendié, et pourtant, il est resté calme et attentionné. Il m'a soignée comme si ma blessure était importante, avec une lueur coupable dans le regard. Il faut dire que je déteste avoir peur. Non mais vraiment. Halloween et les films d'horreur, très peu pour moi. J'ai surréagi, mais il a été égal à lui-même.

Je détache mes yeux du pansement et tente de me replonger dans le dossier, mais difficile de faire abstraction des images qui envahissent mon esprit.

Ces dix jours à Coronado ont instillé, dans mon cœur, un sentiment que je ne devrais pas encourager. Une lueur d'espoir qu'il me faut étouffer pour continuer à avancer. Être auprès de Sniper, vivre dans son appartement, c'était... trop. Je n'aurais pas dû accepter, j'aurais dû me protéger, mais j'ai été faible. Face à sa gentillesse, à ce regard qu'il pose toujours sur moi, à son sourire si chaleureux, qui donne envie de se blottir dans ses bras pour ne plus jamais s'en éloigner. Le quitter, encore. Repartir. Ça me demande une énergie folle. Je ne peux pas me permettre de rêver à cette histoire sans issue. Je ne peux pas plonger dans cette impasse, parce que lui et moi, c'est impossible. Et pourtant, j'ai cédé à mes hormones, à mon corps, à mon cœur, avant de faire machine arrière et de fuir aussi vite que possible.

— Enfin !

Je sursaute quand la patiente de la six se redresse sur son lit, le regard noir.

— Madame...

Je jette un coup d'œil discret à son dossier.

— ...Caligari, comment vous sentez-vous ?

— Après toute cette attente, je suis prête à mourir dans la plus grande indifférence.

Je lui offre un sourire courtois, mais je décèle que ça va être une chieuse.

— Ça fait longtemps que vous avez cette douleur au bras ?

— Deux semaines, râle-t-elle.

— Bien, je vais vous examiner.

Je chasse toute pensée personnelle, et me reconcentre. Je ne suis plus Chelsea. Je suis l'infirmière Reed. Professionnelle. Passionnée. Patiente. Compétente. Ce n'est que dans ces moments-là que j'arrive à vider ma tête de tout ce qui m'embrouille l'esprit. Que je parviens à me plonger dans ma bulle. Pendant quelques heures, il n'y a plus rien d'autre que moi et mes patients. Le reste attendra.

- 2 -

SNIPER

— Putain, Sniper, t'as bouffé quoi ce matin ? grogne Hunter.

Je ricane et trottine sur place pour attendre que les gars me rejoignent. Pour l'entrainement du jour, histoire de se décrasser, on s'est fait un petit footing sur la plage. Quand on court, on le fait en équipe. On s'adapte à l'allure de nos coéquipiers. Et après tant d'années ensemble, ce n'est pas bien difficile d'aligner mes pas sur celui de mes frères, mais sur les derniers mètres, j'ai lâché la bride pour évacuer un trop-plein de sentiments et d'énergie.

— C'est la frustration sexuelle, s'amuse Blue.

Je lui donne une claque à l'arrière de la tête alors qu'il rit comme un gosse.

— Fais-le suer pour qu'il se taise, propose Hunter à Ace.

Nous enchainons sur des étirements dynamiques et quelques exercices de mobilité articulaire, jusqu'à ce que notre chef du jour annonce la suite du programme. Comme Ghost est en congé paternité, nous nous entrainons sans lui, et c'est Ace qui a repris le rôle de leader.

— Circuit de renforcement fonctionnel.

Sur le sable, les activités de renforcement sollicitent davantage nos muscles stabilisateurs, ce qui entretient notre force sans abimer nos articulations. C'est le type d'exercices qu'on apprécie, même si on essaie de varier les terrains et circuits. Malgré tout, la plage reste l'un de nos spots favoris.

— Pompes, deux séries de vingt. Squats sautés, trois de quinze. Trois fois dix burpees, une minute de planche, et on termine par un petit bain.

La température de l'eau doit avoisiner les quinze degrés, mais ça ne nous dérange pas. On est capables de se baigner en toutes circonstances. Quand on a survécu à la semaine de l'enfer, on peut tout affronter.

— Tu as des nouvelles de Ghost ? demande Blade.

— Je l'ai eu au téléphone hier, ça allait.

— Pour la privation de sommeil, il est paré, dit Blue en effectuant ses pompes.

Il est clair que notre entrainement l'aidera quand il aura de courtes nuits, mais j'imagine qu'un bébé n'implique pas la même charge mentale qu'une mission.

— Il devrait revenir dans une semaine.

— Même si je partirais bien en opération, continue Blue, j'espère qu'ils vont nous laisser dans le coin pour quelques semaines, histoire qu'il profite.

Nous acquiesçons. On a tendance à marcher à l'adrénaline des missions. Quand on reste trop longtemps au pays, ça nous démange d'aller sur le terrain. Sauf que notre chef d'équipe a une famille maintenant. Mia et Hope ont besoin de lui. On a déjà été envoyés sur une longue opération pendant sa grossesse, ça ne fait pas de mal de demeurer à Coronado.

Et puis, tous mes coéquipiers sont en couple à présent, alors ils ne sont plus aussi impatients de partir. J'espère que ce jour arrivera également pour moi.

L'entrainement terminé, nous regagnons nos voitures sur le parking pour récupérer serviettes et gourdes. Hunter s'appuie contre la carrosserie. Blue s'assied dans le coffre. Blade s'installe sur sa moto, alors qu'Ace et moi nous asseyons sur le muret qui borde la plage.

— Vous pensez qu'il va raccrocher ? lance Blue après quelques secondes de silence.

Je ne suis pas vraiment surpris par son interrogation. Je crois que la question nous a tous traversés, ces derniers temps.

Ace soupire et essuie ses cheveux humides avant de répondre.

— Ça m'étonnerait. On n'a pas abordé le sujet, mais tant que Mia le soutient, il ne devrait pas quitter le terrain.

— Il faudra bien qu'on raccroche un jour, souffle Hunter.

Cette phrase flotte dans l'air, nous laissant un gout amer en bouche. Raccrocher, c'est tirer un trait sur notre équilibre. Certains sont plus jeunes que d'autres, ce qui leur permettrait de rempiler, mais ça signifierait aussi changer d'équipe, et je crois qu'aucun de nous n'est préparé à ça.

— Je me suis posé la question quand Aly et les enfants sont entrés dans ma vie, avoue Ace en haussant les épaules. Mais je n'étais pas prêt.

— Est-ce qu'on le sera un jour ? dis-je avant de boire une gorgée d'eau.

— L'idéal serait de tous raccrocher en même temps, mais...

Quitter la Navy, ce serait quitter tout ce qu'on a toujours connu. La plupart d'entre nous essaieront sûrement de trouver un autre poste. Mais une chose est certaine, ce ne sera que la fin d'une carrière, et non la fin de notre amitié. C'est une famille que nous avons créée, pas seulement une équipe, et ça perdurera bien après notre retrait du terrain.

— Allez, arrêtez de chialer, vous me faites honte ! claque Ace en se redressant, le sourire aux lèvres.

J'éclate de rire alors que Blue lui balance de la flotte.

— Bande de petits cons, va, grogne notre chef par intérim.

— Je suis plus vieux que toi, répond Hunter.

— Et ça se voit, tu t'es traîné sur les derniers mètres.

— Dans tes rêves.

Je m'esclaffe et range mes affaires dans le coffre avant de rejoindre la portière conducteur.

— J'y vais. À demain.

Les gars me saluent alors que je grimpe derrière le volant, direction Calimesa.

Ma mère, Joyce, s'y est installée, il y a sept ans. Elle rêvait d'une petite ville agréable, et d'un quartier tranquille, mais surtout, elle rêvait de ne plus avoir d'épée de Damoclès au-dessus de la tête. Pouvoir envisager l'avenir sans la boule au ventre. Et c'est ce que je m'efforce de lui offrir depuis que je suis en âge de le faire. Notre route n'a pas été des plus simples. Je n'ai pas eu une enfance facile. Pas à cause de ma mère, elle s'est battue pour moi, pour que j'aie tout ce qu'il me fallait. Mais elle a dû faire des choix pour nous permettre de vivre. Des choix que j'aurais aimé lui épargner. À 14 ans, j'ai commencé les petits boulots pour l'aider. À 18 ans, je me suis engagé pour lui offrir la vie qu'elle méritait. Elle a déménagé dans un appartement plus sûr, et dès que j'ai pu, je lui ai acheté cette maison à Calimesa.

Ce n'est pas la porte à côté, environ deux heures de route, mais ça ne m'ennuie pas de faire le trajet dès que j'en ai la possibilité. J'y passe quelques heures, parfois quelques jours, ça me permet aussi de décompresser. Ma mère a toujours été ma confidente, mon amie, mon pilier, même dans les tempêtes que nous avons dû affronter. Je n'ai jamais connu de femme plus forte et plus résiliente qu'elle, et pourtant, les femmes de mes coéquipiers ont survécu à des épreuves qui auraient pu les anéantir, mais maman s'est battue pendant près de dix-huit ans pour moi, je n'aurai jamais assez d'une vie pour lui rendre la pareille.

Quand je me gare dans son allée, je remarque qu'elle a accroché quelques pots de fleurs et un carillon devant l'entrée. C'est une maison grise, avec une place de parking sur la droite et un porche bordé par une barrière blanche sur la gauche. Il n'y a qu'un petit jardin à l'arrière, mais ça lui suffit. Je ne l'ai jamais vue aussi heureuse que depuis son installation ici.

Je descends de mon Range Rover, récupère mon sac de rechanges, puis je grimpe les quelques marches avant de toquer à la porte et d'entrer.

— Ton fils préféré est à la maison, annoncé-je en pénétrant dans le salon.

— Tu as fait bonne route ? demande ma mère en me rejoignant.

— Tu veux que je change cette ampoule ? dis-je en remarquant que l'une des lampes du plafonnier ne fonctionne plus.

Elle soupire et retourne vers la cuisine.

— Tu viens d'arriver, Logan[1], respire deux secondes, tu veux.

— Désolé.

— Tu as faim ?

Elle soulève le couvercle d'une casserole qui mijote sur le feu et l'odeur me fait saliver.

— Quelle question.

La cuisine n'est pas toute jeune. Du bois, de l'électroménager blanc, mais ma mère s'y sent bien. Elle trouve que c'est chaleureux. Je crois qu'elle a toujours regretté de ne pas nous avoir offert un foyer quand j'étais enfant. Nous vivions dans un appartement miteux, et elle faisait de son mieux pour le rendre agréable, mais ça ne cachait pas la moisissure, les murs fissurés et les meubles d'occasion.

— Comment ça va, mon chéri ?

— Bien. C'est plutôt tranquille depuis que Ghost a eu son bébé.

Elle se retourne en souriant.

— Elle est tellement mignonne. Comment va Mia ? Pas trop fatiguée ?

— Ça va, maman. Ghost est aux petits soins. Et Chelsea est restée dix jours dans le coin.

Je ne sais pas pourquoi je parle de Chels, mais le radar de ma mère s'est immédiatement mis en alerte. Elle me dévisage avec bien trop d'attention, alors pour couper court aux questions qui vont surgir, je m'éloigne de quelques pas.

— Je peux prendre une douche ? Je suis venu directement après l'entrainement.

— On mange dans quinze minutes.

---

[1] Prénom choisi par les lectrices VIP abonnées à la newsletter.

Je fonce vers la salle de bain et me lave rapidement avant d'enfiler un jean et un tee-shirt.

Quand je reviens dans la pièce, la table est mise, et ma mère est en train de remplir nos assiettes.

— Ça sent super bon.

— Merci, c'est une nouvelle recette.

— Je te sers de cobaye ? répliqué-je en écarquillant exagérément les yeux.

— Tu es robuste, c'est pratique.

J'éclate de rire et lui sers à boire avant d'entamer mon repas.

— Ça se passe bien à la clinique ?

— Très bien, ça commence à se calmer maintenant que l'hiver est derrière nous.

Quand je me suis engagé, elle a pu prendre une nouvelle direction. Elle a suivi une formation en secrétariat médical. Elle aurait voulu devenir infirmière, mais elle n'avait pas envie de se lancer dans un si gros projet après des années de galère. Le secrétariat médical était un compromis acceptable. Finalement, elle aime ce milieu et le contact avec les gens. Elle ne travaille qu'à mi-temps, ce qui lui permet de s'adonner à son autre passion : fabriquer des bougies artisanales qu'elle vend sur les marchés du coin. Même si elle voulait s'essayer à la couture, la poterie ou la mécanique, je la soutiendrais, parce que tant qu'elle est épanouie, c'est tout ce qui compte.

— Alors, c'est bon ?

— Délicieux, confirmé-je en avalant une nouvelle bouchée.

Elle sourit, ravie, et mange à son tour.

— Avant de partir, je passerai un petit coup sur ta pelouse.

— Ce n'est pas urgent.

— Je ne sais pas quand je reviendrai, maman. Ils vont bien finir par nous renvoyer en mission, je préfère que ce soit fait.

Ma mère acquiesce. Elle sait bien que j'ai besoin d'avoir l'esprit tranquille quand je pars sur le terrain.

— Et sinon, tu fréquentes quelqu'un ? demande-t-elle innocemment.

— Et toi ?

— Non.

Même si ma réplique avait surtout pour but d'esquiver sa question, c'est quelque chose qui m'a souvent travaillé. J'aurais aimé qu'elle trouve un compagnon, un partenaire, pour ne pas vieillir seule, mais elle s'y refuse. S'il m'arrivait quelque chose, elle n'aurait plus personne. Bien sûr, mes coéquipiers veilleraient sur elle, mais ce n'est pas pareil. J'aurais été rassuré de la savoir en couple, mais je ne peux pas la forcer à envisager cette possibilité. Elle y est totalement réfractaire. Tout ce que je peux faire, c'est m'assurer qu'elle ait tout ce qu'il faut maintenant, et à l'avenir, même si je ne suis plus là.

— Alors ? insiste-t-elle en tapotant son verre.

— Personne.

— Et Chelsea ?

— Tu sais ce qu'il en est.

— Oui, ce que tu m'en as dit la dernière fois, mais elle est revenue, alors peut-être que...

Je soupire et m'adosse à la chaise.

— Elle a passé dix jours chez moi.

— Vraiment ?

Les yeux de ma mère pétillent, mais il n'y a pas de raisons de se réjouir vu la situation.

— Elle est repartie, maman.

— C'est normal. Crois-moi, elle a la tête sur les épaules si elle décide de ne pas tout plaquer pour un homme.

— Elle serait bien en Californie avec nous.

— Sûrement, mon chéri, mais tout quitter, c'est une grosse décision.

— Mia l'a fait.

— C'était différent, et tu le sais. Chelsea a sa vie, son boulot, ses repères, tu ne peux pas exiger d'elle qu'elle fasse quelque chose que tu ne pourrais pas faire.

Elle a raison, mais ça fait des mois que j'attends qu'elle nous donne une chance. Même si notre histoire devait démarrer à distance, je m'en accommoderais. Sauf que Chelsea ne fait que reculer, encore et encore. Quand elle est ici, j'entrevois ce que pourrait être notre vie, mais dès que le départ approche, elle se ferme à nouveau et met un terme à toute relation. Si tant est qu'on puisse appeler ça une relation.

— Si c'est la bonne, ça se fera, souffle ma mère en posant sa main sur la mienne.

Elle se lève et récupère la casserole pour la ramener à la cuisine.

— Et puis, j'espère bien avoir des petits-enfants avant d'être gâteuse.

J'éclate de dire et débarrasse nos assiettes.

— On est deux.

Je ne me suis jamais caché de mon envie d'avoir une femme, et pourquoi pas des enfants. Mais les années passent et j'ai la sensation que j'ai manqué le coche. J'ai retrouvé l'espoir en voyant mes coéquipiers tomber amoureux, puis quand j'ai rencontré Chelsea, mais force est de constater que le destin s'amuse de mes déboires.

- 3 -

CHELSEA

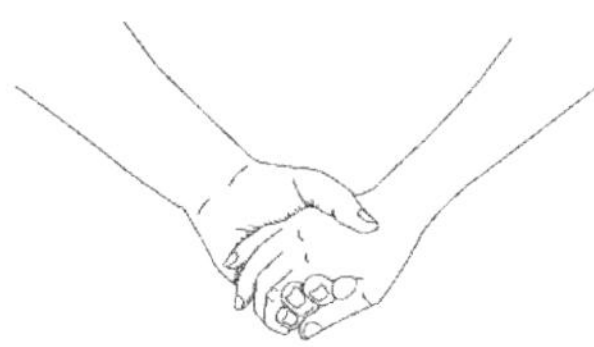

Mon casier s'ouvre sur une photo de Mia et moi. Elle date d'il y a quatre ans, à l'époque où elle vivait encore à Washington. Elle m'avait accompagnée à un atelier poterie, et ça avait légèrement dégénéré. Comme souvent quand nous étions réunies. Après des productions plus ou moins réussies et quelques vannes bon enfant, l'argile s'était mise à voler. J'avais mis deux heures à nettoyer mes cheveux, mais c'est l'un de mes plus beaux souvenirs avec Mia. C'était une période joyeuse où rien ne semblait pouvoir nous atteindre. Un temps empreint d'une innocence que nous avons perdue quand Mia a été enlevée. Depuis le décès de ses parents, nous avons essayé de vivre, de profiter des bons moments, mais cet enlèvement nous a brutalement ramenées à la réalité. Celle qui marque, qui blesse et qui brise. Mia a fait preuve d'une résilience incroyable en se remettant de cette épreuve. Elle a même décidé de changer de vie, de tout quitter pour retrouver un homme qu'elle connaissait à peine. J'ai eu peur pour elle, peur que ce soit le contrecoup, mais elle est plus heureuse que jamais. Je l'ai tellement admirée d'avoir osé. De nous deux, c'était plutôt moi la téméraire, mais elle a su écouter son cœur. Chose que je ne suis pas toujours capable de faire.

Je referme mon casier, et comme un rituel bien rodé, je rejoins le groupe d'infirmières qui commencent, comme moi, à 19 h. Dans cet hôpital, nous faisons des gardes de douze heures, de jour ou de nuit. Et je suis désormais de nuit pour une longue période. Je vais devoir m'adapter à ce rythme décalé.

Amanda, qui s'apprête à terminer sa garde, dispatche les postes, les missions ou les patients, jusqu'à ce qu'il ne reste que moi.

— Il me faudrait un inventaire du stock. Et n'hésite pas à ranger, c'est le bazar là-dedans.

Elle tourne les talons avant même que j'aie pu réagir.

— Encore l'inventaire, murmure Margot, l'une de mes collègues. Elle t'a vraiment dans le collimateur.

Je hausse les épaules, tentant de paraitre nonchalante. Je n'ai pas signé pour être reléguée à ce genre de corvées. Bien sûr, il faut les faire, mais il est clair que je passe plus de temps à réaliser les tâches ingrates qu'à soigner des patients. Pour autant, je n'ai pas vraiment le choix. Cette grognasse est cul et chemise avec Derek. Et elle me pénalise pour avoir osé sortir avec un médecin avant de le plaquer. Il a tellement déblatéré à mon sujet que la moitié de l'hôpital me prend pour une salope. Moi qui étais connue pour mon professionnalisme et ma bonne humeur, je suis le joli mouton noir qu'on critique ou qu'on évite. Heureusement, certains collègues m'apprécient suffisamment pour ne pas se fier aux ragots, mais ça fait mal au cœur de constater que quelques paroles peuvent bousiller une réputation en si peu de temps.

— J'y vais, on se voit plus tard.

Je fais un crochet par les vestiaires pour récupérer mon téléphone, puis je rejoins la réserve de fournitures. Une fois seule dans la pièce, je lance de la musique sur mon portable, puis je me mets au travail. Autant m'en débarrasser rapidement, mais pas question de le faire en ruminant. Ou alors, juste un peu…

Quand le matériel commence à me sortir par les yeux, je jette un coup d'œil à ma montre et réalise que je suis enfermée depuis plus de deux heures. Je me redresse, pose mon calepin et étire mes muscles douloureux.

— Bordel, j'ai mal partout, râlé-je.

J'attrape mon téléphone avec l'envie d'envoyer un message à Mia, mais au moment où je coupe la musique, la voix de Derek retentit au bout du couloir. Je grimace et me plaque contre le mur, même s'il est peu probable qu'il vienne dans cette pièce. Le grand médecin qu'il est ne fraie pas avec les basses besognes. Quand je suis sortie avec lui, il y a quelques semaines, je le trouvais charmant, intelligent et j'étais assez flattée qu'il s'intéresse à moi. Non pas que je manque particulièrement de confiance en moi, mais je n'avais rien fait pour attirer son attention alors que les infirmières lui tournaient autour comme des mouches collées au cul d'une vache.

Finalement, après quelques rendez-vous, je me suis rendu compte qu'un truc clochait. Son comportement était trop parfait, trop réfléchi. Il semblait peser chaque mot, contrôler chaque geste. J'ai mis un terme à cette pseudo-relation naissante, et autant dire que même s'il ne l'a pas montré, il n'a pas apprécié ma décision. Il me l'a fait payer indirectement, de la seule façon possible : à l'hôpital.

— Tu as une minute ?

Une autre voix que je ne connais pas lui répond et me ramène à l'instant présent. Ils s'immobilisent près de la porte ce qui me permet de saisir des bribes de conversation.

— Quel âge ?

— 32 ans.

— Et il est sur la liste ? demande Derek.

— Oui, mais son état n'est pas urgent, il a peu de chances d'avoir un cœur dans les prochains mois, peut-être même les prochaines années.

— Tu sais s'ils ont les moyens ?

— Ils sont prêts à signer un gros chèque.

J'entends un froissement, puis Derek reprend.

— Il faut que je voie si on a des candidats compatibles à la clinique. Tu me transfères le dossier ?

— Je fais ça ce soir.

— Je te tiens au courant.

La conversation s'éteint et les pas s'éloignent. J'entrouvre la porte pour tenter d'apercevoir avec qui il discutait, mais son interlocuteur tourne rapidement au bout du couloir désert. Je vérifie que Derek ne m'a pas vue et referme doucement le battant avant de m'adosser au mur. Les paroles se répètent dans ma tête, et j'essaie de trouver un sens à cette conversation. Peut-être que mon esprit me joue des tours, mais je sens qu'il y a quelque chose de louche chez lui. J'ai rapidement eu des doutes. Des discussions, des comportements, des regards. J'ai mis ça sur le compte de nos rendez-vous étranges, mais à y regarder de plus près, je crois que ça dépasse notre relation. Je voudrais être capable de ne pas m'en mêler et de ne pas fouiner, mais ma curiosité semble annihiler toute raison. Et même si j'essaie de l'enfermer à double tour et fourrer les indices sous le tapis, rien à faire, je sais que je vais creuser.

Je ne peux pas attendre qu'il jette son dévolu sur une autre femme. Déjà parce que je plains la pauvre fille qui tomberait dans son panneau, et j'aimerais lui éviter cette déconvenue, mais également parce que ce pourri a gâché ce qui me rendait heureuse, ce pour quoi j'ai travaillé pendant des années, et je refuse qu'il s'en sorte si facilement. Il me faut de quoi remettre les compteurs à zéro.

Mon bipeur sonne au moment où je m'apprête à reprendre mon inventaire. Je laisse tout en plan et ouvre la porte, pressée de plonger dans le boulot. Heureusement pour moi, Derek a quitté le couloir, alors je trottine jusqu'aux urgences, mon moral remontant en flèche.

L'odeur âcre d'antiseptique se mélange à celle du sang quand je pénètre dans la grande salle. L'adrénaline semble imprégner les murs.

— Accident de voiture, m'annonce Margot, trois véhicules.

Je me précipite vers le Dr Larkin qui me fait un signe dès qu'il m'aperçoit. À ses côtés, un interne crispé, les mains tremblantes, tente de poser une voie intraveineuse.

Un homme d'une quarantaine d'années, en état de choc, avec le visage couvert de coupures, et une contusion déjà bleutée sur le front, est allongé sur le lit.

— Pression en chute à 85, fréquence à 120, saturation à 92 %, annoncé-je en jetant un œil aux moniteurs.

— Chelsea, j'ai besoin que tu vérifies l'abdomen.

Sans perdre une seconde, j'enfile des gants et place mes mains sur le ventre du patient, appuyant légèrement pour déceler d'éventuelles douleurs ou signes de rigidité. L'homme grimace alors que je sens de la résistance sous mes doigts.

— Douleur au quadrant supérieur droit.

Le docteur Larkin fronce les sourcils, conscient que cela pourrait bien être une hémorragie.

— On le stabilise pour la radio, annonce-t-il en direction de l'interne. Chelsea, lance une perf de Ringer lactate.

Je hoche la tête et récupère le bon cathéter pour insérer la perfusion. L'interne pose un sac d'air sur le visage de l'homme pour l'aider à respirer. Ses gestes sont encore hésitants, mais déjà plus calmes. Les urgences, c'est un autre monde, une autre atmosphère et tout le monde n'a pas les épaules pour y travailler.

Le patient gémit, ses yeux cherchant désespérément des repères.

— Vous êtes à l'hôpital, monsieur, on s'occupe de vous, dis-je doucement.

Je termine la perfusion, surveillant le goutte-à-goutte pour m'assurer qu'il s'écoule sans accroc, mais avant même de pouvoir souffler, un cri retentit derrière moi.

— Blessure par pénétration thoracique ! annonce un ambulancier en franchissant les portes des urgences.

Le docteur Larkin me fait signe d'y aller, alors je jette mes gants dans la poubelle appropriée et me précipite vers l'autre patient. Mon cœur bat la chamade mais les automatismes prennent le relais. En situation de crise, on n'a pas le luxe de réfléchir.

Son collègue et lui poussent le brancard jusqu'à un lit vide, puis ils transfèrent rapidement le patient en me communiquant les constantes.

L'ambulancier fait pression sur le torse d'un jeune homme, qui respire difficilement, le visage pâle et ensanglanté, pour essayer de stopper l'hémorragie. J'attrape à nouveau des gants stériles et prends le relais, pressant de toutes mes forces sur la plaie alors que les secouristes s'écartent et éloignent le brancard. Un autre médecin de garde, le docteur Patel, se précipite vers nous, enfilant des gants à la hâte. Il évalue la situation en un clin d'œil tandis que Glenda, une jeune infirmière se poste à mes côtés pour nous seconder.

— On prépare une thoracotomie, énonce calmement le médecin. Il faut le stabiliser avant de l'amener en salle d'op.

Je hoche la tête, mes mains encore fermement appuyées sur la blessure. Je sens la chaleur du sang imbiber mes gants, son odeur métallique envahissant l'air.

Le docteur Patel récupère une aiguille de gros calibre que lui tend ma collègue, et je relâche brièvement la pression pour qu'il insère le cathéter dans le thorax, créant une ouverture pour libérer l'air emprisonné qui compresse ses poumons. En quelques secondes, le patient laisse échapper un souffle rauque et sa poitrine se soulève, reprenant enfin un rythme plus stable.

Je place le drain pour permettre aux liquides et à l'air de s'échapper puis nous hissons l'homme sur un brancard pour l'amener au bloc. Le docteur Patel s'éloigne avec une équipe alors que je nettoie rapidement l'espace autour de moi. L'atmosphère commence à s'alléger, signe que les victimes ont été prises en charge et que la situation est maitrisée.

Quand une heure plus tard, les urgences sont redevenues calmes, ma chef m'autorise à prendre une pause. Je vais en profiter pour aller manger, mais avant, je fais un détour par le bureau des infirmières, qui devrait être vide à cette heure-ci.

L'avantage de travailler en pleine nuit.

Je jette un coup d'œil dans la pièce, et me faufile à l'intérieur pour vérifier le planning des médecins. Mon doigt clique rapidement sur la souris jusqu'à ce que je trouve ce que je cherche.

— Demain, murmuré-je.

Derek doit se rendre à la clinique gratuite dans laquelle certains d'entre nous œuvrent bénévolement plusieurs fois par mois, et je compte bien l'y rejoindre pour en savoir plus.

- 4 -

CHELSEA

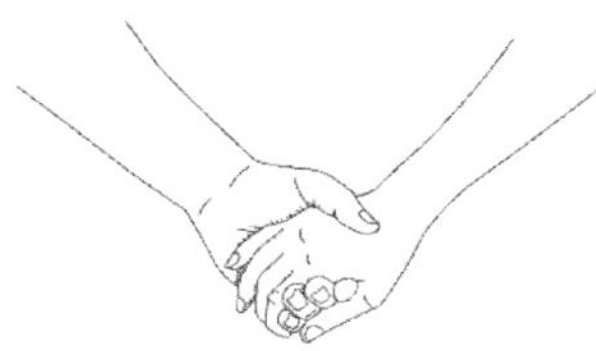

Assise en tailleur sur l'accoudoir de mon canapé, je me frotte le visage avant de boire une grande gorgée de café. J'ai terminé ma garde à 7 heures, ce matin. Le temps de rentrer, de me doucher pour me débarrasser de l'odeur de l'hôpital, il était déjà 8 heures, sauf qu'évidemment, je n'ai pas réussi à trouver le sommeil. Entre l'adrénaline de la garde, le décalage dû à ce nouveau rythme, le stress de ce qu'il se passe à l'hôpital et les questions relatives à ce que j'ai entendu, mon cerveau n'a pas pu se déconnecter avant 10 heures du mat'. Autant dire que j'ai la tête dans le chou. J'aurais pu dormir une partie de la journée pour récupérer, mais je n'oublie pas ma mission. Hors de question de faire trainer les choses, j'ai besoin de réponses.

Les suppositions ont tourné en boucle dans mon esprit, ne me laissant aucun répit.

Est-ce que Derek pique des patients ? Est-ce qu'il prescrit des médicaments en cachette ? Est-ce qu'il falsifie des dossiers ? Mais pour quelle raison ? Il aurait pu être embauché dans une clinique privée avec ses bagages et sa réputation sans taches, mais il a choisi notre hôpital. Bien sûr le big boss lui a proposé un gros salaire et des promesses d'avenir pour le convaincre, ce qui a pesé dans la balance.

Je ne travaille pas dans un établissement public, mais dans un hôpital privé. La différence réside dans les dollars. Le but de notre hôpital est de faire de l'argent, d'accueillir des patients qui ont les moyens, et de former une équipe de spécialistes renommés. Le directeur développe des installations de pointe depuis cinq ans, et il a recruté des spécialistes en neurologie et en cardiologie. Il espère en faire l'un des hôpitaux les plus lucratifs du pays. Même si j'apprécie le lieu dans lequel je travaille puisqu'il est moderne et que j'apprends beaucoup dans de nombreux domaines, je me sens de moins en moins alignée avec la direction que prend l'hôpital. Heureusement, je suis moins touchée par cet aspect financier, aux urgences. C'est l'un des seuls services où on peut côtoyer des patients de tous horizons. C'est aussi le plus délaissé par la direction.

C'est la raison pour laquelle on fonctionne encore en partie avec le format papier alors que le reste de l'hôpital est passé au numérique. On sent bien l'élitisme qui se dégage des autres services. Derek n'a pas de spécialité, il officie en médecine générale, et il est réellement très compétent. Ses connaissances m'ont impressionnée dès le premier cas sur lequel il a travaillé. On ne peut pas lui enlever ses compétences professionnelles. Dommage que le fruit soit si pourri une fois qu'on gratte et qu'on retire la couche visible. Il est très doué pour dissimuler sa nature profonde, j'en suis persuadée.

— Dans quoi tu t'es fourrée... murmuré-je, dépitée.

Si je m'étais tenue à l'écart de son sourire charmeur, j'aurais pu éviter tous ces problèmes, mais je pense que tout arrive pour une raison. L'enlèvement de Mia était une horreur, mais ça lui a permis d'ouvrir les yeux sur sa vie, de rencontrer Ghost et de fonder une famille. Alors peut-être que me fourrer dans ce pétrin me donnera l'impulsion nécessaire pour faire de nouveaux choix. En tout cas, j'essaie de m'en convaincre pour ne pas céder à la panique.

— En parlant du loup, dis-je en voyant le prénom de ma meilleure amie s'afficher sur l'écran.

J'ouvre le message et y découvre une série de photos d'elle et de sa fille. Le sourire de Mia pourrait illuminer la plus triste des soirées. Tout son avenir ne s'est joué qu'à une décision : quitter Alexander ou rester avec lui. Sa vie aurait été bien différente si elle avait préféré sa zone de confort. Une jolie blonde riche, ça fait jaser, mais ma meilleure amie a un grand cœur, et du courage à revendre. Elle n'a pas laissé faire la vie. Elle l'a saisie à bras le corps pour la tordre et la remodeler à sa façon. Est-ce que j'en serais capable ? Je n'en ai aucune idée. Même si Mia pensait souvent que j'étais son pilier, son repère, c'était elle qui portait notre binôme. Je n'étais que la fille trop impulsive, trop expansive, trop bavarde, et surtout trop seule. J'ai beau être à l'aise avec les gens, je n'ai jamais été très douée pour me faire des amis. Et surtout des *amies*. Les femmes ont tendance à ne pas trop m'apprécier.

Si seulement elles comprenaient que ce qu'on voit ne reflète pas toujours ce que l'autre vit. Ce qu'il ressent. Qui il est au fond.

[Tu me manques.]

[Tu me manques aussi, big mama.]

[Tu reviens quand ? Hope grandit tellement vite.]

[On s'est vues, il y a quelques jours.]

[C'était il y a une éternité.]

Je mords ma lèvre inférieure, la culpabilité collée à la peau.

[Désolée, c'est les hormones.
J'arrête pas de passer du rire aux larmes.)

[Ça change pas de tes humeurs habituelles.]

En réponse, je reçois un doigt d'honneur et un cœur. J'éclate de rire et ravale l'émotion qui me submerge. Je ne suis pas bourrée aux hormones, en revanche, mon petit cœur souffre depuis son départ.

Une nouvelle photo apparait. Mia et Hope portent des pulls que je leur ai tricotés. C'est ma passion du moment : le tricot. Et ce n'est pas la seule. J'ai eu des phases couture, macramé, bijoux fantaisie, poterie, peinture... Je sautille d'une activité à une autre, j'y deviens accro pendant des semaines ou des mois, j'en fais une overdose, et puis je passe à une autre. Mon appartement est rempli de vestiges de mes différentes lubies. Et j'adore ça. J'adore cette légèreté, cette partie créative qu'il n'y a pas dans mon métier.

[La classe !]

[Tu devrais ouvrir une boutique en ligne.]

On en a déjà parlé des milliers de fois, mais je ne veux pas faire de ces passions un travail. J'aime être infirmière, j'aime être utile, j'aime voir du monde. Le tricot, la poterie, et toutes ces activités, c'est juste du bonus. Et puis franchement, je suis bien trop inconstante pour avoir mon entreprise. Ce serait une catastrophe à gérer. Il n'y a qu'à mon métier et à Mia que je suis fidèle, pour le reste, j'ai du mal à me fixer.

[Je t'aime, on se revoit bientôt.]

[Je t'aime aussi, meilleure amie de moi.]

Je jette un coup d'œil à ma montre et saute du canapé quand je me rends compte que je dois me dépêcher si je veux avoir le temps de faire un tour à la clinique avant de prendre ma garde. Je ne vais pas pouvoir y rester longtemps, mais pour une fois, je n'y vais pas pour aider, seulement pour fouiner.

J'enfile rapidement un jean et un chemisier bordeaux. Je me maquille en quatrième vitesse, et j'attache mes cheveux en chignon lâche sur ma tête. Je récupère une veste, puis je chausse mes baskets.

Sur le trajet, je réfléchis à la meilleure manière d'agir. La clinique n'est pas gérée par Derek, il n'est qu'un bénévole, alors je ne sais pas vraiment comment je pourrais trouver des indices sur ce qu'il manigance, mais ça vaut le coup d'essayer. C'est ma seule piste, et je ne veux pas la laisser refroidir.

— Salut Chelsea ! Tu viens nous donner un petit coup de main ?

Je souris à Jellana, l'une des responsables. Une quadra pleine d'énergie qui ne se laisse pas marcher sur les pieds.

— Oui, mais pas longtemps, je prends ma garde à 19 h.

Elle a l'habitude de nous voir aller et venir. La plupart du temps, nous prévenons, il y a un planning régulier pour être sûr que du personnel est toujours présent, mais ça nous arrive de passer à l'improviste.

— Tu tombes bien, dit-elle en me montrant la salle d'attente bondée.

— Qu'est-ce qu'il se passe ?

— Épidémie de gastro.

Je grimace. La gastro, c'est pas la joie. Au printemps, on en est souvent débarrassés, mais avec ce temps tout déglingué, les épidémies se propagent en dehors des saisons habituelles.

— Tiens, s'amuse-t-elle en me tendant des gants et un masque.

Je souris et les enfile pour me mettre au travail. Même si je suis venue avec un but précis, je suis contente de pouvoir aider. Selon les périodes, il arrive qu'ils doivent fermer la clinique le soir alors que des personnes attendent encore dehors, signe que la demande est là.

Au bout d'une heure, je repère enfin Derek. Il oscille entre des soins aux patients et des moments où il s'enferme dans le bureau du fond. Ce n'est pas son bureau, mais il l'utilise quand il est présent. Si je dois commencer quelque part, ça pourrait être par là. Le problème, c'est que la clinique n'est pas moderne, tout est encore enregistré sur papier et non de façon numérique, ce qui risque de compliquer les choses. Ce serait tellement pratique de pouvoir récupérer son ordinateur ou de vérifier son historique de navigation. Mais dans toute enquête, il faut bien quelques obstacles.

Je souris, amusée par le chemin que prennent mes pensées. Sniper adore lire. Il y a toujours un livre qui traine chez lui, ce qui nous a menés à une grande discussion sur les genres de romans, notamment les romans d'espionnage ou d'enquête qu'il aime tant. Je ne suis pas une grande lectrice, mais il m'arrive de découvrir quelques livres par an, quand mes passions me laissent un peu de répit. Et m'imaginer dans le salon de mon SEAL, lui confortablement installé dans un fauteuil, à dévorer un bouquin, alors que je suis assise sur le canapé à m'adonner à une autre de mes activités, c'est une image qui refuse de quitter mon esprit depuis que je suis revenue de Coronado.

Je soupire, dépitée par la situation, quand Derek regagne la salle principale. Voyant qu'il est occupé avec un patient, j'en profite pour me faufiler dans le couloir. Loin d'avoir les compétences d'une espionne, j'essaie de paraitre nonchalante, puis je jette un dernier coup d'œil dans mon dos avant d'entrer dans le bureau et de refermer doucement la porte. Je m'adosse au battant pour me calmer et observe la pièce. Rien. Pas de dossiers, de papiers, ou quoi que ce soit qui pourrait m'aider.

Je repère sa veste et fouille minutieusement chaque poche, mais je fais encore chou blanc. Son téléphone n'est pas ici, ce qui signifie qu'il l'a gardé sur lui. Son portefeuille ne contient rien de spécial. En clair, je ne suis pas plus avancée. Déçue, je regagne le couloir et tente de trouver une autre idée. Je me suis un peu emballée. Il était impossible que je mette la main sur quelque chose du premier coup. Ce n'est pas comme si Derek avait préparé un dossier avec toutes les preuves de ses méfaits, juste pour moi. Même si c'est un enfoiré, il est intelligent. Si je dois dénicher quelque chose, je vais devoir me montrer encore plus maligne que lui.

— Chelsea !

Je sursaute et écarquille les yeux en découvrant l'objet de mes pensées, planté devant moi.

— Qu'est-ce que tu fais là ?

— J'ai aquaponey, et toi ?

— Toujours aussi charmante...

Je hausse les épaules pour ne pas montrer qu'en réalité ma bouche est si sèche que j'ai l'impression d'avoir avalé du sable.

— Je ne savais pas que tu serais là, continue-t-il, le regard acéré.

— J'avais un peu de temps libre.

Il s'apprête à répliquer mais son téléphone me sauve la mise. Je le dépasse sans demander mon reste, puis je ralentis le pas pour essayer d'écouter sa conversation.

— Oui, j'y suis.

Il entre dans son bureau et referme la porte derrière lui. Je jette un coup d'œil dans le couloir. Comme je suis seule, je reviens sur mes pas pour plaquer mon oreille au battant. Ce n'est pas très efficace, mais c'est une vieille clinique, tout est aussi fin que du papier mâché.

— J'ai trouvé deux donneurs potentiels.

Je fronce les sourcils, surprise.

— Je prends les dossiers, je te les montrerai samedi.

J'entends sa chaise grincer quand il s'y installe.

— OK. Oui, ça devrait être bon. Il me faut juste quelques examens complémentaires.

Les battements de mon cœur se déchainent quand des pas résonnent au bout du couloir.

— ...compatibles, sans aucune famille.

Les pas se rapprochent, ce qui m'oblige à m'éloigner de la porte. Je trottine au milieu du couloir, sors mon portable et me remets à marcher normalement. Je croise une bénévole qui me salue avant de se rendre aux toilettes. Je regarde dans mon dos, rassurée que Derek ne m'ait pas surprise, puis je rejoins la salle d'attente. Son attitude est de plus en plus inquiétante. Mais j'ai glané une information essentielle : il va emporter des dossiers. Ça m'étonnerait qu'il les laisse à l'hôpital, donc il les emmènera sûrement chez lui. C'est peut-être l'occasion d'en savoir plus. Il faut juste que je trouve une idée qui n'implique pas un cambriolage ou une intrusion.

- 5 -

SNIPER

Les tapis rangés, je décale le mannequin que j'utilise parfois pour mes démonstrations alors que les femmes quittent la pièce, en discutant pour certaines, et en silence pour d'autres. J'ai commencé à donner des cours d'autodéfense, il y a huit ans. Les femmes ne devraient jamais avoir peur face à un homme, j'avais envie de leur fournir les outils pour se défendre en attendant les secours ou une possibilité de fuite. Lorsque je vois les informations, je me sens souvent impuissant. Ces cours gratuits, c'est ma façon d'ajouter ma pierre à l'édifice. D'ailleurs, quand j'ai su qu'April avait pris l'initiative de ce genre de cours aux femmes de mes coéquipiers, je n'ai pu que valider cette initiative, même si, connaissant mes frères d'armes, ils avaient sûrement déjà prodigué des tonnes de conseils pour diverses situations. La force de l'expérience et de l'habitude.

La salle se vide jusqu'à ce qu'il ne reste plus qu'une participante qui semble ranger ses affaires plus lentement qu'en temps normal.

J'hésite à aller lui parler alors qu'elle me jette un coup d'œil discret. Les femmes qui participent à ces cours ont deux profils. Soit ce sont des femmes qui veulent simplement prévenir toute situation, souvent des jeunes qui aimeraient pouvoir se défendre en cas de problème. Soit ce sont des femmes qui ont déjà subi une agression ou qui vivent avec un homme violent, et elles souhaitent se sentir plus en sécurité, se rassurer. Je suis à peu près certain que cette femme, qui doit avoir la cinquantaine, comme ma mère, doit se trouver dans la seconde catégorie.

— Vous avez une question ? demandé-je d'une voix posée, tout en restant à distance.

Dans mes cours, je n'oblige aucune participante à subir un quelconque contact. Si elles le souhaitent, elles peuvent travailler en binôme avec une autre femme. Parfois elles préfèrent mimer ou regarder sans interagir. Il n'y a aucune règle sauf celle du respect et de la tolérance. On ne peut pas brusquer quelqu'un qui a vécu un traumatisme.

Quand je me rends compte qu'elle n'est pas effrayée, je m'approche davantage.

— Je...

Elle se racle la gorge.

— Je retarde le moment de rentrer à la maison. Mon mari croit que je suis à un cours de cuisine.

Je hoche la tête, peu surpris.

— Est-ce que vous avez peur de rentrer ?

Elle hausse les épaules, résignée.

— J'ai peur depuis des années, mais il le faut bien.

Je réfléchis soigneusement aux mots que je vais prononcer.

Chaque cas est particulier, et toutes ne réagissent pas de la même manière.

— Je peux vous aider à trouver une solution. Mon amie Mia travaille dans un centre qui soutient les femmes qui veulent changer de vie. Il leur permet de se remettre sur pied après une épreuve, je suis certain qu'il pourrait vous accueillir.

La femme sourit tendrement, comme une mère le ferait.

— Je suis trop vieille pour changer de vie.

Je penche la tête.

— C'est ce que vous allez vous dire pendant les trente ou quarante prochaines années ? répliqué-je avec douceur pour atténuer mes propos.

Elle ricane et tapote mon bras.

— Merci Sniper, ça va aller.

Alors qu'elle récupère son sac pour quitter les lieux, j'attrape rapidement un petit carton que j'ai toujours avec moi dans ces cours. J'ai appris au fil du temps que les femmes ne demandaient pas de l'aide jusqu'à ce qu'elles touchent le fond d'une manière ou d'une autre. Le moment venu, ou en cas de danger, je veux qu'elles puissent me joindre. J'y ai aussi ajouté le numéro du centre de Mia et celui de Riley, notre ami policier, au cas où je serais en mission ou indisponible.

— Prenez-la et appelez-moi en cas de problème, dis-je en lui tendant la carte.

— Je ne...

— J'insiste.

Mon ton doux, mais ferme, la convainc de récupérer le petit carton. Je ne peux rien faire de plus, seulement rappeler que je suis présent et que je ne suis pas le seul. La montagne qu'elle pense devoir gravir n'est pas si immense quand on est accompagné. Il y a encore des progrès à faire sur la prise en compte des violences envers les femmes, mais on avance, pas à pas.

— Au fait, je m'appelle Lynette, lance-t-elle avant de me faire un signe de la main et de quitter les lieux.

Je reste immobile, un moment, à fixer la porte qu'elle vient de franchir. J'hésite à la suivre, mais je sais que ce ne serait pas correct. Chaque participante a droit à son anonymat, et j'outrepasserais mon rôle en agissant de cette manière, alors même si c'est tentant, je réfrène mon envie d'intervenir et je termine le rangement de la salle.

Quand je franchis la porte du California Grill, une demi-heure plus tard, je repère tout de suite notre groupe, installé dans notre coin habituel.

Je constate que Mia et Ghost sont de la partie. Sans attendre, je prends la femme de mon chef d'équipe dans mes bras.

— Comment vas-tu ?

— Ça va très bien, répond-elle en souriant. Un bonheur fatigué, mais un bonheur quand même.

Je dépose un baiser sur sa tempe et serre l'épaule de son mari.

— Je suis content que vous soyez venus. Qui garde la petite merveille ?

— Ava. One Shot est en mission alors elle était heureuse de s'occuper.

Je hoche la tête. Ava est l'unique femme de leur groupe. Et, si certains ont, de temps à autre, des copines, aucune n'est devenue une compagne à part entière, ce qui fait qu'Ava se sent parfois seule même si on essaie de l'intégrer du mieux possible.

Blue nous rejoint quelques minutes après mon arrivée.

— Où est April ? s'étonne Megan.

— Appelée à la base. Je viens de la déposer.

— Oh, c'est nul, râle Mia.

— Une mission urgente apparemment.

La serveuse nous apporte un plateau avec de quoi grignoter, ce qui redonne le sourire à mon ex-coloc.

— Je reviens avec vos boissons, annonce-t-elle.

— Comment était le cours ? s'intéresse Ace.

— Très bien, il y avait douze femmes. Elles ont participé, ont posé des questions, c'était assez tranquille.

— La salle te plait ? me demande Blue.

J'acquiesce. C'est Kate, l'amie d'April, qui nous prête la salle deux fois par mois.

— Elle est bien mieux que l'ancienne. Elle est récente, et surtout bien plus accessible, du coup, il y a plus de monde. J'envisage même d'ouvrir un troisième cours par mois.

— Dis-nous si tu as besoin qu'on prenne le relais de temps en temps, propose Ace.

— Sauf Hunter, il les ferait flipper, s'amuse Blue.

— N'importe quoi, c'est un gros nounours, intervient Megan.

Blue éclate de rire alors que Hunter tend le bras pour lui claquer la tête. Mais notre benjamin esquive en le charriant à nouveau.

— Ça suffit, les enfants ! clame Mia en les pointant du doigt.

— Tu t'entraines déjà ? la taquine Alyssa.

— J'ose espérer que ma fille sera moins chiante que ce gamin infernal, dit-elle en désignant Blue.

— Hey, je croyais que j'étais ton préféré.

— Tu t'es trompé.

La table éclate de rire alors que Mia lui tire la langue.

— Si April était là, elle prendrait ma défense.

— Elle serait la première à te recadrer, réplique Ghost.

— Oh, c'est Ava ! s'exclame Mia en voyant son téléphone s'allumer. Tout va bien ?

Elle écoute la réponse de la femme de One Shot, et un sourire tranquille s'affiche sur ses lèvres.

— La prochaine fois, tu viendras profiter avec nous.

Ghost glisse un bras sur ses épaules.

— À tout à l'heure.

Elle raccroche et nous jette un regard coupable.

— Je me sens mal de savoir qu'elle est seule alors qu'on est ici.

— Ça lui faisait plaisir, la rassure son mari. Tu as bien vu qu'elle était heureuse de s'occuper de la petite.

Mia hoche la tête et se mord la lèvre inférieure.

— Elle m'a dit qu'ils essayaient, mais ça ne marche pas.

Personne ne répond, mais la compassion inonde les regards du groupe. Ava et One Shot sont ensemble depuis pas mal d'années, c'est un couple solide. Ils avaient hâte d'agrandir leur famille, alors savoir qu'ils traversent ces difficultés, ça fait mal au cœur.

— Je suis sûre que ça viendra le moment venu, souffle Megan.

— Bon, et sinon, qui sont les prochains ? lance Mia en retrouvant le sourire.

Blue lève les mains devant lui en signe de retrait.

— Pas tout de suite pour nous. April veut se concentrer sur sa carrière pour le moment. Et puis, on a le temps.

Blue est le plus jeune de notre équipe. Effectivement, ils ne sont pas pressés de fonder une famille, surtout avec leurs carrières respectives, qui sont très prenantes.

— Probablement nous, annonce Alyssa, légèrement gênée.

— Ouuuuiiii !

Ghost grimace et s'éloigne de sa femme, qui vient sûrement de lui percer les tympans.

— C'est pour quand ?

— Ça marche pas comme ça, bébé, il faut d'abord le concevoir, s'amuse son mari.

Ace hausse les épaules.

— On s'entraine énormément.

Aly rit en lui donnant une tape sur l'épaule. Je sais qu'ils attendaient que la petite famille ait trouvé un équilibre après tout ce qu'ils ont traversé, je suis heureux de savoir qu'ils ont envie de passer à l'étape suivante. Je jette un coup d'œil à Megan qui sourit, blottie dans les bras de Hunter. Je ne sais pas si elle sera prête un jour à avoir un enfant, ni même si elle l'envisage. Mon frère et elle sont très fusionnels, on pourrait penser qu'il n'y a pas de place pour quelqu'un d'autre dans leur vie, mais ce serait un raccourci facile. Ils ont tous les deux un grand cœur, je suis certain qu'un enfant ne ferait que consolider leur relation.

— On aimerait bien adopter, annonce Lexie.

Ça ne m'étonne pas tant que ça, Blade n'a pas eu de famille, et contrairement à ce qu'on pourrait croire, il est loin d'être aussi solitaire et froid qu'au premier abord. Il le cache juste super bien sous une multitude de couches qu'il est parfois difficile de percer. Quant à Lexie, elle a deux frères adoptifs, alors elle est parfaitement consciente de ce que ça implique.

— C'est super. Et c'est un projet à court ou long terme ? s'enquiert Mia le menton appuyé dans la paume de sa main, le coude reposant sur la table.

— Mia… la réprimande Ghost.

— Pas pour tout de suite, s'amuse Lexie, mais il est certain que le processus peut être long, donc il faudra se décider avant que Blade n'ait plus aucun muscle ferme.

J'éclate de rire alors que mes frères secouent la tête.

— Comment va-t-il ? demande Alyssa.

Blade n'est pas avec nous ce soir, il a pris quelques jours pour aller camper, comme à chaque fois que les choses deviennent trop intenses pour lui.

— Bien, répond Lexie. Il avait juste besoin de prendre du recul, c'est un grand chamboulement.

Les visages sont à la fois soulagés et émus. Blade a rencontré son père, il y a quelques jours. Après toutes ces années sans famille, en dehors de notre équipe, ça a dû être particulièrement difficile, mais je suis fier qu'il ait sauté le pas. Qu'il ait osé franchir cette barrière qui le maintenait éloigné de son passé.

— Ça s'est bien passé, non ? demande Mia.

— Très bien. Son père est vraiment gentil. Il n'a rien brusqué, et on a discuté de banalités avant qu'ils parlent enfin de sa mère et de son enfance. J'ai franchement cru que son père allait s'effondrer de tristesse en apprenant comment avait grandi Blade.

— C'est tellement dommage qu'il n'ait pas connu son père avant, il aurait eu une vie différente.

La vie nous met parfois des bâtons dans les roues, mais si on est là où on est aujourd'hui c'est grâce à tout ce qu'on a vécu. De positif comme de négatif.

— En tout cas, ces enfants auront une chance folle d'avoir un oncle comme moi, clamé-je en levant ma pinte pour détendre l'atmosphère devenue trop tendue.

Ma famille fait de même et nous buvons à la santé de la vie. Cette vie faite de rebondissements, d'épreuves, mais aussi de rencontres et d'événements heureux. Autour de cette table, chacun d'eux a vécu son lot de douleurs, pourtant, ils ont protégé et fait grandir cette petite lueur d'espoir qui subsiste toujours, malgré les difficultés. Ils sont parvenus à la transformer en avenir radieux. Et tandis que je les regarde discuter, rire et vivre, mon cœur se gonfle d'optimisme. Quoi qu'il arrive, j'aurai eu la chance incroyable de connaitre et côtoyer ces personnes extraordinaires, de partager leur bonheur et leur amour. Je ne désespère pas de trouver celle qui comblera ma vie, mais si je devais mourir demain, je ne mourrais pas malheureux, bien au contraire.

- 6 -

CHELSEA

— Quelle idée de merde ! murmuré-je en lissant machinalement la robe moulante que je porte.

J'inspire et m'avance sur le trottoir, pas rassurée par ma décision. J'ai fait chou blanc à la clinique. Deux jours ont passé et je n'ai aucune nouvelle piste. Je pourrais laisser couler, mais je sais que je n'y arriverai pas. Je vais y penser sans cesse, alors autant poursuivre ce que j'ai commencé. Mon instinct me hurle qu'un truc énorme se cache derrière ces faux sourires et ce professionnalisme presque trop parfait. Ce soir, je dois jouer le tout pour le tout. J'ai besoin d'en avoir le cœur net, que j'aie raison ou tort.

L'ambiance est de plus en plus merdique à l'hôpital, et je ne veux pas rester sans rien faire. J'ai essayé de confronter ma chef. Elle a nié, arguant que je me faisais des films. Je sais que ce n'est pas le cas, je n'ai jamais rechigné à la tâche, mais j'ai horreur de l'injustice, et j'en vis clairement une. Est-ce que les demandes viennent de

Derek ? Je n'en sais rien. Même s'ils s'entendent bien, je la pensais droite dans ses pompes. Je l'ai vu recadrer des médecins, calmer des patients, reprendre en main un groupe d'infirmières mécontentes, sans jamais se démonter. Alors cette attitude me dépasse. Je l'ai toujours respectée et admirée, mais aujourd'hui, elle me déçoit.

Une femme sort de l'immeuble au moment où je m'approche, ce qui est clairement un signe du destin. En tout cas, j'essaie de m'en convaincre. Je me faufile avant que la porte ne se referme et grimpe les escaliers jusqu'au dernier étage. J'aurais pu prendre l'ascenseur, mais il me faut un peu de temps pour mettre mes idées au clair et calmer les battements frénétiques de mon cœur.

Une fois devant l'appartement, j'inspire et expire à trois reprises, puis j'arbore un visage plus neutre, à mi-chemin entre la gêne et la séduction, avant de toquer.

— Chelsea ? s'exclame Derek, surpris. Qu'est-ce que tu fais là ?

— J'avais besoin de te parler.

Il fronce les sourcils et me détaille des pieds à la tête avant de s'écarter pour me laisser entrer.

— Tu veux quelque chose à boire ?

— Oh oui, merci.

Je ne le quitte pas des yeux tandis qu'il prépare nos verres. J'ai bien besoin d'un remontant, mais je ne voudrais pas qu'il ajoute quelque chose dans ma boisson. Ça m'est arrivé peu après mes 17 ans, heureusement, mes amies s'en sont rendu compte et m'ont mise en sécurité. On n'a jamais su qui avait glissé de la drogue dans mon verre, alors on n'est jamais trop prudentes. C'est triste de ne pas pouvoir faire confiance au genre humain, de ne pas pouvoir se fier aux personnes qui nous entourent, de ne pas pouvoir se sentir en sécurité quand on est une femme, mais c'est la réalité, et il ne faut pas la minimiser en pensant que ça n'arrive qu'aux autres. La pire mixture peut se cacher dans le plus joli des pots. La preuve en est avec Derek.

Il me tend un verre et m'invite à aller m'installer sur le canapé. J'obtempère même si mes pieds semblent peser une tonne. Je n'ai pas vraiment préparé ce que j'allais dire. On aurait vu tout de suite que ça sonnait faux. Je préfère miser sur ma spontanéité et ma tchatche habituelle.

— J'ai eu peur, avoué-je avant de boire une gorgée de Martini dry.

Il s'est rappelé que j'adorais le gin, encore une preuve que cet homme sait y faire. Sûrement un peu trop. Ce qui pourrait passer pour des attentions et de la galanterie n'est qu'une grande toile d'araignée prévue pour emprisonner ses proies.

Derek semble décontenancé par mon entrée en matière, mais il se reprend vite. Il s'installe contre le dossier du canapé, son verre à la main, les yeux fixés dans les miens. On ne peut pas nier qu'il est beau. Brun, les cheveux légèrement en bataille, un sourire éclatant, de l'élégance, une chemise et un pantalon qui épousent parfaitement son corps ferme. N'importe quelle femme saine d'esprit pourrait craquer. Heureusement pour moi, mon cerveau a étouffé mes hormones à coups de batte de baseball.

— Peur de quoi ?

— De nous, soufflé-je en baissant les yeux pour jouer mon rôle. Tu me plais beaucoup, Derek. Tu es charmant, gentil, drôle, intelligent. Je me suis sentie… je ne me sentais pas à la hauteur.

Ces mots m'écorchent la bouche, on pourrait croire que j'ai avalé du verre brisé tant je souffre de les prononcer.

— Et puis, je me suis demandé ce qu'allaient penser les autres. Je sais c'est idiot, mais j'aime mon boulot, je ne voulais pas qu'on croie que je t'utilisais pour avoir des faveurs.

Je dois être vraiment convaincante parce que le visage du médecin se détend. Il se penche en avant et pose son verre sur la table basse. J'avale grossièrement l'olive qui reposait sur le petit pic en bois, histoire de me donner une contenance.

— Tu n'as pas à craindre quoi que ce soit. Notre relation n'aurait rien changé à l'hôpital, on aurait pu rester discrets.

— Je sais, j'ai un peu paniqué.

Je suis ravie qu'il tombe dans le panneau, mais mon instinct de survie me crie de déguerpir en vitesse. Trop tard, je suis lancée, je dois aller au bout. Je lisse légèrement ma robe pour attirer son attention vers mes jambes, puis je les croise en essayant d'être suffisamment aguichante sans me griller. Derek se rapproche et pose doucement sa main sur ma cuisse. Il me regarde comme s'il attendait mon autorisation, mais je sais que ce n'est pas ça, il veut voir ma réaction. Jouant le jeu, je mordille ma lèvre inférieure. Paraitre trop sûre de moi ne serait pas crédible. Il aime dominer, il aime avoir la main, et je la lui laisse pour lui faire croire qu'il a gagné la partie.

— C'est pour ça que tu es venue à la clinique ?

Je saute sur l'occasion pour accréditer mon mensonge.

— Je voulais te voir en dehors de l'hôpital, pour savoir s'il y avait une chance, mais c'était le chaos, je n'ai même pas pu te parler en privé.

Sa main remonte jusqu'à mes hanches avec lenteur, alors que sa bouche s'approche dangereusement de la mienne. Je ne peux plus reculer, mais s'il m'embrasse, il risque de réclamer plus. Est-ce que je suis vraiment prête à sauter le pas ? À aller aussi loin ?

Quand son souffle balaie mon visage, je sais que je dois prendre une décision.

— Tu m'excuses, je dois aller aux toilettes, murmuré-je contre ses lèvres.

Il écarquille légèrement les yeux.

— Je suis un peu nerveuse, ajouté-je pour ne pas le froisser.

Un sourire, sûrement travaillé devant son miroir, étire sa bouche.

— Bien sûr, c'est au fond du couloir à gauche.

— Merci, je reviens vite.

Il se décale et j'en profite pour poser mon verre sur la table avant de m'échapper de cette pièce.

Quand je suis enfermée, je m'appuie contre le battant et regarde autour de moi, en panique. Je n'y arriverai pas. Je ne peux pas aller si loin, je ne suis pas une espionne en mission, enfin seulement sur le papier, parce qu'en réalité, je ne suis pas prête à cracher sur ma dignité pour des informations. Il faut que je trouve un autre moyen. Il est hors de question que cet enfoiré me touche. Rien que l'idée me révulse.

Forte de cette nouvelle résolution qui retire un poids de mes épaules, je me décolle de la porte pour faire couler l'eau. Je tapote mes joues et me recoiffe brièvement pour gagner du temps. Les pensées se bousculent dans mon esprit, toutes plus chaotiques les unes que les autres. Réfléchir, ce n'est pas vraiment mon truc. Quand je réfléchis, je me noie. Je suis plus efficace dans l'action. Je prends des décisions sur le vif, à chaud, et c'est là que je suis la meilleure.

Je jette un coup d'œil à ma montre. Je suis enfermée depuis bien trop longtemps.

— Quand faut y aller...

J'inspire profondément et sors de la pièce, en redressant les épaules. Je m'immobilise dans le couloir en comprenant que Derek est en train de parler au téléphone. Rien de louche, mais cette conversation pourrait être mon ouverture. Je regarde rapidement autour de moi et aperçois une porte entrouverte donnant sur un bureau. Je m'assure qu'il ne me voit pas et je me précipite dans la pièce. Les minutes qui suivent sont désordonnées. Je fouille, j'arrache presque les tiroirs, je soulève tout ce qui pourrait dissimuler un élément, puis je finis par trouver la sacoche de Derek, posée sous son bureau. Je m'arrête un instant, le cœur battant, et les mains tremblantes. J'ai l'habitude d'agir sous pression, de gérer l'adrénaline des situations de crise, mais ici, nous ne sommes pas à l'hôpital. Je n'ai plus ma casquette d'infirmière, je ne suis que Chelsea, une femme seule chez un homme qui cache sa véritable nature. Et depuis que j'ai franchi sa porte, mes poils sont hérissés et mes alarmes internes s'affolent. Comme quand on marche dans la rue, la nuit, et qu'on entend des bruits de pas dans notre dos. C'est la même sensation, et elle n'est clairement pas agréable.

J'inspire calmement et guette les bruits pour m'assurer qu'il est toujours au téléphone. Quand je suis rassurée, je récupère sa sacoche et l'ouvre en vitesse. J'y découvre un petit agenda, des stylos, un portefeuille, mais ce sont les dossiers avec le logo de l'hôpital qui m'interpellent. Je les feuillette en cherchant les informations clés pour ne pas perdre trop de temps. L'avantage de connaitre ces fiches par cœur.

Je fronce les sourcils en voyant qu'il s'agit de patients atteints de maladies incurables ou de dégâts irrémédiables, nécessitant une greffe. Sur le coup, je me demande simplement si Derek n'a pas emporté les dossiers pour les étudier au calme. Même s'ils ne sont pas censés quitter l'hôpital, ça ne serait pas impossible. Mais sa conversation avec l'autre médecin me revient en mémoire et m'oblige à continuer mes recherches. Je jette un dernier coup d'œil dans la sacoche et y trouve un carnet noir que je n'avais pas remarqué tant il se fond dans le tissu. Mes yeux s'écarquillent quand ce que je découvre parvient à mon cerveau. Des noms, des âges, des caractéristiques médicales et des précisions sur leur situation familiale ou sociale. Malheureusement, je n'ai pas le temps d'analyser ce que je lis. Je porte la main sur ma hanche pour récupérer mon téléphone, et la réalité me heurte. Je l'ai laissé dans mon sac à main puisque je n'avais pas de poche.

— Merde, soufflé-je, dépitée de ne pas pouvoir garder une trace de ce que j'ai découvert.

En dernier recours, je mémorise les noms des patients, il me sera facile de retrouver leur dossier dans notre système informatique, puis je me dépêche de tout fourrer dans la sacoche, et de remettre son fauteuil de bureau en place. Je vole presque jusqu'à la porte et m'arrête un instant pour jeter un ultime coup d'œil à la pièce afin de m'assurer que je n'ai pas laissé d'indice sur mon passage. J'entrouvre légèrement le battant, mais c'est le silence qui m'accueille. Il a terminé sa conversation téléphonique. Je me dépêche de sortir dans le couloir et de refermer doucement derrière moi. Je lisse mes cheveux et remets correctement ma robe en place avant de faire quelques pas.

— Tu en as mis du temps. Ça va ?

Je sursaute et relève brusquement la tête, inquiète qu'il ait compris mon manège.

— Oui, oui, j'ai entendu que tu étais au téléphone, je ne voulais pas te déranger.

Il sourit et s'avance comme un prédateur alors que le souffle se bloque dans ma gorge. Ma bouche s'assèche immédiatement tandis que mon cœur tambourine comme un fou dans ma poitrine.

Sa main se glisse sur ma nuque puis il me rapproche, si près que son after-shave envahit mes narines.

— Si on reprenait là où on s'est arrêtés.

Alors que ses lèvres approchent à nouveau des miennes, mon cerveau mouline à toute vitesse pour trouver une excuse potable. Je recule d'un pas et pose une paume sur mon ventre. Mon regard désolé s'accompagne d'une grimace.

— Je ne me sens pas très bien.

Il fronce les sourcils, et je vois bien que sa patience faiblit.

— Un petit problème féminin, marmonné-je, en essayant de paraitre gênée.

— Ça ne me dérange pas, souffle-t-il.

J'écarquille les yeux, cachant sûrement mal ma surprise.

— Moi si. Je préfère qu'on remette ça.

Je le contourne pour m'éloigner au plus vite de ce couloir oppressant.

— Chelsea.

— Écoute, je suis désolée, ça ne devait pas arriver aujourd'hui, dis-je en déboulant dans le salon. J'étais pressée de te voir, j'ai pas fait attention. Puis, je ne savais pas... enfin je ne pensais pas qu'on allait... pas ce soir. On a tout le temps, d'accord ?

Je me tourne vers lui, mon sac en main et constate que son visage n'est pas furieux. Mon monologue devait sembler crédible puisqu'il acquiesce.

— D'accord.

Je ne lui laisse pas le temps de réfléchir davantage et dépose un baiser ridicule sur sa joue avant de quitter l'appartement, la détresse chevillée au corps.

— Tu t'es fourrée dans un sacré pétrin, marmonné-je en dévalant les escaliers à toute vitesse malgré mes talons.

Je suis presque surprise qu'il ait si bien réagi. Est-ce qu'il était sincère ? Est-ce que ça fait partie de son personnage ? Est-ce qu'il jouait un jeu ? Difficile à dire, mais je dois éviter ce genre d'erreur à l'avenir. Me retrouver seule avec lui était une idée stupide. Je trouverai un autre moyen de dénicher des réponses à mes questions.

- 7 -

SNIPER

Une serviette nouée autour de la taille, j'essuie la buée sur le miroir avant de me passer la main dans les cheveux pour les recoiffer. Je prends le tube de crème et en applique une noisette sur mon visage avant de le remettre à sa place. Un sourire étire mes lèvres en repensant à une remarque de Chelsea sur le fait que mes placards étaient bien mieux rangés que les siens. J'ai toujours été soigneux. Je n'étais pas le gamin bordélique, parfois crado, bien au contraire. J'aime l'ordre, la propreté, les routines. C'est sûrement pour ça que je me suis si bien adapté au monde militaire. Ça n'a fait qu'accentuer ce que je faisais déjà. Je regagne ma chambre pour m'habiller, en pensant à Blue. Vivre avec lui a mis à mal mon besoin d'ordre. Malgré le fait qu'on ait suivi la même formation, il s'en est vite détaché dans le domaine privé. Je dois dire que sa présence me manque parfois. J'étais habitué à son humour, à sa bonne humeur, aux paquets de biscuits qu'il s'enfilait. Il mettait de la vie dans l'appart. Depuis son départ, c'est silencieux, si bien que je suis obligé de mettre un peu de musique pour combler le vide. En soi, ça ne me dérange pas d'être seul, je suis fils unique, alors j'ai appris à m'occuper, souvent en m'évadant dans les livres, mais en tant que SEAL, j'ai trouvé une famille. Avec les gars, nous étions toujours fourrés ensemble chez les uns ou les autres. Petit à petit, Cupidon a chamboulé notre dynamique. Pour le meilleur. Je suis heureux pour mes coéquipiers, et je ne l'ai pas aussi mal vécu que Blade, mais certains jours, il arrive que le silence soit plus pesant.

J'enfile un jean et un tee-shirt quand mon téléphone sonne. Et le prénom qui s'affiche m'oblige à décrocher rapidement.

— April, tout va bien ?

— Je vais bien, est-ce que tu es occupé ?

— Tu as besoin de quelque chose ?

Sa voix semble plus faible que d'habitude, ce qui met tous mes sens en alerte. Tout en lui parlant, je finis de me préparer en vitesse.

— J'ai crevé, je... et je me suis tordu la cheville. Est-ce que tu pourrais venir ?

— Tu es en sécurité ?

— Oui.

— Envoie-moi l'adresse, je pars tout de suite.

Elle murmure un merci, et quelques secondes plus tard, un message s'affiche sur mon écran. Elle est à San Diego, il ne me faudra qu'une dizaine de minutes pour la rejoindre. Sur le trajet, je me rassure en me disant qu'elle va bien. Je suis connu pour garder mon calme, la faute à ma fonction de tireur d'élite, mais quand il s'agit de mes proches, mes émotions sont plus brutales, plus désordonnées. Je m'inquiète toujours pour eux.

Quand j'arrive sur place, je repère sa voiture, arrêtée sur le bas-côté. April est assise un peu plus loin, à même le sol, la tête posée sur ses genoux repliés. Je me gare quelques mètres derrière elle, sors un triangle de signalisation pour alerter les automobilistes, même si ce n'est pas une artère très fréquentée, et la rejoins rapidement.

— April... dis-je en m'accroupissant.

— Oh, tu es là, répond-elle en relevant vivement la tête.

Ses cheveux sont en bataille et son visage est fatigué.

— Qu'est-ce qu'il se passe ? Où est Blue ?

— Il est avec sa sœur et sa nièce, je ne voulais pas le déranger.

Je hoche la tête, comprenant mieux pourquoi elle m'a téléphoné.

— Raconte-moi et montre-moi ta cheville.

— Ça va, j'ai juste besoin que tu m'aides pour la roue.

— April, grondé-je.

Elle soupire mais obtempère.

— J'ai travaillé toute la nuit parce qu'on prépare une mission. J'étais fatiguée, mais j'avais un rendez-vous que je ne pouvais pas annuler.

Tout en l'écoutant, je pose délicatement son pied sur ma cuisse et le palpe avec douceur.

— J'ai crevé sur le retour, ricane-t-elle, désabusée. Il fallait que ça tombe aujourd'hui.

Elle se frotte le front en grimaçant.

— Et pour couronner le tout, j'ai trébuché en utilisant le cric. Je me suis tordu la cheville en glissant dans le petit ravin comme une idiote.

Deux ravins profonds de quelques dizaines de centimètres longent la route, ce qui n'en fait pas le lieu idéal pour s'arrêter.

— C'est une légère foulure, dis-je en reposant doucement son pied au sol. Ça devrait passer d'ici deux ou trois jours.

— Tu m'aides ? demande-t-elle en tendant ses mains pour se relever.

— Reste ici, je reviens te chercher quand j'ai fini.

— Je viens avec toi.

Je ne discute pas et l'aide à se mettre debout. Je la soutiens tandis qu'elle sautille jusqu'à sa voiture, puis elle s'installe sur le siège passager, la portière ouverte.

Je regarde le cric, elle l'a parfaitement positionné, mais la vis centrale a pété.

— Il faut que tu prennes un cric bouteille, c'est plus pratique.

Elle hoche la tête et je vois qu'elle lutte pour garder les yeux ouverts. Je retourne à mon Range pour récupérer mon cric, pressé de la mettre en sécurité.

— Tu devrais appeler Blue, dis-je en installant mon matériel.

— Non, je...

— April, il n'a pas besoin de venir, mais il voudrait savoir ce qu'il se passe.

Elle pince les lèvres et sort son portable.

— Salut, ma puce, tu es rentrée ?

— Non, j'ai crevé sur le retour.

— Merde, tu n'as rien ?

— Je me suis garée sur le bas-côté, il n'y a pas grand-monde sur cette voie.

— Tu as de quoi changer la roue ?

— J'avais. Mon cric m'a lâchée.

— Je viens te chercher, tu es où ?

— C'est pas la peine, Sniper est avec moi.

— Tu as une aventure avec mon coéquipier et c'est comme ça que tu me l'annonces ?

— Idiot, s'amuse-t-elle.

— Passe-moi ton amant.

— Sean Cutsinger, ne prends pas ce ton avec moi, tu n'es pas mon père.

— Encore heureux, sinon je ne pourrais pas faire tout ce que je te fais.

J'éclate de rire.

— Goujat, tu es sur haut-parleur.

— Sniper se doute qu'on joue au papa et à la maman, tu sais.

Elle secoue la tête et me tend le portable.

— Je te laisse le gérer, dit-elle en feignant l'épuisement maternel.

Je souris et récupère le téléphone.

— Alors, elle a dit la vérité ou elle a minimisé la situation comme toujours ?

— Elle a oublié de te dire qu'elle a joué les cascadeuses du dimanche.

— Quoi ?

— Elle s'est foulé la cheville en changeant la roue.

Blue éclate de rire, ce qui fait râler sa compagne, qui me tourne le dos.

— C'est léger. Elle a trébuché quand le cric a cédé. Je répare sa roue et je la raccompagne.

— Tu sais qu'elle va vouloir conduire.

— Ouais.

— Et tu vas l'en empêcher ?

— Sûrement pas, elle sait se battre et se servir d'une arme.

April mime un flingue imaginaire pour tirer dans le vide. Je secoue la tête tout en vérifiant que j'ai bien fixé la roue.

— Envoie-moi un message quand elle est à la maison, OK ?

— Pas de problème.

Il me remercie et je tends le téléphone à April qui enlève le haut-parleur pour terminer sa conversation. Pendant ce temps, je retire le cric et range le matériel.

— On y va ? dis-je en revenant vers elle.

Elle acquiesce et accepte ma main pour se lever.

— Je vais quand même te le demander, tu es sure que tu veux conduire ? Je peux appeler l'un des gars pour qu'il vienne chercher ma voiture.

— Ça va aller, Snoopy, t'en fais pas.

Je ricane et l'aide à s'installer derrière le volant. C'est une voiture automatique donc ça ne devrait pas être trop gênant, mais autant dire que je vais lui coller au train jusqu'à son appart.

— Roule doucement, et gare-toi si y'a le moindre problème.

— Promis, papa.

— Beurk, après votre conversation, je ne veux plus jamais entendre parler de ton père.

Elle éclate de rire tandis que je referme la portière. Je me glisse dans mon Range Rover, et lui emboite le pas quand elle s'engage sur la route. Le trajet se déroule sans encombre, et je suis rassuré lorsqu'elle atteint le parking, dix minutes plus tard. Je me gare également et m'éjecte presque du véhicule au moment où elle sort de sa voiture. Elle grimace légèrement en posant son pied.

— Ça va ?

— Oui, j'ai juste hâte d'aller me coucher.

Elle passe son bras sur mes épaules et je l'aide à aller jusqu'à son étage. Quand elle pénètre dans son appartement, elle s'installe sur le canapé et retire ses chaussures, alors que je me dirige vers le congélateur. J'en sors un sachet de gel et le lui rapporte emballé dans un torchon.

— Tiens, mets-ça tout de suite si tu ne veux pas qu'elle double de volume.

— Merci, souffle-t-elle en le posant sur sa cheville.

Je m'assieds sur la table basse et constate qu'elle est vraiment épuisée. L'accumulation a eu raison de son énergie.

— Tu veux que je te porte jusqu'au lit ?

Elle ouvre un œil malicieux, puis l'autre.

— C'est une proposition indécente monsieur.

Un sourire étire mes lèvres.

— Ça va aller, tu n'as pas besoin de me border. C'est pas tant la foulure, c'est juste la fatigue.

— D'accord. Je te laisse tranquille, alors. Mais appelle-moi si besoin en attendant que Blue rentre.

— Promis.

Je hoche la tête et dépose un baiser sur ses cheveux avant de regagner la porte d'entrée.

— Sniper ?

La main sur la poignée, je jette un œil par-dessus mon épaule.

— Merci.

— Pas de quoi, tu sais que je suis toujours là pour toi.

Elle me sourit et laisse sa tête retomber sur le dossier du canapé. Je ne suis pas certain qu'elle se trainera jusqu'à son lit, mais l'important c'est qu'elle soit en sécurité chez elle. Tout en retournant à mon véhicule, je rappelle mon coéquipier.

— Alors ?

— Elle est chez vous.

— Comment elle se sent ?

— Épuisée, elle dormira sûrement quand tu rentres.

— Et sa cheville ?

— Rien de grave, un peu de repos et elle sera comme neuve.

— Merci de l'avoir aidée.

— T'en fais pas. Tu veux que je m'occupe de sa voiture ?

— Laisse tomber, j'ai déjà appelé le garage, je leur amène demain matin.

— OK, passe le bonjour à ta sœur et ta nièce.

— Sans faute.

Je raccroche et grimpe dans mon Range Rover. Un coup d'œil à ma montre m'indique que j'ai encore le temps de faire un tour à la librairie. La lecture, c'était ma safe place quand j'étais gosse. Je me réfugiais dans les livres pour échapper à cette enfance particulière. Même si ma mère faisait de son mieux pour que je mène la vie la plus normale possible, ce n'était pas le cas. Je ne lui reproche rien, elle a fait ce qu'elle pouvait, noyée dans une situation merdique. Les livres, c'était un moyen de m'évader, de vivre des aventures, d'imaginer une autre vie. Je me voyais super-héros, policier, magicien, et j'oubliais la réalité du quotidien pendant quelques heures.

On n'avait pas les moyens d'en acheter et il n'y avait pas de bibliothèque dans notre petite ville, alors j'en empruntais parfois à l'école, mais j'ai surtout eu la chance de connaitre mademoiselle Remington. Je m'installais dans un coin de sa librairie, sur l'un des coussins qu'elle laissait dans le rayon des enfants, et elle m'autorisait à lire des livres sans les payer. Sans elle, je n'aurais jamais pu satisfaire ce besoin d'échapper à ma vie. Elle m'a sauvé d'une certaine manière.

Aujourd'hui, elle a toujours le même effet sur moi. Je plonge dans des livres policiers, historiques ou d'espionnage, et ça me permet d'évacuer ce qu'on voit en mission ou ce qui me tracasse dans ma vie.

Je me gare sur le parking du centre et récupère ma boite à outils avant de me diriger d'un pas léger vers la boutique. Je me sens toujours bien au milieu des rayonnages. Dans mon métier, je découvre beaucoup de cultures, de pays, de peuples. Je me déplace à travers le monde, mais ce sont les livres qui me font le plus voyager. Comme si tout était possible, comme si des milliers de vies attendaient que je les vive.

— Bonjour Hilda, clamé-je en franchissant la porte.

Des clients se tournent vers moi. Deux habitués me saluent alors que les autres me regardent avec curiosité.

— Oh, Sniper ! Ça me fait plaisir de te voir. Qu'est-ce que c'est ? demande-t-elle en apercevant mes outils.

— J'ai remarqué que vous aviez deux étagères bancales au rayon policier.

Elle pose les poings sur les hanches et me jette un regard noir.

— Tu viens ici pour acheter des livres ou pour bricoler ?

— L'un n'empêche pas l'autre, m'amusé-je en haussant les épaules.

— Je vais finir par t'embaucher comme homme à tout faire.

Je ricane et la dépasse avant qu'elle ne s'y oppose.

— J'y vais, les livres n'attendent pas.

Elle secoue la tête et me laisse passer en marmonnant dans sa barbe. Quand je peux, je lui rends des services. Hilda approche les

70 ans, et son mari est mort, il y a trois ans. Sa librairie, c'est toute sa vie. En échange, elle me glisse toujours un livre en plus dans mes achats, et je fais comme si je ne le voyais pas. J'ai refusé, une fois, elle m'a enguirlandé comme ma mère aurait pu le faire. Je n'ai plus jamais rien dit et je la laisse me remercier à sa manière. La vérité, c'est que ça me fait plaisir de l'aider et j'ai un peu l'impression de rendre à Mademoiselle Remington ce que je n'ai jamais pu lui rendre quand j'étais jeune. Elle est morte d'un cancer trois ans avant que je m'engage, et je n'ai jamais pu la remercier pour tout ce qu'elle avait fait pour moi. Alors je compense pour faire taire cette douleur sourde qui se réveille parfois quand le passé me submerge.

— Oh, excusez-moi.

J'interromps mon coup de marteau et jette un œil à la jeune femme qui vient de donner un coup de pied dans ma caisse à outils.

— C'est ma faute, je me suis étalé. Rien de cassé ? demandé-je en poussant ma caisse dans un coin.

— Non, désolée, je lisais le résumé, explique-t-elle en me montrant un livre, et je n'ai pas regardé où je mettais les pieds.

— Ça arrive, plaisanté-je en reprenant ma réparation.

— Vous travaillez ici ?

— Je donne simplement un coup de main.

— Oh.

Elle regarde autour d'elle, l'air déçu.

— Je peux vous aider ?

— Non, oui, en fait, je cherche le rayon romances, dit-elle en rougissant.

— Il est juste derrière.

Je lui indique la bonne allée du doigt tandis qu'elle semble hésiter.

— Autre chose ?

— Non, non.

Elle recule d'un pas et hoche la tête.

— Merci.

Elle disparait si vite que j'ai la sensation de lui avoir fait peur. J'ai peut-être été trop abrupt ? Il faut dire que j'étais perdu dans mes souvenirs, ça me rend souvent plus grincheux. Je regrette beaucoup de choses de mon passé. Des choses que j'aurais pu faire ou dire. Et quand ce genre de pensées obnubilent mon esprit, je peux me montrer plus sec sans le vouloir. Je m'assure de le cacher en temps normal, de le garder pour moi, mais il y a des endroits qui déclenchent ces souvenirs, et la librairie en fait partie.

J'essaie de reprendre mon travail, mais le regard de la jeune femme m'obsède, alors je dépose mon marteau en râlant et je prends la direction qu'elle a empruntée. Je la trouve dans l'allée des romances, occupée à feuilleter un roman avec attention. Elle est jolie, avec ses longs cheveux bruns et son visage de poupée. Quand je m'approche, elle referme violemment le livre, le corps tendu.

— Je suis désolé.

Elle fronce les sourcils.

— Désolé ? Je n'ai pas mal, dit-elle en montrant son pied.

— Non, pas pour ça, pour mon comportement. Vous m'avez surpris, j'aurais dû être plus sympa.

Elle parait vraiment perdue, ce qui me fait penser que je n'ai pas été si désagréable que ça.

— Vous sembliez mal à l'aise, j'ai cru que… laissez tomber.

Je m'apprête à faire demi-tour quand elle reprend.

— J'étais mal à l'aise parce que vous me plaisez.

Je me tourne, surpris. J'étais complètement à côté de la plaque.

— Oh putain, murmure-t-elle en baissant les yeux.

— Sniper, dis-je en tendant la main pour éviter qu'elle soit gênée.

Elle écarquille les yeux, et je remarque qu'en dehors des groupies et de l'armée, mon surnom peut être déroutant, mais c'est mon identité, je ne me présente jamais avec mon prénom, sauf pour les formalités administratives.

— Militaire, j'aurais dû m'en douter.

Elle dissimule davantage le livre qu'elle tient dans ses mains, ce qui m'amuse.

— Est-ce que je dois deviner le vôtre ?

— Camille.

— Je suis flatté, Camille, mais je fréquente quelqu'un, enfin en quelque sorte.

— Oh, vous êtes en couple ?

— Pas tout à fait, grimacé-je, c'est compliqué.

Elle rit et hoche la tête.

— Les livres, c'est moins compliqué, s'amuse-t-elle en secouant le sien.

Elle se met à fouiller dans son sac et arrache la page d'un carnet. Elle griffonne quelques mots, puis me la tend.

— Ça n'engage à rien, mais je vous ai vu plusieurs fois par ici, et j'aurais regretté de ne pas avoir tenté ma chance, alors si un jour vous changez d'avis, c'est mon numéro.

Elle mord sa lèvre inférieure et me dévisage un instant avant de tourner les talons. Je reste immobile, surpris par son geste. Elle semblait si timide que je ne m'attendais pas à ce qu'elle me drague. Le temps que je réagisse, elle est déjà partie, mais ce n'est pas plus mal. Chelsea occupe toujours mon esprit, et je ne peux pas nier que pour le moment, je me vois mal fréquenter quelqu'un d'autre.

C'est idiot, elle m'a clairement fait comprendre qu'elle n'envisageait pas de relation avec moi, mais je ne peux pas décider en un claquement de doigts de faire disparaitre mes sentiments.

Tant qu'elle n'a pas complètement fermé la porte, je me dis qu'il y a un espoir. Les dix jours qu'elle a passés chez moi en sont la preuve. Je ne suis pas de ceux qui abandonnent au premier obstacle.

- 8 -

CHELSEA

— Andrew Murphy, 54 ans, Glasgow à 8, tension à 10, tachycarde à 120, précisé-je en lisant les documents remplis par les ambulanciers.

— Déformation visible au niveau de l'humérus gauche, il faut l'emmener au scan.

— Saturation à 80, annonce ma collègue dans le bloc adjacent. Il me faut de l'oxygène.

Je donne le dossier à l'interne qui va se charger de monsieur Murphy et j'attrape l'insufflateur pour le poser sur le visage de l'autre patient.

— On doit faire une radio thoracique, explique le médecin de garde en vérifiant les constantes.

Margot note les informations dans le dossier pour faire partir le deuxième brancard.

— C'est la folie, murmure-t-elle en me dépassant.

Quand le patient quitte la zone, je me tourne vers le reste de la pièce. Un échafaudage s'est effondré en plein centre-ville. Des dizaines de blessés ont été transportés sur notre hôpital, puisque nous étions les plus proches. Depuis quarante-cinq minutes, les cas s'enchainent sans faiblir. Une machine bien huilée mais qui demande de l'énergie et de la concentration. Chaque patient doit obtenir le même traitement consciencieux, que l'on soit fatigués ou non. Un sourire, un mot rassurant et les bons gestes au bon moment.

— Bonjour, dis-je en passant au cas suivant.

Une jeune femme est assise calmement sur son lit, elle regarde la scène, médusée.

— Je peux attendre, souffle-t-elle, je n'ai pas grand-chose.

— Je vais vérifier ça, expliqué-je avec douceur.

— Il y a peut-être des cas plus urgents, non ?

— Mes collègues s'en occupent, et si besoin, ils m'appelleront. Pour l'instant, je prends soin de vous.

Elle me sourit avec reconnaissance et s'allonge pour que je puisse l'examiner.

— Je peux attendre, dit-elle à nouveau, je n'ai pas grand-chose.

Elle essaie de se relever mais j'appuie sur son épaule pour la maintenir en place.

— Est-ce que vous avez mal quelque part ?

— À la cuisse. Une barre métallique m'est tombée dessus.

J'ausculte sa jambe avant d'y apposer mes mains pour m'assurer que je peux la toucher sans risque, puis je la palpe avec douceur.

— Une barre métallique m'est tombée dessus.

Je fronce les sourcils alors qu'elle m'observe avant de regarder le plafond, puis les gens autour de nous.

Elle ferme les yeux, puis les rouvre.

— C'est pas urgent, je vais bien.

— Est-ce que vous avez mal ailleurs qu'à la cuisse ?

— Non. Une barre métallique m'est tombée dessus.

— D'accord, murmuré-je en vérifiant son dossier pour voir si les ambulanciers ont noté autre chose. Vous avez pris un coup sur la tête ?

— Non, juste à la cuisse.

— Vous permettez que je regarde ?

Elle acquiesce et je l'aide à s'asseoir.

— Je peux attendre.

— Je m'occupe de vous. Vous êtes coincée avec moi.

Elle s'esclaffe, alors que je palpe son crâne. Je vérifie son cuir chevelu, mais il n'y a aucun saignement ni aucune plaie.

— Vous êtes sûre que vous ne vous êtes pas cogné la tête ?

Elle hoche la tête, puis grimace.

— Ça vous fait mal ?

— J'ai une migraine, ça doit être le stress.

— D'accord, on va devoir faire un scan pour s'en assurer, mais je pense que vous avez une commotion cérébrale.

— Mais c'est ma cuisse qui a été touchée.

— C'est juste une précaution. Je vais appeler un médecin, et ensuite, vous allez faire un tour dans nos couloirs pour une petite visite.

Un sourire étire ses lèvres, mais elle semble anxieuse.

— Tout va bien se passer, dis-je en serrant sa main.

J'avise le Dr Larkin de mon diagnostic, et lui transmets le cas pour qu'il puisse prescrire les examens nécessaires.

— On a besoin d'aide ! crie un ambulancier en franchissant les portes avec un brancard.

Son collègue maintient le patient qui s'égosille et remue dans tous les sens. Margot et moi courons vers eux pour leur prêter main-forte. J'enfile de nouveaux gants et remarque tout de suite une plaie qui saigne abondamment sur son abdomen. Pendant que l'ambulancier annonce l'identité et les constantes, je n'hésite pas et plonge mes mains sur la blessure pour stopper le saignement.

— Que s'est-il passé ? s'enquiert ma collègue juste avant de demander à un médecin de nous rejoindre.

— Il avait une barre métallique dans le ventre, il l'a retirée quand on sortait de l'ambulance.

Le patient bouge tellement que j'ai des difficultés à garder mes mains sur lui.

— Monsieur Bendle, monsieur Bendle, vous m'entendez ? l'interpelle le Dr Patel en reposant le dossier qu'il vient de feuilleter rapidement.

Il balaie ses yeux avec une lampe, mais rien à faire, le patient est intenable.

— Donnez-lui 2 mg de midazolam en intraveineuse.

Ma collègue tente de s'approcher, mais elle se fait bousculer et peine à installer le garrot.

— Monsieur Bendle, tenté-je calmement. Monsieur Bendle, on essaie de vous soigner, il faut que vous arrêtiez de bouger.

Mes mains glissent sur la plaie alors que le médecin maintient son bras pour que ma collègue puisse intervenir.

— Monsieur Bendle, dis-je plus fermement.

Il s'agite et bouscule à nouveau le personnel, faisant tomber le cathéter au sol.

— Monsieur Bendle ! claqué-je avec force. Vous êtes aux urgences, on s'efforce de vous sauver la vie, alors vous allez vous calmer immédiatement et nous laisser faire notre travail si vous voulez survivre.

Mes collègues écarquillent les yeux face à mon ton abrupt, mais l'effet est immédiat, le patient tourne son visage vers moi.

— Je m'appelle Chelsea et j'essaie de comprimer la plaie que vous avez au ventre pour pouvoir vous soigner, dis-je d'une voix ferme, mais plus douce. J'ai besoin que vous m'aidiez, d'accord ?

Il ne bouge plus et garde ses yeux paniqués sur moi.

— Tout va bien, on s'occupe de vous, laissez-nous faire notre travail. Ma collègue va poser un cathéter et vous donner de quoi vous détendre.

Le médecin prend le relais tandis que Margot installe l'intraveineuse. Le patient ne me quitte pas des yeux, alors j'essaie de paraitre calme et rassurante, parlant plus lentement et lui expliquant ce que font les personnes autour de lui. Quand enfin je peux retirer les mains de sa plaie, je reste à ses côtés, jusqu'à ce qu'il évacue les lieux. Les anxiolytiques ont fait leur effet et il ne leur donne plus de fil à retordre.

— Bon sang, je n'aimerais pas te mettre en colère, s'amuse ma collègue.

Je ris et jette mes gants avant de vérifier l'état de ma tenue.

— Il paniquait. Pour certaines personnes, il faut être calme, pour d'autres, il faut être ferme. Force est de constater qu'il avait besoin d'un petit coup de pied aux fesses.

— Bah s'il s'en sort, ce sera grâce à toi.

— Chelsea, tu prends ta pause, annonce ma chef.

Normalement, je ne suis de garde que la nuit, mais il y avait deux absentes, donc ils m'ont appelée en urgence. J'ai déjà une garde de douze heures dans les pattes, alors la fatigue va me frapper dès que j'aurai franchi la porte des vestiaires. On tient le coup dans le feu de l'action, mais lorsque la pression retombe, le corps suit le mouvement. Je vais manger et essayer de faire une microsieste pour me requinquer. En tout cas, je compte bien dormir pendant des heures une fois chez moi.

— Oh Chelsea !

Je me tourne vers le Dr Larkin qui a pris en charge la jeune femme qui tenait des propos incohérents.

— Bien vu, elle a subi un choc à la tête, mais elle a dû perdre connaissance, parce qu'elle ne s'en souvenait pas. Elle a un léger saignement intracrânien, je l'ai envoyée au bloc.

J'acquiesce, soulagée de ne pas être passée à côté. L'invisible est le pire de tout, surtout dans les situations tendues où on est amenés à sauter d'un patient à un autre.

— Merci, dis-je alors qu'il tourne les talons pour retourner aux urgences.

Je me faufile dans les vestiaires, contente qu'ils soient vides, et me change rapidement pour retirer ma tenue pleine de sang. Je la dépose dans le panier adéquat en me rendant à la salle de pause pour récupérer mon repas, puis je descends au deuxième sous-sol. Il y a un couloir abandonné dans lequel on stocke des brancards et de vieux meubles. En bref, personne n'y vient jamais, sauf ceux qui veulent un peu de calme dans le chaos ambiant. C'est exactement ce dont j'ai besoin. Je grimpe sur un brancard, appuie mon dos contre le mur et laisse ma tête retomber contre le béton. J'adore cette adrénaline, mais c'est épuisant nerveusement. Il faut avoir les reins solides pour travailler dans le milieu hospitalier. On ne peut pas se permettre de lâcher, d'être fatigué, de manquer de vigilance ou de concentration. On doit être à 100 % tout le temps. Mais ça me convient, je me sens vivante, utile et à ma place. Je ne me verrais pas faire autre chose.

Je regarde mon téléphone et me rends compte que j'ai encore un appel de Derek. Ça fait une semaine que je l'évite et repousse toutes ses invitations. J'aurais dû me douter qu'il y aurait des conséquences à ma visite chez lui. Je n'y avais pas réfléchi, trop pressée de trouver des réponses. Et elles tardent à venir. J'ai posé des questions sur les dossiers des patients qu'il avait emportés, j'ai fouiné du côté de nos archives, je suis même retournée à la clinique, mais je ne suis pas plus avancée. Soit je me fais des films, soit il est très doué pour dissimuler ses actions. En revanche, ma chef est de plus en plus pénible. Toujours sur mon dos, toujours à me gratifier de tâches qui ne m'incombent pas. Me refiler les cas dont personne ne veut. M'annoncer une chose, puis me dire que j'ai mal compris et que j'aurais dû faire autre chose.

Je continue de serrer les dents, mais ça devient difficile de voir ce métier que j'adore, entaché par la mauvaise attitude de cette femme. Je ne comprends pas son acharnement. D'accord, elle apprécie Derek, mais elle m'appréciait aussi avant. Pour qu'elle change son fusil d'épaule, j'aurais pensé qu'il fallait plus qu'une simple aventure avortée avec un médecin de l'hôpital. On n'en était qu'aux prémices d'une relation et personne n'était au courant. Enfin, en principe. Mais l'hôpital est le lieu des commérages par excellence. Une technicienne de laboratoire nous a vus au restaurant et la rumeur s'est enflammée comme une étincelle dans une flaque d'essence.

Je pose une main sur mon ventre noué et inspire pour calmer mon mal au cœur. Le stress bousille mon esprit et mon corps, et je sais que sur le long terme, il peut avoir des conséquences néfastes. Il faut absolument que je trouve une solution avant d'y laisser ma santé. Je ravale la nausée causée par l'idée de devoir quitter mon poste, et croque dans mon sandwich sans grande conviction. Tenir une garde sans manger, c'est du suicide, alors je me force. Même ça, je l'ai perdu. J'ai toujours eu bon appétit, je suis une bonne vivante, mais depuis quelques mois, je ne suis plus que l'ombre de moi-même, ballotée par mes émotions et mes échecs à répétition.

Je reprends mon téléphone et plonge dans ma galerie photo pour me donner du baume au cœur. Mia, Sniper, les gars, leurs femmes, Madi, Ayden, je me gave de tous ces moments. Mon pouce tapote l'écran jusqu'à s'immobiliser au-dessus du visage de mon SEAL. Mon cœur se contracte violemment. J'aurais tellement aimé que la situation soit différente. Il voulait une relation, il voulait du sérieux, il ne voulait que moi, et je l'ai rejeté. Sur le coup, je pensais que c'était la meilleure chose à faire. Je n'étais pas prête et pas décidée à tout quitter. S'engager, ce n'était pas moi, pas possible. Sans compter les conséquences sur Mia et ses amis si ça ne marchait pas. Ma meilleure amie aurait pu être blessée par une rupture. Il aurait pu y avoir un malaise entre nous, et ce n'était pas ce que je voulais. Ensuite l'histoire avec Derek m'est tombée dessus. Je me suis embourbée dans ce chaos jusqu'au cou, et maintenant, j'essaie juste de m'en sortir.

Est-ce que je suis toujours décidée à fuir Sniper ? Je n'en sais rien. Mon cœur balance. Je change d'avis chaque jour. Mais, et si je passais à côté d'une belle relation ?

Je range mon téléphone et jette le reste de mon sandwich avant de me décoller du mur. Finalement, je crois que je vais sortir prendre l'air, je n'arriverai pas à dormir.

Je m'apprête à franchir la double porte, perdue dans mes pensées, quand une silhouette se dresse devant moi. Je crie de surprise et recule d'un pas.

— Je te cherchais.

— Derek, soufflé-je, tu m'as fait peur.

Mon soulagement n'est que de courte durée quand j'aperçois la lueur dans son regard.

Il avance d'un pas, puis d'un autre, jusqu'à ce que mon dos heurte le mur. Les mains placées de part et d'autre de mon visage, bras tendus, il me fixe pendant quelques secondes. Je ne sais pas vraiment comment réagir, je ne m'attendais pas à ce qu'il me coince dans un couloir désert.

— Tu t'es foutue de moi, dit-il d'une voix si calme que mes jambes menacent de flancher.

— De quoi tu parles ? réponds-je en déglutissant.

— Ton cinéma pour te rapprocher de moi, ta visite chez moi. Qu'est-ce que ça voulait dire ?

— Je...

Merde, j'ai passé tellement de temps à l'éviter que je ne sais même pas quoi trouver comme excuse.

— Tu penses que je vais te courir après ? Tu veux te faire désirer ? Ou tu voulais juste que j'intervienne en ta faveur auprès d'Amanda ?

— Rien de tout ça, dis-je platement.

— Je ne vais pas t'attendre, tu sais.

— La belle affaire, murmuré-je.

Je sursaute quand il tape le mur avec le plat de sa main.

— Arrête de me prendre pour un con !

C'est la première fois que je le vois perdre son sang-froid. J'entrevois enfin sa vraie nature, celle qu'il cache à tous.

— Je ne te prends pas pour un con. Je ne suis pas intéressée.

La veine sur sa tempe est sur le point d'exploser quand il rapproche son visage du mien.

— Tu te prends pour qui ? Tu te penses mieux que les autres ? Tu crois que je dois te courir après ?

— Je ne crois rien du tout. Je. Ne. Suis. Pas. Intéressée, articulé-je en appuyant bien sur chaque mot.

— Tu t'es présentée chez moi, habillée comme une pute, et maintenant tu la joues inaccessible ?

Je le repousse violemment et le pointe du doigt, envahie par une bouffée de colère.

— Je suis venue chez toi pour fouiller tes affaires parce que je sais que tu caches quelque chose.

Ma bouche s'entrouvre de surprise et mes yeux s'écarquillent alors que mon cerveau essaie de reconnecter les neurones pour trouver une parade, mais c'est trop tard. J'ai été stupide. Tellement stupide.

— Tu quoi ?

La lueur qui traverse son regard hérisse tous mes poils. Il me pousse et mon dos heurte à nouveau le mur. La terreur s'insinue dans tout mon être. Je ne crois pas qu'il pourrait faire grand-chose ici, mais je ne veux pas tenter ma chance.

— De quoi tu parles ? insiste-t-il. Qu'est-ce que tu as trouvé ?

— Rien.

Ce qui n'est pas loin de la vérité. Mon bipeur sonne à ce moment-là, me donnant une bonne excuse pour m'esquiver.

— Je me suis trompée, mens-je.

Il s'écarte légèrement, et j'en profite pour me faufiler sous son bras et courir vers les escaliers. J'entends ses pas dans mon dos, ce qui me force à accélérer. Je grimpe les marches deux par deux et pousse violemment la porte du rez-de-chaussée. Je m'autorise à souffler quand je débarque dans le couloir des urgences.

Mais c'était sans compter sur le destin qui a un drôle de sens de l'humour.

- 9 -

SNIPER

Le briefing du FBI s'achève, et je me redresse, en resserrant mon gilet. Face à nous, une série de plans détaillés du quartier a été affichée, chaque bâtiment étant annoté, avec des points de repérage des zones tendues marqués en rouge. Une agitation règne dans la pièce, tandis que les équipes ajustent leur matériel.

On a été envoyés à Washington pour l'exercice grandeur nature d'une attaque terroriste. Depuis le 11 septembre, on prend la menace très au sérieux, et même si notre champ d'action se trouve plutôt en dehors du territoire américain, on opère aussi en soutien, si besoin, notamment en cas de grande menace ou de situation d'urgence.

Un agent du FBI, un certain Olsen, nous indique les derniers détails.

— Des civils ont été évacués de cette zone, mais certains figurants sont encore en place pour jouer les otages et les blessés.

La simulation se déroule en pleine ville, dans un quartier populaire. Les assaillants auraient ouvert le feu dans la foule avant de se disperser dans le quartier.

— Est-ce qu'on a une idée du nombre ? demande Storm.

— Une quinzaine d'ennemis, répond l'agent.

Les chefs d'unité discutent à voix basse durant quelques secondes pour régler les derniers détails avant que Ghost ne se tourne vers nous.

— On opère en binômes comme prévu. Ace avec moi, Hunter et Blade, Blue et Sniper. Une fois en position, on nettoie le périmètre rue par rue. L'équipe de Storm intervient dans ce coin, dit-il en montrant la carte. Des agents du FBI nous couvrent sur ce flanc. Les ennemis sont en noir et peuvent être embusqués dans les ruelles ou même feindre d'être des civils blessés. Restez vigilants.

J'acquiesce et tape dans le dos de Blue, qui me fait un signe de tête affirmatif. Ensemble, nous sortons du QG improvisé et nous mettons en route vers la rue principale. Le quartier, d'ordinaire animé, est plongé dans un silence de plomb, l'agitation ayant cédé la place à une tension palpable. Le ciel est gris, et l'air sent le béton humide.

— Je prends la gauche, murmuré-je, mon arme pointée devant moi.

Nous sommes tous équipés d'armes modifiées non létales avec des munitions Simunition[2], mais ça n'enlève rien à la concentration dont nous devons faire preuve. L'entraînement, c'est une question

---

[2] Simunition® : Munitions d'entraînement non létales employées par les forces spéciales. Elles tirent des projectiles en plastique contenant de la peinture, permettant de simuler des tirs réels. Utilisées avec des armes modifiées, elles recréent le stress du combat tout en minimisant les risques de blessure grave.

de survie. Il ne s'agit pas de jouer à un jeu grandeur nature, mais bien d'acquérir des automatismes, de l'expérience, d'apprendre à bouger en équipe, en osmose, et c'est ce qui fait toute la différence sur le terrain. Ça nous a littéralement sauvé la vie à de nombreuses reprises.

Ghost lance le décompte dans la radio, et nous nous mettons en mouvement. Une scène de chaos s'étend devant nous : des corps allongés sur la chaussée, des chaises renversées, des vitres brisées. Chaque pas sur le bitume résonne dans ce silence malaisant qui ne devrait pas exister en pleine ville. En temps normal, j'aurais pu être placé à l'écart pour éliminer les menaces à distance, mais dans cette simulation, il était plus logique que je sois sur le terrain.

J'entends un froissement de tissu, puis un mouvement près d'une fenêtre. Hunter réagit rapidement et se débarrasse de l'ennemi.

— Un tango à terre, annonce-t-il dans la radio.

La chasse est lancée, ce qui fait grimper l'adrénaline dans mon corps.

Quelques mètres plus loin, une ombre noire surgit derrière une voiture stationnée, arme levée. Instinctivement, je fais un pas de côté, vise et tire. La balle en plastique, remplie de peinture, frappe la cible en pleine poitrine. Même si ce n'est pas létal, le choc peut être rude, c'est la raison pour laquelle j'ai visé son gilet. Il amortit l'impact. Je n'aurais peut-être pas toujours la possibilité d'ajuster ma visée, mais c'est un bon exercice de précision. L'ennemi s'écroule alors que Blue annonce le décompte dans la radio.

Devant nous, Hunter et Blade se déplacent en silence le long d'un mur, balayant chaque fenêtre et chaque porte avec leurs armes.

Un bruit dans la ruelle adjacente attire mon attention.

— Blue, mouvement à onze heures.

On s'engage dans l'étroit passage, le son de nos pas amorti par le gravier. Un ennemi se faufile entre deux caisses renversées. Avant qu'il n'ait le temps de réagir, mon coéquipier tire, et la cible s'effondre. Je hoche la tête.

Les informations pleuvent dans la radio, le FBI et l'unité de Storm faisant le ménage de leur côté.

— Messieurs, des otages ont été regroupés au nord-est du quartier, dans un café.

— On est les plus proches, annonce Ghost, on se rend sur zone.

— On continue notre progression au sud, précise Storm. Tracker et Diesel vous rejoignent. Un agent du FBI à terre.

Ce genre de simulation est traitre. Les cachettes sont nombreuses, et en temps normal, des civils pourraient encore être dissimulés dans les bâtiments pour se protéger. Énormément d'attentats sont avortés grâce aux services qui traquent les moindres pistes, mais quand l'un d'eux va au bout, on intervient souvent trop tard. On ne peut pas toujours anticiper chaque menace.

— On a un visuel sur le café, annonce Ghost dans l'oreillette, quelques minutes plus tard. Ace et moi, on prend l'arrière. Sniper, tu couvres l'avant avec Blue. Hunter, Blade, préparez-vous à passer par la porte de service côté ouest.

Le café est un petit bâtiment aux murs de briques rouges. À travers les vitres, on aperçoit plusieurs otages regroupés dans un coin, les mains sur la tête. Les silhouettes en noir se déplacent entre eux, surveillant les alentours.

Je prends position derrière une voiture, couvrant l'entrée principale avec Blue, tandis que Hunter et Blade se faufilent le long de la façade.

Avant d'attaquer, il faut observer et tenter de trouver une solution pacifique. C'est au FBI de gérer les négociations. Nous sommes son bras armé.

— Les négociations ont échoué, annonce Olsen. À vous de jouer.

— Diesel est avec nous, murmure Ghost dans la radio. On va faire diversion à l'arrière pour attirer l'attention. Sniper, Blue, soyez prêts à tirer dès que ça bouge.

Quelques secondes passent, puis un aboiement se fait entendre. Les ennemis se tournent vers le bruit, puis semblent discuter avant que deux d'entre eux se déplacent dans cette direction. C'est notre moment.

— Go, go, go, murmure Ghost.

En temps normal, j'aurais pu dégommer des cibles à travers la vitrine avec mon fusil, mais cette option n'est pas envisagée dans notre scénario. De toute façon, ma précision serait nulle avec nos armes non létales. Les vitres dévieraient forcément mes balles.

Blue et moi fonçons vers la porte. Je la pousse d'un coup sec, m'engageant à l'intérieur, suivi de mon coéquipier. Dans le même temps, Hunter annonce qu'ils sont entrés discrètement par les cuisines.

Après seulement quelques pas dans la salle, les tirs pleuvent déjà de toutes parts. Blue se plaque contre un comptoir et riposte, tout en me faisant signe de contourner pour atteindre les otages. Dans ce genre de cas, ils pourraient être abattus avant même qu'on ait pu neutraliser les assaillants.

L'un des ennemis tente de se servir d'un otage comme bouclier, mais Blue surgit sur le côté, le supprimant d'un coup rapide. Je me poste devant les civils et tire sur l'un des hommes qui visait mon coéquipier. Au même moment, Blade se glisse derrière un tango qui essayait de fuir par la cuisine. D'un geste vif, il mime une élimination à l'arme blanche, et l'ennemi se laisse tomber au sol.

— Trois tangos à terre, rapporté-je. Otages sécurisés.

Alors que la tension s'apaise, Diesel se met à grogner. Tracker, toujours à l'affût, fait un signe au chien qui s'élance dans ce qui semble être une réserve. Quelques secondes plus tard, un homme sort en hurlant, le malinois accroché à sa jambe. Tracker donne un ordre sec et Diesel obéit instantanément tout en continuant de grogner. Nos armes braquées sur lui, le type tombe à genoux, les mains sur la tête.

— Café sécurisé, annonce Ghost. Otages sains et saufs. Belle coordination, les gars.

Le calme retombe sur le commerce, chaque binôme vérifiant sa zone pour s'assurer que tous les ennemis sont éliminés. Se faire surprendre à la dernière seconde est une erreur qui ne doit pas se produire. Jamais. Diesel remue la queue et aboie joyeusement alors que son maitre le félicite.

Blue me lance un regard amusé avant de sortir une connerie, comme toujours.

— On est plusieurs à attendre la récompense.

Je secoue la tête et fais passer l'arme dans mon dos alors que les agents nous rejoignent pour un débriefing.

Deux heures plus tard, je franchis les portes de l'hôpital, légèrement nerveux. Nous repartons demain en fin de matinée, ce qui me laisse peu de temps.

— Elle est en pause, mais je peux l'appeler si vous le souhaitez, m'annonce la femme à l'accueil quand je demande si Chelsea est de service.

Je ne l'ai pas prévenue de ma venue à Washington ni du fait que je voulais la voir. J'ai préféré la manière légèrement sournoise. Il faut dire que je marche sur des œufs avec mon infirmière. Elle a tendance à freiner des quatre fers quand il s'agit de nous, et je sais que si je l'avais avertie, elle aurait trouvé mille excuses pour ne pas me voir.

J'acquiesce, et tandis qu'elle passe au patient suivant, je me faufile jusqu'au couloir pour intercepter Chelsea. Je la verrais bien faire demi-tour en m'apercevant dans la salle d'attente.

Quand j'entends des pas précipités, je me décolle du mur. Une porte s'ouvre et Chelsea en émerge, les cheveux légèrement en bataille. Elle réajuste ses vêtements, puis son visage se lève et elle croise enfin mon regard. La surprise inonde ses traits alors qu'elle jette un coup d'œil rapide dans son dos.

Je fronce les sourcils alors qu'elle avance vers moi, l'air mal à l'aise. Avant qu'on n'ait eu le temps de parler, un homme débarque à son tour en l'appelant.

Elle écarquille les yeux et ses épaules se tendent quand il se poste à côté d'elle. Son malaise est évident, ce qui me met en alerte.

— Un problème ? demande-t-il avec un air supérieur.

— Tu peux nous laisser, Derek ?

Le type me dévisage un instant, puis il se tourne vers Chelsea.

— On se voit plus tard.

Il me salue d'un hochement de tête et je le suis du regard jusqu'à ce qu'il disparaisse de ma vue.

— Derek ? dis-je à voix basse.

Je comprends mieux son malaise, elle est sortie avec ce type. Il me semblait que c'était terminé, mais j'ai dû me mettre le doigt dans l'œil.

— Qu'est-ce que tu fais là ?

Un ricanement nerveux s'échappe de mes lèvres.

— J'ai tout bonnement voulu te faire une surprise.

Les chances qu'on soit envoyés à Washington étaient infimes, je l'ai vu comme un coup de pouce du destin. Là encore, la clairvoyance m'a fait défaut.

— Je travaille, assène-t-elle plus froidement.

— Ouais, je vois ça.

Elle me dévisage, légèrement perdue.

— Ce Derek, je croyais que c'était fini.

— Ça ne te regarde pas, dit-elle en croisant les bras sur sa poitrine.

Je me frotte le visage, en essayant de maitriser la jalousie qui me dévore.

— J'ai juste une question : toi et moi, je me fais des idées ?

Elle soupire et mordille sa lèvre inférieure, détournant les yeux.

— Tu sais que c'est impossible.

— Pour des raisons stupides, Chelsea. Si tu le voulais, on trouverait des solutions.

— Peut-être que je ne le veux pas.

Je cherche un doute dans son regard, une lueur d'espoir, un quelque chose auquel me raccrocher, mais il n'y a rien.

Ses yeux dévient derrière moi, et je me rends compte que le Derek rôde encore dans les parages.

— J'ai compris, je ne te contacterai plus, ne t'en fais pas.

Elle reporte son attention sur moi, mais je n'ai plus rien à dire. J'ai eu les réponses à mes questions. Enfin, la réponse à la question la plus importante.

— Prends soin de toi.

Je tourne les talons et quitte l'hôpital sans un regard en arrière. J'ai espéré qu'on trouverait une façon de vivre notre histoire, de gérer une relation à distance. J'étais prêt à faire le voyage aussi souvent que nécessaire, mais il faut croire qu'on n'avait pas du tout des envies similaires. C'est ma faute, je me suis accroché à une relation qui n'était qu'éphémère. Chelsea a été claire sur ce point dès le début. D'ailleurs, on n'en a jamais parlé autour de nous, même à Mia, qui est pourtant sa meilleure amie. Ça aurait dû me mettre la puce à l'oreille.

Je me suis battu aussi longtemps que possible, mais il est temps de tourner la page.

- 10 -

CHELSEA

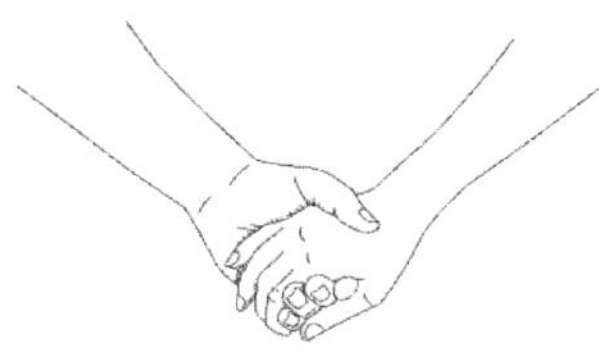

Je m'approche du lit en entendant Derek fulminer. Depuis deux semaines, je l'évite comme la peste, et ça ne marche pas du tout, il est partout. Il a pris des gardes en commun avec moi, il vérifie mon travail, il est même arrivé que je le retrouve dans les toilettes des femmes. Ça frôle le harcèlement, sauf qu'il s'arrange pour ne jamais franchir la limite.

— Tu tombes bien, c'est quoi ces examens ?

— Pardon ? m'étonné-je.

Un patient obèse est arrivé aux urgences, dans la nuit, avec une suspicion de cause mixte : douleur abdominale et thoracique. Derek m'est tombé dessus pour que je lui fasse des examens rapidement.

— Pourquoi est-ce que j'aurais demandé une écho abdominale et des tests de la fonction hépatique pour un homme avec des douleurs thoraciques ?

— Ce n'est pas...

— Que suspecte-t-on pour un patient qui a des douleurs thoraciques modérées irradiant dans le bras gauche, des sueurs, et des étourdissements ? m'interrompt Derek avec un ton condescendant.

— Ses signes cliniques suggèrent un possible syndrome coronarien aigu, répond l'interne lèche-botte.

— Alors quelles analyses aurais-je requis ?

— Un ECG, un dosage de troponine et une radio thoracique pour exclure d'autres causes.

— Heureusement, j'ai demandé les bons examens pour éviter qu'on ne perde ce patient à cause de ton incompétence.

Je le dévisage avec horreur alors qu'il me rabaisse devant tout le monde. Comment prouver que c'est lui qui m'a sciemment donné les mauvaises informations ? C'est un excellent médecin, et je cumule les gardes depuis des jours. Il n'aurait pas de mal à me discréditer auprès des autres. Même s'il a demandé les bons examens en parallèle, preuve qu'il avait prévu son coup, mes collègues ne verront que ce qu'il leur met sous le nez : mes erreurs.

Je sais que je ne me suis pas trompée, je le sais, j'en suis certaine, mais personne ne me croira. Il a commencé à semer le doute sur mes compétences, à glisser des remarques ici et là, alors me défendre ne servirait à rien. À la place, je préfère laisser la main.

Derek continue de parler à mes collègues pour expliquer la suite des opérations, quant à moi, je m'écarte du lit. Heureusement, j'ai fini ma garde. J'aurais eu du mal à faire abstraction de cet incident.

Tête baissée, je fonce vers les vestiaires. J'ai trois jours off et je compte bien en profiter pour vider mon esprit et tenir Derek éloigné de mes pensées et de ma vie. Faire l'autruche, c'est un bon programme.

C'est même le seul programme en attendant de trouver une solution.

À mon grand bonheur, les vestiaires sont déserts puisque le changement de garde a eu lieu, il y a trente minutes. Je fonce vers mon casier pour récupérer mes affaires et remarque tout de suite que quelque chose ne va pas. La porte métallique est entrouverte. Ma main reste suspendue dans les airs, hésitante. Parce que je sais que quoi qu'il y ait dans ce casier, ça ne sera pas positif. Après une inspiration, j'ouvre le battant et me fige devant le spectacle qui s'offre à moi. Mes vêtements sont en lambeaux. Un vieux paquet de cigarettes a été piétiné. Mon flacon de parfum a été vidé. Le capuchon de mon déodorant traine dans le fond, à côté d'un rouge à lèvres écrasé et étalé partout. Je peine à saisir ce qu'il se passe. Je le sais, je le vois, mais je crois que l'information ne parvient pas à mon cerveau.

On a vandalisé mon casier.

Je jette un coup d'œil autour de moi et ouvre deux autres compartiments, qui n'ont pas de cadenas, mais ils sont intacts. Ça m'était donc bien destiné. Quand je reviens devant mon casier, j'aperçois la photo de Mia et moi, déchirée, les morceaux éparpillés sur mes affaires. Mon cœur se contracte si violemment que j'ai l'impression qu'il va se briser. J'ai du mal à respirer mais je force mon corps à tenir encore un peu. Juste quelques minutes. Juste le temps de m'éloigner. Je récupère seulement mes papiers et mes clés, puis je quitte ce lieu de désolation.

Dans le couloir principal, je marche d'abord lentement, puis plus rapidement, et quand enfin je m'approche des escaliers, je me mets à courir. Je les dévale si vite qu'une chute pourrait m'être fatale. Je déboule dans le parking comme une furie, complètement dépassée par la vague d'émotions qui me submerge. La portière de ma voiture refermée, je m'autorise à relâcher la tension. Mon crâne retombe contre l'appuie-tête alors que des larmes de désespoir inondent mon visage. Puis dans un cri de rage, je frappe mon volant, une fois, deux fois, trois fois, jusqu'à ce que la colère s'échappe de mon corps. Jusqu'à ce que je ne ressente plus rien. Jusqu'à ce que je puisse à nouveau respirer sans avoir l'impression de mourir de l'intérieur.

Vidée, le front appuyé contre le volant, je renifle bruyamment avant de me redresser. Je ne me sens pas mieux, mon cœur est en miettes, mais je ne peux pas m'effondrer. Je ne le peux pas. Je dois m'accrocher. Je n'ai pas d'autre choix.

Au bout de quelques secondes, le corps engourdi, je relève la tête et mes doigts cherchent mon téléphone. Sans que j'aie le temps d'y réfléchir, je lance un appel.

— Chels ! Tu me manques, tu reviens quand ?

Malgré mes larmes, je m'esclaffe, submergée par le bonheur d'avoir une telle amie dans ma vie.

— Tu me manques aussi, dis-je en éludant sa question.

— Ça va ? Tu as une drôle de voix.

J'ai envie de tout lui dire, lui raconter ce qui m'arrive, vider mon sac, trouver du réconfort et du soutien.

— Je viens de finir ma garde, je suis crevée.

— Oh. Je ne sais pas comment tu fais. Ce rythme tout décalé, ça doit être super dur. Je ne pourrais pas me passer des nuits dans les bras de Matthew.

Je m'esclaffe à nouveau, le cœur moins douloureux. Je m'enfonce dans le siège et l'écoute me relater les dernières nouvelles.

— Elle m'a souri, c'était incroyable, j'ai cru que j'allais pleurer comme une madeleine.

— Tu as pleuré.

— Bon, oui, j'ai pleuré, mais c'est les hormones.

— Ma chérie, faut que t'arrêtes de sortir cette excuse à tout bout de champ.

— J'en profite, s'amuse-t-elle, il paraît que le corps met trois ans à se remettre d'un accouchement.

— Malheur ! Trois ans, pauvre Ghost.

— Matthew ne peut rien me reprocher quand je lui fourre Hope sous les yeux.

Ma résolution s'effrite à mesure que le bonheur de Mia éclate dans l'habitacle.

— Et toi, comment tu vas ? Je t'ai trouvé pensive ces derniers temps.

Je mords l'intérieur de ma joue, les mots au bord des lèvres.

— C'est à cause du type que tu voyais ? enchaine-t-elle. Ça n'a pas marché ? Si c'est un enfoiré, je peux lui envoyer Sniper pour lui casser la figure, je te jure qu'il le ferait.

La réalité comprime ma gorge. Mes mensonges, mes secrets, tout ce que je ne lui ai plus confié depuis des mois. Ma liaison avec Sniper, les soucis avec Derek, ce que j'ai découvert. Je me suis enfoncée dans mes emmerdes et je n'ai absolument pas envie que tout ça rejaillisse sur Mia et les autres.

Le visage déçu et blessé de Sniper me revient en mémoire. Ce moment où il m'a vue avec Derek. Il a cru… Je sais que ça prêtait à confusion, mais encore une fois, je n'ai pas pu dire la vérité. Je n'ai pas trouvé les mots. Derek rôdait, à l'affût, il me surveillait, alors j'ai laissé Sniper penser qu'il y avait quelqu'un d'autre. C'était stupide, j'aurais mieux fait de lui parler, il aurait compris, il m'aurait écoutée, peut-être même conseillée, mais j'ai préféré faire ce que je fais toujours : tout garder pour moi.

— Chels ?

— Oui, ça ne marchait pas, dis-je, ça m'a un peu démoralisée.

— Oh ma puce, tu sais que les Californiens sont plutôt mignons, hein ?

— Tu ne perds pas le nord.

— Jamais quand il s'agit d'avoir ma meilleure amie près de moi.

— Mia...

— Oui, je sais, excuse-moi, c'est juste qu'avant, c'était Alexander, toi et moi. Alexander ne quittera jamais Washington, et j'ai conscience d'avoir une chance folle d'être ici, j'ai des amis incroyables, mais toi, c'est toi... Tu me manques atrocement.

Les larmes menacent d'inonder à nouveau mon visage, alors j'inspire profondément pour apaiser mes émotions. Je ne le lui dis probablement pas assez, mais quand Mia est partie, j'ai eu l'impression qu'on m'arrachait un membre. Je n'ai plus aucun contact avec mes parents, donc Mia, c'est ma famille. La seule que j'ai.

— La distance n'y changera rien, meilleure amie de moi.

Elle rit, même si je sens l'émotion à travers le téléphone.

— Je compte bien être la marraine super cinglée qui gâte sa filleule.

— Quelle erreur j'ai commise, s'amuse Mia.

Je soupire et réalise que je suis toujours dans le parking de l'hôpital. Mon cœur est plus léger, mais il est temps pour moi de rentrer, et surtout de prendre des décisions. Peut-être que je devrais quitter cet hôpital, tout simplement. Tirer un trait sur cette histoire. Tirer un trait définitif sur Derek.

— Je te laisse, ma puce.

— Oui, bien sûr, repose-toi bien, on s'appelle bientôt.

J'acquiesce et raccroche avant de céder à l'envie de tout lui dire, d'acheter un billet d'avion et de tout plaquer.

Mon doigt frôle le prénom de Sniper. J'hésite. Je lutte. Et finalement, je repose mon portable sur le siège passager. Il ne servirait à rien de lui écrire, de lui parler. Pour lui dire quoi ?

Je suis une idiote.

Je suis désolée.

Autant le laisser penser ce qu'il veut. Un jour, je lui expliquerai. Un jour, il saura tout. Que ça change quelque chose ou non, il mérite de savoir que je ne me suis pas moquée de lui.

Une fois chez moi, je m'échoue sur le canapé. Je voulais dormir, mais en fait, je crois que je n'y arriverai pas. Mon cerveau tourne en boucle sur Derek, ses paroles, son comportement, mon casier. On est monté d'un cran sur l'échelle du harcèlement, et je me demande si ce ne sont que des avertissements ou si je dois m'inquiéter d'une possible escalade. J'attrape un coussin que je plaque contre moi, et mes yeux se perdent sur la pièce. Je crois que je ne me suis jamais sentie aussi seule. Même ici, dans mon cocon, je ne me sens plus à l'aise. Chaque objet, chaque meuble me rappelle celle que j'étais avant. La vie que j'avais avant.

Avant que tout ne déraille.

Avant que Mia s'en aille.

Avant que je rencontre Sniper.

Avant que je fréquente Derek.

Avant. Quand j'étais heureuse.

Je suis entourée, je pourrais demander de l'aide, mais je n'y arrive pas. Je ne veux pas entrainer les gens que j'aime dans mes problèmes. Je ne veux pas faire de mal autour de moi, comme je l'ai fait par le passé. Je ne veux pas gâcher le bonheur des autres. Mais le résultat est là. Je me sens noyée, embourbée dans mes ennuis.

Pour combler ce silence pesant, je lance une playlist relaxante et sors un cahier de coloriage du tiroir de la table basse. On pourrait croire que c'est une activité idiote, mais ça a le mérite de m'apaiser. J'ai une multitude d'activités en stock pour ce genre de moments, c'est ce qui me maintient la tête hors de l'eau depuis des semaines, peut-être même des mois.

Au bout d'un quart d'heure, je me sens étrangement plus sereine. J'ai laissé mes pensées vagabonder. J'ai fait le vide dans mon esprit pour me recentrer sur le moment présent. Et comme souvent, mes pensées se sont éclaircies. Je ne peux pas embarquer mes amis. Mais je sais aussi que je ne peux plus continuer comme ça. Je ne peux plus travailler dans cet hôpital. Je dois prendre les choses en main pour changer de vie. Je ne peux pas obliger Derek à partir, mais moi, je peux partir. Il n'est pas nécessaire que je m'impose cette pression et ce stress constants. Il y a d'autres établissements. D'autres possibilités. Je ne suis pas prisonnière de ce poste. Il n'y a que moi qui m'enchaine à cette situation.

Il ne tient qu'à moi de m'en sortir.

Prise d'un nouvel élan, avec les épaules allégées d'un poids, je range mes affaires, et récupère mon ordinateur portable. Je passe les deux heures suivantes à refaire mon CV, puis à établir la liste des différents hôpitaux et cliniques de la région. Je pourrais chercher dans tout le pays, mais je ne suis toujours pas prête. C'est ma ville, j'y ai de nombreux souvenirs avec Alexander et Mia. Je suis devenue une adulte ici, j'y ai fait mes études, j'y ai fumé ma première cigarette, j'y ai perdu ma virginité, j'y ai pris ma première cuite.

J'y ai vécu plein de moments avec *elle*. Ça peut paraître idiot de me raccrocher à ce genre de futilités, mais ce n'est pas si facile de tirer un trait sur ce qui m'a construit en tant que femme. Je ne suis pas prête à abandonner. Pas encore. Je dois tenter ma chance, tout essayer, jusqu'à avoir l'impression d'être au bord d'une falaise et de ne pas avoir d'autre choix que sauter.

Épuisée, je finis enfin par poser la tête sur mes avant-bras et à fermer les yeux pour me reposer. Demain signe le début d'une nouvelle aventure.

- 11 -

CHELSEA

— Je suis désolée, vous m'avez l'air très compétente et sympathique, mais je ne peux pas vous embaucher.

Je fronce les sourcils, décontenancée.

— Est-ce que quelque chose cloche avec mon expérience ?

— Pas du tout, votre profil correspond à nos attentes, répond la responsable, légèrement gênée.

— Je ne comprends pas...

Elle soupire et se penche en avant, les coudes appuyés sur le bureau.

— Ça ne vient pas de moi, ça vient du chef de clinique.

Elle a reçu un bref coup de téléphone pendant l'entretien, et son comportement a changé. Au début du rendez-vous, elle était avenante et ouverte, ensuite, son attitude s'est modifiée. Elle était moins souriante, mal à l'aise. J'ai pensé qu'on lui avait dit quelque chose de dérangeant ou de personnel, mais il semblerait que cet appel me concernait.

— Est-ce que vous savez pourquoi ?

— Je suis désolée, dit-elle en secouant la tête.

— D'accord, soufflé-je en me levant. Merci de m'avoir accordé du temps.

Je récupère mon sac et ma veste, puis je me dirige vers la porte, les épaules affaissées.

— Mademoiselle Reed ?

Je pivote, la main sur la poignée.

— Si je peux me permettre, je vous conseille d'élargir votre zone de recherches.

Je hoche simplement la tête et quitte la pièce, l'esprit en ébullition. C'est le deuxième entretien de la journée, les seuls que j'ai réussi à décrocher. Le premier n'a même pas eu lieu. Quand je suis arrivée à l'accueil, on m'a gentiment dit que le poste n'était plus à pourvoir. Sur le coup, j'ai pensé que c'était le jeu. Un candidat peut parfaitement coller aux besoins, et comme le temps est compté, ils ne s'embêtent pas à recevoir d'autres personnes. Sauf que ce deuxième entretien me fait douter.

Je récupère mon téléphone et appelle l'hôpital dans lequel j'avais rendez-vous, ce matin.

— Bonjour, je voudrais savoir si le poste d'infirmière aux urgences est toujours disponible, dis-je dès que mon interlocutrice décroche.

— Bien sûr, vous seriez intéressée ?

— Oui, mais je croyais qu'un candidat avait déjà été retenu.

— Non, nous cherchons toujours deux infirmiers.

— Merci, je vous rappelle un peu plus tard.

Je raccroche et regarde autour de moi, complètement perdue.

Maintenant que j'y pense, c'est quand j'ai donné mon nom que la personne m'a renvoyée. Est-ce qu'il serait possible que je sois blacklistée ?

Je ricane. C'est impossible. Je suis compétente. Mes états de service sont impeccables et j'ai de l'expérience. N'importe quel établissement voudrait de moi.

Je reprends mon téléphone et regarde le dossier que j'ai créé. J'ai mis des postes de côté pour diverses raisons, mais je crois que je vais devoir changer mon fusil d'épaule. J'ai besoin de trouver un boulot. Et même si j'ai des économies qui me permettraient de tenir quelque temps, je n'ai pas envie de rester sans rien faire. J'aime mon travail, j'aime être active, je dépérirais si j'étais enfermée chez moi.

Tout en soupirant de frustration, je range mon portable et me faufile jusqu'au métro.

À l'écart de la foule, je pose une main sur mon estomac noué. Je n'ai rien mangé de la journée à cause du stress, pourtant, ça ne m'empêche pas d'avoir mal au cœur. En ce moment, mon corps est aussi en vrac que mon esprit. Je dors mal, je m'alimente à peine, je suis fatiguée et pour couronner le tout, je me sens particulièrement anxieuse. Avec cette boule d'angoisse qui ne quitte pas mon ventre. Cette sensation d'avoir parfois du mal à respirer tant la pression qui s'abat sur mes épaules est puissante. J'essaie, je lutte, je tiens le coup, mais plus le temps passe, et plus je faiblis face à l'ampleur de la situation.

Quand enfin la rame arrive, je m'installe sur un siège, récupère des écouteurs et me plonge dans ma bulle. J'ai juste envie de rentrer chez moi pour me glisser sous la couette. Heureusement, je ne travaille pas ce soir. Je n'en aurais pas eu le courage après ce que m'a fait l'enfoiré de Derek. Ma carrière, c'est tout ce que j'ai. Si je la perds, qui est-ce que je serais ? Qu'est-ce que je pourrais apporter au monde ? Qu'est-ce que je laisserais derrière moi ? Aider, soigner, accompagner, c'est mon empreinte, ma petite pierre léguée à l'humanité. Probablement la seule chose que j'ai faite de bien dans ma vie.

Mes doigts caressent le tatouage sur mon poignet, et je ravale la boule d'émotion qui menace de me submerger. Ce n'est clairement pas le moment de penser à elle. Ce n'est jamais vraiment le moment tant la blessure est à vif, malgré les années. Mais parfois, les souvenirs surgissent dans mon esprit sans que je m'y attende. Un bruit, une odeur, une voix. Tout peut me rappeler ce que j'ai perdu.

Je sursaute presque quand le haut-parleur annonce ma station. Je quitte les souterrains d'un pas vif, pressée de rentrer chez moi. Je n'habite qu'à quelques rues, mais le trajet semble durer une éternité, comme si mon corps était lourd et mes pieds lestés. Je ne respire à nouveau qu'en refermant la porte de mon appartement. Je m'y adosse quelques secondes, le temps de retirer mes chaussures à talons, puis j'accroche ma veste et mon sac sur le portemanteau. Je n'ai qu'une hâte, enfiler des vêtements confortables et me vautrer devant une série ringarde. Rien de sérieux, rien de stressant, rien en rapport avec mon avenir, juste le déni. Je trouve que c'est un programme respectable quand tout fout le camp.

Je fais un détour par la salle de bain pour me démaquiller, mais en ouvrant le placard, mon regard tombe sur une boite qui traine ici depuis plusieurs mois. Je fronce les sourcils, inquiète de la tournure que prennent mes pensées.

Et si ?

— Non, impossible, murmuré-je.

J'essaie d'activer ma mémoire pour trouver une explication, sauf que l'idée s'impose à moi. Puissante. Angoissante. Terrifiante. Soucieuse, je déballe le bâtonnet et m'installe pour faire le test. Pendant quelques secondes, je n'arrive même pas à uriner tant mon esprit fait un blocage. Quand j'ai terminé, je le pose sur le rebord du lavabo, me lave les mains, et fixe mon reflet dans le miroir.

Mes émotions vacillent entre la terreur et l'espoir. Des montagnes russes qui me donnent encore plus mal au cœur.

Quand l'angoisse menace de me faire craquer, je jette un œil à ma montre, et prends mon courage à deux mains pour regarder le résultat.

— Ça va aller, dis-je. Tu vas gérer.

J'attrape le bâtonnet, inspire profondément, et quand la réponse me saute aux yeux, une vague de nausées me submerge. Je tombe à genoux devant les toilettes et subis les assauts de mon estomac qui tente de rendre ce qu'il ne contient pas. Une fois le tsunami passé, je m'appuie contre la baignoire, en essayant de faire le tri dans mes émotions.

Je suis enceinte.

Je. Suis. Enceinte.

Oh bordel !

Un bébé. Maintenant.

Ce n'était pas du tout prévu, mais alors pas du tout. Avec ma situation, c'est clairement le mauvais moment. Tout mon quotidien prend l'eau, et je vais devoir gérer une grossesse, et l'arrivée d'un bébé.

Je reste assise sur le carrelage froid durant de longues minutes, tentant d'accepter l'information. Celle qui va tout bouleverser. Jusqu'à ce que mes pieds soient tout engourdis. Alors, je me redresse et vérifie à nouveau le test, comme pour m'assurer que je n'ai pas rêvé.

Les deux barres sont toujours là. Colorées. Fortes. Puissantes.

Mes yeux remontent vers le miroir, puis ma main se porte sur mon ventre par réflexe.

Une vie grandit en moi.

La seconde d'après, le visage furieux de Derek vient briser ma léthargie. Avant toute chose, je dois faire une prise de sang pour en être certaine à 100 %. Puis, il me faudra réfléchir à la suite.

Il y a peu de chances que ce soit une erreur, parce qu'en me dirigeant vers ma chambre, je réalise que tous les signaux étaient sous mes yeux. Je les avais mis sur le compte du stress, perturbée par la situation.

Une belle boulette pour l'infirmière que je suis.

J'enfile un pyjama, me glisse sous la couette et attrape la photo qui trône sur ma table de chevet. Je caresse le cadre, désespérée de ne plus pouvoir l'appeler. Lauren était mon pilier, ma meilleure amie, ma confidente. Elle m'empêchait de partir à la dérive. Elle était la fiabilité et la sagesse, quand j'étais tout l'inverse. Mais c'était ce qui faisait notre force. Aujourd'hui, j'aurais bien besoin de ses conseils avisés.

Je repose le cadre et me cale contre l'oreiller, les yeux rivés sur les peintures accrochées en face de moi. Des essais que j'ai réalisés quand j'étais dans ma période aquarelle. J'étais assez fière du résultat, mais c'est une passion qui n'a duré que quelques mois avant que je ne m'en lasse. Pour autant, j'en garde un bon souvenir.

Je crois qu'il n'y a que deux choses qui ont échappé à mon papillonnage excessif : mon amitié avec Mia et mon boulot d'infirmière. Pour le reste, j'ai déménagé trois fois en cinq ans, j'ai essayé de nombreuses activités et je ne garde jamais un homme plus de quelques semaines.

— Alors un bébé, murmuré-je, choquée par cette constatation.

Est-ce que je serais capable d'être suffisamment stable pour m'occuper d'un enfant ? Pour lui offrir l'attention, l'amour et la vie qu'il mérite ? Cet engagement, c'est l'engagement ultime, celui qu'on ne peut pas défaire.

On peut démissionner.

On peut divorcer.

Mais on ne peut pas changer d'avis quand on a décidé d'assumer un enfant. C'est pour la vie.

Je n'avais pas envisagé d'avoir un bébé si tôt, mais j'ai souvent réfléchi à la relation que je voudrais avoir avec mon enfant.

Je voudrais être le genre de mère solide qui est toujours présente. Qui le soutient, l'aime inconditionnellement. Celle en qui il a confiance. Celle vers qui il se tourne instinctivement.

Je voudrais être ce que ma mère n'a pas été pour moi.

Je sursaute quand mon téléphone vibre sur le matelas. Je jette un coup d'œil à l'écran et remarque que Derek m'a envoyé un message.

Il a le chic pour tomber à pic.

Je m'apprête à l'ignorer quand les premiers mots m'interpellent.

[Tu croyais vraiment que tu pourrais me la faire à l'envers ?]

J'écarquille les yeux alors qu'un nouveau message apparait.

[J'ai des contacts, Chelsea. Des relations, dues à des années de diners, de parties de golf et de conférences.]

Mon sang se glace dans mes veines alors que les pensées se bousculent dans mon esprit.

[Tu ne trouveras jamais un autre poste.]

Mes mains tremblent de manière incontrôlable alors que le téléphone tombe sur le lit.

C'était lui.

J'en doutais, je ne voulais pas y croire, mais il semblerait qu'il ait plus de relations que ce que je pensais. Je comprends mieux tout ce qu'il s'est passé. Mes compétences ne feront pas le poids face à son réseau.

Mais pourquoi ? Pourquoi m'empêcher de partir ? Au contraire, il serait débarrassé de moi.

Je regrette amèrement d'avoir connu ce type. Il fait partie des plus grosses erreurs de ma vie. À me jeter dans ses bras pour oublier Sniper, pour me convaincre qu'aucune relation n'était possible entre nous, je le paie très cher. J'ai mis le doigt sur quelque chose que je n'aurais jamais dû découvrir. Pire, je lui ai craché au visage que j'étais au courant. Le meilleur moyen de dessiner une cible dans mon dos.

Et je refuse de participer à son jeu malsain en lui donnant l'occasion de m'abattre. Il est peut-être temps de reprendre la main.

- 12 -

SNIPER

Je pose l'huile sur la table et enfile mes gants avant de commencer le nettoyage du Broomhandle, un pistolet allemand avec une crosse en forme de manche à balai. Au fil des ans, j'ai acquis un grand nombre d'armes venant de tous pays. Un Webley Mk VI, une arme britannique. Le Nambu Type 14, un pistolet de l'armée impériale japonaise datant de la Seconde Guerre mondiale. Ou encore le Winchester Model 70, le fusil des Snipers pendant la guerre du Vietnam. Ce sont des pièces de collection, des traces de notre histoire, de notre passé. Je ne me lasse jamais de les regarder, de me demander qui les a utilisées, dans quelles circonstances. De retracer leur parcours, quand c'est possible.

Mais surtout, les nettoyer, c'est l'activité qui me permet de faire le vide, en dehors du tir. Pendant des heures, je ne suis plus ici, je ne suis plus dans mon quotidien, dans ma vie. Je suis ailleurs, sur les champs de bataille, dans la vie de ces militaires qui ont péri, il y a des dizaines ou des centaines d'années. Et aujourd'hui, j'avais bien besoin de me vider la tête.

Je suis revenu de Washington, il y a dix jours. Je n'ai quasiment pas vu les gars en dehors de quelques entrainements. Je devais réfléchir à la situation.

Quand je suis allé à l'hôpital, j'étais persuadé de pouvoir la convaincre de nous laisser une chance. C'était presque une évidence. Je crois que je m'étais monté la tête tout seul. Chelsea a toujours été claire. C'est ma faute, j'ai voulu forcer quelque chose qui n'était pas dans ses projets. Impatient, confiant, je me suis pointé sur son lieu de travail, ce qui n'était clairement pas une bonne idée. Mais si je ne l'avais pas fait, je n'aurais peut-être pas compris. J'aurais continué à y croire. La voir avec ce type a eu l'effet d'un électrochoc. Le pire dans tout ça, c'est que je ne peux pas lui en vouloir. On ne s'est rien promis, on n'était pas en couple. Techniquement, elle avait le droit de fréquenter qui elle souhaitait.

Je prends un pinceau doux et dépoussière l'extérieur de mon arme. Quand c'est fait, j'essuie les surfaces en métal avec un chiffon légèrement imbibé d'huile. Enfin, j'utilise un chiffon sec pour les parties en bois. Ces armes anciennes ne supportent pas l'humidité ou l'agressivité de certains produits. Il ne suffit pas de les acheter et de les entreposer, il faut aussi en prendre soin. D'ailleurs, beaucoup croient à tort, qu'il faut les démonter comme dans les films, mais en réalité, les armes anciennes ne doivent pas être autant manipulées. On ne les démonte que rarement, et uniquement si on sait exactement comment les remonter sans dégâts. La plupart du temps, on les nettoie avec un démontage minimal voire inexistant.

Je soupire en récupérant un écouvillon pour traiter l'intérieur du canon. D'habitude, nettoyer me détend, mais je ne peux pas nier que le visage gêné de Chelsea m'obsède. Je ne peux pas lui en vouloir, en revanche, ça m'a blessé. Pas mon égo, je m'en fous bien pas mal. Ça m'a blessé parce que je tiens à elle et qu'elle ne semble pas s'en rendre compte. Ensemble, on aurait pu trouver des solutions, j'en suis certain, mais on ne peut pas forcer quelqu'un à agir contre sa volonté. Et je ne forcerais sûrement pas une femme à faire quoi que ce soit qui va à l'encontre de ce qu'elle souhaite. Je voulais lui montrer que j'étais présent, la rassurer, mais je ne vais pas me transformer en harceleur. Cette fois, notre histoire est terminée. Même si histoire est un bien grand mot. Quelques instants volés, rien de plus. En tout cas pour elle.

Je sèche légèrement le canon, puis j'applique une couche d'huile de protection avant de passer à l'arme suivante.

Je nettoie toujours mes armes dans le même ordre, avec la même précision et la même rigueur. Ces étapes, réglées, millimétrées, c'est justement ce qui m'aide à rester concentré sur ma tâche sans trop divaguer. Sauf quand il s'agit de Chelsea, bien sûr, elle a le chic pour se fourrer dans n'importe laquelle de mes pensées.

Je termine mon rituel par le pistolet de cavalerie du XIXe siècle que m'a offert Mia après son sauvetage. Parce que cette mission a tout changé, pour elle, pour nous, pour Ghost. Ce souffle qu'elle a apporté dans notre groupe a permis à mes coéquipiers de trouver le bonheur, de fonder des familles. Grâce à elle, nous sommes sortis de notre routine, de nos entrainements, de notre dévotion illimitée pour la Navy. Nous avons beau aimer notre métier et nous y investir corps et âme, la vie existe en dehors des bases et des opérations. Mia nous a ouvert les portes d'un avenir auquel on n'osait croire.

Tandis que je range les armes à leur emplacement habituel, mon téléphone se met à sonner. J'aimerais l'ignorer, mais en tant que

SEAL, journée de repos ou non, je me dois d'être disponible, alors, je le récupère sans grand enthousiasme, surtout quand je remarque que c'est un numéro inconnu.

— Sniper.

— Sniper… chuchote une voix paniquée. C'est… c'est Lynette.

J'entends un sanglot, puis un bruit de fracas. Je n'ai pas besoin d'explication pour comprendre ce qu'il se passe. J'attrape ma veste et mes clés avant de courir vers la porte d'entrée.

— Je ne sais pas si vous vous rappelez de…

— Je me rappelle très bien de vous, Lynette, êtes-vous en danger ?

Elle renifle et se met à chuchoter encore plus bas.

— Mon mari, il est devenu fou. J'ai peur.

— Est-ce que vous pouvez vous mettre en sécurité ou sortir de la maison ?

— Je suis enfermée dans la salle de bain. Il hurle dans le salon, je…

— Votre adresse, dis-je en grimpant dans mon Range Rover.

Elle me la dicte, et j'en profite pour envoyer un message à Ace pour qu'il m'y rejoigne tout en continuant de rassurer Lynette. Si elle est blessée, elle va avoir besoin de soins en urgence.

— Verrouillez bien la porte, cachez-vous et faites le moins de bruit possible.

— Il va me tuer, Sniper. Il va…

— Je suis en route. Je ne suis qu'à cinq minutes. Vous avez appelé la police ?

— Non, je…

J'entends des bruits qui se rapprochent puis une porte qui claque.

— Il est dans la chambre, murmure-t-elle, le souffle court.

— Ne parlez plus, dis-je, terrifié à l'idée d'arriver trop tard.

[Contacte Riley]

[Je m'en occupe.]

Je veux rester en ligne avec Lynette, donc je préfère qu'Ace se charge d'appeler notre ami policier.

— *Lynette* ! hurle une voix dans le combiné.

— Protégez au mieux votre tête. Si vous pouvez fuir, faites-le, mais quoi qu'il arrive, je suis en route, Lynette, il vous faut juste tenir quelques minutes.

Elle ne me répond pas, mais dans les secondes qui suivent, j'entends sa respiration s'accélérer, puis des coups contre la porte. Je traverse la ville, le corps tendu. Quand j'étais jeune, un homme a pénétré chez nous pour agresser ma mère. Je n'avais que douze ans, mais je me suis senti impuissant. Je n'ai pas pu réagir, je n'ai pas pu la protéger, je n'ai pas pu intervenir. J'ai appelé la police, caché dans le placard du couloir. C'était tout ce dont j'étais capable. Chaque seconde est gravée dans ma mémoire. J'ai entendu ses cris, j'ai perçu sa peur, j'ai vu les marques sur son corps. Je me suis promis que plus jamais ça n'arriverait. Que plus jamais je ne me sentirais faible. Que plus jamais une femme ne souffrirait si je peux l'empêcher.

Alors que j'accélère à l'approche du quartier de Lynette, un message d'Ace me confirme qu'il n'est pas loin, tout comme la police qui se met en route. J'espère simplement que nous n'arriverons pas trop tard. Les violences conjugales sont un fléau, et parfois, il suffit d'une seconde, d'un mauvais coup, d'un excès de rage pour qu'une vie s'échappe.

Je dérape dans l'allée et m'éjecte du véhicule sans même couper le moteur. La porte est verrouillée. Je passe devant une fenêtre et n'aperçois personne, en revanche, les cris de Lynette percent le silence de la soirée.

Alors que je m'apprête à chercher une autre porte, ou à casser une fenêtre en désespoir de cause, j'entends des pas précipités se rapprocher.

— Vous êtes un ami de Lynette ? chuchote une femme d'une cinquantaine d'années, qui me rejoint, légèrement essoufflée.

J'acquiesce.

— Elle m'a appelé, dis-je simplement, ne souhaitant pas perdre plus de temps.

Ça semble suffire puisque ses épaules se relâchent.

— J'ai les clés.

Tremblante, elle s'approche de la porte pour la déverrouiller.

— Merci, dis-je tout bas, retournez vous mettre à l'abri.

Elle hoche la tête tandis que je pénètre discrètement dans l'entrée, en laissant la porte entrouverte pour Ace et la police.

J'entends les cris de l'homme à l'étage, des bruits d'objets que l'on brise, ainsi que les sanglots de Lynette. Je grimpe l'escalier et suis sa voix, la rage se déversant en moi en vagues meurtrières. Je la contrôle, difficilement, mais je la contrôle. En tant que SEAL, formé au combat, je ne peux pas me permettre de perdre mon sang-froid.

Je me glisse contre le mur et jette un œil à l'intérieur. Lynette est au sol, essayant de se protéger, tant bien que mal, alors que son mari lui donne des coups de pied. Sans perdre une seconde, je m'avance dans la pièce, profitant du chaos ambiant. Quand j'arrive derrière lui, Lynette lève la tête vers moi. L'homme se retourne vivement et tente de me décocher un coup de poing. Je le bloque, attrape son poignet et le tords juste assez pour lui arracher un cri. Loin d'être calmé, il se débat, tirant violemment pour se libérer. Son regard est fou, perdu quelque part entre la haine et la panique. Une fraction de seconde d'hésitation de ma part lui permet de se dégager en me balançant un coup dans les côtes. La douleur irradie, mais je serre les dents. Ça ne sera pas suffisant pour me ralentir. Je ne suis plus le jeune adolescent terrifié.

Il me fonce dessus, son visage déformé par une rage incontrôlable. Ses poings volent. J'en esquive un, puis deux. Le troisième m'atteint au menton. Un goût de métal envahit ma bouche, alors que je le repousse, lui bloquant le bras avant de lui asséner un coup de coude dans la mâchoire. Il recule d'un pas, secoué, puis la seconde suivante, il grogne, comme une bête enragée. J'entends Lynette gémir tandis qu'elle rampe pour s'éloigner de nous. Son mari tente de me frapper à nouveau, balançant ses poings avec hargne, sans technique, mais avec une rapidité telle que je me concentre pour les éviter. En temps normal, je n'aurais aucun mal à maitriser un homme. Mais dans son état de colère, sa force est décuplée et ses gestes désordonnés.

Profitant d'un moment où il baisse sa garde, j'avance et lui attrape la nuque, forçant son poids vers le sol. Il se débat, s'agrippe à mon bras, tire et se tord dans tous les sens, mais je ne le lâche pas. Je le plaque violemment contre le parquet, puis l'immobilise, mon avant-bras appuyé contre sa gorge. Pas assez pour l'étouffer, juste assez pour le maintenir en place. Sa respiration devient saccadée, ses gestes ralentissent, puis il finit par se calmer, épuisé et à bout de forces. Un dernier coup d'épaule et je le fais basculer sur le côté. Sa tête cogne durement le sol, et il perd connaissance. L'envie de lui faire payer ses actes me démange, mais je ne suis pas un justicier, juste un protecteur.

Je reprends mon souffle, le cœur battant encore sous la montée d'adrénaline. Lynette est blottie dans l'angle de la pièce, tremblante, le visage en sang et les yeux écarquillés. Le soulagement et la peur livrent une bataille silencieuse dans son regard. Je vérifie que le type est bien K.-O. puis je tends la main à son épouse pour l'aider à se relever.

— Ça va aller, Lynette, lui murmuré-je doucement. Il ne pourra plus vous faire de mal.

Je la soutiens jusqu'au fauteuil tandis qu'un froissement familier me remet en alerte.

— La situation est sous contrôle, annoncé-je.

Deux secondes plus tard, Ace apparait dans la pièce. Il jette un coup d'œil à l'homme au sol avant de nous rejoindre.

— Lynette, voici Ace, mon coéquipier. Il a une formation médicale.

— Oh, je...

— Vous permettez que je regarde ? C'est simplement pour évaluer votre état, et parer au plus urgent.

— On vous emmènera à l'hôpital ensuite.

— L'hôpital ? s'inquiète-t-elle.

Elle semble complètement paniquée.

— Est-ce que vous voulez revivre ça ? demandé-je de manière abrupte.

Ace me lance un regard d'avertissement alors que la femme secoue la tête, une larme dévalant sa joue meurtrie.

— Il n'y a qu'une solution. Aller à l'hôpital pour vous faire soigner et avoir des preuves. Porter plainte contre votre mari et tenir le coup.

— Et après ? murmure-t-elle.

— Après, vous serez libre. D'être et de faire ce que vous voulez. Sans violences, sans brimades, sans peur.

— C'est effrayant, ajoute Ace en examinant son visage, mais c'est une nouvelle vie qui s'offre à vous. Une seconde chance, il faut la saisir.

— Je ne sais pas si j'en aurai le courage.

— Lynette, dis-je d'une voix adoucie en m'accroupissant devant elle. Vous êtes venue à mon cours dans le dos de votre mari, vous m'avez appelé. Vous êtes prête. J'en suis certain.

Elle me sourit tristement avant de grimacer à cause des coupures sur ses lèvres.

— Police de Coronado !

— On est à l'étage ! crié-je en jetant un nouveau coup d'œil au mari.

Riley débarque dans la pièce, accompagné de deux policiers.

— La fête est finie, grogne-t-il.

Il se tourne vers nous et pince les lèvres en voyant que Lynette est à côté de moi. Heureusement, elle n'a rien entendu, occupée à répondre aux questions de mon coéquipier.

— Tu me fais un topo ? demande-t-il en ordonnant à ses hommes de surveiller le type.

En quelques mots, je lui explique la situation alors qu'il observe la pièce.

— OK, il me faudra ta déposition.

— Pas de problème.

— Bonjour madame, Riley Allen, comment vous sentez-vous ?

Je m'éloigne de quelques pas, et m'adosse au mur en laissant

Riley faire son travail. J'ai toute confiance en lui pour la suite de cette affaire.

— Ça va ? demande Ace en revenant vers moi.

Je hausse les épaules, toujours dans l'adrénaline du moment.

— Tu es arrivé à temps si j'en crois ce que j'ai entendu et vu.

— Ça se joue souvent à quelques minutes, soufflé-je en pensant à toutes les femmes qui n'ont pas pu être secourues.

Alors que Lynette quitte la pièce avec Riley, elle se tourne et s'approche de moi.

— Merci d'avoir répondu à mon appel, dit-elle, les lèvres tremblantes, et merci de m'avoir sauvé la vie.

Je hoche la tête et prends sa main dans la mienne.

— Prenez soin de vous, c'est une nouvelle étape, mais c'est pour le meilleur.

Elle acquiesce et sort de la chambre en boitant. Je ne sais pas pourquoi elle m'a appelé au lieu d'alerter la police. J'imagine que la panique, elle a repensé à notre conversation, mais une chose est certaine, je suis heureux qu'elle l'ait fait.

- 13 -

CHELSEA

J'ai un pincement au cœur en vidant mon casier. C'est une journée particulière pour moi, une page qui se tourne. Même si je ne l'ai pas voulu. Est-ce que c'est pour le mieux ? Je n'en sais rien. J'aimerais le croire, mais j'ai vu assez de choses pour savoir que la vie peut se montrer cruelle parfois.

Récupérer mes affaires est assez rapide. Après l'épisode du casier vandalisé, je n'ai laissé que le strict minimum pour éviter que ça ne se reproduise. Je caresse une dernière fois le tissu de ma tenue. J'ai vécu de belles aventures dans cet hôpital. J'ai croisé la mort, j'ai tenu des mains terrifiées, rassuré des blessés paniqués, aidé à donner la vie. J'ai ri, pleuré, stressé. Je n'en garderai que les bons souvenirs, parce que je ne veux pas que ma mémoire soit entachée par les récents événements.

On pourrait penser que je m'avoue vaincue. Ce n'est pas le cas. Je ne laisse pas tomber, je n'oublie pas, je me protège seulement, et surtout, je protège mon bébé. Ici, je suis une cible. Oui, c'est plus facile pour fouiller, mais c'est aussi plus dangereux tant pour ma santé physique que pour ma santé mentale. Ces dernières semaines me l'ont prouvé.

Alors prendre la décision de partir, de recommencer à zéro, même si c'est terrifiant, c'est également la meilleure chose à faire. Ce n'est qu'un travail, j'en trouverai un autre. Mais ma vie, elle est irremplaçable.

Je referme mon casier dans un claquement que je n'entendrai plus. Ma main reste posée sur le métal pendant quelques secondes, puis je me dirige vers le couloir. Je croise quelques collègues qui me saluent, surprises d'apprendre la nouvelle. Je n'en ai parlé à personne, je ne voulais pas que l'information fuite. J'ai donné ma démission en main propre, il y a deux semaines, et j'ai pris des gardes aléatoires en échangeant avec mes collègues pour que Derek ne sache jamais quand j'étais là. En dehors de quelques messages, il m'a ignorée, et je ne sais pas si je dois m'en réjouir ou m'en inquiéter. Je fais profil bas pour l'instant, j'aviserai le moment venu.

En principe, on organise un pot de départ, mais je n'en voulais pas, j'aurais eu trop de mal à faire semblant d'aller bien.

— Tu aurais vu Jonah ? demandé-je à un interne.

— Il est allé se reposer.

Je le remercie et me dirige vers les lits mis à notre disposition. Pas le grand luxe, mais ils sont nécessaires quand on enchaine les gardes.

Je déambule dans les couloirs, enregistrant chaque détail. Les hôpitaux ont beau se ressembler, ils n'ont pas la même âme. Chacun a son rythme, sa mélodie. Et même si je m'adapterai à un prochain lieu de travail, celui-ci me manquera.

Quand je suis dans la zone réservée au personnel, je pousse la porte de la première salle de repos, mais elle est vide. Je me dirige vers la seconde salle. Mais lorsque j'ouvre le battant, c'est un spectacle surprenant qui m'accueille. Je le referme rapidement en m'excusant jusqu'à ce que l'information monte à mon cerveau. J'écarquille les yeux et ouvre à nouveau la porte. Derek et Amanda ne m'ont pas remarquée, trop occupés à s'envoyer en l'air. Ma chef, seins nus, a les deux mains agrippées au barreau du lit superposé tandis que Derek, qui s'est contenté de baisser son pantalon, a les doigts ancrés sur ses hanches et s'active dans son dos. Je croise les bras sur ma poitrine, laissant volontairement la porte grande ouverte.

— Je comprends mieux.

Les deux amants sursautent et s'écartent rapidement l'un de l'autre. Derek sourit en coin en remontant lentement son pantalon, comme si j'allais mater son engin dégoutant, alors que ma chef se rhabille en quatrième vitesse. Il faut dire qu'elle est mariée, donc ce genre d'info peut être capitale. Maintenant, je sais pourquoi elle s'acharnait sur moi. Soit elle était de mèche avec lui, soit il lui a monté le bourrichon. Les deux raisons sont plausibles. J'aurais aimé l'apprendre avant.

— Chelsea, panique Amanda. Ce n'est pas ce que tu crois, je...

— Tu te tapes Derek dans le dos de ton mari. Je me trompe ?

Elle grimace et jette un coup d'œil désespéré à son amant qui n'en a rien à faire.

— Alors c'est pour ça que tu étais si chiante avec moi ? Pour lui faire les yeux doux ?

— Mais non, je...

Je secoue la tête, dépitée.

— Je te croyais plus professionnelle.

Je me détourne et quitte la pièce avant de dire le fond de ma pensée. Le fait est que je suis déçue qu'elle ait eu cette attitude à cause de lui, mais je sais aussi à quel point il peut être manipulateur. Il sait parfaitement où appuyer, quoi dire et comment se comporter en fonction de son interlocuteur.

Je rejoins ma voiture, pressée de tourner la page pour de bon. J'ai beau être légèrement nostalgique, ce n'est plus la même ambiance, la même atmosphère qui m'accueille à chaque garde.

— Attends, Chelsea !

Je baisse la vitre alors qu'Amanda arrive en trottinant.

— Est-ce que tu vas le dire à mon mari ?

J'écarquille les yeux et ma bouche s'entrouvre.

— C'est tout ce qui t'inquiète ?

— Je l'aime...

— Derek ou ton mari ?

— Mon mari, répond-elle en soupirant. Je... On traverse une mauvaise passe, et Derek était charmant.

Je secoue la tête et tapote le volant avec mon index droit. Je ne sais que trop bien à quel point ce salopard peut se montrer irrésistible.

— Je ne veux pas intervenir dans ta vie, ça ne me regarde pas, dis-je avec sincérité. Mais si je peux te donner un conseil, c'est de te tenir éloigné de Derek.

— Il m'a dit qu'il t'avait plaquée, que tu le harcelais, que tu refusais la rupture.

— Il a menti. C'est moi qui ai mis fin à cette relation. Enfin, si on peut appeler ça une relation. Ça n'a duré que quelques semaines.

Je lis la surprise dans son regard. Je sais qu'une part d'elle n'a pas envie de me croire, mais je dois lui dire la vérité pour la mettre en garde. Je ne peux rien faire de plus.

— C'est un manipulateur. Il se sert simplement de toi, et un jour ou l'autre, ça va te retomber dessus.

Je n'attends pas sa réaction et ferme la vitre avant de démarrer.

* *
*

Je quitte le parking du motel et me réengage sur la route. Je ne suis qu'à quelques bornes de ma destination, et je suis partagée entre le stress, la peur et l'excitation. J'ai décidé de faire le trajet en voiture, au lieu de prendre l'avion, ce qui aurait clairement été plus rapide. Mais si Derek me cherche, je ne voulais pas qu'il me trouve trop facilement. Je ne compte pas me cacher, mais je préfère repousser le moment où il saura où je suis allée. Pas de bus, pas d'avion, juste ma voiture et un très long périple d'une semaine. Heureusement, ma vieille Chevrolet Cruz a tenu le coup. Je n'en étais pas certaine, mais j'ai pris le risque. Finalement, elle est plus solide qu'elle en a l'air. J'en ai profité pour visiter le pays. Un mini road-trip qui m'a permis de prendre du recul sur la situation. Des heures à rouler à travers des paysages variés. De jolies rencontres et quelques beaux souvenirs. Le moment est venu d'affronter ma décision et d'en assumer les conséquences. C'était une bonne idée sur le papier, mais maintenant que j'y suis, j'espère que je ne me suis pas trompée.

— Est-ce que j'avais vraiment le choix ? marmonné-je.

Derek m'a grillée dans les hôpitaux des environs. Bien sûr, j'aurais pu aller n'importe où aux États-Unis, mais pourquoi opter pour un endroit où je ne connais personne, au lieu de m'installer là où se trouve ma meilleure amie ? C'était une évidence de débarquer à Coronado.

Mon regard se perd sur l'océan pacifique. La soirée est déjà bien entamée, mais je n'avais pas envie d'attendre demain matin. Au lieu de me rendre chez Mia, je roule en direction de l'appartement de Sniper. C'est une petite folie, mais j'ai besoin de le voir. J'ai besoin de son calme, de son écoute, de sa patience. Mia me poserait des questions. Mais Sniper sait être discret et respectueux. Si je n'ai pas envie de parler, il ne me forcera pas, en revanche, je sais qu'il sera présent.

Je me gare en bas de son immeuble, et jette un œil à son étage en coupant le moteur. J'ai tourné les mots dans ma tête durant les longues heures de trajet, mais je n'ai pas réussi à formuler la moindre phrase cohérente. La dernière fois qu'on s'est vus, ça ne s'est pas très bien passé. Et je ne peux pas lui dire la vérité sans lui expliquer toute la situation. J'espère simplement qu'il ne me claquera pas la porte au nez.

Je vérifie ma coiffure et mon maquillage pour ne pas donner l'impression que je viens de me réveiller, et je prends mon courage à deux mains. Je traverse rapidement le parking, puis je tape le code et grimpe les étages en ignorant l'ascenseur, histoire de me faire gagner quelques minutes supplémentaires.

— Allez, dis-je tout bas, ça va bien se passer. C'est juste Sniper.

Je toque, en réalisant trop tard qu'il n'est pas seul. Si les autres sont ici, ça va bousiller mon arrivée. Je ne me sens pas prête à voir Mia.

Quand la porte s'ouvre, les yeux de Sniper s'écarquillent.

— Surprise, murmuré-je bêtement.

Mais ce n'est pas un sourire qui étire ses lèvres, plutôt une grimace décontenancée.

— Écoute, j'ai conscience que ça ne s'est pas très bien passé la dernière fois, mais je te promets que ce n'est pas ce que tu crois.

— Chelsea...

— Non, je sais que je suis compliquée, mais...

— Sniper ?

Une voix féminine interrompt mon pitoyable monologue. Sniper se passe la main dans les cheveux, gêné. Je m'étire le cou pour voir par-dessus son épaule et ce que je découvre me retourne l'estomac. Une jolie jeune femme déguste un verre de vin alors qu'une table romantique est dressée devant elle. Des bougies, une délicieuse odeur et...

Je reporte mon attention sur Sniper, ravalant la déception qui me submerge. C'est logique, je l'ai rejeté, je ne devrais pas lui en vouloir de passer à autre chose, mais merde, je n'ai jamais eu ce genre de moment avec lui. Et le fait qu'il se soit donné tant de mal pour une autre, ça me blesse. *Vraiment*. Chez lui en plus. On sait très bien ce que ça signifie.

— Désolée de vous avoir dérangés, dis-je platement.

Je tourne les talons si vite que mon sang fait un looping dans mon cerveau. Je dévale les escaliers comme si j'avais le diable au corps et me précipite dans ma voiture. Avant de démarrer, je jette un coup d'œil à l'entrée de l'immeuble, mais on n'est pas dans un film, et il ne jaillit pas en appelant mon prénom pour me dire qu'il a commis une erreur.

— Idiote...

- 14 -

CHELSEA

Après avoir tourné dix minutes sans but, je me gare dans le centre et décide de me balader. Après tout, ma soirée est fichue, et personne ne m'attend. D'ailleurs, je ne sais même pas où je vais dormir. Je vais probablement retourner vers San Diego pour dénicher un hôtel, le temps de trouver une solution plus durable qui ne dilapidera pas mes économies. J'ai tout fait à l'envers. J'aurais dû dire à Sniper ce qui me pesait vraiment, ce que je pensais de notre relation et ce dont j'avais envie. Je n'aurais pas dû lui faire croire que je n'étais pas intéressée. Finalement, je me retrouve comme une gourde à voir celui qui me plait séduire une autre femme. C'était prévisible.

Sniper n'est pas le genre d'homme qu'on laisse filer.

Je ne peux même pas en vouloir à cette femme d'avoir craqué pour lui. On est dans le même bateau. La différence, c'est qu'il est avec elle, et pas avec moi.

Je m'arrête devant la vitrine d'un magasin de puériculture. Je veux éviter de penser à Sniper et cette jolie brune en train de crapahuter sous la couette. Et même si je préférerais les imaginer occupés à jouer au scrabble, je doute que ce soit l'activité qu'ils ont prévue pour terminer leur soirée en beauté. Je secoue la tête et reporte mon attention sur les bodies qui ne font même pas la taille de mon avant-bras. Dire qu'un petit bout rentre là-dedans. Je porte une main émue à mon ventre. C'est sûrement un geste idiot, surtout à ce stade, mais je ne peux pas m'en empêcher. Ça rend l'expérience plus réelle, comme si je pouvais communiquer avec cet être minuscule.

Ce n'est pas le moment, je suis seule, sans emploi et j'ai tout plaqué, pourtant, cette vie qui grandit en moi me donne la force et le courage d'avancer.

— Chelsea ?

Je sursaute et me tourne d'un coup, surprise de croiser quelqu'un, et surtout qu'on m'ait reconnue.

— Je ne savais pas que tu étais dans le coin.

Lexie s'approche, le sourire aux lèvres. Elle a un sac rempli de nourriture pour animaux.

— Urgence alimentaire, s'amuse-t-elle en suivant mon regard.

— Tu n'as pas de magasins à San Diego ?

— Si, bien sûr, mais je préfère la petite boutique de Fernand. Il est adorable. Alors, qu'est-ce qui t'amène ?

Sa question est anodine, pourtant une boule se forme dans mon estomac.

— Ce n'était pas prévu, personne ne sait que je suis là.

Elle hoche la tête, mais son regard se fait plus soucieux à mesure que mon silence s'éternise.

— Tout va bien ?

J'acquiesce. Peut-être un peu trop vivement parce qu'elle semble encore plus inquiète.

— Si tu as envie de discuter, je...

Elle n'a pas le temps de terminer, j'éclate en sanglots sans aucune retenue. Heureusement, la rue est quasiment déserte même si quelques magasins sont encore ouverts.

— Viens par là.

Elle tire mon bras, s'installe sur un banc et m'invite à faire de même.

— Qu'est-ce qu'il se passe ?

— J'ai démissionné.

— D'accord, dit-elle lentement. Et c'est une bonne chose ?

Je hausse les épaules.

— Je n'en sais encore rien. C'est compliqué.

— Ça l'est toujours un peu, non ? souffle-t-elle en souriant avec douceur.

— Mon arrivée ne s'est pas passée comme je l'espérais. En fait, je n'avais pas prévu grand-chose, une fois ici, avoué-je en essuyant mes joues.

— Tu veux dire pour le boulot ou le logement ?

— Les deux, grimacé-je en reniflant avec peu d'élégance.

— Tu ne veux pas appeler Mia ?

Je secoue vivement la tête.

— Je ne... je préfère qu'elle ne soit pas au courant pour le moment.

Lexie semble surprise, mais elle n'insiste pas. J'aperçois quand même cette lueur dans le regard. Celle qui indique qu'elle a envie de creuser.

— Et si tu venais à la maison ?

— Non, je...

— Tu veux aller où ? À l'hôtel ? Hors de question. On a une chambre d'amis.

— Mais Blade...

— Sera d'accord, je t'assure. Au moins pour quelques jours, le temps d'y voir plus clair.

Je ne connais pas bien Lexie. Elle est arrivée dans la vie de Blade, il y a peu, et je ne l'ai rencontrée qu'une fois avant de retourner à Washington mais elle s'est parfaitement intégrée à la bande, si j'en crois tout ce que m'a raconté Mia, alors je pense que je peux me reposer sur elle. Pour quelques heures. Ou peut-être un peu plus.

— D'accord, merci.

— Tu as une voiture ?

Je pointe la direction du doigt alors qu'elle se lève.

— La mienne est là, précise-t-elle en montrant son véhicule. Tu me suis ?

Quand je grimpe dans ma Chevrolet, je me sens moins perdue. En quelques minutes, Lexie a retiré un poids de mes épaules. Bien sûr, j'aurais pu aller à l'hôtel et me débrouiller, mais me retrouver seule, ça, c'était au-dessus de mes forces. Je n'ai pas forcément envie de m'épancher, juste d'avoir de la compagnie. Et ce n'est pas plus mal que ce soit celle que je connais le moins. Avec les autres, j'aurais eu la sensation de devoir faire semblant, de garder le sourire, comme toujours. De nier la réalité. Avec Lexie, je n'ai pas cette pression. C'est idiot, je sais que je pourrais être sincère et franche avec les filles, mais quelque chose me retient.

Je la suis dans les rues de Coronado, puis nous nous engageons sur le pont pour rejoindre San Diego. La vie est étrange. Quelques heures plus tôt, je m'enthousiasmais de franchir ce pont pour atteindre l'île. Même si j'avais peur, j'étais impatiente, excitée. Emprunter cette direction, c'était m'éloigner de ce qui me tracassait. C'était un nouveau départ, de l'espoir, une nouvelle vie. Je ne sais pas ce que j'avais imaginé, mais j'aurais dû me douter que je n'allais pas être accueillie avec le sourire.

Et me voilà, maintenant, à faire le chemin en sens inverse. C'est en quittant Coronado que la douleur s'estompe. Je l'ai probablement mérité. À jouer les girouettes, on finit par blesser les gens qui comptent.

Et Sniper compte.

Je réalise qu'on est arrivées quand Lexie se gare devant une jolie maison bordée par une allée fleurie. C'est un endroit agréable, à l'écart du bruit de la ville.

— Mon frère vit à l'étage, m'explique-t-elle quand je la rejoins devant la porte.

— Ton jumeau, c'est ça ?

— Oui, Clay. Tu le verras peut-être. Il est médecin à l'hôpital, alors avec ses gardes, il est souvent en décalé.

Son frère est médecin. La coïncidence pourrait me faire sourire, si elle ne me ramenait pas à l'échec de ma carrière.

— Viens...

— Lexie, dis-je en attrapant son bras. Pour Blade, tu... enfin, tu es sure qu'il va être d'accord ?

Je n'ai pas spécialement peur de lui, mais bon, si, un peu quand même, je dois l'avouer. Ces derniers temps, il était vachement sombre, et son regard a de quoi faire concurrence aux pires psychopathes.

— Il ne te mordra pas, t'en fais pas. C'est un amour.

Ma bouche s'ouvre sous le choc alors qu'elle éclate de rire en pénétrant dans la maison.

— Mon Choubidou, je suis rentrée.

— Lexie, grogne Blade.

— Je parlais au chat, répond-elle en se baissant pour caresser une boule de poils.

Quand elle se redresse, Blade est déjà devant elle pour récupérer le sac de courses et lui voler un baiser.

— Je vois que tu ne t'es pas contentée de ramener de la nourriture, commente-t-il en levant son visage vers moi.

— Ne fais pas l'ours et sois gentil.

— Je suis toujours gentil.

Elle pose les poings sur les hanches, ce qui m'amuse. Lexie et Blade, quel couple improbable, mais je crois que c'est exactement ce qu'il lui fallait.

— Salut, Chelsea.

— Salut, murmuré-je.

— Elle va rester un peu avec nous, explique Lexie. Elle a besoin d'une pause.

Il me dévisage un instant, ce qui me met mal à l'aise, mais il n'y a aucune agressivité dans son regard, juste une lueur d'inquiétude.

— Tu as des valises ?

— Dans mon coffre, bafouillé-je en fronçant les sourcils.

Il tend la main et je la regarde avec stupeur, me demandant si je dois y déposer la mienne.

— Tes clés.

— Oh ! soufflé-je, embarrassée, en les lui donnant.

Il se dirige immédiatement vers la porte, mais j'ai le temps d'apercevoir son petit sourire en coin.

— Et voilà, tu as survécu.

— Mais comment tu as fait pour l'amadouer ? chuchoté-je.

— Beaucoup d'amour, de patience et quelques coups de pied au cul.

J'éclate de rire, appréciant de plus en plus Lexie.

— Je vais te montrer ta chambre. Tu as faim ?

Je réalise que je n'ai pas mangé depuis des heures.

— Je ne veux pas déranger.

En réalité, je suis gênée de m'incruster.

— Arrête, claque-t-elle en se tournant vers moi. Tu es ici chez toi, et je le pense vraiment, alors sers-toi, tu n'as même pas besoin de demander, c'est clair ?

J'acquiesce comme une enfant qu'on houspille pour une bêtise.

— Il reste de la tourte à la dinde, je vais te préparer une assiette.

Elle ouvre la porte d'une chambre et râle en voyant un autre de ses chats installé sur la couette.

— Bon sang, Azraël, pousse-toi de là ! claque-t-elle en le bousculant.

Il souffle, s'étire, puis finit par descendre du lit en nous lançant un regard courroucé.

— Tu n'es pas allergique aux chats, au moins ?

— Non, m'amusé-je. Tu en as combien ?

— Trois. On a aussi deux tortues et deux poissons.

Je m'esclaffe en voyant la joie dans ses yeux. Elle adore réellement sa petite ménagerie. À Washington, je n'aurais jamais pu avoir un animal de compagnie. Avec mes gardes décalées, c'était compliqué, mais j'aurais beaucoup aimé. Peut-être qu'au fond, je rêve de la jolie maison, avec un chien et une barrière blanche.

Je sursaute quand je me tourne et trouve Blade dans l'encadrement, ma valise déjà posée près du mur. Ce qui n'est pas sans me rappeler quelques moments avec Sniper.

— Putain… murmuré-je en chassant le visage du SEAL de mes pensées. C'est pas au chat qu'il faut mettre une clochette.

Blade lâche une grimace avant de quitter les lieux, alors que Lexie ricane dans mon dos.

— On s'y habitue, mais au début, je te dis pas combien de fois je lui ai crié dessus parce qu'il m'avait fait peur.

Je m'esclaffe alors qu'elle sort un petit plaid du placard avant de le déposer sur le matelas.

— Une nuit, ça devait faire deux semaines qu'il était là, je suis allée me chercher un verre d'eau. Tom était couché dans l'évier, et quand je me suis tournée pour le mettre sur le plan de travail, Blade était immobile dans mon dos. Sauf que je n'avais pas allumé, alors j'ai hurlé, je lui ai jeté le chat à la figure et je suis partie en courant.

J'éclate de rire en imaginant la scène.

— Je te jure, je me suis enfermée dans la chambre et j'ai réalisé qu'il n'était plus dans le lit. Quand j'ai rouvert la porte, je l'entendais râler. Tom l'avait griffé partout sur les avant-bras.

Je me bidonne tellement que je me tiens le ventre, pliée en deux.

— J'aurais adoré voir ça, avoué-je entre deux respirations saccadées.

— Il a encore du mal à faire ami-ami avec mes chats. Ils sont tous territoriaux.

— Je veux bien te croire.

— Bon, je te laisse t'installer, je vais préparer ton plateau.

— Lexie ? Merci, vraiment, dis-je avec beaucoup de sincérité.

— Je t'en prie, ça me fait plaisir de t'avoir à la maison.

Elle hausse les épaules avec naturel et referme la porte derrière elle. Elle n'était pas obligée de m'héberger, d'être aussi accueillante. J'ai de la chance que les amies de Mia m'aient si bien acceptée. Comme quoi, les femmes ne se tirent pas toujours dans les pattes. Il existe également une vraie solidarité, de celle qu'on devrait développer pour lutter toutes ensemble dans cette société bien trop misogyne.

- 15 -

CHELSEA

Quand mes yeux s'ouvrent, je me sens étrangement reposée. Comme si mon cerveau s'était mis en veille durant quelques heures malgré les circonstances. Je m'étire et balance mes jambes hors du lit avant de me diriger vers ma valise. La veille, Lexie m'a apporté un plateau comme promis, et j'ai pu grignoter dans ma chambre. Je me suis douchée en vitesse et je suis tombée comme une masse, trente minutes plus tard. Pas génial comme comportement, mais les derniers événements ont eu raison de mon corps.

Je m'habille, fais le lit et prends mon courage à deux mains pour rejoindre la pièce principale. Je me suis donné en spectacle, hier soir, et j'ai un peu peur de ce que pourrait penser Lexie. Je me sens ridicule de m'être effondrée.

Je la trouve, assise à la table du salon, en train de travailler sur son ordinateur.

— Salut.

— Tu as bien dormi ? demande-t-elle avec un sourire chaleureux, ce qui atténue mon anxiété.

— Honnêtement oui. Je crois que mon corps est tombé dans un coma de quelques heures.

— C'est que tu en avais besoin. Puis franchement, si tu ne peux pas en profiter maintenant, tu n'en profiteras jamais.

Je souris et m'installe face à elle.

— Tu bossais ?

— Oui, dit-elle en rougissant. Enfin, j'écris un livre sur le village des femmes que j'ai visité.

— Mia m'a raconté. Ça avait l'air extraordinaire.

— Ça l'était, répond-elle des étoiles dans les yeux. Si tu avais vu le courage et la force de ces femmes. Je n'ai pas envie de m'arrêter là. Je veux parler de ce village, mais pas que, je veux parler de la condition de la femme à travers le monde.

Je suis impressionnée par sa détermination, surtout quand on sait ce qu'elle a vécu.

— Mais... enfin, tu parviens à séparer ce qui t'est arrivé de tout le reste ?

— J'ai pris le temps de me remettre avant de me lancer, dit-elle en refermant son ordinateur, mais je regretterais de ne pas poursuivre ce que j'ai commencé. Je crois qu'au fond, ça m'aide aussi à guérir.

Je hoche la tête, comprenant ce qu'elle veut dire. J'ai beau avoir fui Washington, je n'oublie pas ce que fait Derek, et je n'oublie pas ce que j'ai découvert.

— Tu veux déjeuner ?

— Déjeuner ? m'étonné-je.

Je jette un coup d'œil à l'horloge murale et mes yeux s'écarquillent en avisant l'heure. Je me doutais que j'avais bien dormi, mais pas à ce point.

— Mince, désolée, tu aurais dû me réveiller.

— Il n'y a pas de planning imposé, s'amuse-t-elle.

— Où est Blade ? demandé-je alors qu'elle se dirige vers la cuisine.

— À la base, il avait un entrainement, puis une réunion, il rentrera dans l'après-midi.

Elle grimace.

— Tu as conscience qu'il va probablement le dire aux gars ? m'avertit-elle en sortant des ingrédients du réfrigérateur.

— Je m'en doute.

J'espère simplement que l'info n'arrivera pas jusqu'à Mia. Je ne suis pas encore prête à lui parler.

Je caresse machinalement mon poignet, ce qui attire le regard de Lexie. Elle ne me pose pas de questions, mais je sens la curiosité émaner de tous ses pores.

— C'était ma sœur, dis-je en souriant.

— Elle est décédée ? demande-t-elle d'une voix douce.

Je hoche la tête.

— Quand j'étais ado, mais c'est comme si c'était hier. Elle me manque toujours autant.

— Je comprends, répond la compagne de Blade en désignant un cadre accroché au mur du salon. C'était mon grand frère, Ryan, il est mort au combat.

J'écarquille les yeux, surprise. Je ne savais pas du tout que Lexie avait de la famille militaire. Et malgré ça, elle est devenue reporter de guerre, j'avoue qu'elle m'impressionne.

— Ça fait encore mal, certains jours, comme si la blessure se rouvrait et cicatrisait, encore et encore.

J'acquiesce en souriant tristement.

— Lauren était la plus sérieuse de nous deux. L'élève modèle, la fille parfaite, la fierté de mes parents. Quand elle est morte, ils ont disparu avec elle.

Lexie pose sa main sur la mienne.

— Je suis désolée, j'imagine à quel point ça a dû être difficile. Sans ma famille, je ne sais pas du tout comment j'aurais pu remonter la pente.

Ça a été une épreuve terrible. Mes parents m'ont toujours tenue pour responsable de sa perte et ils ont tiré un trait sur moi, tout simplement. Je n'étais pas encore une adulte et je me suis retrouvée seule à naviguer entre le quotidien, un avenir à construire et ma douleur.

Je caresse Tom, qui se frotte contre mon bras depuis que je suis arrivée dans la pièce, sous le regard attendri de la journaliste.

— S'il y a des jours où c'est plus difficile, ma porte est ouverte. Je comprends mieux que personne à quel point c'est atroce, et on n'a pas toujours envie de déverser notre souffrance sur les autres.

— Pareil pour toi, dis-je sincèrement. Même si tu es bien entourée… ajouté-je en haussant les épaules.

— C'est noté.

Elle me montre les ingrédients pour que je me prépare un sandwich et je m'y attèle en observant la pièce.

— J'adore ta déco.

— Merci, dit-elle en souriant.

L'ambiance est bohème, dans un mélange de couleurs beige, marron, crème. De l'osier, du lin, des matières naturelles.

C'est chaleureux.

— Je ne vois pas la touche de Blade.

— Ce sont tous les endroits où il n'y a rien, dit-elle en éclatant de rire. Son style de déco, c'est très très épuré.

— Vide quoi.

— Voilà.

Je la taquine à propos de Blade, mais je sais à quel point il est loyal et dévoué aux siens. Il ne serait pas si bien intégré à son équipe s'il ne partageait pas leurs valeurs. Il est simplement difficile à cerner.

— Il n'a pas eu une vie facile, se croit-elle obligée de préciser. La famille, le foyer, il ne connait pas. Il a emménagé, il y a peu de temps, c'est déjà un grand pas. J'y vais doucement, je veux qu'il se sente bien.

— Je pense qu'il se sent bien tant que tu es là.

Blade a beau être une énigme. Quand il est avec Lexie, c'est un autre homme. Ça se voit qu'il est fou d'elle.

Elle s'installe sur un tabouret haut, face à moi.

— Tu as prévu quoi alors dans les prochains jours ?

— Chercher un boulot, chercher un appart. Reprendre à zéro.

— Tu es infirmière, non ?

J'acquiesce.

— On pourrait demander à Clay s'ils embauchent dans son hôpital ?

— Lexie, je ne veux pas abuser.

— Abuser ? Tu plaisantes ? À quoi ça sert d'avoir des amis si on ne peut pas leur quémander un coup de main ? Je ne te promets rien, mais je vais lui en parler.

— Merci, ça serait génial.

Elle tapote deux fois le bois en se relevant.

— Bon, je m'y remets, fais comme chez toi, d'accord ?

Elle disparait dans le salon alors que je croque dans mon sandwich. Qui aurait pu penser que j'allais atterrir ici quand j'ai décidé de tout plaquer ? Mais je crois que c'est la meilleure chose qui pouvait m'arriver. J'ai besoin de faire le point après ces montagnes russes émotionnelles. Et Lexie semble être l'amie idéale pour avoir une oreille attentive tout en conservant de l'espace.

— On va s'en sortir, murmuré-je au petit être qui grandit en moi.

De toute manière, je n'ai pas le choix.

* *
*

SNIPER

Assis sur le muret, à l'entrée de la base, je repense aux derniers jours avec regret. Quand Chelsea est apparue sur le pas de ma porte, j'étais tellement surpris que je n'ai pas réagi. Pas assez vite, pas assez intelligemment, pour éviter de blesser qui que ce soit. C'était notre troisième rendez-vous avec Camille, et j'avais décidé de l'inviter à l'appart pour changer des restaurants. J'avais envie de cuisiner, de lui faire plaisir, d'apprendre à la connaitre. Mais jamais je n'aurais imaginé que Chelsea allait débarquer. Le timing était à chier.

Je lui ai fait tout un cinéma pour qu'elle accepte une relation, et me voir avec une autre a dû lui faire croire que je n'en pensais pas un mot. Ça fait des mois que j'essaie de la convaincre. J'ai été patient, à l'écoute, présent, mais il en est ressorti qu'elle n'était clairement pas intéressée.

Et au moment où je décide de passer à autre chose, elle se pointe dans ma vie. Je ne sais pas pourquoi elle était là, pour combien de temps. Si c'était pour moi ou pour Mia. Je navigue dans le flou le plus total.

Le soir de l'incident, j'ai dû écourter mon rendez-vous avec Camille. Je lui ai expliqué que c'était une urgence. Je ne savais pas où était Chelsea, mais je n'allais sûrement pas continuer ma soirée comme si rien ne s'était passé.

Je l'ai appelée, je l'ai cherchée. En vain. Je n'ai pas réussi à la trouver. J'ai fini par contacter Ghost pour demander si elle était chez eux, mais il ne savait même pas qu'elle devait venir. Le lendemain, j'ai appris qu'elle avait atterri chez Lexie. Blade a envoyé un message à Ghost pour le prévenir, et il m'en a informé.

Ça signifie qu'elle est venue directement chez moi. Pour me voir ou me parler. Elle avait peut-être envie de plus, envie d'une relation, besoin d'aide ou d'un soutien, et je n'ai pas été à la hauteur.

Est-ce qu'elle peut me le reprocher ?

Non.

Mais est-ce que je m'en veux ?

Absolument.

Je me frotte le visage et salue Ghost, qui s'installe à côté de moi.

— Des nouvelles ?

— Aucune.

Il soupire en faisant tourner l'alliance autour de son doigt.

— Je ne l'ai pas encore dit à Mia, mais quand elle va l'apprendre...

Il ne termine pas sa phrase, mais je comprends où il veut en venir. Ça nous met tous dans une situation inconfortable.

— Tu devrais le lui dire, dis-je en me penchant en avant, les avant-bras posés sur mes cuisses.

— Chelsea a confié à Lexie qu'elle n'était pas prête à parler, je ne sais pas ce qu'il se passe, mais je ne veux pas compliquer les choses.

— Mia comprendrait.

Il sourit en tournant son visage vers moi.

— Elle est un peu plus émotive ces derniers temps.

— Un peu ? m'amusé-je. Elle a pleuré devant une pub pour du papier toilette.

— C'était à cause du chien.

Je m'esclaffe alors que nos coéquipiers se garent sur le parking à quelques mètres de nous.

— Comment tu as su qu'elle était là ? s'étonne-t-il.

— Elle est passée à l'appart.

Il fronce les sourcils.

— Je n'étais pas seul.

Son visage se fait suspicieux alors j'enchaine pour ne pas me faire griller.

— Elle a dû penser qu'elle dérangeait, elle ne m'a même pas laissé le temps de parler. J'ai cru qu'elle irait chez vous ensuite.

C'est crédible qu'elle soit venue chez moi en premier puisqu'il y a quelques semaines, je l'ai hébergée.

Ghost s'apprête à répliquer, mais les gars nous rejoignent juste à temps. Je ne veux pas lui mentir, mais j'y suis obligé en l'état actuel des choses.

— Alors, quel est le programme ? demande Blue.

— Réunion.

On grimace tous, préférant largement le terrain aux longues réunions.

— Je pense qu'on va partir, ajoute Ghost.

— Vraiment ? Quand ? s'inquiète Ace.

— Selon les bruits de couloir ? Aujourd'hui.

Ça ne nous étonne pas, mais les départs précipités ne sont jamais ceux qu'on affectionne.

— De l'action, s'amuse Blue en sautillant comme un gosse jusqu'à l'entrée.

Hunter soupire tandis que j'emboite le pas de mon équipe. Je me mets à la hauteur de Blade et ralentis pour lui signifier que j'ai besoin de lui parler.

— Comment va-t-elle ? dis-je assez bas.

Il me dévisage un instant avant de répondre.

— Elle semble un peu… perdue. Elle s'est pas mal reposée, et elle passe du temps avec Lexie.

— Tu sais ce qu'elle fait là ?

— Non.

— Tu n'as pas demandé ?

— Non.

Je soupire, mais c'est Blade… Il est observateur, pour autant il n'est pas curieux.

— Elle va rester chez vous quelque temps, du coup ?

— Elle avait deux valises, donc j'imagine que oui.

Nous pénétrons dans la salle de réunion au moment où l'information s'impose à moi. Deux valises ? Je me pose encore plus de questions à présent, et je ne suis pas près d'avoir les réponses.

- 16 -

CHELSEA

En sous-vêtements, je regarde mon ventre dans le miroir de la chambre. Je voyais toujours les femmes faire ça dans les films, je ne comprenais pas bien l'intérêt puisque ce n'est pas comme si le bébé allait sortir en criant « surprise ! ». Et me voilà, absorbée par mon ventre encore plat qui ne montre aucun signe du minuscule squatteur.

J'enfile mon chemisier et réalise qu'il va falloir que je cherche un médecin pour me suivre, que je fasse des analyses et prenne davantage soin de moi et de ce petit être. Trop pressée de trouver des solutions à ma situation merdique, j'en ai oublié l'essentiel.

Quand j'étais à Washington, j'ai fait une prise de sang pour confirmer le résultat, mais je n'ai pas pu prendre de rendez-vous avant mon départ pour vérifier que tout allait bien.

— Chelsea ?

— J'arrive, crié-je en me relevant.

Blade est parti en mission avec son équipe, il y a trois jours. Je suis assez contente de me retrouver avec Lexie. Elle me fait penser à Mia sous certains aspects. Ma meilleure amie a le cœur sur la main. Elle est lumineuse, à l'écoute. Lexie lui ressemble sur ces points, mais elle est aussi plus aventureuse, plus perchée et plus fofolle. En revanche, derrière sa facette souriante et optimiste, j'ai découvert beaucoup de sensibilité, et des blessures qui la rongent encore parfois. C'est un point commun que nous avons. Cette douleur que d'autres ne peuvent pas toujours comprendre.

— Oh génial, tu es là, tu peux m'aider ? s'exclame Lexie en me voyant débarquer dans le salon.

— Bien sûr.

— Il faut que je choisisse dix photos maximum et franchement, je n'arrive pas à me décider. J'ai fait un premier tri, mais il m'en reste encore vingt-trois, grimace-t-elle.

— C'est destiné à quoi ?

— Un article.

Je hoche la tête et m'installe devant l'ordi.

— C'est quoi le sujet ? Et qu'est-ce que tu veux mettre en avant comme idée ?

— C'est sur la vie du militaire en dehors des missions, tu sais, tous ces moments où il est avec les autres ou seul. Les instants plus introspectifs. J'ai récolté quelques interviews où les soldats me confient leurs peurs, leurs rêves, leurs pensées quand ils ne sont pas en pleine action. J'avais envie de montrer qu'ils sont souvent guidés par un besoin de rendre le monde meilleur, d'aider à rendre le monde plus sûr, mais qu'ils doutent aussi, qu'ils ont peur.

Je la dévisage, admirative de la passion avec laquelle elle parle de ce sujet. Je vois très bien à quel point elle est investie dans tout ce qu'elle fait.

— OK, alors je pense que tu peux mettre de côté, ces trois-là, elles sont jolies, mais pas assez intenses, expliqué-je en pointant du doigt les clichés.

Je fais défiler en prenant le temps d'observer les visages, les expressions. Les images ont le pouvoir d'appuyer le message, de transmettre de l'émotion, mais elles ne doivent pas éclipser le texte. C'est tout un équilibre.

Je me rends compte que j'ai parlé à voix haute quand Lexie écarquille les yeux.

— Lauren était passionnée par le graphisme, elle voulait en faire son métier, dis-je en haussant les épaules.

Malheureusement, elle a été arrachée à la vie bien avant de pouvoir réaliser son rêve.

— C'était Nathan qui s'occupait de la partie visuelle, dit la reporter en se laissant tomber sur la chaise à mes côtés. Je pourrais travailler avec un autre photographe, mais je n'y arrive pas.

Je lui offre un sourire compatissant et pose ma main sur la sienne.

— Tu as de la chance, j'ai un peu de temps libre, plaisanté-je en tapotant sa main pour alléger l'atmosphère.

Elle s'esclaffe alors que je me remets au travail. Nous choisissons sept photos assez facilement, c'est sur les dernières que l'affaire se complique.

— Oh mince, elle n'a rien à faire là, celle-ci.

Mes yeux se figent sur Sniper. Lui et Blue sont assis sur des caisses en bois. Il a passé son bras autour des épaules de son coéquipier. Son sourire est si grand qu'il éclipse tout le reste. L'amitié déborde de cette photo.

— Elle est chouette, hein ?

Le soleil est en train de se coucher sur le désert en arrière-plan, mais tout ce que je vois, c'est Sniper. J'ai envie d'être celle qu'il prend dans ses bras, qu'il regarde avec tendresse, celle qu'il retrouve chaque soir. Je l'avais. J'avais tout ça, ou du moins, j'aurais pu l'avoir, mais j'ai tout envoyé valser.

— Ça va ? murmure Lexie, la voix hésitante.

— Oui, oui. Elle est magnifique.

Elle plisse les yeux, mais n'ajoute rien.

— Elle ne peut pas être publiée, je n'ai pas l'autorisation pour cet article.

J'imagine que c'est à cause de leurs visages qui ne doivent pas être partagés partout.

— Tu devrais la faire imprimer, je pense qu'il adorerait l'avoir chez lui.

Lexie sourit et hoche la tête.

— C'est une bonne idée, il y a plein de photos de leur équipe.

Je fais défiler pour passer à la suivante, histoire de ne pas trop me perdre dans mes émotions. Ce n'est clairement pas le moment de me noyer dans les regrets.

— Voilà, dis-je un quart d'heure plus tard. Ça te va ?

Elle acquiesce, rayonnante.

— Oui, ça va être génial. Bon, ça doit encore être validé par mon chef, mais ça ne posera pas problème. Les photos de Nathan sont magnifiques.

— Il était doué, dis-je le cœur brisé pour lui.

Il était bien trop jeune pour mourir, surtout dans ces circonstances. Lexie ne répond rien, mais ses lèvres se pincent pour contenir sa douleur. Ne souhaitant pas la blesser, je me lève et tape dans mes mains.

— Bon ben te voir travailler, ça me donne envie de chercher un boulot.

Elle s'esclaffe, les yeux encore brillants.

— Tu penses que ça va être compliqué ?

— J'ai de l'expérience et un bon dossier, j'espère que ça suffira.

Je ne lui dis pas que le problème vient surtout de Derek qui m'empêche de trouver un autre job. Avec un peu de chance, il ne sait pas encore où je suis, et il n'a pas d'influence à l'autre bout du pays. Si l'hôpital vérifie mon CV, il y a une possibilité pour que l'information parvienne à lui, mais je dois essayer, je ne vais pas me cacher pour le reste de ma vie.

Je m'apprête à aller chercher mon ordinateur quand on sonne à la porte.

Lexie pousse le chat, qui s'était installé sur ses cuisses, puis se dirige vers l'entrée avant d'ouvrir le battant sans regarder qui se trouve derrière.

Blade en serait vert.

— Salut ! s'exclame Mia, j'avais un rendez-vous à San Diego alors j'en ai profité pour faire un détour.

Le silence qui suit sa phrase éclate quand Lexie se tourne vers moi, l'air mal à l'aise. Mia se fige en m'apercevant. La joie laisse rapidement place aux questions.

— Mais tu es arrivée quand ? dit-elle en pénétrant dans la pièce avec sa poussette.

— Il y a quelques jours, marmonné-je, gênée.

La compagne de Blade s'éclipse discrètement, mais je regrette déjà les problèmes que je lui ai probablement causés.

— Quelques jours ! Je ne comprends pas. Pourquoi tu ne m'as pas appelée ?

— C'est compliqué.

Le regard de ma meilleure amie est complètement perdu.

— J'avais besoin d'un peu de temps.

— Attends, tu avais besoin de temps ? Et tu préfères aller chez Lexie plutôt que chez nous ?

— Tu as un bébé, Mia.

— Et alors ? C'est un bébé, pas un virus mortel, notre maison est toujours ouverte pour toi, tu le sais très bien.

— Je sais.

Je n'arrive pas à trouver les mots. Je ne m'y suis pas préparée, je pensais avoir un peu de temps.

— Tu comptes m'expliquer ou continuer à répondre à côté ?

Ma gorge se noue alors que le regard larmoyant de Mia me brise le cœur.

— Je sais que quelque chose ne va pas. Et ça dure depuis des mois.

Mia secoue la tête.

— Quand j'ai eu besoin de toi, tu as toujours été là. J'aurais aimé que tu me laisses la possibilité de l'être aussi pour toi.

Elle ne me donne pas le temps de répondre, et tourne les talons, le visage défait. Quand la porte se referme derrière elle, la douceur de son geste est bien plus terrible que si elle l'avait claquée.

- 17 -

SNIPER

Je fais glisser le gilet pare-balle sur mes épaules et termine d'ajuster mon casque. Autour de moi, les gars s'équipent en silence. Le bruit des fermetures éclair et des cliquetis métalliques résonne dans le compartiment clos du USS Milwaukee. La lumière rouge des LED projette des ombres sur les visages concentrés des différentes équipes.

— On se déploie dans cinq minutes, annonce Ghost.

Il nous dévisage un instant.

— Et on rentre tous à la maison.

Nous hochons la tête de concert, conscients que cette simple phrase signifie toujours beaucoup. J'enfile mes gants en cuir noir et récupère mon fusil de précision avant de jeter un œil au GPS dans ma poche.

Un coup sec sur la cloison fait grimper l'adrénaline dans mon organisme.

— Deux minutes ! hurle un technicien.

Les lumières des cargos se dessinent à l'horizon quand nous atteignons le pont, mais ce ne sont pas ces navires que nous ciblons, c'est un chalutier pirate réaménagé en navire mère, qui transporte des skiffs pour des raids rapides. Il a été repéré, il y a quarante minutes, par des drones, à l'approche du détroit de Malacca, d'où notre position actuelle.

Ce détroit est l'un des endroits les plus fréquentés au monde. On est en plein cœur d'une route commerciale stratégique où des milliards de dollars de marchandises transitent chaque jour. Et c'est la raison pour laquelle il attire de nombreux pirates.

Ghost nous fait signe et nous embarquons dans les CRRC[3] tandis que les moteurs démarrent dans un grondement sourd. Nous évoluons en mode furtif, nos lunettes de vision nocturne prêtes à être déployées.

— Visuel confirmé, annonce Ghost, cinq minutes plus tard via notre communication intégrée.

Les ombres d'un chalutier massif se dessinent à une cinquantaine de mètres. Ses feux de position sont allumés sur les bords et des silhouettes se déplacent sur le pont, probablement des pirates armés.

Hunter ralentit le moteur, et le zodiac glisse silencieusement sur l'eau. La tension est palpable.

– Ils bougent des caisses à l'arrière, signale Blue.

---

[3] Combat Rubber Raiding Craft (CRRC) : Petit bateau pneumatique léger, utilisé par les forces spéciales pour des opérations discrètes en mer ou sur les côtes. Il est silencieux, rapide, facile à transporter et idéal pour les infiltrations.

Je pointe mon fusil vers le pont, regrettant de ne pas avoir mon fusil de précision, mais il ne m'aurait été d'aucune utilité sur le navire.

— On se prépare, la cible est confirmée, annonce finalement Ghost.

Le canot accélère à nouveau, mais nous tentons de rester discrets le plus longtemps possible. Le but n'est pas de déclencher les hostilités dans cette configuration.

Ghost, Blue et Blade escaladent immédiatement la coque à l'aide de crochets magnétiques.

— Go, murmure Ghost en faisant un petit appel lumineux pour que nous ayons le signal malgré les bruits de l'eau.

Hunter, Ace et moi nous mettons en mouvement pour grimper à bord à notre tour. Une seconde unité monte à tribord, et des canots sont dispersés un peu plus loin pour intercepter les fuyards. Mes pieds touchent le pont en douceur, alors que je remarque mes coéquipiers en position.

Blue tapote l'épaule de Ghost pour lui signifier notre présence, et nous nous séparons en deux équipes. Ghost, Blue et Blade se dirigent vers le poste de commande pour prendre en main le navire alors que nous allons écumer les différents niveaux avec la seconde unité.

L'odeur familière de l'eau salée se mélange à celle du gasoil émanant des réservoirs. Mais c'est l'odeur de l'affrontement qui prédomine.

Quelques mètres plus loin, un homme surgit de l'ombre, brandissant une machette. Je pivote, esquivant de justesse la lame. D'un mouvement fluide, je balance la crosse de mon fusil contre sa tempe. Alors qu'il s'effondre, je vois que Hunter et Ace sont aussi aux prises avec des pirates. Je me place de façon à garder un œil sur mes coéquipiers tout en couvrant l'autre issue. Quelques secondes plus tard, deux hommes arrivent en courant, avec des armes automatiques. Je ne leur laisse pas le temps de réagir et tire deux coups rapides.

— Dégagé, annonce Hunter en se postant dans mon dos, une main sur mon épaule.

Nous progressons vers l'arrière du navire en formation serrée tout en restant à l'affût.

— Ça glisse, murmure Ace en apercevant une fuite d'huile au sol.

Au même instant, des bruits de tirs résonnent dans la nuit. Cette fois, il est certain que l'effet de surprise est passé, ce qui va compliquer les choses. Ce genre d'ennemis est imprévisible, tête brûlée, sans aucune expérience militaire, ce qui les rend dangereux.

Pendant que nos coéquipiers neutralisent les pirates près des systèmes de communication, notre unité descend dans les entrailles du chalutier. L'air devient plus lourd, saturé de fumée et de chaleur. Je retire mes lunettes de vision nocturne, concentré sur mon environnement. Il y a de multiples coursives et portes, on ne doit pas se louper sous peine de le payer cher. Hunter lève le poing et nous nous immobilisons comme un seul homme. Il montre quatre doigts, et indique des directions. Trois à droite et un à gauche. J'échange un regard avec Ace et tape l'épaule du colosse pour confirmer que nous avons eu l'information. Il lance un décompte et nous nous faufilons dans un hangar où des types essaient d'empiler des caisses sur des canots. Ils sont paniqués et leurs gestes sont brouillons. Hunter ouvre la marche, sa stature massive servant de bouclier naturel. Nous sommes rapidement repérés et une rafale de tirs éclate. Le colosse plonge derrière un conteneur, nous couvrant avec un feu nourri. Ace et moi progressons en zigzag, utilisant les obstacles pour nous dissimuler au mieux.

Un pirate surgit d'une trappe au sol, mais Ace le neutralise avant qu'il n'ait le temps de crier.

Alors qu'Hunter continue de faire feu sur l'ennemi, un hostile armé d'une barre métallique m'attaque par surprise. Je pare le coup avec mon fusil, mais le choc me fait reculer. Il essaie de me frapper une nouvelle fois, je réplique avec un coup de pied dans les côtes, suivi d'un tir dans sa jambe. Je dégage son arme et l'assomme pour m'assurer qu'il ne bougera plus. Au même moment, une explosion détonne à quelques mètres. Le feu éclaire brièvement les visages tendus de mes coéquipiers.

— En route, ordonne Ace, une fois le hangar sécurisé.

Alors que nous nous dirigeons vers la salle des moteurs, un tir isolé me touche à l'épaule. Je tombe à genoux en me tenant à la paroi. Ace attrape immédiatement mon gilet et me traîne à couvert.

— Sniper blessé, indique-t-il dans la radio.

— Situation ? demande Ghost.

Je serre les dents et lève un pouce pour confirmer que je vais tenir le coup. Même si c'est douloureux, j'ai surtout été surpris. Et mon bras dominant est opérationnel, c'est ce qui compte.

— Ça va aller, répond Ace.

Hunter se poste en couverture, mais plus aucun tir ne résonne, signe que l'attaquant a dû changer de direction. Ace applique un bandage de fortune sur mon épaule et me tend la main pour m'aider à me redresser. Je fais légèrement bouger mon bras pour évaluer son état, puis je tapote l'épaule de Hunter pour qu'on se remette en route vers la salle des moteurs.

Une autre explosion, beaucoup plus proche, secoue le navire, projetant des éclats métalliques. Hunter grogne quand il reçoit un projectile sur le flanc. Il se plie en deux en posant sa main sur sa blessure tandis que je m'approche rapidement de lui.

— Ça va aller ?

— Ouais, le gilet a encaissé le choc.

— Hunter touché, mais opérationnel, rapporté-je dans la radio.

Ace nous couvre, et nous laissons quelques secondes au colosse pour se remettre. Ce chalutier est encore plus traitre que prévu.

— Sortons de ce merdier, grogne-t-il en reprenant la marche vers cette foutue salle.

Quand nous y parvenons enfin, la chaleur et le bruit des machines vrombissantes rendent l'air lourd et oppressant. Hunter pousse la porte d'un coup d'épaule, son fusil pointé devant lui pour dégager la voie à Ace. L'éclairage vacillant révèle une pièce chaotique. Des câbles pendent du plafond, des outils traînent au sol, et une forte odeur d'huile et de carburant imprègne l'atmosphère.

Ace s'avance, le pas rapide et silencieux, tandis que je ferme la marche.

Du mouvement attire mon regard.

— Contact, murmuré-je dans la radio, en levant deux doigts pour signaler plusieurs hostiles.

Hunter acquiesce et se met en position. Tout comme Ace, qui progresse de l'autre côté alors que les silhouettes se faufilent entre deux grosses turbines.

Une lampe de chantier vacille, projetant des ombres sur les murs métalliques, rendant la scène encore plus tendue. Finalement, l'un des hommes se lève et tire dans notre direction avant de se cacher à nouveau. Un autre fait de même, et je remarque qu'ils ne nous visent pas vraiment.

— Diversion, annonce Hunter, en faisant écho à mes pensées.

Je me tourne juste à temps pour voir un troisième tango basculer un levier rouge sur le tableau de commande. Une seconde plus tard, une alarme stridente retentit, et les moteurs augmentent soudain leur régime, vrombissant à un niveau presque insupportable.

— Ils essaient de surcharger les moteurs pour faire exploser le navire ! crache Ace.

Au même moment, la radio grésille dans nos oreillettes, un bruit de fusillade éclatant en arrière-plan.

— Contact hostile sur le pont supérieur, claque la voix tendue de Ghost. Blade va tenter de couper l'alimentation électrique des zones critiques, ce qui nous donnera une fenêtre d'action.

— Masques, ordonne Ace. Préparez les fumigènes.

Quelques secondes plus tard, l'éclairage vacille, puis s'éteint complètement. Nous remettons immédiatement nos lunettes à vision nocturne dans un geste parfaitement synchronisé. Surpris, les pirates s'exclament dans leur langue natale tandis qu'Hunter et Ace dégoupillent, puis lancent les boites métalliques. Rapidement, un nuage dense et suffocant remplit la salle.

Les tirs reprennent mais se font plus épars, couverts par le grondement des moteurs et les toussotements de l'ennemi.

— Dans l'angle nord-est, grogne Hunter dans la radio. Ils tiennent position derrière un panneau métallique.

Malgré mon épaule lancinante, les dents serrées, je lâche une salve de balles dans cette direction. Le bruit du métal qui s'effondre résonne dans la salle, suivi d'un cri.

Après quelques minutes, l'affrontement se termine. Les pirates n'avaient aucune coordination, ce qui nous a permis de prendre l'avantage sans trop de dégâts.

— Salle des moteurs sécurisée, annonce Ace.

Nous inspectons la pièce pour nous assurer que tout danger est écarté tout en attendant des nouvelles de notre unité. Nous n'aimons pas vraiment être séparés, même si c'est parfois nécessaire.

La voix de Blue brise l'attente.

— Situation sous contrôle. Ghost a pris un coup à la tête, mais il est conscient.

— Je suis en mode manuel, intervient Blade. Vous pouvez quitter la salle des moteurs.

— Navire sécurisé.

Malgré les retours positifs, nous remontons sur le pont principal avec prudence. Une fois à l'air libre, je m'appuie contre une paroi, la mâchoire contractée. L'adrénaline a fait le job, mais la descente est brutale.

Ace m'aide à retirer mon casque, et inspecte ma blessure.

— On va devoir te recoudre, dit-il avec un sourire en coin.

Ghost s'approche, le regard sombre en jetant un coup d'œil à mon épaule.

— Bon boulot, les gars.

— Et ta tête ? demande Hunter.

— J'aurai sûrement une migraine sous peu, Ace prend la main.

Nous acquiesçons. Ghost est opérationnel, mais en cas de blessure handicapante ou de choc à la tête, il préfère souvent laisser le commandement à Ace pour s'assurer de ne pas commettre d'erreurs.

De toute manière, notre mission est terminée. Le navire est sécurisé. La Navy va pouvoir le fouiller de fond en comble pour trouver des informations et récupérer les marchandises volées.

— Camille va pouvoir jouer à l'infirmière, s'amuse Blue.

Je n'aurais jamais dû lui parler de cette femme. Il n'arrête pas de me charrier, mais s'il savait la vérité... Pour une fois, je n'ai rien dit, j'ai gardé pour moi ce qu'il se passait, pourtant j'aurais bien besoin d'en discuter pour démêler la situation. Surtout que le mot infirmière ne fait pas apparaitre le visage de Camille dans mon esprit, mais bien celui de Chelsea. Et c'est tout le problème. Quoi que je fasse, elle est toujours là. Faisant vibrer mon être et mon cœur avec beaucoup trop d'intensité.

— Je suis tellement fichu, murmuré-je, dépité.

- 18 -

CHELSEA

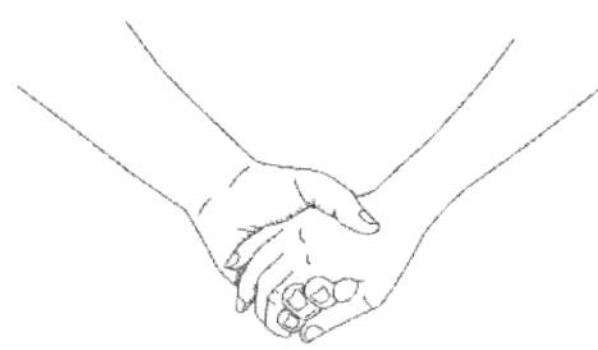

— Je peux t'aider ?

— Tu veux bien amener les boissons à table ?

J'acquiesce et récupère quelques bouteilles que je dépose dans le salon. Ce soir, j'ai le cœur lourd. Lourd de regrets. Lourd de mensonges. Lourd de culpabilité.

Mia n'a répondu à aucun de mes messages, et je ne peux pas lui en vouloir. Si j'avais été à sa place, je l'aurais aussi très mal pris. Les gens ne peuvent pas forcément comprendre, mais Mia et moi, on s'est retrouvées seules très tôt. Moi parce que ma famille m'a tourné le dos après la mort de ma sœur, elle, parce qu'elle a perdu ses parents qu'elle adorait. On a été soudées pendant de nombreuses années. Même quand il y avait Alexander. Rien n'a jamais entaché notre amitié. Les disputes n'étaient qu'anecdotiques et passaient aussi vite qu'elles étaient arrivées. Sauf qu'aujourd'hui, c'est différent. Nos vies ont changé, et même si notre amitié est toujours forte, elle a évolué. Mia a de nouvelles amies, une famille. On vit loin l'une de l'autre. Je crois que cette distance a pesé sur notre communication. Enfin, c'est ma faute. Je me suis éloignée d'une certaine manière. J'ai commencé à embellir la réalité, à cacher des détails, à ne plus tout lui raconter. Avant, on se voyait si souvent que je ne pouvais pas lui dissimuler grand-chose. Son déménagement a permis que je la garde à l'écart de beaucoup de moments de ma vie. Je n'en suis pas vraiment fière, mais je n'avais pas envie que mes problèmes rejaillissent sur son bonheur. Après tout ce qu'elle a vécu, elle mérite de simplement profiter sans s'inquiéter pour moi.

— Tu as eu des nouvelles ?

Je sursaute, surprise par la voix de Lexie.

— Non.

— Elle va venir.

— Elle te l'a dit ?

Lexie grimace et secoue la tête.

— Elle ne savait pas.

Mia n'est pas rancunière, mais je l'ai blessée. Il lui faudra peut-être plus de temps pour me pardonner. Et j'aimerais vraiment qu'elle le fasse avant que les gars ne rentrent de leur mission.

Ça fait déjà dix jours qu'ils sont partis. J'imagine que Sniper sait où je me trouve, et je dois dire que je me sens un peu ridicule pour ma réaction de l'autre soir. C'était idiot de tourner les talons comme une femme trompée. J'aurais dû prendre sur moi, faire comme si de rien n'était. Au lieu de ça, j'ai fui. Je ne peux pas me reprocher ma réaction instinctive, mais je me suis laissé déborder par mes émotions. Dans mon travail, je suis capable de garder le cap, de conserver mon sang-froid, d'agir sous pression, c'est indispensable, mais alors dans ma vie privée, ce n'est plus du tout la même histoire.

La sonnette retentit, brisant le cours de mes pensées. Mon cœur se met à battre frénétiquement dans ma poitrine, alors que Lexie se dirige déjà vers la porte.

J'inspire et fixe l'entrée avec espoir, mais il n'est que de courte durée quand j'aperçois Megan, Alyssa et Madi.

— Où est Ayden ? s'étonne la maitresse des lieux.

— Il n'avait pas envie de passer une soirée avec des filles, s'amuse-t-elle en levant les yeux au ciel.

Madi l'imite avant de courir vers l'un des chats qui dormait paisiblement sur le canapé. Elle n'a pas le temps de le toucher, il bondit comme un ressort et se carapate vers les chambres.

— Laisse-le tranquille, râle Aly.

— C'est pas grave, il va aller se planquer.

Elles me saluent chaleureusement et s'installent sur le canapé, en faisant comme si ce n'était pas anormal que je sois ici.

— Tu vas rester plantée là ? plaisante Aly.

Je ris, soulagée de voir qu'elles ne vont pas me cuisiner.

— Alors ton article avance ? demande Megan.

Lexie hoche la tête et la voilà partie dans un récit de toute sa préparation. Les filles l'écoutent avec attention, posant des questions de temps à autre. C'est incroyable qu'elles s'entendent si bien. Les gars de l'équipe sont très soudés, mais ils ont réussi à trouver des femmes qui ont créé leur propre groupe. Quelles étaient les chances pour que ça fonctionne aussi bien entre elles ?

Je les observe tour à tour, et me demande si j'aurais eu ma place parmi elles. Si ça avait marché avec Sniper, si j'étais devenue l'une d'entre elles, est-ce que j'aurais pu me fondre dans leur groupe ? Est-ce que je suis de leur trempe ? Elles me semblent souvent si incroyables, si courageuses. Je fais pâle figure à leurs côtés. Elles m'acceptent en tant qu'amie de Mia. Elles ne m'ont jamais fait sentir que je n'étais pas la bienvenue, mais il y a une différence entre la copine qui vient de temps en temps et la femme qui signe un contrat à durée indéterminée.

— Chelsea ?

Je sursaute et regarde Megan qui fronce les sourcils.

— Tu vas bien ?

— Oui, oui, je me disais juste que vous étiez incroyables.

Megan écarquille les yeux tandis qu'Aly me sourit avec douceur.

— Je ne sais pas trop ce qu'il se passe, mais on est là si tu veux en parler, souffle la femme d'Ace après quelques secondes de silence.

J'acquiesce sans rebondir sur la proposition. Pour le moment, il n'y a qu'une personne avec laquelle je dois discuter.

— April nous rejoint ? demandé-je pour éluder le sujet.

— Elle arrive. Elle voulait passer chez elle se changer.

La sonnette retentit au même instant.

— Entre ! crie Lexie en servant à boire à nos amies.

— J'ai une super nouvelle, annonce directement l'analyste en pénétrant dans la pièce avec un plat dans les mains.

— Attends, tu viens à peine de la base et tu as quand même amené à manger ?

April hausse les épaules en nous rejoignant.

— Ne vous enflammez pas, j'avais passé une commande chez le traiteur.

Aly grimace en jetant un regard à Megan.

— J'ai apporté des trucs à grignoter, se défend cette dernière.

— Et moi, j'ai amené Madi.

— On peut la manger ? plaisanté-je.

— Tu as apporté quoi ?

— Techniquement j'habite ici, alors je n'avais rien à apporter, dis-je en lui tirant la langue.

— Rho bon sang, on se croirait dans la cour de récré. Pour info, vous n'aviez rien à apporter, mais merci les filles.

— D'ailleurs, je vais voir si Madi ne retourne pas la maison, annonce Aly en se levant.

On l'entend rire dans l'une des pièces, mais elle n'a pas pointé le bout de son nez par ici depuis son arrivée.

April s'installe à côté de moi et tapote ma cuisse pour me saluer avant de se laisser tomber contre le dossier.

— Je suis crevée, j'ai besoin de manger, boire et dormir, pas forcément dans cet ordre-là.

— C'est quoi ta super nouvelle ? demande Lexie alors qu'Aly revient dans le salon avec Madison.

— Les gars rentrent dans deux jours.

Un immense sourire s'affiche sur le visage de Megan alors que Madi se met à sautiller partout.

— Et tout le monde va bien ? s'inquiète Aly.

— Quelques bobos, rien de grave, je vous rassure, mais ils font un passage par l'hôpital pour des vérifications.

— Merde, tu en sais plus ? s'alarme Lexie.

— Non, désolée.

April grimace et se frotte le visage.

— C'est déjà génial d'avoir des nouvelles, temporise Megan. Merci. J'ai tellement hâte qu'ils rentrent, j'ai l'impression que Jackson est parti, il y a des semaines.

— Je ne sais pas comment vous faites, avoué-je.

Les filles se tournent vers moi, attendant que je poursuive.

— Je veux dire, vos relations sont merveilleuses, mais les départs précipités, le silence radio, le danger, les blessures. Sans compter le fait de devoir assurer seules avec les enfants. Non, vraiment, je crois qu'on ne parle pas assez des femmes de militaires.

— On prend le package, répond Aly en haussant les épaules. Refuser cette vie, c'était tirer un trait sur Scott, et ce n'était pas envisageable.

— De mon côté, c'est différent, explique April en piochant dans le saladier de chips, ce n'est pas facile pour autant, mais je pense que c'est quand même plus simple. En tout cas pour le moment, sans enfant au milieu.

— Et toi ? Tu étais en mission avec eux, ça t'a rassurée ? demandé-je à Lexie.

Elle mordille sa lèvre inférieure pour réfléchir à la question.

— Je crois que oui, en fait. Je connaissais déjà l'envers du décor et la réalité du terrain grâce à mes reportages. Mais les voir ensemble, ça m'a rassurée, même si évidemment il y a toujours des risques, et même de gros risques.

— Jackson a déjà été fait prisonnier, on n'était pas encore en couple à cette époque, intervient Megan en tripotant son alliance, mais ses coéquipiers ont remué ciel et terre pour le retrouver, et lui a tenu parole en me retrouvant moi. Alors même si j'ai peur parce que je n'imagine aucun monde dans lequel il n'existe pas, j'ai confiance en l'avenir. On a connu le pire, on doit bien avoir le meilleur pour la suite.

— Ça c'est sûr, confirme Aly en serrant sa cuisse avec compassion.

— C'est bien ce que je disais, vous êtes incroyables.

— Bon et si on mangeait ? lance Lexie pour détendre l'atmosphère.

Je jette un coup d'œil vers la porte, espérant toujours que Mia va la franchir, mais plus les minutes passent et plus mes espoirs s'amenuisent.

Madison délaisse les poissons qu'elle observait depuis dix minutes et pose sa tête sur mon bras.

— Ça va, ma chipie ?

— Tu es en vacances ?

— En quelque sorte, puisque je ne travaille pas.

Madi grimpe sur mes genoux. Sa tête contre ma poitrine, elle murmure :

— J'aime bien quand tu es là, tu vas rester ?

— Je vais rester.

— Attends, tu t'installes ici ? demande Aly.

J'acquiesce en levant la tête, soulagée de voir leurs visages s'illuminer.

— Mais c'est génial. Mia est au courant ?

Je grimace.

— Pas encore. J'attendais de...

Je n'ai pas le temps de terminer ma phrase, interrompue par la sonnette.

Et cette fois, c'est sur ma meilleure amie que s'ouvre la porte.

— Je suis contente que tu sois venue, s'exclame Lexie en prenant son sac à langer.

— Désolée pour le retard, Hope a eu envie de téter au moment où je partais.

— T'en fais pas, il reste plein de choses à manger.

— Ça tombe bien, je suis affamée. Cette petite chose me pompe toute mon énergie.

— Je ne pensais pas que tu viendrais, avoué-je quand elle passe à côté de moi avec sa poussette.

Je jette un coup d'œil à sa princesse endormie et caresse tout doucement son ventre sans la réveiller.

— Moi non plus, dit-elle en haussant une épaule.

Son regard se fait tendre, puis triste avant qu'elle ne s'éloigne pour saluer les filles. Elle laisse la poussette à quelques pas d'elle et s'installe au bout du canapé.

— De quoi vous parliez ? demande-t-elle en prenant un amuse-bouche sur la table.

Mon cœur bat la chamade de peur que l'une d'elles vende la mèche, mais April vient à mon secours.

— Je disais aux filles que nos hommes rentrent dans deux jours.

— C'est vrai ? s'exclame Mia, les yeux brillants. Hope grandit tellement vite, c'est dingue, elle s'éveille de plus en plus, et j'ai l'impression que Matthew rate tout.

— Ça m'arrive aussi, dit Aly. Il arrive que Madi ou Ayden comprennent ou découvrent quelque chose, et j'ai envie de le partager avec Scott, mais il n'est pas là.

— C'est pas facile pour eux non plus, intervient April. Je pense qu'ils culpabilisent parfois. C'est du temps qu'ils ne rattraperont pas.

— Malheureusement, le monde a besoin d'eux, on ne peut pas leur reprocher de faire ce qu'ils font, souffle Megan.

Les filles acquiescent. Ça ne doit pas être évident avec des enfants. Avoir envie de partager certaines choses avec l'autre, mais ne pas pouvoir. Et encore, les gars ont des missions courtes. Je n'imagine même pas les femmes qui restent seules pendant de longs mois.

— Je passe mon temps à filmer et prendre des photos, je crois qu'il va se coltiner une séance de visionnage qui va durer trois jours, s'amuse Mia.

La soirée se poursuit avec des sujets plus légers, mais mon regard ne dévie que peu de ma meilleure amie. Je la sens proche et distante à la fois. Ce qui me rassure, c'est qu'elle n'est pas en colère ou hostile, elle est simplement moins avenante que d'habitude.

J'espère lui parler tout au long de la soirée, mais le moment ne vient pas.

— Je vais rentrer, annonce-t-elle après avoir changé sa fille.

Elle la berce depuis dix minutes, mais sa princesse ne s'endort pas. Contrairement à Madison qui s'est écroulée sur mon lit.

— Tu veux qu'on te raccompagne ou qu'on te suive ?

— Non, ça va aller. Je vous envoie un message dès que je suis arrivée. Toute manière, je risque de rouler un peu pour endormir Hope.

Elle nous fait un signe de la main et rejoint sa voiture avant même que je ne me sois décidée à bouger.

À travers la fenêtre je la vois installer sa fille dans le siège auto.

— Tu devrais aller lui parler, murmure Lexie.

— Ce n'est peut-être pas le bon moment.

— Ça ne le sera jamais, mais elle est venue, c'est déjà un premier pas.

Je tourne la tête vers mon amie et réalise qu'elle a raison. Mia aurait très bien pu rester chez elle, mais elle est venue, c'est qu'il y a du progrès.

J'inspire et me dirige vers la porte.

— Mia !

Elle referme la portière arrière alors que je m'arrête sur le perron, les mots coincés au fond de ma gorge.

— Je suis désolée, dis-je enfin.

— Je sais.

Elle plie la poussette, la fourre dans le coffre et range le sac à langer avant de rejoindre sa portière.

— Tu me manques, avoué-je le cœur brisé par la situation.

Son corps s'immobilise et ses yeux trouvent les miens.

— Tu me manques aussi.

Elle me sourit, grimpe sur son siège et démarre. Mais avant de partir, elle me fait un petit signe. Un minuscule geste qui me fait du bien, qui me remplit d'espoir et de gratitude d'avoir de telles amies dans ma vie.

— Ça ira, dis-je. Tout va s'arranger.

- 19 -

CHELSEA

Le cœur battant, je lève le visage vers l'immeuble. La soirée chez Lexie a eu lieu, il y a trois jours. Depuis, j'ai échangé quelques messages avec Mia. Des banalités. Mais j'ai senti que notre relation était sur la bonne voie. C'est une goutte d'espoir dans mon océan de problèmes.

Je pose une paume sur mon ventre pour me donner du courage et entre dans le bâtiment avant de rejoindre le troisième étage.

— Comme une impression de déjà-vu, marmonné-je en toquant à la porte.

J'ai presque envie de cacher mes yeux avec ma main pour me protéger d'une vision désagréable, mais je me retiens. Et j'ai bien fait puisque c'est plutôt une excellente vision qui s'impose à moi.

La porte s'ouvre sur un torse nu et musclé. Mes yeux parcourent des abdos fermes, des pectoraux dessinés et des bras puissants avant de tomber sur un large bandage qui couvre son épaule gauche.

Je pince les lèvres et lève mon visage vers le sien. Il n'y a ni froideur ni condamnation dans son regard, juste de l'étonnement.

— Tu… murmuré-je en tendant la main sans oser le toucher.

Une fois mon cerveau reconnecté, je remarque les bleus qui parsèment sa peau.

— Je vais bien.

Je laisse retomber mon bras et le dévisage à nouveau alors qu'une multitude d'émotions bataillent en moi. Sa barbe a poussé et ça lui donne un air sauvage et sexy.

— Je te dérange ?

Il secoue la tête et se décale pour me permettre d'entrer. J'inspire et pénètre dans le salon sans trop savoir comment me comporter. Je n'ai jamais été aussi timide et gênée dans mes relations. Je suis plutôt fonceuse en temps normal, sauf que depuis quelques mois, j'ai la sensation de m'être perdue en chemin.

— Tu veux boire quelque chose ?

— Non, merci, dis-je en secouant la tête.

Sniper se rapproche et m'observe avec attention.

— Chelsea, pour l'autre soir, je…

— J'ai écouté tes messages, le coupé-je, et je ne suis pas là pour ça.

En fait, je mens un peu, car je n'ai pas écouté tous ses messages, juste le premier. Je n'y ai pas appris grand-chose, simplement qu'il était inquiet, et je ne suis pas certaine de vouloir en savoir plus. Il est clair qu'il avait un rendez-vous, et comme je le connais, je sais aussi qu'il ne l'aurait jamais invitée chez lui pour un premier rencard. Donc ils doivent se fréquenter depuis plus longtemps, ce qui me retourne l'estomac.

— J'ai besoin d'un service.

Sniper me fait signe de m'asseoir sur le canapé, et s'installe face à moi.

— Je t'écoute.

— J'ai besoin que tu me rendes un service, répété-je, mais pas de questions.

Il hausse un sourcil.

— Je voudrais contacter Sawyer, lâché-je sans lui laisser le temps de répliquer.

La surprise traverse son regard.

— Sawyer ? Je ne m'attendais pas à ça.

Je frotte mes mains sur mes cuisses, mal à l'aise de ne pouvoir rien dire, et mes yeux accrochent le livre qui traine sur la table basse. Sniper est ordonné, mais il y a toujours un bouquin abandonné quelque part dans l'appartement. J'aime ce contraste. Le côté rude du SEAL, et le côté plus sensible de l'homme. Je grimace intérieurement en voyant le fil que suivent mes pensées.

— J'ai besoin de quelqu'un pour faire des recherches, le genre de recherches qu'on ne fait pas sur Google.

Il se penche en avant, les avant-bras posés sur ses cuisses musclées.

— Est-ce que tu as des problèmes ?

— J'ai toujours des problèmes, réponds-je en souriant.

Sniper soupire et se frotte le crâne avant de grimacer à cause de sa blessure.

— J'ai juste besoin d'informations.

— Tu es en danger ?

Je hausse les épaules.

— Je n'en sais rien. Non. Peut-être, hésité-je, ayant du mal à mettre des mots sur la situation.

— Tu ne peux pas m'en dire plus ?

— Pas pour l'instant. S'il te plait, enchainé-je avant qu'il ne puisse poser de nouvelles questions, j'y verrai plus clair avec Sawyer.

— Tu ne laisseras pas tomber ?

— Non, et j'irai voir chacun des gars, même l'équipe d'Hurricane s'il le faut.

— Je ne peux pas te donner son numéro, peu d'entre nous le possèdent, mais je peux te donner son adresse mail.

— Est-ce qu'elle va me répondre ?

— Oui.

Je hoche la tête, satisfaite.

— Merci.

— Chelsea...

— Pas de questions.

Il grogne et se redresse, ce qui détourne mon attention de la conversation. Mon regard dévale son dos musclé avant de se perdre sur ses fesses fermes, moulées dans un short qui a été conçu pour attiser les fantasmes.

Bon sang, je suis sacrément en manque, mais il faut dire que Sniper a toujours eu le pouvoir de me rendre folle.

— Chels ?

Je sursaute et lève mes yeux vers son visage.

— Tu disais ?

Il ricane avant d'enfiler un tee-shirt.

— Tu restes diner ?

— Ce n'est pas une bonne idée, dis-je en me levant à mon tour.

— Alors quoi ? On va s'ignorer et ne s'adresser que des banalités quand le groupe se réunira ?

Cette idée me révulse, mais à quoi est-ce que je peux m'attendre s'il refait sa vie ?

— Reste ce soir...

Mes yeux se noient dans les siens, et j'y lis une sincérité déroutante. Il a réellement envie de passer du temps avec moi. Je ne sais pas vraiment ce que je dois en penser, mais je n'ai pas envie de partir, pas envie d'avoir cette relation quasiment inexistante. J'ai juste envie de profiter d'une soirée avec lui. Quelques heures à discuter, rire ou même regarder un film. Je m'en fiche tant qu'il est là.

— D'accord.

* *

*

SNIPER

— Le nouvel interne a crié et il a tourné de l'œil.

Elle éclate de rire et glisse une mèche de cheveux derrière son oreille.

— J'étais mal. Le patient pissait le sang, le personnel courait partout, la famille avait des yeux horrifiés, et l'interne qui était censé prendre la main était hors course.

— Qu'est-ce qu'il s'est passé ?

— On a stoppé l'hémorragie avec les moyens du bord jusqu'à ce qu'un médecin prenne le relais. Le patient s'en est sorti, heureusement.

Chelsea adore son métier. Elle est tellement passionnée quand elle en parle. C'est rare de trouver sa voie. Celle qui nous épanouit et nous donne envie de nous lever le matin. Et force est de constater qu'elle l'a trouvée. C'est aussi pour cette raison que mille questions se bousculent dans mon esprit. Pourquoi est-elle à Coronado ? Combien de temps va-t-elle rester ? Qu'est-ce qu'elle nous dissimule ? Je suis presque certain qu'elle n'est pas seulement ici pour des vacances. D'habitude, elle prévient Mia à l'avance. Mais là, elle est venue à l'improviste, sans le dire à personne, et elle s'est cachée de sa meilleure amie comme si elle ne voulait pas avouer ce qui se passe dans sa vie. J'aimerais l'aider, en savoir plus, mais je ne peux pas faire l'erreur de la forcer. J'ai déjà merdé, l'autre soir. Tout ce que je peux faire, c'est lui montrer que je suis toujours son ami, que ma porte est ouverte, et qu'elle peut compter sur moi en toutes circonstances.

Chelsea bâille et se laisse retomber contre le dossier du canapé. Finalement, j'ai commandé dans son restaurant favori et nous avons mis un film, mais nous avons passé une grande partie de la soirée à discuter. Rien qui nous concerne, aucun sujet délicat, simplement du quotidien, des anecdotes. J'emmagasine tout ce que je peux apprendre sur elle. Comme le fait qu'elle préfère le salé au sucré, qu'elle est de mauvaise humeur sans son café du matin, qu'elle adore le rose, et qu'elle déteste ses orteils. Mais ce que j'aime, c'est la voir si détendue, souriante et à l'abri de ce qui la tracasse. Dans cette bulle hors du temps qu'on arrive à créer dès qu'on est tous les deux, coupés du monde.

Quand sa tête touche mon épaule,

je réalise qu'elle s'est endormie. Je récupère un plaid qui traine sur le fauteuil et la couvre avant de me caler plus confortablement, un bras autour de sa taille pour la rapprocher de moi. En temps normal, j'aurais pu la porter jusqu'à mon lit, pour qu'elle passe la nuit dans mes bras. Je pourrais aussi lui laisser ma chambre et dormir sur le canapé, mais j'en suis incapable, alors je me contente de ce qu'elle me donne sans le savoir. Quelques heures supplémentaires près d'elle.

C'est peut-être tout ce que j'aurai jamais.

- 20 -

CHELSEA

— Salut étrangère, s'amuse Ghost.

— Comment va ta tête ?

— Bien, merci.

Je frotte les mains sur mes cuisses et jette un coup d'œil dans son dos.

— Elle est dans la chambre de Hope.

— D'accord, murmuré-je.

— Ça va ? demande-t-il en s'appuyant contre le chambranle de la porte.

Je hoche la tête, puis la secoue avant de sourire.

— Je ne sais pas trop. Elle est de bonne humeur ?

Ghost éclate de rire et se décale pour me laisser entrer.

— Allez viens.

Je le suis et dépose mes affaires sur le petit banc qui longe le mur.

— Tu peux monter, dit-il avec un sourire rassurant.

Je lève les yeux vers l'escalier, complètement troublée. Perdre Mia serait une terrible épreuve, mais comment faire quand on se noie dans ses mensonges ?

— Chelsea, souffle Ghost en posant une main sur mon épaule. Mia t'aime comme une sœur. Tu es l'une des personnes les plus importantes de sa vie. Elle n'est pas fâchée ou en colère, juste blessée.

— Je ne voulais pas la blesser.

— Je sais. Écoute, toi et Mia, ça fonctionnait facilement avant, mais vous avez changé, vos vies ont changé. Mia se découvre en tant que maman, elle a besoin de savoir que les gens autour d'elles sont heureux. Elle ressent le besoin de les couver, de les protéger. Et toi, tu es indépendante, tu veux te débrouiller seule. Elle le sait, elle le comprend, elle a juste l'impression que tu l'écartes de ta vie.

— C'est pas ça, je... elle est tellement épanouie en ce moment, je ne veux pas l'embarquer dans tout ce qui m'arrive.

Il me dévisage un instant avant de reprendre.

— Si la situation était inversée, tu voudrais qu'elle te tienne à l'écart ?

Je secoue la tête.

— Elle t'appellerait sans aucune hésitation parce qu'elle sait que tu serais là pour elle, sans la juger, pour l'écouter ou l'aider. Laisse-la être présente pour toi.

J'ai envie de lui avouer que je risque de la mettre en danger. Qu'il ne s'agit pas seulement d'une peine de cœur ou d'un problème au travail, mais d'un bordel bien plus grand, sauf que je garde le silence.

— Tu sais qu'on est aussi là pour toi ? Moi, Sniper, les gars, tu n'as qu'un mot à dire.

Ghost lit un peu trop bien en moi. Au lieu de répondre, je le serre dans mes bras.

— Merci de rendre ma meilleure amie si heureuse.

Il me rend mon étreinte, mais quand je recule, je vois cette lueur d'inquiétude dans son regard. Celle qui indique qu'il se doute de quelque chose.

Je retire mes chaussures, grimpe l'escalier et pousse doucement la porte de la chambre au cas où sa fille dormirait.

— Salut Big mama, chuchoté-je.

Le visage de Mia s'illumine en m'apercevant, ce qui me soulage d'un grand poids.

— Chels, viens entre.

— Elle dort ?

Installée dans le gros fauteuil, Mia acquiesce, sa fille calée contre elle.

— Tu veux que je t'attende en bas ?

— Mais non, elle a le ventre plein de lait et le sommeil lourd.

— Oui, comme moi mais avec la tequila.

Mia s'esclaffe en faisant doucement balancer son fauteuil d'avant en arrière.

Je regarde la chambre autour de moi pour me donner du courage, avant de reporter mon attention sur ma meilleure amie. Ghost a raison et même si je ne me sens pas encore capable de tout lui dire, pas tant que je ne sais pas dans quoi j'ai mis les pieds, je peux au moins avancer un début de réponse.

— Je m'en veux, dis-je.

— Chelsea...

— Non, laisse-moi parler, s'il te plait, la coupé-je en caressant mon tatouage.

— Pendant des années, il n'y avait que toi et moi.

— Et Alexander, plaisante-t-elle.

— Il ne compte pas, m'amusé-je en secouant la main. Tu sais ce que je veux dire. Tu es ma famille, tu l'es depuis le premier jour. Je n'ai toujours eu que toi. Je t'aime bien au-delà de ce que tu peux imaginer.

Je ravale l'émotion qui me submerge pour pouvoir dire ce que j'ai sur le cœur.

— Quand tu as été enlevée, j'ai cru qu'on m'arrachait le cœur. Littéralement. J'ai cru mourir de désespoir. Je me suis promis que si tu me revenais, je ferais tout pour que tu oublies cette épreuve, pour te protéger, pour que tu sois heureuse.

Mia pince les lèvres, les larmes aux yeux.

— Et tu l'es, bon sang. Je ne t'ai jamais vue aussi épanouie. Il se passe des choses compliquées dans ma vie, et je ne suis pas prête à t'en parler. J'ai besoin de temps. J'ai l'impression que tout a basculé d'un coup, et j'essaye encore de sortir la tête de l'eau.

Mia se lève pour aller poser Hope dans son berceau. Quand elle revient vers moi, elle prend ma main dans la sienne.

— Tu n'as pas à me protéger de tout. Tu n'es pas responsable de mon bonheur ou de ma vie, Chels. Je veux être là pour toi, je veux te soutenir et t'aider comme tu l'as toujours fait pour moi.

— Tu m'aides, dis-je alors qu'elle secoue la tête. Si, bien sûr que si. Parce qu'au fond de moi, je sais que tu es là, je sais que tu répondras présente.

Mia soupire et serre ma main.

— J'aimerais pouvoir faire plus.

— Je te promets de tout te dire bientôt, laisse-moi juste démêler tout ça.

Elle acquiesce et me prend dans ses bras, me serrant avec force, comme si, cette fois, c'était elle qui voulait me protéger du monde.

— Est-ce que tu vas rester un peu ?

— Je reste définitivement.

— Quoi ? s'exclame-t-elle, alors que je lui fais les gros yeux, un doigt sur la bouche.

— Quoi ? répète-t-elle, plus bas. Tu t'installes ici, pour de bon ?

Je hoche la tête en souriant alors que Mia gigote sur place contenant mal son excitation. On pourrait sortir, mais je crois que cette chambre est le cocon de notre conversation. La quitter briserait peut-être cet instant si important.

— Et, il y a autre chose.

Je ne comptais pas le lui annoncer maintenant, mais en réalité, ça me semble être le moment parfait. Et surtout, j'ai envie de le lui dire, j'ai envie de partager cette nouvelle, ce bouleversement, avec elle.

— Je ne suis pas venue seule, avoué-je en portant une main à mon ventre.

Ses yeux s'écarquillent puis font des va-et-vient entre mon visage et mon ventre.

— Tu es enceinte ? Sérieusement ?

Je hoche plusieurs fois la tête, émue de voir, à nouveau, les larmes briller dans ses yeux.

— Tu es heureuse ? Je veux dire, tu...

— Oui, je le veux, Mia. De tout mon cœur.

Elle éclate de rire alors que les larmes dévalent finalement ses joues.

— Nos enfants vont grandir ensemble, souffle-t-elle en prenant mon visage en coupe.

Je pose mon front contre le sien, ne retenant plus la digue qui vient de céder, et savoure cet instant.

— Et le père… chuchote-t-elle après plusieurs secondes.

— Mia… grondé-je faussement.

— OK, OK, tu me le diras plus tard.

Elle s'écarte et me sourit.

— Je suis tellement heureuse. Il ne manquait que toi pour que tout soit parfait.

Je hoche la tête et passe un bras sur ses épaules. Tempe contre tempe, nos yeux se portent sur Hope, alors que mon cœur se gonfle de reconnaissance. Ce n'est qu'un bout du chemin, qu'un début de nouvelle vie, mais c'est un premier pas vers mon avenir.

* *
*

SNIPER

— Merci, dis-je à Blue qui dépose les verres devant nous.

Il embrasse April sur les cheveux et s'installe à côté d'elle.

— Où sont les autres ? demande-t-elle en piochant dans l'un des saladiers.

— Ils ne vont pas tarder, dis-je au moment où Megan et Hunter pénètrent dans le bar.

Ils nous saluent et s'asseyent à notre table alors que mon regard ne fait que dévier vers la porte.

— C'est joli, commente April.

— Merci, je voulais juste essayer, répond Megan en haussant les épaules.

Je l'observe plus attentivement, et remarque que ses cheveux sont bouclés. Hunter caresse le bras de sa femme, comme souvent quand elle est mal à l'aise. Megan n'aime pas vraiment être au centre de l'attention.

Je bois une gorgée de bière et tourne, à nouveau, ma tête vers la porte quand j'aperçois du mouvement. Mia, Aly, Ghost et Ace récupèrent des chaises pour agrandir notre table.

— Alors ? demande April.

— Les enfants étaient ravis, répond Alyssa.

— Mes parents aussi, ajoute Ace.

Je fronce les sourcils jusqu'à me rappeler l'information. Les parents d'Ace sont venus leur rendre visite et ils gardent les enfants, ce soir.

— Ça me gêne de leur laisser Hope, quand même.

— Tu plaisantes ? Tu as vu le sourire de ma mère ?

Mia hoche la tête en riant.

— C'est vrai qu'elle avait l'air heureuse.

— Elle est devenue gaga en un claquement de doigts.

— C'est pas l'idée que je me fais des vacances, se moque Blue.

April lui donne un coup de coude dans les côtes.

— Il faut t'y préparer.

— À quoi ? demande-t-il en écarquillant les yeux. Tu n'es pas... ?

— Merci pour ta réaction très rassurante, râle April. Je dis juste qu'il faudra bien que tu te fasses à l'idée.

— Mais je suis prêt, bébé. Et je peux te le montrer là tout de suite, s'exclame-t-il en l'embrassant avec un peu trop d'engouement.

— Hey, vous avez un public, claque Mia en leur lançant une serviette.

— Ça ne me dérange pas, je ne suis pas pudique, répond Blue en se détachant de sa compagne qui rit en se recoiffant.

— Je confirme, dis-je.

— Beurk, garde ça pour toi, lâche Mia en grimaçant.

— Sauvés par le gong, intervient Alyssa en voyant Lexie, Blade et Chelsea débarquer.

— Salut la compagnie, clame la reporter. Je vous ai amené Grincheux et Joyeux.

J'éclate de rire en avisant la tête de Blade.

— Merci.

— Tu aurais préféré être Simplet ? m'amusé-je.

— J'aurais préféré n'être rien de tout ça.

— Bah t'as pas le choix, assène la compagne de Blade.

Je ris encore plus en le voyant plisser les yeux, alors que Chelsea tape dans la main de Lexie comme si elles étaient amies depuis des années.

— Vous êtes des gamins, marmonne Ace.

— Je crois qu'il va te voler le rôle de Grincheux, ajoute Mia.

— Je prends Dormeur, se réjouit Blue.

— Prof, dit Ghost.

— Génial, reste Atchoum ou Timide.

— Atchoum, valide Mia, t'as une formation médicale, tout ça, tout ça.

Ace fronce les sourcils.

— Je ne vois pas le rapport.

— Bah Atchoum, dit-elle sur un ton condescendant. Les gens malades vont voir les médecins.

— Du coup, Hunter est Timide ? demande Megan en le regardant.

— Dire que personne n'est ivre, commente Chelsea.

La tablée éclate de rire et embraye sur un autre sujet alors que j'étire mon bras pour faire circuler le sang. Mon épaule est presque remise, mais je dois encore faire un peu de rééducation pour m'assurer d'être totalement opérationnel. Quand je reste immobile, elle a tendance à s'engourdir. Chelsea fronce les sourcils en avisant mon geste, puis elle détourne les yeux pour ne pas se faire remarquer, mais mon cœur bondit en notant son inquiétude à mon égard.

— Au fait, j'ai proposé à Asher et son équipe de venir.

— Si ma fille n'avait pas mes yeux, je pourrais me poser des questions, plaisante Ghost avant de boire une gorgée de bière.

Mia lève les yeux au ciel.

— Je l'ai croisé à l'armurerie, je lui ai simplement dit qu'on serait ici, ce soir.

— Qu'est-ce que tu faisais à l'armurerie ? s'étonne Alyssa.

— Je suis allée présenter Hope à Bill.

Mia a fait la rencontre de l'armurier après avoir fait une crise de panique en pleine rue. À juste titre, puisqu'elle était en danger. Elle s'est réfugiée dans l'armurerie et il a pris les choses en main. Depuis, elle va le voir régulièrement. D'ailleurs, on y passe tous de temps en temps, parfois simplement pour discuter ou dire bonjour. C'est un pilier de Coronado et personnellement, j'adore échanger sur les armes avec lui.

— J'ai aussi proposé à Clay de venir, ajoute Lexie. Il n'est pas de garde, ce soir.

Son frère est un mec sympa. Toute sa famille l'est, mais c'est assez drôle de voir l'interaction entre Lexie et son jumeau. Ils sont très différents et pourtant, parfois, ils donnent l'impression de ne faire qu'un, comme s'ils évoluaient en symbiose. C'est fascinant.

— Salut Sniper.

Je me crispe en reconnaissant la voix de Camille, jetant un regard gêné à Chelsea, mais elle discute avec Megan.

— Salut, dis-je en me levant. Tu es avec des amis ?

— Je l'étais, mais ma collègue est partie.

— Tu veux te joindre à nous ? demande Ace en lui montrant une chaise libre.

— Oh, je ne voudrais pas m'incruster, je...

— Mais si, installe-toi, tu es la bienvenue, ajoute Alyssa.

Camille me regarde pour avoir mon approbation, que je lui donne d'un hochement de tête. Je la laisse passer devant moi, un peu à contrecœur. Quand une femme entre dans notre groupe, c'est que la relation est sérieuse. Avec Camille, nous n'en sommes qu'au début, et je ne sais pas s'il y aura un avenir.

— Tu fais du yoga ? demande Mia en voyant son sac.

— Oui, trois soirs par semaine.

Chelsea grimace et se met à jouer avec une serviette sur la table. Cette situation est clairement merdique, mais c'est à moi d'assumer mes choix.

— J'ai essayé, une fois, commente Alyssa, mais j'ai cru rester bloquée. Sans compter que j'ai eu mal au dos pendant trois jours.

— La prof est géniale, tu devrais tester son cours.

— Ça serait super, intervient Mia. Je viens d'avoir un bébé, alors je ne dirais pas non à une activité pour me retaper.

Ghost éclate de rire en entendant le choix de mot de sa femme.

— Tu es parfaite, mon cœur.

— Va dire ça à mon bourrelet ventral.

— Ton bourrelet ventral ? répète Megan en riant.

— Ma bouée, mon boudin personnel, ma réserve de gras.

Chelsea sourit mais son sourire se fane quand elle croise mon regard.

— Tu es magnifique, ajoute Alyssa.

— Je crois qu'il y a des cours pour les femmes enceintes et les femmes en post-partum. Les exercices sont plus doux.

— Oh, c'est génial. Tu me donneras son numéro avant de partir.

C'est dingue de voir à quel point elle s'intègre bien au groupe. Ce qui me fait dire qu'elle ferait une parfaite petite amie, si je n'avais pas cette boule au creux de mon ventre.

— Tu veux boire quelque chose ? lui demandé-je pour ne pas me laisser happer par mes regrets.

— Je veux bien un Sex on the Beach.

Blue recrache presque son verre en éclatant de rire. Je lui fais les gros yeux, mais il s'apprête à faire un commentaire malgré tout. Heureusement, April l'en empêche en lui fourrant un biscuit apéritif dans la bouche alors que je quitte la table.

- 21 -

CHELSEA

Il ne semble même pas remarquer mon regard blessé. Je pince les lèvres et tente de reprendre la conversation en cours, sauf que mes yeux n'arrivent qu'à se focaliser sur la jolie brune. Le pire, c'est qu'elle a l'air gentille. Et elle fait du yoga. Non mais tout le monde sait ce que ça signifie. Elle est sacrément souple, sûrement beaucoup plus que moi. Avec mon métier, je suis obligée d'avoir une bonne hygiène de vie, mais j'adore aussi boire, manger et vivre sans me prendre la tête.

— Clay ! s'exclame Lexie. Je suis contente que tu sois là, assieds-toi, dit-elle en le tirant par le bras.

Il tombe presque sur le banc à côté de moi.

— Désolé, s'amuse-t-il.

— Clay, c'est Chelsea, la meilleure amie de Mia. Chelsea, voici mon jumeau, Clay.

Je m'esclaffe en voyant l'enthousiasme de sa sœur. Elle voulait me le présenter depuis un moment, mais il a enchainé les gardes.

Quand Sniper revient quelques minutes plus tard, Clay et moi sommes en pleine conversation à propos du système de santé américain. Entre un médecin et une infirmière, passionnés par leurs boulots, le sujet était tout trouvé.

Malgré tout, je ne manque pas la main de Camille qui se pose sur la cuisse de Sniper, et le baiser qu'elle dépose sur ses lèvres. Le bras de Sniper se glisse sur le dossier de sa chaise, comme s'il l'enveloppait dans sa protection, ce qui me rappelle notre soirée ensemble.

Que dire à part qu'elle était fantastique ? Je ne m'attendais pas à ce qu'il me propose de rester. Mais finalement, on a retrouvé notre complicité. On a discuté, on a ri, et je me suis endormie sur lui. Quand je me suis réveillée plus tard dans la nuit, j'étais blottie contre son torse. Son bras reposait sur ma taille et il m'avait couverte avec un plaid. C'était tellement parfait que j'aurais voulu que ça continue, sauf que nous ne sommes qu'amis, alors j'ai préféré m'en aller. Je ne sais pas s'il m'a entendue partir. En tant que SEAL, ça ne m'étonnerait pas, mais en tout cas, il n'en a rien montré. Il ne m'a pas retenue, ce qui aurait dû me rappeler qu'il était passé à autre chose.

Sniper est juste égal à lui-même. Attentionné. Gentil. Protecteur. Moi ou une autre, ça n'aurait pas fait de différence. Si je l'avais oublié, cette soirée fait office de violent rappel.

— Lexie m'a dit que tu cherchais un nouveau poste.

J'acquiesce et me reconcentre sur Clay.

— Oui, j'aimerais rester dans le coin, alors il me faut un boulot.

— Aux urgences ou tu voudrais changer ?

— Honnêtement, je préfèrerais les urgences, c'est ce qui me plait, et je suis compétente, mais je ne vais pas dire non à un autre poste. Je ne vais sûrement pas faire la fine bouche, vu ma situation.

— Tu me donneras tes références, on est toujours à la recherche de personnel.

— Vraiment ?

— Bien sûr. Ce n'est pas moi qui vais décider, mais je peux au moins présenter ton dossier.

— Ce serait super, merci.

Enfin une bonne nouvelle, j'en avais bien besoin.

— Attends, tu restes à Coronado ? intervient Sniper.

Je jette un coup d'œil gêné autour de nous, mais les autres sont en pleine conversation.

— Oui.

— Et tu comptais me le dire quand ?

J'écarquille les yeux, surprise par son ton sec.

— Je n'ai pas de comptes à te rendre.

Il secoue la tête.

— J'avais compris, grogne-t-il en se tournant à nouveau vers Camille, qui se penche vers lui pour murmurer quelque chose à son oreille.

Mon estomac se contracte violemment. J'avais envie de le lui dire durant notre soirée, mais la situation m'a retenue. Je ne voulais pas aborder de sujets épineux, je souhaitais simplement profiter de sa présence, sans complications. Juste lui et moi. Hors du temps.

— Excuse-moi, dis-je à Clay en me relevant d'un bond.

Je me précipite vers les toilettes, remerciant le ciel qu'elles soient désertes, et me laisse tomber devant une cuvette avant de rendre le contenu de mon estomac.

Quand les contractions ne font plus rien remonter, je tire la chasse et m'appuie contre la paroi en bois.

— Tu n'es qu'une imbécile, murmuré-je.

Après notre soirée, j'ai bêtement cru qu'une fois mon problème réglé, j'allais pouvoir retrouver Sniper. Espérer quelque chose de notre histoire, mais je me suis fourré le doigt dans l'œil jusqu'au coude.

— Chelsea ?

J'essuie rapidement mes lèvres et me redresse quand Mia arrive à côté de moi.

— Ça va ?

— Une nausée.

Elle hoche la tête et m'accompagne jusqu'au lavabo. Tandis que je lave mes mains et rince ma bouche, je ne peux occulter son regard suspicieux.

— Il se passe quelque chose entre Sniper et toi ?

— Non, bien sûr que non.

Elle soupire et s'appuie contre le meuble.

— Ne me prends pas pour une idiote, ça se voit comme le nez au milieu de la figure.

— Il n'y a rien.

Ce qui n'est pas totalement faux.

— J'aurais dû m'en douter, il y avait plein d'indices.

— N'importe quoi ! m'exclamé-je trop vivement.

Mia croise les bras sur sa poitrine et plisse les yeux.

— Et si tu me disais la vérité ?

Je la dévisage et comprends que je ne peux pas y couper.

— On a eu une liaison.

Mia hausse les sourcils de surprise.

— Vraiment ? Du genre une liaison qui dure.

— On se voyait quand je vous rendais visite, et il est aussi venu deux fois à Washington.

— Attends, c'était sérieux ?

— Non, enfin, il le voulait.

— Et pas toi ?

— Si, peut-être, je ne sais pas. Je vivais à l'autre bout du pays, c'était impossible.

— Et maintenant ?

— Maintenant, il y a miss souplesse.

Mia éclate de rire.

— Arrête, elle ne compte pas. Sniper n'est pas du genre à changer de femme comme de chemise. S'il voulait quelque chose de sérieux avec toi, je suis certaine qu'il le souhaite encore.

— Je l'ai blessé en refusant, dis-je en grimaçant. Il pense que je ne tiens pas à lui.

— Chelsea, il faut que tu arrêtes ça.

— Que j'arrête quoi ? dis-je sur la défensive.

— Que tu arrêtes de tenir les autres à distance.

— Je ne...

Elle lève un doigt devant moi avec un regard sévère.

— Si. Même avec moi. Et je t'ai acceptée comme tu es, parce que c'est ta façon de te protéger et de protéger tes proches, mais tu ne peux pas continuer à vivre comme ça. Tu as le droit d'être aimée, d'être heureuse, de vivre ta vie.

— Je vis ma vie.

— Non, tu travailles, tu t'occupes l'esprit en permanence, mais tu ne vis pas. Tu ne peux pas vivre dans la culpabilité.

J'écarquille les yeux, surprise qu'elle en parle. Ça fait partie des sujets qu'on n'aborde pas.

— Tu ne comprends pas...

— Si, je comprends parce que je te connais, Chels. Plus que tu ne le penses. Je te vois même quand tu souris pour faire croire que tout va bien. C'est ta façon de fonctionner, d'avancer, mais maintenant tu n'es plus seule.

Je porte une main à mon ventre, consciente que ce petit être dépend totalement de moi.

— Je dois régler des choses avant.

Mia hoche la tête.

— Est-ce que je dois m'inquiéter ?

— Personne ne sait où je suis pour le moment.

— Chels, est-ce que tu as fait quelque chose qui...

— Non, m'alarmé-je, non pas du tout, mais j'ai découvert quelque chose.

Mia s'appuie contre le lavabo à nouveau.

— Pourquoi tu n'en parles pas ? Si tu ne veux pas le dire à Sniper, dis-le à Matthew, ou même à l'un des gars.

— Je ne veux embarquer personne dans mes histoires.

— Il le faudra bien pourtant, tu ne peux pas t'en sortir seule.

Je lui jette un regard noir, mais elle l'ignore.

— Autant que tu t'en rendes compte avant que ça ne dérape.

— Chelsea ?

On toque à la porte, ce qui me permet d'échapper à cette discussion. Mia, les nerfs en pelote, ouvre le battant d'un coup et fusille Sniper du regard.

— Ce sont les toilettes pour femmes.

— Vous êtes là depuis un moment, ça va ?

— On discute à l'abri des oreilles indiscrètes.

Sniper fronce les sourcils et ignore Mia en regardant par-dessus son épaule.

— Ça va ? Tu n'avais pas l'air bien.

Je m'apprête à répondre quand Mia intervient en enfonçant son index dans le torse du SEAL à plusieurs reprises.

— Et ça t'étonne ?

— Quoi ?

— Tu en as déjà assez fait, sors de là ! aboie-t-elle en le faisant reculer.

— Mia... gronde-t-il.

— Je suis mariée à un SEAL, chef d'unité, alors garde le ton autoritaire pour ceux que ça impressionne.

Elle le pousse une dernière fois alors que Sniper me lance un regard déconfit, puis elle lui claque la porte au nez.

— Tu vois que tu as besoin de moi, s'amuse-t-elle en posant les mains sur ses hanches.

— OK, Big mama, on va te ramener à ton mari avant que tu ne trucides l'un de ses coéquipiers.

Elle rit, mais son visage se fait plus sérieux juste avant de sortir de la pièce.

— N'oublie pas que tu n'es pas seule, Chels.

Elle plante un baiser sur ma joue et quitte les lieux comme si elle ne venait pas de remuer tout mon être avec son amitié inébranlable.

J'espère que Sawyer pourra trouver de quoi m'aider parce que j'ai réellement envie de tout recommencer à zéro, entourée des gens que j'aime.

- 22 -

CHELSEA

— Tu seras bien ici, dit Mia en caressant le dos de Hope, confortablement installée dans son écharpe de portage. C'est propre, sécurisé, et à quelques minutes de chez moi.

Je ris et glisse mon bras sous le sien.

— Je crois aussi.

J'ai visité plusieurs appartements, et celui-ci a eu ma préférence, du coup, j'ai demandé à Mia de venir le voir avec moi. C'est un immeuble neuf qui n'a jamais été habité, alors il est un peu froid pour l'instant, et l'odeur de peinture reste prenante, mais je suis certaine qu'il sera agréable quand il sera meublé.

— Tu vas vider ton appart à Washington ?

Je hoche la tête, même si je ne vais pas le faire tout de suite. Tant que la situation n'est pas réglée, je garde mon logement. De toute manière, c'est une location que je pourrai laisser rapidement le moment venu.

En revanche, ici, je compte bien acheter mon chez-moi. C'est une nouvelle vie, un nouveau départ.

— Ça va vraiment arriver, s'extasie Mia.

— De quoi ?

— Toi qui vas vivre ici, c'est dingue.

— Tu en doutais ? m'étonné-je en la dévisageant.

— Je l'espérais tellement. Tant que tu étais chez Lexie, tu pouvais repartir, mais si tu prends un appart, c'est que tu es sérieuse.

— Je le suis. J'y ai bien réfléchi.

— C'est à cause du bébé ?

— En partie, réponds-je en haussant les épaules. Je n'étais pas prête à tout quitter, mais quand la situation s'est corsée, je me suis retrouvée dos au mur. Ma grossesse, c'était un signe. Et je ne regrette pas, je me sens bien ici.

— Bien sûr, on va te chouchouter !

Je jette un coup d'œil affectueux à ma filleule qui dort paisiblement sans se soucier des bruits autour d'elle.

— Bon, j'appelle l'agent immobilier, je ne veux pas qu'il me passe sous le nez.

Je cherche mon téléphone, mais pas moyen de mettre la main dessus.

— Je l'ai oublié dans la voiture.

— Tu veux le mien ?

— Non, le numéro est enregistré dans mon portable. Je vais le récupérer, tu restes ici ?

— Bien sûr, je vais profiter du canapé et de la télé, s'amuse-t-elle en montrant l'espace vide autour d'elle.

— Je n'en ai pas pour longtemps, réfléchis plutôt à la déco.

Elle sourit alors que j'ouvre la porte d'entrée. Je fronce les sourcils quand la lumière du couloir ne s'allume pas, mais comme l'immeuble est encore en travaux, ce n'est pas très étonnant. Je tâtonne le long du mur en suivant la lumière naturelle qui filtre sous les portes des appartements et trouve enfin celle des escaliers. De toute manière, on est obligés de les emprunter puisque l'ascenseur n'est pas en service. Je dévale les marches en pensant aux meubles que je vais devoir acheter pour le bébé et moi. J'ai envie que cet appart soit chaleureux. Un vrai cocon pour nous. Il y aura, bien sûr, du rose, parce qu'un appart ne peut pas être cosy sans une touche de rose, mais je souhaite une ambiance plus familiale. Peut-être du bois, des couleurs naturelles. Quand j'arrive au premier étage, mon sourire laisse la place à un masque d'anxiété tandis qu'une intense chaleur me submerge. Des craquements étranges brisent le silence du bâtiment m'extirpant de mes pensées joyeuses. Je jette un coup d'œil plus bas, il n'y a rien. J'ouvre la porte du palier et c'est un déluge de flammes qui m'accueille. J'écarquille les yeux alors que le feu gagne en ampleur.

— Putain ! murmuré-je. Putain, putain, putain !

Je referme vivement le battant, constatant que la fumée est déjà en train d'envahir la cage d'escalier. Ce n'est qu'un petit bâtiment de quatre étages, l'incendie aura vite fait d'atteindre tous les appartements. Je remonte en courant et déboule dans le salon vide comme une furie. Le sourire de Mia se fige quand elle m'aperçoit.

— Qu'est-ce qu'il y a ?

— Un incendie, au premier étage.

— Quoi ?

Elle se précipite vers la porte mais j'attrape son bras.

— Écoute-moi, on ne peut plus descendre, la cage d'escalier est bloquée. On va essayer de trouver une sortie de secours.

— Une sortie de secours ?

— Oui, allons-y.

Je ne sais pas vraiment s'il y a des sorties de secours dans cet immeuble, mais nous n'avons pas beaucoup d'options. Je parcours tous les couloirs, alors que Mia trottine derrière moi pour tenter de suivre le rythme malgré l'écharpe de portage.

— Rien, grommelé-je en revenant sur mes pas, après avoir vérifié tout l'étage.

— Et le toit ?

Je hoche la tête. Ce n'est pas le meilleur choix, mais on pourra peut-être nous récupérer plus facilement. Je me concentre un instant pour essayer de me rappeler à quel endroit j'ai vu la trappe d'accès alors que Mia remue sur place pour garder Hope endormie.

— C'est bon, je me souviens. Reste ici, je reviens te chercher.

— Chels...

— Ne bouge pas de là, d'accord ? Et appelle les pompiers, je reviens vite.

J'attends qu'elle hoche la tête, puis je cours à nouveau à travers les couloirs. Je suis bien contente d'avoir mis des chaussures plates aujourd'hui.

Quand j'arrive sous la trappe, je remarque qu'il n'y a absolument rien pour la faire descendre.

— Ils pouvaient pas prévoir un escalier et une porte !

Je regarde autour de moi jusqu'à apercevoir du matériel dans l'un des appartements. L'avantage, c'est que pour le moment, tout est ouvert. Je repère un petit escabeau de 4 marches qui fera l'affaire.

Je le traine dans le couloir et grimpe en vitesse, consciente que Mia doit être au bord de la panique.

— Allez, grogné-je en poussant la trappe.

Je tire sur la poignée qui est censée débloquer le mécanisme, mais elle ne bouge pas du tout. Même pas un peu.

— C'est pas vrai ! C'est une caméra cachée, putain !

Je m'acharne à nouveau, je force comme une folle, je me suspends même, mais rien n'y fait.

Dépitée, je redescends de l'escabeau et retourne dans la pièce qui contient le matériel. Je cherche de quoi nous aider, mais il n'y a que des outils et de la peinture.

Comprenant qu'on va devoir se calfeutrer dans le bâtiment, j'attrape des tissus, des combinaisons, des chiffons, tout ce que je trouve, et fonce vers l'évier.

Mon front tombe contre les placards hauts quand je constate qu'il n'y a pas d'eau.

— OK, réfléchis.

Je sors de la pièce et pousse toutes les portes de l'étage, jusqu'à dénicher ce que je cherchais. Des ouvriers ont laissé des bouteilles dans l'un des appartements.

— Ça fera l'affaire, murmuré-je pour me donner du courage.

Je fais une boule avec mes tissus que je coince dans le plus grand d'entre eux, attrape le pack et rebrousse chemin.

Mia a les yeux écarquillés quand elle me voit débarquer les mains chargées.

— Tu n'as pas trouvé ?

— Si, mais impossible de l'ouvrir. Tu as appelé les pompiers ?

Elle hoche la tête en jetant un coup d'œil paniqué à sa fille.

— Qu'est-ce qu'on va faire ?

— On va rejoindre l'appartement le plus éloigné et se calfeutrer en attendant les secours.

Alors que nous marchons vers le bout du couloir, elle reprend son téléphone, les mains tremblantes.

— Matthew, sanglote-t-elle.

— Mia ? Qu'est-ce qu'il y a ?

Je remarque qu'elle a mis le haut-parleur, peut-être pour que j'entende la conversation.

— On est coincées dans l'immeuble, il y a un incendie, on n'a pas trouvé de sortie.

Elle a débité les mots à toute vitesse.

— Calme-toi, mon cœur. Vous êtes toujours dans l'immeuble en travaux ?

— Oui.

— Où est l'incendie ?

— Au premier étage, réponds-je alors qu'elle me regarde, ne se souvenant probablement plus de ce que je lui ai dit.

Je pousse la porte du dernier appartement, soulagée qu'il soit également ouvert, et fonce vers la chambre. Heureusement pour nous, elle possède une grande fenêtre qui donne sur un minuscule balcon. Je jette un coup d'œil sur l'environnement, ne sachant pas bien ce qu'on pourrait faire de plus.

— On n'a pas trouvé de sortie de secours et l'accès au toit est bloqué.

Nous l'entendons dire quelque chose à une autre personne avant qu'il ne reprenne la conversation.

— D'accord, où êtes-vous dans le bâtiment ?

— Au dernier étage, on est dans l'appartement le plus éloigné des escaliers, réponds-je à sa place.

— Bien, calfeutrez-vous, on arrive.

— Matthew…

— Mia, on est déjà en route, ne panique pas, je vais vous sortir de là. Garde ton téléphone près de toi.

Mia renifle et raccroche avant de regarder à nouveau sa fille. J'ouvre le robinet de la salle de bain, espérant que peut-être cet appartement a de l'eau, mais rien n'en sort. Je bouche le lavabo, y verse deux bouteilles d'eau et trempe tous les tissus que j'ai ramenés.

— On va s'enfermer et attendre près de la fenêtre, dis-je en essayant de garder mon calme.

Elle récupère des serviettes humides alors que je m'empare des bouteilles restantes. Je les dépose dans la chambre, et retourne prendre le reste des tissus. Je cale une serviette en bas de la porte d'entrée, et fais de même avec celle qui donne sur le couloir. Ça ne sera pas efficace très longtemps, mais c'est mieux que rien.

— Tiens.

Je saisis la serviette qu'elle me tend et la place en bas de la porte de la chambre. Ensuite, nous nous asseyons près de la fenêtre avec le reste des linges et des bouteilles d'eau.

— J'ai peur, murmure Mia.

— Moi aussi, dis-je en prenant sa main. Mais Ghost ne laissera rien vous arriver.

* *

*

SNIPER

— Un hélico ? propose Hunter à travers les haut-parleurs du SUV.

— Pas le temps, répond Ghost en observant le plan du bâtiment qu'April a déniché en urgence.

Nous avons décollé de la base sans nous poser de questions. Ace conduit le véhicule dans lequel je me trouve avec Ghost et Blue. Alors que Blade et Hunter sont dans la seconde voiture.

— Quatre étages, on aurait pu mettre un matelas gonflable, mais avec le bébé, grimace Blue.

— Les pompiers n'auront aucun accès à l'immeuble avec cette impasse.

Ghost se frotte la barbe, la mâchoire crispée. Je vois bien qu'il tente de contenir son inquiétude pour maitriser la situation, mais il s'agit de sa femme et de sa fille. S'il reste calme, c'est uniquement parce que nous avons l'expérience des crises. Et j'essaie de faire de même alors que Chelsea se trouve avec Mia.

— Et l'immeuble mitoyen ? suggère Blade.

— Elles sont à quel endroit ?

— Ici, si j'en crois ce qu'elle m'a dit.

— Faire un trou dans le mur serait trop long. Et les toits ?

— On pourrait peut-être briser la trappe, mais ça pourrait être compliqué, et ça les obligerait à sortir de l'appart.

— C'est trop dangereux, commente Ghost. Le couloir risque d'être enfumé.

— Alors les balcons, dis-je, c'est notre seule option.

Les gars observent tous le plan avec attention, mais il n'y a qu'une fois sur place qu'on pourra prendre la bonne décision.

Ace dérape sur le parking de l'immeuble, rapidement suivi par Hunter.

— Hunter, Blade, faites le tour pour voir où en est l'incendie, ordonne Ghost dès que nous nous éjectons des véhicules.

Ils acquiescent et nous courons du côté où se trouvent les filles alors que Ghost sort son téléphone.

De ce côté, le bâtiment n'est pas encore trop atteint, mais la fumée et les flammes qui s'en échappent indiquent clairement que chaque minute compte.

— Les pompiers semblent se focaliser sur l'autre flanc, commente Blue en n'apercevant personne près de nous.

— On est là, mon cœur, tu peux te montrer à la fenêtre pour que je sois sûr de l'emplacement ?

Quelques secondes plus tard, Mia et Chelsea émergent de la pièce, les mains agrippées à la rambarde. Le balcon est petit, il ne peut accueillir que deux personnes.

— Est-ce que la fumée a atteint l'appartement ?

— Pas encore, mais il commence à faire chaud.

Mon regard croise celui de Chelsea, et j'y lis toute sa peur. Je hoche doucement la tête pour la rassurer. Elle a besoin que je sois calme, et sûrement pas que je lui montre à quel point je suis inquiet.

— D'accord, restez près du sol, je te rappelle.

— Il y a une petite corniche entre les balcons, commente Ace, mais ça ne sera pas suffisant pour se déplacer.

— Et une planche ? propose Blue.

— Une planche ?

— On la place entre les deux plateformes, le long de la corniche, et les filles pourront traverser.

— À treize mètres du sol ?

— Et si on les assurait ?

Ghost se tourne vers moi, son impatience grandissant à mesure que les secondes s'égrènent.

— Des harnais et une corde de sécurité. Si jamais elles tombent, on pourra les rattraper.

Il se frotte le front et fixe les bâtiments pendant quelques secondes.

— Où est-ce qu'on va trouver du matos si vite ?

— Il y a une salle d'escalade à cinq rues d'ici, précisé-je.

— Le feu est difficile à maitriser, rapporte Blade en revenant vers nous. Il a atteint le troisième étage. Les pompiers ont évacué des ouvriers qui travaillaient au rez-de-chaussée et au sous-sol.

Ghost hoche la tête et jette un coup d'œil à Ace avant de prendre sa décision.

— OK, Sniper et Blue, vous allez me chercher les harnais. Blade et Hunter, vous me trouvez une planche. Avec Ace, on monte dans l'immeuble mitoyen pour dégager l'accès.

Nous nous mettons en mouvement dès que sa phrase est terminée. J'aurais préféré rester sur place, mais je suis le seul à connaitre cette salle et le personnel qui y travaille. La suite se déroule dans un brouillard de concentration. Les gérants me prêtent les harnais et de quoi nous assurer sans rechigner. Blue est au téléphone avec Ace pour savoir où en est la situation.

Et je suis soulagé d'apprendre que les gars ont trouvé une planche suffisamment longue pour nous permettre de transférer les filles. L'avantage d'être sur un chantier.

Je déboule dans la rue, le ventre noué, et ce qui nous y attend me cloue sur place pendant quelques secondes.

— Putain... murmure Blue.

- 23 -

SNIPER

L'incendie a pris de l'ampleur. Des volutes épaisses de fumée s'échappent des fenêtres et les flammes lèchent désormais la façade est.

— Allons-y, dis-je en sortant de ma torpeur.

Nous n'avons plus une seule seconde à perdre.

— Les pompiers ? demandé-je en débarquant au dernier étage de l'immeuble mitoyen.

— Ils essaient de contourner mais la rue est difficile d'accès. Ils ne peuvent plus entrer dans le bâtiment vu l'avancée de l'incendie.

— Ils vont mettre un matelas gonflable en bas, au cas où, ajoute Blade.

Ghost est à la fenêtre en train de rassurer Mia, et je sens la tension dans sa voix.

— Où est la planche ?

— Ils arrivent, elle était dans l'un des camions du parking adjacent.

Je hoche la tête et me retiens de jeter un coup d'œil par-dessus l'épaule de mon chef d'unité.

— On est là ! annonce Hunter.

Il pose la planche au sol alors que Ghost revient vers nous.

— Allez, on n'a pas une seconde à perdre.

Nous la faisons glisser jusqu'au balcon des filles et Chelsea s'assure qu'elle est bien en place. Heureusement pour nous, c'est du bois de qualité. Reste à savoir s'il supportera le poids d'une personne.

— J'y vais.

— Ghost...

— J'y vais, claque-t-il. C'est ma femme et ma fille là-bas.

Ace soupire et hoche la tête.

— Sois prudent.

Il noue rapidement la corde autour de son torse et sa taille. Système D car nous n'avons pas le temps de faire mieux. Hunter s'occupe de l'attacher à notre balcon, alors que Ghost récupère un harnais. C'est plus pour gérer la longueur que pour véritablement l'assurer puisqu'il est largement capable de traverser, surtout avec le mur en appui. On ne subit pas un entrainement de l'enfer pour rien.

Il s'engage sur la planche et remue dessus pour vérifier qu'elle est suffisamment solide. Les mains crispées sur la rambarde, je le regarde progresser doucement.

Quand il arrive sur l'autre balcon, je relâche le souffle que j'emprisonnais dans mes poumons.

— C'est bon, il est de l'autre côté, dis-je à mes coéquipiers.

La plateforme n'est pas assez grande pour qu'on s'y retrouve tous, encore moins avec nos carrures. Seul Hunter est à côté de moi parce qu'il est le plus massif, ce qui pourrait être utile pour tenir la corde. Quant à moi, je ne serais nulle part ailleurs alors que Chelsea est en danger. Ghost pose le harnais au sol et serre Mia contre lui, autant que possible puisque leur fille se trouve entre eux. Il embrasse sa femme et le sommet du crâne de Hope.

— On doit se dépêcher, dit-il alors que des craquements sinistres retentissent dans l'impasse.

Mia hoche la tête, le regard terrifié.

Il l'aide à enfiler le harnais, alors que Chelsea me jette des coups d'œil nerveux, bloquée dans l'encadrement de la fenêtre. J'affiche un visage serein même si une tempête fait rage en moi.

— Prends Hope, dit-elle en portant la main au tissu pour le dénouer.

— Elle sera plus en sécurité dans l'écharpe.

Mia secoue vivement la tête.

— Non, tu la prends, je... et si je tombe ?

— Tu ne tomberas pas, affirme-t-il en la regardant droit dans les yeux.

— Matthew...

— Mia, toi et notre bébé allez traverser sans aucun problème.

Elle le dévisage un instant, les yeux larmoyants, et hoche doucement la tête.

— J'ai peur.

— Tu as vécu bien pire, mon cœur. Ça, c'est une partie de plaisir.

— Parle pour toi.

Il ricane, même si la tension est toujours palpable tant son corps est crispé. Il essaie aussi d'afficher un air serein, mais je sens l'angoisse qui émane de tout son être.

— Je passe en premier, regarde bien comment je fais, ensuite, c'est à toi.

— Tu n'as plus de corde, panique-t-elle.

— Pas besoin.

— Je t'aime, souffle-t-elle.

— Je t'aime aussi, mon cœur, respire calmement et avance lentement.

— Et si je tombe ? demande-t-elle à nouveau.

— Tu es attachée, d'accord ? Protège juste Hope avec tes bras.

Elle acquiesce, sûrement rassurée de savoir quoi faire. La préparation, c'est ce qui fait toute la différence.

— Mais tu ne vas pas tomber, insiste-t-il.

Il se hisse par-dessus la rambarde, et place ses pieds sur la planche. C'est le moment le plus compliqué. Aider Mia à franchir la balustrade avec son écharpe.

— Tout doucement, tiens-toi bien à mes épaules et laisse-toi glisser.

— C'est bon, dit-elle, une fois qu'elle est passée, soutenue par son mari et Chelsea.

Les mains agrippées, elle se tourne lentement pour faire face au vide.

— J'y vais.

Elle hoche plusieurs fois la tête.

Je vois Chelsea parler à Mia, mais je n'entends pas ce qu'elles se disent. Ghost nous jette un coup d'œil pour s'assurer que nous sommes prêts. Plus que ça, il nous confie ce qu'il a de plus précieux sur Terre.

Il progresse sur la planche avec une extrême lenteur pour montrer à Mia comment se placer. Quand il arrive de mon côté, il reste au bord du balcon pour pouvoir réceptionner sa femme.

— Vas-y, mon cœur. Plaque bien ton dos au mur.

Tremblante, Mia ferme les yeux un instant puis elle lâche une main pour se positionner sur la planche. Elle tâtonne doucement pour s'assurer de sa stabilité, mais si Ghost l'a franchie, c'est qu'elle est suffisamment solide. Quand elle est prête, elle lâche sa seconde main et commence à faire glisser ses pieds sur le côté.

— Voilà, tranquillement...

Quand elle est à mi-parcours, Hope se met à pleurer.

— Ne regarde pas en bas ! claque Ghost en la voyant baisser la tête.

Mia inspire et continue son avancée sans se laisser déstabiliser par les cris de sa fille.

— Parfait, mon cœur, tu y es presque.

La fumée devient de plus en plus dense. Chelsea tient ses mains contre sa poitrine, le regard rivé sur sa meilleure amie. Elle semble retenir son souffle, comme chacun d'entre nous.

— Tends ta main droite.

Mia obtempère et Ghost saisit son poignet sans pour autant faire d'autre geste.

— C'est bon, continue, encore deux pas.

Quand elle est au bout de la planche, il la positionne entre la rambarde et lui, alors que je laisse Hunter la hisser. Même si mon épaule est guérie, il a bien plus de forces que moi. Il détache la corde, puis Ghost saute souplement sur le balcon et emmène sa famille à l'intérieur tandis qu'elle se met à sangloter. Pendant qu'il lui enlève l'écharpe de portage pour la libérer de Hope, qui continue de pleurer, Ace prend ma place au moment où j'enjambe la balustrade, le second harnais en main. Je remarque le matelas qui a été installé, et deux pompiers qui patientent. Heureusement, ils nous ont laissé la main. L'avantage de notre métier.

— Attends, me hèle Blue.

Il se penche sur le balcon.

— J'ai eu Riley, le feu a sérieusement endommagé le bâtiment.

Je hoche la tête, comprenant l'avertissement. Il n'y a plus de temps à perdre.

— Fais gaffe à tes fesses, dit mon ex-colocataire.

Je lui fais un sourire en coin et m'élance sur la planche. Grâce à l'escalade, j'ai un bon équilibre et la hauteur ne me fait pas peur. En quelques secondes, je suis de l'autre côté, mais Chelsea n'est plus en vue.

— Chelsea ?

La fumée est tellement épaisse que je ne perçois rien à deux mètres. La chaleur est intense, presque insupportable.

— Sniper ?

— Je ne vois plus Chelsea, j'entre.

Un tissu remonté sur mon visage, je pénètre dans l'appartement. Chelsea est dans ce qui semble être le salon, à regarder partout autour d'elle.

— Chels, il faut y aller.

— Je ne la trouve plus.

— Chels ! insisté-je en lui attrapant le bras.

Elle tousse en essayant maladroitement de cacher son visage avec un tissu blanc alors que le crépitement vorace des flammes s'intensifie, couvrant sa respiration affolée.

— Le feu s'est propagé, l'immeuble n'est plus stable, on doit évacuer.

Ses yeux s'écarquillent alors qu'elle me fixe. J'en profite pour l'entrainer vers le balcon. Une odeur âcre de plastique brûlé, de peinture chauffée et de câbles fondus picote mes narines et ma gorge.

Les jambes de Chelsea flageolent, mais elle se reprend. Je lui enfile rapidement le harnais pendant qu'elle essaie de respirer plus calmement.

— Tu es prête ?

— J'ai le choix ?

— Allez, grimpe, dis-je en montrant la rambarde.

— Non, tu passes avant.

— Est-ce qu'une fois dans ta vie tu vas obéir sans discuter ?

— Tout dépend ce que tu me demandes, dit-elle en haussant plusieurs fois les sourcils.

Je ris et secoue la tête, amusé qu'elle soit capable de plaisanter dans ces circonstances.

— Vas-y, s'il te plait, insisté-je en la regardant droit dans les yeux.

— D'accord, mais ne traine pas, dit-elle.

Elle grimpe sur la rambarde tandis que je la tiens par la taille.

— Tu as vu comment est passée Mia ? Tu fais la même chose, c'est clair ? Tu ne regardes pas en bas, les mains et le dos plaqués contre le mur, tu progresses doucement en faisant glisser tes pieds sur le côté.

Elle acquiesce, les yeux rivés sur la planche alors que bâtiment vibre sous nos pieds.

— Ça va aller, d'accord ?

Je vérifie une dernière fois que la corde est bien fixée, puis je me hisse sur la rambarde alors qu'elle s'avance sur le bois. Je tiens sa main jusqu'à ce qu'elle se sente prête à la lâcher.

— J'y vais, dit-elle en me lançant un regard anxieux.

Je jette un œil à Ace, qui est passé de l'autre côté de la balustrade, pour réceptionner mon infirmière. La fumée a totalement envahi la chambre, si bien que même en étant à l'extérieur, les yeux me brûlent.

— Je ne me sens pas bien, souffle-t-elle en s'immobilisant.

— Chelsea, regarde-moi.

Je la vois basculer légèrement en avant et porter une main à son front.

— Chelsea ! claqué-je plus fermement.

Elle se redresse et pose l'arrière de son crâne contre le mur, les yeux fermés. Après quelques secondes, elle tourne la tête vers moi.

— Ça va aller, tu es à plus de la moitié.

Elle inspire et acquiesce alors que des particules noircies et des cendres virevoltent dans l'air autour de moi.

— Ace ! hélé-je sans pour autant quitter Chels des yeux.

— Je suis là, assure-t-il. Encore quelques pas, ajoute-t-il pour Chelsea.

Elle se remet en marche le regard fixé en face d'elle. Quand enfin mon coéquipier attrape son poignet, je respire à nouveau. Je jette un coup d'œil en arrière, impressionné par la rapidité avec laquelle le feu s'est propagé. Une vitre explose à notre étage démontrant l'urgence de la situation.

Chelsea est en train de passer par-dessus la rambarde, aidée par Hunter, qui semble soutenir tout son poids.

— Elle a perdu connaissance, explique Ace.

Le ventre noué d'appréhension pour elle, je m'avance sur la planche avec facilité échappant enfin à la morsure de l'air chaud contre ma peau. Je ne pense pas qu'elle ait inhalé trop de fumée, mais je ne serai rassuré qu'en étant auprès d'elle.

À mi-parcours une nouvelle explosion me surprend, faisant trembler tout l'édifice.

— Putain, soufflé-je quand mon pied dérape et se jette dans le vide.

— Sniper !

Je bascule rapidement mon poids, et laisse tomber un genou sur la planche pour ne pas perdre l'équilibre. Ma main agrippe le bois, tandis que l'autre reste contre le mur.

— Ça va, dis-je pour rassurer Blue.

— Il faut qu'on évacue, on sent la chaleur dans ce bâtiment aussi.

J'acquiesce et me remets sur mes pieds avant de finir le trajet. Quand je saute par-dessus la rambarde, mon coéquipier me tape dans le dos. Je me précipite à l'intérieur et constate qu'Ace est en train de s'occuper de Chelsea.

Mia est à côté d'elle tandis que Ghost berce Hope. Il hoche la tête dans ma direction.

— Allons-y, dit-il.

Je me penche pour récupérer Chels dans mes bras, et aucun de mes frères ne s'en étonne. Nous descendons les escaliers rapidement et rejoignons la zone dans laquelle se trouvent les pompiers et les ambulanciers.

Riley soupire de soulagement en nous voyant débarquer.

— Je commençais à flipper. Elle va bien ?

— Ça va aller, répond Ace. Elle a inhalé un peu de fumée, et le stress a dû faire le reste.

— Mais comment ça se fait que le feu ne soit toujours pas maitrisé ? s'étonne Hunter.

— Des produits chimiques, du bois, et probablement un accélérateur.

— Tu veux dire que c'est un incendie criminel ? crache Ghost.

— C'est possible. Il faudra attendre le rapport des pompiers.

Je les dépasse et guide Chelsea jusqu'à une ambulance pour qu'elle soit prise en charge.

Ils placent directement un masque à oxygène sur son visage, alors que Mia se précipite dans notre direction.

— Comment va-t-elle ?

— Ça va aller.

Mia mordille sa lèvre inférieure, semblant hésiter.

— Elle est enceinte, avoue-t-elle aux ambulanciers.

— Mince, on l'emmène à l'hôpital dans ce cas, on ne prend pas de risques.

J'écarquille les yeux, jusqu'à ce que l'information résonne dans mon esprit.

— Attends, quoi ?

Mia me lance un regard désolé.

— Depuis peu, elle ne voulait pas encore en parler.

Je regarde Chelsea, la panique s'insinuant en moi. Est-ce que j'ai appuyé sur son ventre en la portant ? Est-ce que j'ai fait attention en la faisant franchir la rambarde ? Bordel, je n'en sais rien, je voulais simplement la sortir de là, le plus vite possible.

— Je vous accompagne, dis-je en montant déjà dans l'ambulance.

Ghost bataille pour que Mia soit également examinée tandis que je m'assieds près de Chelsea.

— Je vais bien.

— Tu vas te faire examiner.

— Je ne suis pas un membre de ton équipe, râle-t-elle.

— Oh, si mon cœur, toi, Hope et moi, c'est l'équipe la plus importante, alors tu vas me faire le plaisir de laisser les secouristes voir si vous allez bien toutes les deux pour que je sois rassuré.

— D'accord, mais on y va en voiture.

Ghost pince les lèvres alors que les portes de l'ambulance se referment sur nous.

Je prends la main de Chelsea dans la mienne, perturbé par cette nouvelle.

Enceinte.

Est-ce que c'est ce Derek le père ?

Est-ce que c'est pour cette raison qu'elle est venue à Coronado ?

Mille questions se bousculent dans mon esprit, mais il n'y en a qu'une qui remonte sans cesse en tête de liste.

Et si c'était moi le père ?

- 24 -

CHELSEA

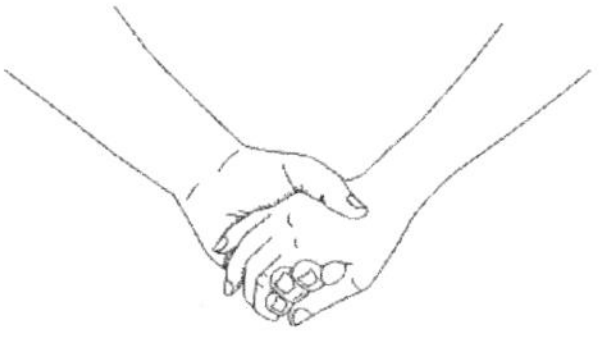

Les yeux rivés sur le plafond blanc, j'inspire difficilement, le cœur lourd des derniers événements. Il s'est passé tant de choses que je peine à reprendre mes esprits.

La minute d'avant, nous étions en train de visiter un superbe appartement dans lequel je me projetais. Et celle d'après, on risquait notre vie. Les minutes, blotties l'une contre l'autre, assises devant la fenêtre, accompagnées par les bruits sinistres du bâtiment qui semblait gémir de douleur, ont été les plus longues de mon existence. Même si Mia était certaine que son mari trouverait une solution pour les sauver de là, mon esprit tournait en boucle sur tout ce qui pouvait mal se passer.

On a eu beaucoup de chance de tous s'en sortir indemnes, mais ça n'enlève rien à la peur que j'ai ressentie. Je porte une main à mon ventre, reconnaissante que la fumée n'ait pas eu d'effets négatifs sur ma grossesse. Je n'en ai pas inhalé assez pour qu'il y ait des conséquences. Mon malaise était plutôt dû au stress. Ils m'ont gardée en observation quelques heures pour s'assurer que tout allait bien, et maintenant j'attends le feu vert pour quitter les lieux.

Je pense déjà aux recherches que je vais devoir effectuer pour trouver un nouvel appart. J'en avais visité une bonne dizaine avant de me décider pour celui-ci, et aucun autre ne lui arrivait à la cheville.

— On n'aurait peut-être pas dû venir ici, murmuré-je en caressant toujours mon ventre.

— Je trouve, au contraire, que c'était une bonne idée.

Je sursaute et tourne vivement la tête vers la porte.

Sniper se tient dans l'encadrement, les sourcils froncés. Il dépose le sac qu'il avait en main sur le fauteuil et se rapproche du lit.

— Comment tu te sens ?

— Très bien, je peux sortir ?

— Oui, tous tes examens sont nickel. Ils préconisent juste du repos pendant quelques jours.

J'acquiesce sans problème, je ne comptais pas partir en randonnée.

Je repousse le drap et jette mes jambes hors du lit.

— Chelsea...

— Tu as dit que je pouvais sortir. Est-ce que tu peux m'appeler un taxi ? Mon téléphone est toujours dans ma voiture.

J'écarquille les yeux.

— Mince ma voiture, il faut que j'aille la chercher. Attends, elle n'a pas brûlé, si ?

— Détends-toi, souffle Sniper en posant une main sur mon bras. Premièrement, tu n'as pas besoin d'un taxi puisque je suis là.

Deuxièmement, Blue est allé la récupérer pendant que tu te reposais.

Je souris, reconnaissante.

— C'est sympa, c'est une chose de moins à faire sur ma liste.

— Et ta liste est longue ?

Je hausse les épaules.

— Je ne peux pas rester plus longtemps chez Lexie et Blade, c'était déjà gentil à eux de m'héberger, mais je dois trouver un autre appart. Il faut aussi que je cherche un boulot, tant qu'à faire.

— J'ai une solution pour ton appart.

— Vraiment ?

Il s'approche d'un pas avant de planter son regard dans le mien.

— Viens chez moi.

Je m'esclaffe en posant mes pieds au sol, mais le silence de Sniper m'oblige à lever les yeux vers lui.

— Tu ne plaisantes pas ? m'étonné-je en avisant son air sérieux.

— J'ai une chambre de libre, tu connais déjà mon appart. C'est sécurisé et tu pourras rester le temps que tu veux.

— C'est une mauvaise idée.

— Pourquoi ? Donne-moi une bonne raison.

— J'en ai plein, râlé-je en le dépassant pour aller fouiller dans le placard à la recherche de mes vêtements.

— Je t'écoute.

— Toi et moi, dis-je en me tournant pour nous montrer du doigt, on a... ce serait bizarre.

Il sourit.

— Je ne trouve pas.

Je souffle.

— Tu as quelqu'un.

— Ça ne sera pas un problème.

— Je veux acheter un appart.

— Tu auras tout le temps de chercher celui qui te convient sans gêner qui que ce soit.

Je plisse les yeux et le pointe du doigt.

— Tu as réponse à tout.

— Souvent.

Je grogne et me remets à la recherche de mes vêtements.

— Bon sang, mais elles sont où mes fichues fringues ?

— À la poubelle.

— Quoi ? m'étonné-je en faisant volte-face.

— Elles étaient imprégnées de l'odeur de brûlé, tu ne pouvais pas porter ça.

— Mais, je ne peux pas sortir comme ça, bafouillé-je en montrant ma blouse d'hôpital.

Sniper se déplace jusqu'au fauteuil et récupère le sac qu'il me tend. Je l'ouvre et suis surprise d'y trouver des vêtements à moi.

— Tu es allé me chercher des affaires ?

Il hausse les épaules comme si ce n'était rien. Mais ce n'est pas rien, justement.

— Merci, murmuré-je en me dirigeant vers la petite salle d'eau pour couper court à mes émotions en vrac.

Je referme la porte et sursaute presque en voyant mon reflet dans le miroir. Ce n'est pas folichon, mais je me doucherai une fois rentrée. Là je n'ai qu'une envie : quitter les lieux. J'ai beau adorer l'hôpital en tant qu'infirmière, je le déteste en tant que patiente.

Je retire la blouse et m'habille rapidement avant d'attacher mes cheveux en queue haute pour masquer la misère.

Quand je ressors, Sniper est appuyé contre le chambranle de la fenêtre, les bras croisés sur son torse et les yeux rivés vers l'extérieur. Il semble pensif, et j'imagine que c'est en partie à cause de moi. Mia a dû dire aux ambulanciers que j'étais enceinte pour qu'ils s'assurent que mon bébé allait bien, et c'était une information que j'aurais préféré garder secrète pour le moment.

Sniper se redresse en m'entendant arriver.

— Je suis prête à partir.

— Alors, tu viens à l'appart ?

— Sniper...

— Chels, je ne te propose pas de m'épouser, je t'héberge le temps que tu trouves un autre logement. J'ai de la place, il y a une chambre que tu connais déjà, c'est à deux pas du centre.

J'ai envie de lui demander ce qu'en penserait Camille, mais je ravale ma question parce que je ne veux pas parler de cette femme.

— J'ai vraiment eu peur pour toi, aujourd'hui, avoue-t-il en se rapprochant pour prendre ma main. Laisse-moi prendre soin de toi, le temps que tu te remettes sur pied.

— C'est à cause du bébé ?

Je grimace, en colère d'avoir abordé ce sujet.

— C'est à cause de toi, Chelsea. Bébé ou pas, je t'aurais proposé la même chose.

Et le pire, c'est que je le crois, parce que c'est ce genre de type. Le genre qui vient au secours des femmes.

— Il n'est pas de toi, soufflé-je, le cœur au bord des lèvres.

La surprise traverse son regard avant d'être remplacée par de la déception, mais il se reprend rapidement en serrant ma main.

— Ça ne change rien.

Je le dévisage, le cœur battant. Pourquoi est-ce que je ne peux pas l'avoir pour moi ? Pourquoi est-ce que je dois toujours renoncer à ce qui me rend le plus heureuse ? Pourquoi est-ce que je ne pourrais pas avoir ma part de bonheur pour une fois ?

— D'accord.

Un sourire ravi étire ses lèvres.

— En route alors.

— Il faudra passer prendre mes affaires.

Je fronce les sourcils.

— Tu n'as pas déjà mis toutes mes affaires chez toi ?

— Non, pas sans ton accord. Je vais appeler Blade.

— Il faut que je prévienne Lexie. Après tout ce qu'elle a fait pour moi, je ne voudrais pas qu'elle croie que...

— Détends-toi, on rentre et tu pourras l'appeler dès que tu auras pris une douche. Rien ne presse, d'accord ?

Je hoche la tête, réalisant que ma main est toujours dans la sienne. Je voudrais la retirer, je voudrais en être capable, mais je ne le suis pas. Pas aujourd'hui. Pas après tous ces bouleversements. Alors je m'accroche à lui et le laisse me guider jusqu'à la sortie.

Je me fie à lui, je lui cède la direction des opérations.

Juste pour quelques heures.

Ensuite, je reprendrai les choses en main.

- 25 -

CHELSEA

— C’est pas nécessaire.

— Oh que si !

Il dépose le sac au sol et deux serviettes sur le bord du lavabo.

— Tu as le droit à une pause, une *vraie* pause.

Je mordille l’intérieur de ma joue, alors que Sniper éclate de rire.

— Je sais que tu en meurs d’envie.

— Peut-être, avoué-je en trépignant.

— Tu veux quelque chose ? À manger, à boire, de la musique ?

— Oh oui, de la musique. Mais j’ai pas mon téléphone.

— Je vais aller te le chercher.

Je ne discute pas et jette un coup d’œil impatient à la mousse qui déborde presque de la baignoire.

Sniper rit à nouveau et dépose un baiser sur ma tempe avant de quitter la pièce en refermant doucement la porte.

Les yeux fermés, je frôle ma tempe, sentant encore la chaleur de ses lèvres sur ma peau.

— Saletés d’hormones, marmonné-je.

Je me déshabille en vitesse et touche l’eau pour m’assurer qu’elle n’est pas bouillante avant d’y plonger mon corps avec délectation.

Le soupir d’extase qui s’échappe de mes lèvres est si intense que j’aimerais sortir de la baignoire et recommencer pour savourer une nouvelle fois ce bref instant. Je glisse ma tête sous l’eau pour mouiller mes cheveux, qui en ont bien besoin, et émerge en souriant.

C’est fou comme les petits plaisirs peuvent tout changer dans les périodes difficiles. Sniper avait raison, c’était ce dont j’avais besoin. À croire qu’il me connait mieux que je ne me connais.

Je remue mes orteils pour jouer avec la mousse, puis je pose mon crâne, et ferme les yeux en essayant de ne pas laisser les pensées inonder mon esprit. Je dois faire le vide pour y voir plus clair.

— Je peux entrer ? demande doucement Sniper en toquant à la porte.

Je vérifie que la mousse cache mon corps, même s’il m’a déjà vue nue à plusieurs reprises. Et ce n’est clairement pas l’image qui doit m’envahir à l’instant, parce que je ne peux nier que le sexe avec Sniper est au-delà de toutes les parties de jambes en l’air que j’ai connues. Je pourrais l’attraper par le col de son tee-shirt et le faire tomber dans l’eau tant je suis excitée par cette idée.

— Chels ?

— Hum, oui, tu peux entrer, soufflé-je en essayant de me reprendre.

— J’ai ton téléphone.

Il le dépose sur le rebord sans jamais quitter mon visage des yeux.

— Tu as besoin d'autre chose ?

Je mords ma lèvre inférieure et serre mes cuisses l'une contre l'autre pour apaiser le désir qui pétille dans mon bas ventre.

Sniper inspire et se racle la gorge.

— Je vais aller préparer à manger. Prends ton temps.

Il fuit presque la salle de bain, et la raison me revient en mémoire. Camille.

Je soupire, lance une playlist sur mon portable, et enfonce ma tête dans la petite serviette que j'ai calée sous mon crâne.

Les choses sont parfois si compliquées. J'aimerais retrouver l'innocence de mon enfance. Quand tout était simple. On s'amusait, on riait, on découvrait le monde. On n'avait pas peur. Et si on avait mal, quelqu'un était toujours là pour nous réconforter. Avec ma sœur, nous étions inséparables. On aurait pu nous prendre pour des jumelles, même si nous avions deux ans d'écart. Je faisais les bêtises, et elle me couvrait. J'étais les bras, elle était le cerveau. On formait une sacrée équipe. Jusqu'à ce que je bousille tout. Comme toujours.

Peut-être qu'elle m'a trop protégée. Peut-être qu'elle aurait dû me mettre du plomb dans la cervelle au lieu de me suivre dans tous mes délires. Peut-être que j'aurais dû grandir plus vite, au lieu d'être une éternelle ado en quête de sensations fortes, d'adrénaline et de défis. Peut-être que mes parents auraient dû m'aimer davantage au lieu de préférer ma sœur. Peut-être…

J'ai des regrets, comme tout le monde, mais celui-ci, je ne pourrai jamais le réparer. Je ne pourrai jamais changer le passé. Parce qu'elle est morte, et qu'elle ne reviendra jamais.

Déçue de la tournure que prennent mes pensées, je chasse mes idées noires et me focalise sur des choses positives. Des moments avec Mia, des rencontres à l'hôpital, Hope, et maintenant… mon bébé.

Je pose une main sur mon abdomen. Et même si l'angoisse est bien là, cette boule au ventre qui me rappelle que la situation est merdique, je me sens mieux, parce que je ne suis pas seule. Et je ne le serai jamais plus. On forme une équipe, lui et moi, et ça a quelque chose de réconfortant. Il comble un manque, un vide, dont je n'avais pas conscience.

Mes pensées dérivent alors vers Sniper, et je gémis de frustration. Pourquoi faut-il que tout me ramène invariablement à lui ?

Peut-être parce que je revois son regard déçu, mais sa détermination à prendre soin de nous. Peut-être parce qu'il a toujours le geste, le mot, l'attention qu'il faut. Peut-être parce que depuis notre rencontre, je n'ai jamais réussi à le chasser de mon esprit. Peut-être parce que c'est lui, tout simplement.

Quand l'eau se fait plus tiède, je me redresse et me savonne, en insistant longuement sur mes cheveux. Au lieu de prendre mon gel douche, j'ai emprunté celui de Sniper. Un truc purement débile pour sentir son odeur sur moi. Enfin, une partie de son odeur, parce que le reste vient de lui. C'est une odeur masculine avec une touche de douceur.

— C'est pas comme ça que tu vas te sevrer, marmonné-je, dépitée.

Par le passé, j'ai eu une forte tendance à me tourner vers les mauvais garçons, peut-être pour faire un doigt d'honneur à mes parents. Malheureusement, il n'y a qu'à moi que j'ai fait du mal. Sniper, c'était la virilité dans un gant de velours. Un SEAL auprès duquel on se sent en sécurité, qui est bien plus dangereux que tous les abrutis avec lesquels je suis sortie, mais avec des valeurs. De vraies valeurs. Pas les jolies qu'on glisse dans une conversation pour faire bien. Sniper transpire la loyauté et le respect. Je sais qu'il a été élevé par sa mère, eh bien je dois dire qu'elle a fait un travail formidable parce que s'il y avait plus de mecs comme lui, le monde tournerait bien plus rond.

Je me rince pendant de longues minutes jusqu'à ce que j'aie assez endommagé notre planète avec mon gaspillage, puis je me love dans une serviette qui sent bon le propre. Bordel, mais comment il fait ? Chez moi, les serviettes empestent le renfermé après avoir passé des jours dans le placard. J'ai bien essayé de mettre des petits sachets qui sentent bon, mais ils ne sentent bon que si on colle le nez dessus. Aucun intérêt.

Je récupère la seconde serviette et la plaque contre mon visage pour inspirer à fond avant de l'enrouler autour de mes cheveux. C'est fou comme ce genre de détails me remonte le moral en un clin d'œil.

J'essuie le miroir avec ma main et fouille dans mon sac pour en sortir des sous-vêtements. Au moment où je finis d'enfiler mon tanga, mon téléphone vibre sur le bord de la baignoire.

Pensant que Mia veut prendre de mes nouvelles, je déchante en réalisant que c'est un numéro inconnu.

[Pas trop chaud ?]

Je fronce les sourcils, cherchant qui pourrait m'envoyer ce genre de blague.

[La prochaine fois sera la bonne.]

Il me faut quelques secondes pour comprendre ces quelques

mots. Les relisant à plusieurs reprises jusqu'à ce que les informations s'emboitent. J'écarquille les yeux et mes mains se mettent à trembler de manière incontrôlable.

Et si ?

Non.

Comment aurait-il pu savoir où j'étais, ce que je faisais ?

C'est impossible.

J'essaie de m'en convaincre. Mais comment serait-il au courant s'il n'était pas responsable ?

À moins que quelqu'un qu'il connait travaille ici ?

Les pensées tournent en boucle dans mon esprit, noyant tout mon organisme dans l'anxiété. Mes poumons se compriment et ma respiration se fait plus difficile.

Est-ce que l'incendie était ma faute ? Est-ce que Derek aurait pu aller aussi loin ?

Hope et Mia auraient pu mourir à cause de moi.

Mon corps se contracte violemment, et je peine à trouver de l'air. Je porte une main à ma gorge, reconnaissant les signes d'une crise de panique. Mon cœur tambourine dans ma poitrine, si vite et si fort que j'ai l'impression qu'il va exploser. Une sueur froide dégouline dans mon dos, mélange étrange avec la chaleur moite de la salle de bain. Les murs semblent se rapprocher, écrasant ma cage thoracique. Je titube. Mes jambes tremblent comme si elles refusaient de me porter.

La réalité me happe brutalement.

Il sait où je suis.

Et il sait que je m'en suis sortie.

La pièce tourne autour de moi. Mes doigts s'accrochent désespérément au rebord du lavabo, mais mes paumes glissent sur la surface mouillée. Mes genoux heurtent le carrelage froid dans un fracas sourd, et j'emporte avec moi le contenu de ma trousse de toilette qui s'éparpille sur le sol.

Ma respiration se transforme en de courts halètements aigus.

J'essaie de contenir la crise, je connais les techniques, mais je suis incapable de faire fonctionner mon cerveau.

La serviette nouée sur ma tête glisse, libérant mes cheveux humides. Des mèches se collent à mon visage. Ma vision se brouille, et des points noirs dansent devant mes yeux. Un sanglot étranglé s'échappe de mes lèvres alors que je lutte pour trouver une once de maitrise.

— Chelsea ?

Un coup résonne contre le battant.

— Chelsea, ça va ?

Je ne peux pas répondre. Je veux crier, mais aucun son ne sort. La poignée tourne, et la porte s'ouvre avec précaution.

— Je vais entrer, d'accord ?

Alors que je peine à reprendre le contrôle, Sniper s'accroupit à mes côtés et pose ses mains sur mes épaules. Son regard harponne le mien et je m'y accroche comme à une bouée en pleine tempête.

— Inspire doucement. Suis-moi.

Il exagère sa respiration, lente et régulière, essayant de m'entraîner à l'imiter, mais mon corps s'y refuse. Les tremblements s'intensifient, et un nouveau sanglot me secoue.

— Je peux pas tout perdre… pas encore.

— Ça va aller, murmure-t-il, la voix douce et apaisante.

D'une main, il ajuste la serviette pour couvrir ma poitrine avant de glisser son autre bras sous mes jambes. Il me soulève comme si je ne pesais rien, sa chaleur irradiant à travers le tissu fin.

— Respire avec moi, d'accord ?

Il me dépose sur un lit, mais je m'agrippe à lui, incapable de le lâcher. Mon front trouve refuge contre son torse. Ses battements de cœur, puissants et réguliers, deviennent mon ancre.

— Je... je peux pas recommencer. Je peux pas... m'alarmé-je.

Il s'allonge en me gardant en sécurité dans ses bras.

— Je suis là, tout va bien.

Je me concentre sur sa respiration, sur son odeur de sel et d'adrénaline mêlée à une pointe de savon. Parce qu'il n'y a que lui qui peut me ramener. Qui peut m'apaiser. Il a toujours eu ce pouvoir. Avec sa force tranquille. Sa présence rassurante. Il dégage cette vibration particulière qui crie qu'on peut lui faire confiance, qu'il sera là, qu'il nous protègera quoi qu'il arrive. Ce truc indéfinissable qui rallume l'étincelle dans mon cœur, celle que j'essaie désespérément d'étouffer depuis des mois.

À l'abri, dans ses bras, mes pleurs s'apaisent peu à peu.

— Voilà, c'est bien, Chels, chuchote-t-il en caressant doucement mon dos. Continue de respirer. Pour le bébé.

Ses mots percent à travers la brume de ma peur. Mon bébé. Je finis par inspirer profondément, pour la première fois, depuis ce qui me semble une éternité.

— Ça va mieux, murmuré-je, la voix rauque, comme si j'avais crié pendant des heures.

— C'était une crise de panique.

Je hoche la tête.

— C'est plutôt normal après ce que tu as vécu.

Il pense que c'est à cause de l'incendie, et il n'a pas tort, même s'il ne sait pas tout.

— Tu veux me raconter ?

Je fronce les sourcils, ne comprenant pas de quoi il parle.

— Tu as dit que tu ne pouvais pas encore tout perdre.

Je me crispe, déroutée d'en avoir trop dit.

— Si tu ne veux pas, ce n'est pas grave.

Je laisse passer quelques secondes avant de répondre.

— Je parlais de Lauren.

— Ta sœur.

Je lève mon visage vers lui, surprise qu'il s'en rappelle.

— C'était mon pilier, ma meilleure amie, mon modèle.

Je repose ma tête sur son torse et joue avec les plis de son tee-shirt alors que son bras se resserre autour de mon corps.

— Elle est morte quand elle avait dix-neuf ans, j'en avais dix-sept.

Je soupire et tente de ravaler la douleur qui comprime encore ma poitrine quand je parle d'elle.

— J'étais une vraie emmerdeuse, dis-je en reprenant ses mots. Je l'embarquais dans toutes mes bêtises, tous mes défis, toutes mes lubies. Lauren, elle était sérieuse, calme, studieuse. Elle faisait des études pour devenir graphiste ou illustratrice.

Il m'arrive de penser qu'elle aurait été parfaite pour Sniper. Ils se ressemblent beaucoup par certains aspects.

— Et malgré ça, elle me suivait toujours. Elle me raisonnait parfois, elle me couvrait quand il le fallait.

— Elle avait l'air géniale.

— Elle l'était.

— Qu'est-ce qu'il s'est passé ?

Je suis gênée de montrer à quel point j'ai été idiote, mais je sens que Sniper ne me jugera pas.

— J'avais rencontré un type de vingt-deux ans. Son beau-père lui prêtait un bateau pour le week-end et il m'avait proposé de partir en virée avec lui.

La main de Sniper se crispe sur ma hanche.

— Je sais, c'était stupide. Mais j'avais dix-sept ans. Mes parents ne juraient que par ma sœur. Elle était parfaite, alors que j'étais le boulet, la ratée, l'accident de parcours.

Ses mots ne viennent pas de moi, ils ne sont que ce qu'on m'a répété pendant des années.

— Je les défiais sans cesse, je faisais tout ce qu'ils m'interdisaient, ils ont fini par se détourner de moi. Et plus ils m'ignoraient, plus je dérapais.

Je dessine des cercles sur le tee-shirt de Sniper, calant ma respiration sur les battements apaisants de son cœur.

— Lauren a refusé que je parte seule avec ce type alors elle est venue avec nous. Dans la nuit, une tempête s'est levée, c'était le chaos. Le type était incapable de naviguer dans ces conditions. On a essayé de mettre des gilets, mais il n'y en avait qu'un. Lauren s'est disputée avec le gars pour qu'il me le donne. Elle voulait me protéger, comme toujours.

Je pince les lèvres, ravalant le chagrin qui brise mon cœur morceau par morceau.

— Ils en sont venus aux mains et j'ai pris un coup, j'ai basculé dans l'eau. Il faisait noir, la mer était sombre. Je savais bien nager, mais la tempête me secouait dans tous les sens. J'avais l'impression d'être dans une machine à laver. Chaque fois que je remontais à la surface, une vague m'engloutissait. Lauren a sauté à l'eau pour me secourir.

Je renifle, incapable de retenir mes larmes.

— Elle a réussi à me ramener près du bateau et je me suis agrippée à l'échelle. Mais quand je me suis tournée, elle n'était plus là. J'ai hurlé, j'ai appelé son nom pendant, ce qui m'a semblé être, des heures, mais elle n'est jamais revenue.

Un violent sanglot secoue tout mon corps et je m'accroche à Sniper avec l'énergie du désespoir.

— Je suis désolé, murmure-t-il.

Je hoche doucement la tête, revivant encore cette nuit d'horreur. Les secours ont cherché son corps pendant des heures, mais ils ne l'ont jamais retrouvé. On a enterré un cercueil vide.

— Je ne suis pas sortie de chez moi pendant des semaines, après sa mort. J'étais brisée. Complètement anéantie. Mes parents ne me parlaient plus. Ma mère passait son temps à pleurer, et mon père fuyait la maison.

Je grimace au souvenir de l'effondrement de ma famille après ce drame. Déjà qu'ils me traitaient comme un boulet, après son décès, je suis devenue invisible.

— Et un jour, je suis tombée sur son journal. Elle parlait de la vie, de ses rêves, de son avenir, du comportement de mes parents, et de moi. Je me suis vue à travers ses yeux, à travers ses mots, et ça a été un électrochoc. J'ai tout remis à zéro, j'ai décroché mon diplôme, j'ai fait des études d'infirmière et j'ai essayé de rendre ma sœur fière de moi.

Je souris alors que Sniper caresse le tatouage sur mon poignet.

— Parfois, j'ai l'impression qu'elle est là. Elle m'encourage, me guide, ou râle parce que je fais les mauvais choix. Je l'entends me sermonner comme elle le faisait avant.

Et ça me manque tellement. Elle me manque à chaque seconde qui passe.

— Quand j'ai rencontré Mia, la douleur s'est estompée. C'est ma sœur, au même titre que Lauren. Et j'ai failli la tuer.

— Chelsea... murmure Sniper, ce n'est pas ta faute.

Je réalise que les mots m'ont échappé.

— Je lui ai demandé de venir visiter l'appartement. Sans moi, elle ne se serait jamais trouvée là.

— Tu ne pouvais pas deviner. Et puis, personne n'a été blessé, c'est l'essentiel.

Me remémorant le message de Derek, je pose la question qui me brûle les lèvres.

— Est-ce qu'on sait ce qui a déclenché l'incendie ?

Sniper remue, puis soupire.

— Ne t'en préoccupe pas, c'était un accident.

Je me redresse sur un coude et le fixe avec douleur.

— Je crois que c'est la première fois que tu me mens.

Il pince les lèvres et la culpabilité traverse son regard. Il caresse mes cheveux et glisse une mèche derrière mon oreille.

— Pour te protéger, la journée a été assez éprouvante.

— Je ne supporterais pas que toi tu me mentes, même pour une bonne raison. Pas toi.

Il me sourit et dépose un baiser sur mon front.

— Les pompiers pensent que c'est un acte criminel.

— C'était volontaire, murmuré-je alors que ça confirme ce que je craignais.

— Ça peut être pour tout et n'importe quoi. Un fournisseur ou un employé mécontent, un habitant du quartier, un pyromane... pour le moment, on n'en sait pas plus.

Je n'ai pas besoin d'en savoir plus. Même si Derek n'est pas venu lui-même mettre le feu, c'est sa faute. J'en suis certaine. Et ça me terrifie, parce que ça montre qu'il est prêt à tout.

— Je n'ai pas de frère et sœur, et même si la tienne est morte, tu dois célébrer le fait de l'avoir connue, d'avoir vécu tous ces moments avec elle, et retenir tout ce qu'elle t'a apporté.

J'acquiesce et glisse une jambe sur la sienne pour me rapprocher davantage, parce qu'en cet instant, il est mon ancre. Celle qui m'empêche de sombrer.

— Merci de m'en avoir parlé, chuchote-t-il la voix douce.

— J'en avais envie, dis-je sincère.

Les non-dits planent entre nous, mais ils ne sont pas négatifs. Au contraire. Un souffle de confiance et d'intimité balaie la chambre, me galvanisant. C'est ce dont j'avais besoin pour continuer à me battre, pour l'avenir que je désire.

Et Sniper en fait partie.

- 26 -

CHELSEA

— Tu as l'air...

Mia grimace.

— En fait, je ne sais pas trop. À la fois heureuse et préoccupée, fatiguée et lumineuse.

Je ris face à son air déconfit.

— C'est un peu tout ça.

Mia donne un jouet à Hope, qui est allongée sur le tapis devant le canapé.

— Comment tu vas ?

— C'est à moi de te demander ça.

— J'ai pas joué les demoiselles en détresse, juste pour qu'un SEAL me porte dans ses bras.

Je dépose les deux tasses de chocolat sur la table basse et m'assieds à côté d'elle.

— Je vais bien. C'était simplement le stress.

— Tu m'étonnes. Un immeuble en flammes, rien que ça. À croire que le destin voulait que tu viennes t'installer ici, s'amuse-t-elle en haussant plusieurs fois les sourcils.

— C'était pas prévu, réponds-je en la fusillant du regard.

— Difficile de dire non à Sniper quand il passe en mode protecteur.

Parfois, je me dis qu'il fait ça avec toutes les femmes. C'est son mode de fonctionnement, son caractère. Au fond de moi, je pense être un peu spéciale pour lui, mais cette petite voix continue de me harceler pour me rappeler que j'ai gâché toutes mes chances.

— Il tient à toi, Chels.

Je hausse les épaules en essayant de paraitre nonchalante.

— Je suis sérieuse, il tient vraiment à toi. Tu aurais vu son regard quand il a appris que tu étais enceinte. Il aurait pu briser les membres de ceux qui l'auraient empêché de monter dans l'ambulance avec toi.

Je prends un coussin que je serre contre moi, émue par son attitude. Quand il a débarqué dans l'appartement pour me sortir de là, j'ai eu envie de le frapper et de l'embrasser à la fois. Que Ghost vienne au secours de Mia et de leur fille, c'est normal, mais que lui franchisse cette planche sans aucune sécurité pour me secourir, ça me bouleverse encore rien que d'y penser. En dehors de Lauren, personne n'avait jamais risqué sa vie pour moi. Surtout qu'il a failli tomber lorsqu'il y a eu une explosion. J'étais déjà inconsciente, mais j'aurais pu me réveiller et ne plus jamais le revoir. J'en ai des frissons.

— Mia… murmuré-je, ressentant le besoin de me confier. C'est ma faute, l'incendie.

— Quoi ?

— C’était pour moi, pour me faire taire.

Mia écarquille les yeux, et porte une main à son cœur.

— Tu es sérieuse ?

Je hoche la tête, attendant sa réaction. Elle aurait parfaitement le droit de s’énerver. Mia jette un œil à Hope avant de reporter son attention sur moi, le regard déterminé.

— Ça veut dire que tu dois continuer.

J’en reste bouche bée.

— Je croyais que tu m’en voudrais.

— T’en vouloir ? Pourquoi ?

— Je vous ai mises en danger, toi et Hope.

Mia soupire.

— Je ne dis pas que c’était le moment le plus génial de ma vie, mais on va bien, c’est le plus important. Et tu ne pouvais pas deviner. Ce n’est pas comme si tu avais déclenché cet incendie.

Elle se laisse glisser sur le sol pour remuer un jouet devant le visage de Hope.

— Qu’est-ce que tu vas faire ?

— J’ai demandé à Sawyer d’enquêter.

— Très bonne idée, cette fille est super douée.

— Tu l’as déjà rencontrée ?

— Non, elle ne se montre pas beaucoup.

— C’est dingue.

Mia hausse les épaules.

— J’imagine qu’elle veut rester discrète étant donné ce qu’elle fait.

Ma meilleure amie récupère sa tasse pour boire quelques gorgées.

— On pourrait appeler Alexander. Il a des contacts, des relations, un service de sécurité. Et si c’est une question d’argent, je peux...

— Non ! m'exclamé-je.

Mia fronce les sourcils, sûrement avec l'envie d'argumenter.

— Merci, mais c'est pas une question d'argent. Quand ça a commencé à déraper, j'ai hésité à lui en parler. On a diné ensemble, il y a quelques semaines, et il a bien vu que ça n'allait pas.

— Alors pourquoi ne pas lui en avoir parlé ? Tu sais qu'il t'aiderait.

Je hoche la tête. Alex est le genre d'amis qui ne vous laisse jamais tomber. On n'imaginerait pas qu'il est dans la politique tant ses valeurs sont profondes.

— Je refuse de l'embarquer dans mes problèmes. Il a mis des mois à se remettre du scandale à cause de son père. Sa carrière est à nouveau en plein essor, je ne veux pas tout gâcher.

— Chels...

— Il mérite d'avoir enfin ce pour quoi il travaille depuis des années.

— Je sais, soupire Mia. Je veux qu'il réussisse et qu'il soit heureux, mais il s'agit de ta sécurité, c'est important aussi.

— Je vais me montrer prudente.

— Tu ne changeras pas d'avis, murmure-t-elle.

— On a d'autres moyens d'y arriver.

J'entends la clé dans la serrure, ce qui met un terme à notre conversation. Mon cœur tambourine d'impatience. Sniper est parti une grande partie de la journée, et je n'avais qu'une hâte : qu'il rentre.

— Oh mais voilà, ma demoiselle préférée, dit-il en se penchant pour prendre Hope dans ses bras.

— Ah ben merci, plaisante Mia.

Il dépose un baiser sur le front de ma filleule et la cale contre son torse. Cette vision a de quoi remuer mes tripes, surtout quand il me lance un regard affectueux. Sans le vouloir, je porte une main à mon ventre, ce qui attire son attention. La flamme qui inonde ses yeux provoque un sentiment indéfinissable dans mon cœur. Parce que je sais ce qu'il pense. Je sais qu'il élèverait cet enfant si je nous permettais un avenir. C'est exactement ce qui me fait peur. Le faire entrer dans ma vie. Lui faire une place. Une place importante. M'attacher. Risquer de le perdre.

Pourtant, chaque jour, mes défenses s'effritent un peu plus. J'en viens à espérer ce que je me suis toujours interdit.

— Bon, je vais vous laisser. Si tu es là, j'imagine que Matthew va bientôt rentrer, et s'il n'a pas ses petites femmes avec lui, il va râler.

Je m'esclaffe alors que Sniper lui rend Hope, presque à contrecœur.

— Tu devrais lui parler, murmure Mia à mon oreille.

— Je t'accompagne à ta voiture.

— Pas la peine, je sais encore trouver mon chemin.

— Je t'accompagne à ta voiture, dit-il en lui ouvrant la porte.

Elle lève les yeux au ciel et me fait un petit geste de la main alors que je secoue la tête d'amusement.

— Je reviens.

— Je m'en doute.

Il sourit et referme le battant me laissant pantoise dans le salon. Je me frotte le visage, cherchant la force de tenir mes résolutions. Je n'ai toujours pas de nouvelles de Sawyer, ce qui commence à sérieusement m'inquiéter. Si elle ne déterre rien, je suis dans le pétrin.

Je sursaute presque quand on toque à la porte. Je fronce les sourcils regardant autour de moi pour voir si Sniper a oublié ses clés, mais je ne repère rien.

Quand j'ouvre, ce n'est pas lui qui se trouve sur le palier, mais Camille.

Sexy dans une super robe bleu marine avec un décolleté alléchant et des courbes juste là où il faut.

— Oh, salut, je cherche Sniper, dit-elle l'air gêné.

Elle tient un sac dans ses mains qui sent drôlement bon.

— Il va revenir, il est descendu au parking.

Elle regarde dans son dos, sûrement avec le souhait de trouver une échappatoire.

— Tu veux entrer ?

Elle mordille sa lèvre inférieure, hésitante, mais je me décale pour l'encourager.

Non, je n'ai pas envie qu'elle soit ici. Non je ne veux pas qu'il la voie, mais ce n'est pas à moi de prendre cette décision. J'en étais presque arrivée à l'oublier ces derniers jours.

— Est-ce que Sniper et toi ? Je ne voudrais pas...

— On est juste amis, la coupé-je. J'ai eu un accident, et il m'héberge pour me dépanner.

Elle hoche la tête, soulagée. C'est difficile de détester cette fille. J'aimerais, mais je n'y parviens pas. Je la comprends. On est dans le même bateau elle et moi. Sauf que je suis compliquée, cassée, indécise, alors qu'elle semble avoir toutes les qualités qu'il recherche chez une femme.

Elle lisse le bas de sa robe, ce qui m'oblige à jeter un coup d'œil à ma tenue. Un tee-shirt de Sniper, un short, et pas de maquillage. Ça ne paie pas de mine à côté d'elle.

Quand Sniper revient quelques minutes plus tard, le sourire qu'il affiche se fane pour laisser place à un air interrogateur.

— Camille ?

— Salut, murmure-t-elle dans un mélange de désir et de gêne. Je t'ai apporté ton plat préféré, précise-t-elle en montrant le sac.

Bon sang, le combo parfait pour faire craquer un mec.

— Je vous laisse, dis-je.

J'ai envie d'ajouter que je vais mettre des écouteurs pour ne rien entendre de leur soirée, mais j'aime mieux fuir tant ma gorge est nouée. Cette visite a le mérite de me ramener sur Terre. Bercée par ces derniers jours, j'en avais oublié qu'il était passé à autre chose.

J'ai pourtant cru...

J'aurais dû me rappeler que ce genre de chose n'arrive pas aux filles comme moi. Je ne suis pas de celles qui ont droit aux happy ends.

— C'est pas grave, murmuré-je en caressant mon ventre. On est tous les deux.

Je me laisse tomber sur le matelas et cache ma tête sous le coussin.

Il ne manquerait plus qu'ils couchent ensemble dans la chambre d'à côté. Il ne ferait pas ça sous mon nez, si ? J'ose croire que Sniper a assez de respect pour ne pas m'imposer ça. D'un autre côté, je suis enceinte, alors on peut dire qu'il ne ferait que rendre la monnaie de ma pièce.

Mille scénarios se déroulent dans ma tête. Tous plus négatifs les uns que les autres. Entre Derek, Sniper, mon boulot, mon déménagement, je peine à savoir si j'ai pris la bonne décision. Je me concentre sur mon bébé, c'est bien la seule chose qui me fait tenir, mais ça n'empêche pas l'anxiété de me gagner. Quel sera mon avenir si je ne parviens pas à coincer Derek ? Quel sera mon avenir si Sniper trouve l'amour avec une autre ? Quel sera mon avenir si je ne sais pas moi-même ce que je veux ?

Je vais devoir revenir à mon idée première qui était de me dégoter un appartement et un boulot. Je n'arriverai à rien si je ne suis plus indépendante. Et je déteste ça. Je déteste devoir demander de l'aide. Je déteste dépendre des autres. Je déteste ne pas savoir où je vais.

— Je peux entrer ?

Je ne réponds pas et essaie de dissimuler mes reniflements sous la couette.

— Chels ? murmure-t-il en s'invitant dans la pièce.

Sa voix grave et douce me fait frissonner, comme toujours, mais je ne peux pas céder à cette belle illusion. Il n'est pas à moi. Il n'est pas avec moi. Je ne suis que son ancien plan cul. Rien de plus.

— Laisse-moi, soufflé-je en tentant de ne pas montrer ma peine.

— Je ne savais pas qu'elle allait passer.

— Je m'en fous.

Sniper s'esclaffe parce que j'ai sûrement l'air d'une gamine. À croire que les peines de cœur nous font retomber en adolescence.

— Tu veux bien sortir de là ?

— Tu n'as pas mieux à faire ?

— Non.

Je soupire et retire la couette de mon visage avant de m'asseoir sur le lit. Déjà que je n'étais pas particulièrement apprêtée, je dois ressembler à rien avec mes yeux et mes joues rouges. Sans compter le nez qui coule et les cheveux en pétard. Parfait pour séduire un homme. Dans les livres, les nanas sont toujours mignonnes avec les yeux brillants de larmes, mais ça se voit que l'autrice ne sort jamais de chez elle, parce qu'en réalité, on a toutes des sales têtes après avoir pleuré.

— Qu'est-ce qu'il y a ? demande-t-il en s'asseyant sur le matelas.

— Si tu ne le sais pas, c'est que tu es un crétin. Je croyais que les SEALs avaient un super QI.

— Je veux que tu me le dises.

— Va manger ton plat préféré, grogné-je en le repoussant pour me redresser.

Dire que je ne connais même pas son plat préféré. Comment cette nana le sait-elle ?

Il se lève à son tour et me bloque le passage.

— Je m'en fiche de la bouffe, tout ce dont j'ai besoin est dans cette pièce.

— Va te faire voir, marmonné-je en le dépassant pour sortir de la chambre.

— Arrête de faire ta tête de mule.

— Arrête de jouer aux idiots !

— Chels...

— Garde-toi ta voix autoritaire monsieur des forces spéciales, tu ne m'impressionnes pas, dis-je en tapant mes paumes sur son torse.

Il enserre mes poignets dans ses mains tout en les maintenant contre lui.

— Il faut toujours que ce soit compliqué avec toi.

Il ne l'a pas dit sur un ton de reproche, mais ça n'en est pas moins douloureux.

— Eh ben va retrouver miss perfection.

Je ravale mes larmes avec difficulté. Bordel, mais qu'est-ce qu'il se passe ? Je ne suis pas du genre à pleurer facilement, mais depuis quelques mois, je suis une épave émotionnelle.

Sniper attrape mon épaule et me fait pivoter avant de m'emprisonner entre le mur et lui. Ses avant-bras encadrent mon visage, et je ne peux empêcher mes yeux de plonger dans les siens. J'y lis de la culpabilité, de la tendresse, et du désir. Ce même désir qui m'enivre, chaque seconde, quand il est près de moi. Ce désir qui fait vriller mon cerveau et anime tout mon corps.

Alors qu'un gémissement menace de franchir la barrière de mes lèvres, quelque chose se passe dans son regard et la seconde suivante, sa bouche percute la mienne.

Le choc me coupe le souffle. Il y a une urgence, une fureur dans son baiser, comme s'il avait retenu ce moment trop longtemps. Ses lèvres, brûlantes et exigeantes, prennent possession des miennes, et je ne pense plus. Mon cerveau se déconnecte, mon corps prend le dessus.

Je me hisse sur la pointe des pieds pour approfondir le contact. Mes mains s'agrippent à son tee-shirt comme si je risquais de m'effondrer. Une chaleur dévastatrice s'empare de mon être tout entier, chaque cellule de mon organisme s'embrasant sous son toucher.

Sa langue caresse la mienne, et un frisson me traverse, puissant, incontrôlable. Je gémis malgré moi, et il répond en grognant, un son rauque qui fait vibrer ma poitrine contre la sienne. Il resserre son emprise, une main glissant dans mes cheveux pour basculer ma tête en arrière et intensifier le baiser. Il goûte mes lèvres comme s'il avait peur de ne plus jamais pouvoir le faire.

J'ignore la rudesse du mur contre mon dos, la douleur dans mes jambes crispées, ou le fait que nous sommes au bord du chaos. Il n'y a que lui. Sa langue qui dicte une mélodie effrénée, ses mains qui me maintiennent ancrée à lui, son souffle qui se mêle au mien dans une danse désespérée.

Lorsqu'il s'écarte enfin, sa bouche quitte la mienne avec une lenteur exaspérante. Je reste pantelante, les joues en feu et les yeux mi-clos. Mon cœur cogne furieusement dans ma poitrine, et ma respiration saccadée fait écho à la sienne.

Il pose son front contre le mien, son souffle chaud caressant ma peau.

— Il n'y a que toi, murmure-t-il, la voix rauque.

J'ouvre les yeux pour m'assurer que j'ai bien entendu.

— Il n'y a toujours eu que toi...

— Mais, Camille...

— À Washington, tu m'as repoussé une fois de plus. Je t'ai vue avec lui et j'ai compris que je devais passer à autre chose.

Un tsunami de douleur ravage tout mon être.

— Mais depuis que tu es ici, je me suis dit que peut-être... J'ai mis fin à ma relation avec Camille après la soirée au California Grill.

J'écarquille les yeux, surprise. Je pensais qu'ils étaient toujours ensemble.

— Et ce soir ?

Il hausse les épaules, sa main jouant avec une mèche de mes cheveux.

— Une dernière tentative.

Je sens à nouveau l'air s'infiltrer dans mes poumons.

— Alors toi et elle ?

— Il n'y a rien, c'était une erreur.

Je ferme les yeux un instant et serre plus fort son tee-shirt.

— Je n'étais pas avec Derek.

Je lève le visage vers Sniper en cherchant mes mots.

— Il n’a pas apprécié que je mette fin à notre relation, depuis il me fait vivre un enfer à l’hôpital.

— Quoi ?

Sniper recule d’un pas, le corps tendu.

— Il te harcèle ?

— En quelque sorte. Il m’a dénigrée, il a monté des infirmières contre moi, il couchait même avec ma chef.

— Putain ! grogne Sniper en fourrageant ses cheveux. C’est pour ça que tu es partie ?

J’aimerais tout lui dire, mais ce n’est pas le moment. Pas tant que je n’en sais pas plus.

— En partie. Quand j’ai appris que j’étais enceinte, j’y ai vu un signe.

— Je suis désolé, dit-il en revenant vers moi pour me prendre dans ses bras. J’aurais dû…

Il soupire contre ma tempe, mais ses muscles crispés m’indiquent qu’il a du mal à encaisser la nouvelle.

— C’est pas ta faute, je n’en ai parlé à personne.

Parce que, comme toujours, j’ai tout gardé pour moi. Résultat, je n’ai fait que m’isoler et empirer la situation. À croire que je ne suis pas fichue de prendre les bonnes décisions. Perdre Lauren m’a changée, mais pas suffisamment si j’en crois les derniers événements.

— Hey, dit-il en plaçant deux doigts sous mon menton pour relever mon visage. Qu’est-ce qui t’a traversé l’esprit ?

— Rien d’important…

— Quand est-ce que tu me feras confiance ?

— Je te fais confiance, me défends-je.

— En partie probablement, mais tu as tellement de barrières autour de toi que je me demande si j'arriverai un jour à les faire tomber.

Je me décale pour m'éloigner de lui, mes incertitudes reprenant la main avec force.

— Je... je n'ai pas l'habitude de me confier, d'accord ?

— Même avec Mia.

— Je ne lui dis pas tout.

Il hoche la tête semblant réfléchir à la situation, mais il n'y a aucune condamnation dans son regard.

— Crois-le ou non, mais je ne dis pas tout non plus.

— Toi et les gars, vous partagez tout, dis-je en ricanant.

— La plupart du temps, oui. Mais il y a des choses de mon passé que je ne partage pas. Les gars connaissent les grandes lignes, mais on a tous notre limite. En revanche, je sais qu'ils seront là en cas de besoin.

Il s'avance d'un pas et glisse sa main sous mon oreille.

— Et je serai là pour toi à chaque fois que tu en auras besoin, dit-il en caressant mon cou avec son pouce.

— Qu'est-ce qu'on fait ? murmuré-je déboussolée.

— Pour le moment, je propose de manger.

— Ton plat préféré, râlé-je.

— Elle est repartie avec, dit-il en grimaçant. On va commander.

Il dépose un baiser sur mon front et se dirige déjà vers la porte.

— Au fait, c'est quoi, ton plat préféré ?

Il sourit et quitte la pièce sans répondre.

— Enfoiré, murmuré-je en souriant à mon tour.

- 27 -

SNIPER

Je range mon matériel dans le coffre et m'assieds sur le rebord pour profiter du paysage, satisfait de ma matinée. Ça faisait des semaines que je n'avais pas fait d'escalade. Je devais attendre que mon épaule soit complètement remise. C'est une façon de la tester pour m'assurer que je suis opérationnel. Mais j'en avais également besoin à titre perso. C'est une activité qui me permet toujours de faire le vide. Je devais mettre mes idées au clair après tout ce qu'il s'est passé ces derniers temps. On peut dire que les événements se sont enchainés à une vitesse folle.

Le point positif dans tout ça, c'est que Chelsea vit chez moi. Oui, c'est dans la deuxième chambre. Oui, elle garde encore ses distances. Mais j'ai bon espoir que les choses changent. Elle s'installe à Coronado, nous sommes célibataires tous les deux, et même si j'aimerais plus, on se rapproche jour après jour. On apprend à se connaitre. Je ne dis pas qu'avant, ce n'était pas le cas.

On discutait beaucoup quand on se voyait. Ce n'était pas que du sexe, loin de là. J'aimais être avec elle. J'aimais sa joie de vivre. J'aimais sa générosité. J'aimais sa complexité.

Au fil du temps, elle s'est renfermée, et je n'ai pas su voir à temps qu'elle mettait de la distance entre nous. Je ne voulais pas la brusquer. J'ai eu tort. J'aurais dû être plus insistant. J'aurais peut-être pu empêcher cet enfoiré de la harceler. Dire que j'en ai été témoin et que je n'ai rien compris. Pire, je suis parti, blessé.

Avec le recul, j'ai honte de mon comportement.

Mais les choses devaient sûrement se passer comme ça, puisque le résultat est là : Chelsea est à Coronado

Je grimace en sentant mon téléphone vibrer dans la poche de ma veste, mais quand je vois le prénom qui s'affiche, je décroche immédiatement.

— Sawyer ? Tout va bien ?

Elle rit dans le combiné, ce qui fait redescendre la tension.

— Est-ce qu'on ne peut pas vous appeler, vous les SEALs, sans qu'un drame se soit produit ?

— On ne peut pas dire que tu m'appelles souvent.

— Touchée.

— Qu'est-ce que je peux faire pour toi ? demandé-je en me redressant pour finir de ranger mes affaires.

— En fait, j'essaie de joindre Chelsea, mais j'ai l'impression que son téléphone est éteint.

Si Derek continue de la harceler, ça ne m'étonne pas qu'elle l'ait coupé. En revanche, ça ne me plait pas parce qu'elle n'a aucun moyen de contacter qui que ce soit si elle en a besoin.

— Attends, comment tu sais qu'elle est chez moi ? réalisé-je.

— Je sais tout.

Je ricane et ferme mon coffre avant de me diriger vers la portière conducteur.

— Tu voulais lui parler des recherches qu'elle t'a demandé de faire ?

— Tu es au courant ?

— J'imagine que je n'en connais qu'une partie.

Sawyer soupire dans le combiné et ça n'augure rien de bon.

— Tu peux lui dire de me rappeler ?

— Sawyer, tu en as trop dit ou pas assez.

— Ce n'est pas à moi de vendre la mèche.

— Est-ce qu'elle est en danger ?

Elle ne me répond pas tout de suite, et ce silence me parait bien oppressant.

— Elle est enceinte, dis-je. J'ai besoin de savoir.

— Chelsea est en danger, Sniper. Vraiment.

— L'incendie ?

— C'est ma faute. Je ne pensais pas tomber sur une si grosse affaire, je n'ai pas correctement couvert mes traces.

— Merde...

On ne peut pas lui en vouloir. Sawyer nous a sauvé la mise tellement de fois qu'on lui est redevable sur des dizaines de vies.

— Je suis désolée. J'ai pris mes précautions pour la suite.

— Je croyais qu'il se contentait de la harceler, dis-je en réfléchissant à voix haute.

— Plus ou moins. Il n'a pas apprécié qu'elle le repousse, et il a pas mal bavé sur elle à l'hôpital. Ragot Hôpital a pris le relais et ce sont ses collègues qui ont rendu sa vie impossible.

— Sérieusement ? Mais on est où ? Au collège ?

— Pas loin, soupire Sawyer. Écoute, Chelsea a mis le doigt sur quelque chose qu'elle n'aurait pas dû découvrir. C'est à partir de là qu'il a commencé à la harceler et à l'intimider.

J'écrase mon poing sur le toit de ma voiture, déçu d'être passé à côté de ça.

— Je lui envoie ce que j'ai trouvé par mail. Mais il faudra plus que ça pour le faire tomber.

— Mets-toi en stand-by pour le moment.

— J'arrête ? s'étonne-t-elle.

— Je dois en discuter avec Chelsea, je veux pouvoir anticiper les conséquences.

— OK.

— Sawyer ? dis-je avant qu'elle ne raccroche. Merci.

— Pas de quoi, prends soin d'elle.

Je serre le téléphone dans ma main et inspire à fond pour calmer les battements désordonnés de mon cœur. Il est temps de savoir ce qu'il se passe. Et cette fois, elle ne pourra pas y couper.

* *

*

Je m'appuie contre l'encadrement de la porte alors qu'un grand sourire étire mes lèvres. Les bras croisés sur mon torse, je me délecte de ce qui se déroule devant moi. Chelsea a lancé de la musique et bouge dans tous les sens en chantant faux. Elle mime un micro, secoue ses cheveux, remue ses hanches.

Je pince les lèvres retenant l'envie de rire tant la scène est loufoque. Mais ce qui me fait le plus plaisir, c'est de la voir détendue et heureuse. C'est tout ce que je souhaite pour elle.

Quand la chanson se termine, j'applaudis, ce qui la fait sursauter, si bien qu'elle trébuche et atterrit sur ses fesses.

— Merde, grogne-t-elle.

Je me décolle de la porte en riant et l'aide à se relever.

— Tu fais peur à une femme enceinte ? C'est du joli !

— Excuse-moi, j'étais trop emballé par le spectacle.

Elle me lance un regard noir en coupant la musique.

— Ça fait pervers de mater les femmes.

— Tu ne m'as pas laissé le choix. Tu es bien trop sexy.

Elle a enfilé un legging moulant et une brassière rose et noir qui donnent simplement envie de tout lui retirer.

— Je croyais que tu faisais partie de la catégorie des gentlemen, râle-t-elle en croisant les bras sur sa poitrine.

— Je n'ai ni sifflé ni bavé, me dédouané-je en levant les mains devant moi.

— Goujat ! claque-t-elle en tapant mon épaule.

Je grimace et porte une main à l'endroit où la balle m'a touché, même si ce n'est plus vraiment douloureux.

— Oh, mince, pardon, ça va ? panique-t-elle en se rapprochant de moi.

J'en profite pour l'attraper et la plaquer contre moi.

— Je mérite une compensation.

— Non, mais je rêve.

Ses yeux se plissent tandis qu'elle se détache de moi. Mais en souriant, elle dépose un baiser sur mes lèvres. Il est furtif, mais c'est bien plus que ces derniers mois, alors je m'en contente. Depuis qu'elle vit ici, je la sens moins distante, mais il reste encore du chemin avant qu'elle ne se livre totalement. Ce n'est pas un problème. S'il y a bien une chose pour laquelle un sniper est doué, c'est l'attente. La patience, c'est un élément clé dans notre métier. Se planquer pendant des heures sans bouger, ça fait partie de mon entrainement. J'ai attendu Chelsea pendant des mois. J'ai cru que c'était fichu, alors maintenant qu'elle est près de moi, je ne compte pas la laisser filer.

— J'ai reçu un appel de Sawyer, dis-je en cassant l'ambiance.

Chelsea enfile un débardeur en me lançant un regard étonné.

— Elle n'arrivait pas à te joindre.

— Qu'est-ce qu'elle t'a dit ?

Je soupire et me frotte le front avant de prendre sa main pour qu'on s'installe sur le canapé.

— C'est si mauvais que ça ?

La peur qui traverse son regard me donne envie de l'emmener loin de ce merdier, mais je préfère faire face et trouver une solution pour éliminer la menace une fois pour toutes.

— Sawyer s'est fait repérer en faisant ses recherches, c'est pour ça qu'il y a eu l'incendie.

Elle a un mouvement de recul puis mord sa lèvre inférieure.

— Je suis désolé. Elle est prudente, d'habitude, mais elle...

— C'est pas sa faute, me coupe-t-elle. C'est la mienne.

— Raconte-moi.

— Je...

Son regard se perd sur son poignet, qu'elle caresse machinalement.

— Ça va aller, fais-moi confiance.

Ces quelques mots semblent provoquer un déclic, parce que pendant la demi-heure qui suit, elle me déballe tout. Sa relation avec Derek, ses doutes sur lui, la conversation qu'elle a entendue, les dossiers qu'elle a trouvés, son casier vandalisé, les fautes professionnelles dont il l'a accusée, et enfin ses menaces, le jour où je suis allé à l'hôpital.

Quand elle a terminé, elle parait exténuée. Son corps se détend. Comme si, pour la première fois, elle pouvait relâcher la pression et respirer. Mais de mon côté, l'effet est inverse. Je bouillonne et j'ai besoin de m'éloigner pour dompter la colère qui me submerge. Je me lève et m'écarte avant de quitter l'appartement sans pouvoir sortir un mot. Je suis connu pour mon calme et la maitrise de mes émotions, mais quand ça concerne Chels, je ne réponds plus de rien. Pendant des mois, je l'ai vue, je lui ai parlé, on s'est envoyé des messages. Pendant des mois... Et je n'ai rien compris. Sa peur, sa détresse, ses problèmes. J'étais tellement préoccupé par l'idée de la convaincre de se lancer dans une relation que je n'ai même pas remarqué qu'elle n'allait pas bien.

Quel con, putain ! Quel con !

Je frotte le sommet de mon crâne avec mes mains avant d'appuyer mes avant-bras contre le mur du hall d'entrée. Les yeux rivés vers le sol, j'inspire à plusieurs reprises pour dominer la tempête qui fait rage.

Il faut que je fasse tomber ce connard. S'il a essayé de la réduire au silence, c'est qu'elle a découvert quelque chose de gros.

Chelsea...

Merde !

Je repousse le mur et grimpe les marches deux par deux.

Lorsque j'entre dans l'appartement, elle est pliée en deux, une main agrippée au dossier du canapé. La culpabilité me submerge. Je suis près d'elle en deux pas, et mon cœur se serre quand elle lève le visage vers moi, les joues inondées de larmes.

Je glisse une main dans ses cheveux, et l'autre autour de sa taille avant de l'envelopper dans une étreinte réconfortante.

— Je suis là, murmuré-je, près de son oreille. Je suis là.

Ses sanglots déchirent le silence de la pièce, ce qui m'oblige à la serrer un peu plus fort. Mon pouce caresse son dos et j'abaisse mon rythme cardiaque pour qu'elle ressente l'apaisement dont elle a besoin.

— On va trouver une solution. Je ne te laisse plus.

Sa main agrippe mon tee-shirt tandis que mes lèvres se posent sur sa tempe.

* *

*

CHELSEA

Mon cerveau peine à analyser la situation. Quand il est parti, je me suis sentie vidée. Mon corps était engourdi comme si toute bribe d'énergie l'avait quitté. J'étais à la fois soulagée d'avoir tout raconté et anxieuse de sa réaction. Alors, le voir me tourner le dos, ça a brisé quelque chose en moi. Je m'en doutais. J'ai mis tout le monde en danger. Qui pourrait me pardonner d'avoir amené mes problèmes dans mes valises ?

Et maintenant, il est là, à me serrer contre lui comme s'il avait peur que je m'envole. Je ne comprends plus rien, mais j'ai tellement besoin de sa présence que je m'accroche à lui avec l'énergie du désespoir.

Quand il s'écarte, j'essuie mes joues et lève mon visage vers lui, l'anxiété toujours vivace.

— Je croyais que tu m'en voulais.

Il caresse mes cheveux et glisse une main derrière mon oreille, les sourcils froncés.

— C'est à moi que j'en veux.

— Quoi ? murmuré-je, perdue.

— J'aurais dû être là pour toi.

Toutes les pièces s'emboitent, et je comprends enfin sa réaction. Égal à lui-même, il porte le poids des autres sur ses épaules.

— Tu es là maintenant.

Il hoche la tête.

— On regarde le mail de Sawyer ? Il y aura peut-être de quoi faire tomber cet enfoiré.

Je récupère mon ordinateur portable et nous nous installons à la table du salon. Le temps qu'il met à s'allumer semble durer une éternité. Quand enfin je clique sur le mail, je lis avec attention le message de leur amie hackeuse.

Salut Chelsea,

J'ai réussi à dégoter quelques informations, mais il me faudrait plus de temps pour trouver autre chose. Il est loin de travailler seul et de ce que j'ai pu voir, c'est une grosse organisation.

Je peux déjà te dire que ton médecin a des comptes à l'étranger. L'argent transite par des comptes offshores difficiles à tracer. Il ne garde quasiment rien d'écrit, même si j'ai pu récupérer trois mails suspects.

Je ne sais pas qui bosse avec lui, mais je te confirme que du personnel de ton hôpital est concerné.

Je vais continuer de fouiner, mais si tu pouvais trouver des documents ou des témoignages, ce serait idéal.

Je t'ai mis en copie des messages postés sur des forums. Je vais essayer de dénicher leurs coordonnées. Je pense que ce sont des victimes. J'espère que ça t'aidera.

Je te recontacte, fais attention à toi.

S.

— C'est pas bon, m'alarmé-je.

Sniper clique pour ouvrir les pièces jointes et ce que nous y découvrons me noue l'estomac.

— Est-ce que c'est ce que je crois ?

— Merde, Chels, dans quoi tu t'es embarquée ?

Il est clair que j'aurais préféré ne pas être mêlée à toute cette histoire, mais d'un autre côté, est-ce que toutes les victimes ne méritent pas qu'on leur fasse justice ?

— Regarde, cette femme recherche son demi-frère. Il est allé à la clinique pour être soigné, et il a disparu deux jours plus tard.

Je lis les différents messages postés sur des forums et plus les témoignages se dévoilent, plus mon ventre se noue. L'horreur de ce qui se déroulait sous mes yeux me happe avec une telle violence que je me lève d'un bond, renversant ma chaise au passage, pour courir vers les toilettes. Je me jette presque sur la cuvette et vide le contenu de mon estomac.

— Ça va ? demande Sniper en caressant mon dos.

Je hoche la tête et me rince la bouche avant de me laisser tomber sur le carrelage.

— Dire qu'il fait son trafic sous notre nez, probablement depuis des années.

Il s'assied à côté de moi, adossé au meuble du lavabo.

— Tu ne pouvais pas deviner.

— Ça n'enlève rien à ce que je ressens.

— Je sais.

Je m'appuie contre lui et pose ma tête sur son épaule.

— Tu dois laisser la main.

— Non.

— Chelsea, c'est dangereux.

— Je ne veux pas me retirer.

— Je ne te demande pas d'abandonner, mais de me laisser gérer.

— Non, répété-je en me redressant pour le regarder dans les yeux. C'est du trafic d'organes, c'est grave, je ne me cacherai pas pendant qu'il continue de briser des vies.

Sniper soupire et pose sa main sur ma cuisse.

— Alors, au moins, donne-moi le temps de savoir dans quoi on met les pieds.

— Tu vas en parler aux gars ?

— On est plus forts ensemble.

Je grimace et détourne les yeux, me demandant ce qu'ils vont penser de moi.

— Ça les concerne aussi, il sait où tu es.

Je rends les armes, vaincue. Je ne veux pas que l'un d'eux soit blessé.

Si je suis venue ici, c'était parce que j'avais besoin de personnes en qui j'avais confiance, et c'est exactement ce qu'ils sont. Et puis, d'après les dernières informations, je commence à me dire que je ne peux pas m'en sortir seule.

— On va aussi demander à Sawyer de continuer ses recherches. Et quand on sera suffisamment armés, on pourra attaquer.

— Et pendant ce temps, d'autres innocents vont perdre la vie.

— On ne peut rien faire de plus, Chels. On ne le laissera pas s'en tirer, je te le promets.

— Comment un médecin peut décider d'agir de cette façon ?

— L'argent.

Je secoue la tête, dégoutée.

- 28 -

SNIPER

Je me gare sur le parking de la base et prends quelques secondes pour envoyer un message à Chelsea. J'ai dû partir, hier en début d'après-midi, pour aller voir ma mère. Je lui avais promis de vérifier le problème avec sa voiture avant qu'elle ne doive l'emmener au garage. Du coup, j'ai passé la nuit et la matinée là-bas, puis j'ai repris la route. De toute façon, j'étais obligé de rentrer parce que nous avons une réunion.

J'aurais préféré être avec Chelsea étant donné les circonstances, mais je ne pouvais pas laisser ma mère sans moyen de transport. Finalement, quand elle a appris que Chels était enceinte et dans une passe difficile, elle m'a engueulé en disant que j'aurais mieux fait de rester avec elle.

Je souris en y repensant. Je suis sûre qu'elle adorera Chelsea. Elle va apprécier sa créativité, son dévouement et son caractère. Maman rêve d'avoir une belle fille avec laquelle partager des activités. Et comme Chels ne parle plus à ses parents, je suis certain que ça lui ferait du bien d'avoir ma mère dans sa vie.

Je sursaute quand Blue donne des coups sur la vitre de ma voiture.

— Et si t'arrêtais de sourire comme un idiot et que tu te mettais en mouvement ?

Je grogne et sors de mon véhicule en lui faisant un doigt d'honneur.

— Alors toi et Chels ?

— Mêle-toi de ton cul.

Il ricane et me tape dans le dos sans insister.

— D'ailleurs, j'ai besoin que tu veilles sur elle.

— D'accord, une raison particulière ? demande-t-il en me montrant les gars qui sont assis sur le muret du terrain d'entrainement.

— Oui, j'ai des choses à vous dire.

Je regarde ma montre pour m'assurer que nous avons un peu de temps, je n'ai pas envie d'attendre avant de leur expliquer la situation.

— Alors, la voiture de ta mère ? m'interroge Ghost.

— C'est réparé, tes indications étaient les bonnes.

Il hoche la tête, satisfait.

— Il faut que je vous parle.

— Tu vas rompre avec nous ? lance Blue en posant une main sur son cœur.

Je m'esclaffe malgré moi parce qu'on peut difficilement faire autrement avec lui.

— On a déjà rompu, tu m'as quitté pour une jolie rousse.

Il éclate de rire et s'assied à côté de Blade, qui secoue la tête, l'air dépité. Mais je ne manque pas son sourire en coin.

— J'ai des infos importantes qui concernent Chelsea.

— Elle va bien ? s'inquiète Ace.

— Ça va, mais elle a mis les pieds dans un nid de vipères et je vais avoir besoin de vous pour démêler toute l'affaire.

— Bien sûr, répond Hunter. C'est pour ça qu'elle est ici ?

— Oui, elle a senti le vent tourner et elle a préféré partir avant que ça ne dérape. C'est sale, les gars, et qu'on soit clairs, elle est en danger.

— On t'écoute, dit Blue en ayant retrouvé son sérieux.

Je jette un regard à Ghost qui est resté silencieux. J'ai la sensation qu'il a déjà emboité quelques pièces du puzzle, et je ne suis pas certain de sa réaction.

Comme le temps presse, je leur raconte une version abrégée mais réaliste de la situation, de ses rendez-vous avec Derek aux découvertes de Sawyer.

Au fur et à mesure de mes explications, les visages des gars se ferment. On n'a pas seulement affaire à un ex, un harceleur ou un médecin véreux, mais probablement à un meurtrier ou, tout du moins, un complice.

— Merde, grogne Hunter. Sawyer est toujours sur le coup ?

Je hoche la tête.

— Elle essaie de creuser pour trouver des preuves exploitables. Cet enfoiré couvre bien ses traces.

Ghost se frotte la barbe et se lève, le corps tendu.

— Tu es en train de me dire que ma femme et ma fille ont failli mourir parce que Chelsea a ramené ses merdes ici ?

— Ghost, souffle Ace en se redressant à son tour, ce n'est...

Notre chef d'unité lève la main pour le faire taire.

— J'ai dû regarder ma femme terrifiée franchir une planche à treize mètres du sol avec notre bébé de deux mois dans les bras.

— Je sais. Écoute, elle voulait se mettre en sécurité, elle ne pensait pas que ça tournerait de cette façon.

J'ai rarement vu Ghost aussi furieux. Et le pire, c'est qu'il ne crie pas, sa colère bouillonne et ce n'est pas bon signe.

— On a une réunion, dit-il finalement en nous laissant sur place pour se diriger vers le bâtiment.

— Il va se calmer, tempère Ace en posant une main sur mon épaule.

— Je le comprends, mais c'est Chelsea. Notre amie. La meilleure amie de Mia.

— Et un peu plus pour toi, non ?

J'acquiesce parce que je n'ai aucune raison de le nier.

— Et le bébé ?

— Je l'élèverai comme le mien si elle veut de moi.

Ace sourit en serrant mon épaule.

— Je vais aller parler à Ghost.

— Je peux compter sur vous ? demandé-je aux autres.

— Toujours, répond Blue en checkant mon poing.

Je ne vois aucune condamnation dans le regard de mes coéquipiers, juste une inquiétude sincère. Au fil des ans, Chelsea s'est fait une place parmi nous avec sa joie de vivre et son franc-parler, même si elle n'habitait pas ici. C'est ce qui me fait dire que c'est la bonne pour moi. Elle s'est intégrée à ma vie avec facilité, il faut simplement qu'elle ouvre les yeux sur ce qui est devant elle.

* *

*

CHELSEA

— Qu’est-ce que tu fais là ?

Je fronce les sourcils, surprise par le ton sec de Ghost.

— Je… Je viens voir Mia, elle voulait qu’on aille faire les boutiques.

Il avance, ce qui m’oblige à reculer, puis il ferme doucement la porte dans son dos.

— Tu devrais t’en aller.

— Quoi ? coassé-je, perdue. Qu’est-ce qu’il y a ?

— Sniper nous a tout raconté.

Il est parti pendant quatre jours pour former des soldats au tir. Il a demandé à Blue de garder un œil sur moi, mais je ne savais pas s’il leur avait déjà tout dit. J’aurais dû me douter qu’il leur donnerait toutes les infos avant de s’en aller.

— Écoute, je…

— Si tu aimais Mia autant que tu le prétends, tu ne l’aurais jamais mise en danger, claque-t-il en croisant les bras sur son torse.

— J’ai essayé de la protéger, je ne lui ai rien dit.

— Parce que tu penses que le silence est la solution ?

Je pince les lèvres pour tenter de m'expliquer, mais je ne vois pas comment m'y prendre.

— Tu sais bien que je ne voulais pas la mettre en danger. Elle est ma famille.

— Ta famille a failli mourir dans un incendie, ou écrasée en bas d'un immeuble.

Je recule d'un pas comme s'il m'avait frappée.

— Ghost...

— Tu n'aurais jamais dû débarquer ici si c'était pour ramener tes problèmes avec toi.

— Je n'ai qu'elle... soufflé-je.

— Tu n'es plus la bienvenue chez nous, répond-il en faisant demi-tour.

— Je suis désolée, je ne savais pas quoi faire.

Il fait volte-face et me pointe du doigt.

— Tu aurais dû nous parler ! Tu n'aurais jamais dû garder tout ça pour toi. On ne cache pas d'informations quand le danger est réel.

— On n'est pas sur le terrain, dis-je, dépitée.

— Je t'ai tendu des perches. Si tu nous avais parlé, on t'aurait aidée sans aucun problème. On t'aurait soutenue et on aurait pris les mesures nécessaires pour protéger nos familles.

Il secoue la tête, à la fois en colère et blessé.

— Si tu nous avais appelés à l'aide, on aurait été là pour toi, mais tu as préféré garder le silence. Tu as mis ma famille en danger, Chelsea. Ma femme et ma fille. Tout ce que j'ai de plus cher sur cette putain de Terre. Je ne sais pas si j'arriverai à te pardonner.

— Je suis désolée, murmuré-je à nouveau, les larmes aux yeux. J'aime Mia. Je n'aurais jamais…

— Tu devrais t'en aller.

Il n'attend pas ma réponse et me tourne le dos pour retourner à l'intérieur. Je reste immobile un long moment à regarder la porte close.

Il a raison sur toute la ligne. Je ne peux même pas lui en vouloir, mais ça n'empêche pas la douleur de me consumer.

J'aurais pu perdre Mia comme j'ai perdu Lauren. Et c'est à moi de réparer mes erreurs. Pour que mes proches soient en sécurité.

- 29 -

CHELSEA

Je regarde autour de moi avec la sensation étrange d'être déconnectée de mon environnement. Mon corps est ici, mais ma tête est ailleurs. Dans mes problèmes, dans mon passé, dans mon avenir, dans mon plan pour venir à bout de cette situation. J'ai longtemps pensé que je devais me débrouiller seule, et finalement, je n'avais pas tort. Ghost avait raison en disant que j'aurais dû leur dire la vérité pour éviter de les mettre en danger. Mais je crois surtout que je n'aurais jamais dû débarquer à Coronado. Pas avant d'avoir trouvé une solution.

Je pose une main sur la commode de la chambre de Sniper, regrettant déjà tous ces instants. Vivre ici, c'est un aperçu de ce que j'aurais pu avoir. D'un avenir que j'aurais pu construire avec lui. Mais il ne mérite pas que je l'implique dans toute cette histoire. Il ne mérite pas que je bousille toute sa vie. J'ai été égoïste, comme par le passé. Ma mère s'est fait un plaisir de me le rappeler chaque fois qu'elle ouvrait la bouche pour m'adresser la parole. Ce qui était rare.

Deux mains se glissent sur mes épaules et les massent tendrement avant de descendre le long de mes bras. Sniper pose son menton sur le sommet de mon crâne et soupire de contentement.

— Tu es pensive, murmure-t-il avec douceur, comme s'il avait peur de briser le moment.

— Je me disais que j'avais adoré ces derniers jours avec toi, avoué-je.

— Ce n'est que le début.

Mon cœur se contracte douloureusement dans ma poitrine.

Si seulement.

Si seulement je pouvais y croire.

Si seulement je pouvais l'envisager.

Si seulement je pouvais l'espérer.

— Tu veux prendre un bain ?

Je m'esclaffe en pivotant pour lui faire face.

— Tu me chouchoutes, dis-je en passant mes bras autour de son cou.

— Tu le mérites.

Je plonge mon regard dans le sien et tout mon être s'enflamme. Chacune de mes terminaisons nerveuses semble chargée en électricité.

— J'ai lu que les bains étaient bénéfiques pour les femmes enceintes. Et comme tu es stressée en ce moment…

Ses mains serrent doucement ma taille et des frissons parcourent tout mon corps.

— Tu t'es renseigné ? murmuré-je.

Il hausse les épaules comme si ce n'était pas important. Pourtant, ça l'est. Je ne devrais pas être étonnée, mais je n'ai pas l'habitude qu'on s'occupe de moi comme il le fait. Le plus fou, c'est que ça ne semble pas être difficile pour lui. Il ne se force pas. C'est naturel, c'est sa façon d'être. Mieux encore, ça lui fait plaisir. Ça le rend heureux de prendre soin de moi.

Émue, je caresse sa nuque et hoche doucement la tête, prête à mettre mes tracas de côté pour profiter de ces instants auprès de lui.

Sniper sourit et rejoint le couloir pendant que je récupère des affaires dans la chambre qu'il me prête. Quand j'arrive dans la salle de bain, il a déjà disposé quelques bougies et l'eau coule à flots pour remplir la baignoire.

— Tu avais un stock de bougies ? m'amusé-je.

— Je sais que tu adores ça.

Je fronce les sourcils.

— Tu en as parlé quand je suis venu te voir à Washington, il y a un an.

Il ne remarque pas ma réaction, trop occupé à poursuivre sa préparation, mais j'en reste bouche bée. Comment j'ai pu repousser cet homme incroyable pendant si longtemps ? Il était là, sous mon nez, à me demander de lui donner une chance, et j'ai simplement refusé.

Aujourd'hui, je m'en mords les doigts. On aurait pu être ensemble depuis le temps, et peut-être que j'aurais évité tous ces ennuis.

Mais comme souvent, je me dis que tout a une raison d'être dans l'univers.

Si ma sœur n'était pas morte, je ne serais pas infirmière, et j'aurais probablement continué mes conneries, jusqu'à, peut-être, atteindre le point de non-retour.

Si j'avais dit oui à Sniper, j'aurais sûrement fini par déménager, et je n'aurais jamais découvert ce que fabriquait Derek.

Les regrets n'ont jamais aidé à avancer, alors je me concentre sur le présent, et me console en me disant qu'il y a toujours une infime chance pour que les choses se terminent bien pour moi.

— Ça devrait être bon, annonce-t-il en se redressant.

Décidée à chasser mes idées noires, et clairement émoustillée par l'attitude protectrice et attentionnée de mon SEAL, je retire lentement mes vêtements alors que Sniper se tourne légèrement pour me laisser de l'intimité.

— Je ne te savais pas si prude, le taquiné-je.

Il plisse les yeux et m'observe dans le reflet du miroir. Puis son attention dérive sur mes épaules et mes seins, tandis que je lève les bras pour détacher mes cheveux. Galvanisée par la lueur que je décèle dans son regard, me sentant plus sexy que jamais, je pivote doucement et me penche pour toucher l'eau. Puis dans un soupir d'extase, je me glisse dans la baignoire avant de m'immerger dans la mousse.

Sniper se racle la gorge.

— Je vais...

— Tu me rejoins ? le coupé-je.

Il se tourne vers moi et fronce les sourcils.

— Tu es sure ?

— Absolument.

Il hésite un instant, puis mon visage doit le convaincre parce qu'il saisit le bas de son tee-shirt, qu'il retire d'un mouvement fluide. Comme toujours, mon souffle se coupe en découvrant son corps sculpté alors qu'il enlève le reste de ses vêtements. Sous la lueur des bougies, chaque cicatrice, chaque ligne de ses muscles semble mise en lumière. Ses cuisses athlétiques. Ses fesses fermes. Ses abdos dessinés. Les ombres se détachent avec une précision presque artistique, accentuant la puissance tranquille qu'il dégage.

Il entre dans l'eau et s'assoit face à moi, ses genoux encadrant les miens. Mon corps s'enivre de sa proximité, comme si l'espace rétrécissait chaque seconde.

Nos regards s'accrochent, et je m'y noie sans aucun espoir de m'en sortir. Parce que c'est lui. Mon SEAL. Mon Sniper. Même si je refusais de le voir. Même si j'ai fui. J'ai toujours su, au fond, qu'aucun autre homme ne pourrait rivaliser.

Il attrape son gel douche, signe qu'il a remarqué que j'utilisais le sien, puis il en verse une noisette dans sa paume. Il frictionne doucement ses mains, puis mon cœur s'emballe quand il les pose sur mes bras. Ses doigts, si familiers, glissent avec lenteur sur ma peau frissonnante.

— Tu réagis toujours à mon toucher, murmure-t-il en dessinant des cercles sur mes bras.

— Toujours, répliqué-je d'une voix tremblante en fermant les yeux.

Ses mains continuent leur exploration, descendant sur mes avant-bras, remontant sur mes épaules, et quand il atteint ma clavicule, il ralentit comme s'il voulait savourer chaque seconde.

Il les fait ensuite glisser sur mes côtes, s'attardant légèrement sur la courbe de mes hanches, caressant avec douceur mon ventre. Je mordille ma lèvre inférieure et ouvre les yeux, pour enregistrer chaque seconde. Son regard quitte mon visage pour se porter sur ma jambe. Il la saisit et pose mon pied sur sa cuisse. Il remonte lentement jusqu'à mon genou, et réitère son geste, frôlant de plus en plus l'intérieur de mes cuisses, puis mon intimité. Mes seins sont si tendus que je dois me retenir de les toucher pour soulager l'excitation qui grandit en moi. Ma respiration devient erratique quand il passe à l'autre jambe.

— À mon tour, dis-je dans un souffle après quelques secondes supplémentaires.

Je récupère le flacon et rapproche mon corps du sien. Je me positionne à genoux, juste devant lui. Son regard dévie vers mes seins en partie recouverts de mousse, et ses mains agrippent mes hanches.

Je savonne ses épaules larges et puissantes, et glisse lentement sur ses pectoraux dessinés, savourant la manière dont ses muscles se contractent sous mes paumes.

— Tu es tellement beau, murmuré-je.

Sniper me dévisage, et je vois l'émotion dans son regard. Peut-être qu'on ne dit pas assez aux hommes qu'ils sont beaux. Peut-être qu'on ne leur fait pas assez de compliments. Comme s'ils n'avaient pas besoin d'être rassurés ou complimentés. Pourtant, comme nous, ils ont leurs peurs, leurs complexes, leurs doutes. Et un mot gentil fait toujours du bien, à celui qui le reçoit, mais aussi à celui qui le prononce.

Et ce n'est pas parce que c'est un SEAL qu'il est dépourvu de failles.

Je poursuis mon exploration, descendant vers ses abdominaux sculptés. Il ferme les yeux un instant, sa respiration s'alourdissant à mesure que mes doigts tracent chaque ligne. Mon courage vacille légèrement, mais je continue, répartissant la mousse avec une lenteur calculée.

— Tu es en train de me torturer, murmure-t-il en rouvrant les yeux.

— Je croyais que tu étais entrainé pour résister à la torture.

— Avec toi, je rends toujours les armes, Chelsea.

Je me fige un instant, bouleversée par l'intensité de son regard. À demi-mot, il me dit tant, et je suis incapable de lui répondre.

— Viens là...

Il attrape doucement mon poignet, et m'attire vers lui. Je me laisse faire, mes genoux glissent légèrement contre ses cuisses. La mousse entre nous s'évapore presque sous la force du désir qui nous consume.

Ses mains retrouvent leur chemin sur ma peau, mais cette fois, ce n'est plus simplement pour me savonner. Chaque geste est une caresse, une déclaration silencieuse.

Quand il attrape le pommeau de douche pour me rincer, je fonds à cause de la façon dont il s'applique. Il prend soin de moi comme s'il n'y avait rien de plus important. L'eau de la baignoire s'écoule progressivement, dévoilant chaque parcelle de peau de nos êtres brûlants de désir.

Je fais de même pour lui, mes mains tremblant légèrement. Chaque goutte d'eau qui glisse sur son épiderme accentue les contours de son corps, tandis que les ombres des bougies semblent danser sur sa silhouette, rendant le tableau encore plus sensuel.

Quand je repose le pommeau, nous restons immobiles un moment, à nous observer avec intensité.

Sniper sort finalement de la baignoire le premier, et je ne peux m'empêcher de l'admirer. L'eau dévale ses larges épaules, suivant les courbes parfaitement dessinées de ses muscles avant de disparaître à la naissance de ses reins. Mon regard descend, caressant chaque ligne, chaque ombre jusqu'à ses fesses fermes et rebondies.

Mon souffle s'accélère alors que mes yeux s'attardent sur son membre tendu, quand il pivote. Il attrape une serviette et l'enroule autour de ses hanches avec une aisance qui m'envoûte.

Je sors à mon tour, frissonnant légèrement, mais Sniper prend les devants, un peignoir dans les mains. Avec une délicatesse presque insupportable, il l'enveloppe autour de mon corps.

Il récupère une autre serviette et sèche mes cheveux, s'appliquant avec une tendresse qui contraste avec la tension qui grimpe entre nous.

Quand nos regards se croisent, il laisse tomber la serviette sans un mot, attrape mon visage entre ses paumes et m'attire à lui. Sa bouche s'écrase contre la mienne, et je me perds dans la tempête. Le baiser est sauvage, affamé.

Nos corps se pressent l'un contre l'autre, le tissu éponge formant, à peine, une barrière entre nous. Je sens la chaleur de son sexe dur contre mon ventre. Une onde de plaisir me traverse, et un gémissement s'échappe de ma gorge.

Avec une facilité déconcertante, Sniper me soulève et me hisse sur le bord du lavabo. Il glisse ses mains sur mes épaules et écarte le haut de mon peignoir. Ses lèvres quittent ma bouche pour explorer ma clavicule, puis mon cou. Sa langue trace une ligne de feu, et je bascule la tête en arrière, offrant ma gorge à ses caresses. Ses paumes parcourent mon dos tandis que mes doigts s'enfoncent dans ses cheveux mouillés.

— Sniper… soufflé-je, presque sans voix.

Il grogne. Un son guttural qui enflamme tout mon corps.

Comme en réponse, le peignoir s'ouvre complètement, et je frémis sous son regard.

Ses mains, grandes et chaudes, s'attardent sur ma taille et remontent pour envelopper mes seins. Il les caresse, les masse doucement, avant que sa bouche ne vienne les remplacer. Sa langue tourbillonne autour de mes tétons, les léchant, les mordillant légèrement. Une chaleur brûlante se propage dans mon ventre, me consumant.

Je m'arque sous lui, mes jambes enroulées autour de ses hanches, j'appuie mes talons contre ses reins pour le rapprocher davantage. Je tire sur ses cheveux, et il relève la tête pour m'embrasser à nouveau. Ce baiser est encore plus intense, plus exigeant, et je réponds avec la même fougue.

Ses paumes descendent le long de mon dos, s'attardant sur mes fesses qu'il agrippe fermement. Mes ongles glissent sur sa peau, laissant des traces légères sur ses épaules, avant de s'enfoncer dans ses bras. Je le veux plus près, toujours plus près.

Sa serviette tombe au sol, et son corps nu se presse complètement contre le mien. Mon cœur tambourine dans ma poitrine, les battements résonnant dans chaque cellule de mon être.

Sniper passe ses bras autour de moi. D'un geste souple, il me soulève. Ses muscles, tendus et puissants, soutiennent mon poids sans effort, et je m'accroche à lui, déposant des baisers sur sa mâchoire, son cou, ses épaules, goûtant à cette force brute et à cette douceur qu'il me réserve.

Il marche avec assurance vers la chambre, et chaque pas intensifie cette attente insupportable, cette anticipation qui me brûle.

- 30 -

CHELSEA

Il me dépose délicatement sur le lit et la tendresse de ce geste contraste avec la fièvre qui brûle dans son regard.

Je me redresse légèrement et fais glisser le peignoir de mes épaules, le laissant tomber dans un froissement silencieux autour de moi. Je me sens à la fois offerte et puissante, dans cette position. Ma peau frissonne sous son attention. Ses yeux me détaillent avec lenteur, chaque mouvement de ses prunelles agissant comme une caresse invisible.

Je retiens mon souffle lorsqu'il s'approche, son corps baigné dans la lumière tamisée qui filtre du couloir. Il pose un genou sur le lit, écarte doucement mes jambes, et je frémis en sentant ses mains chaudes sur l'intérieur de mes cuisses.

Son souffle effleure mon intimité avant que ses lèvres ne suivent. Il commence lentement avec une précision exquise, sa langue traçant des cercles brûlants qui m'arrachent des gémissements incontrôlables. Ma tête bascule en arrière, mes doigts se crispent sur les draps, et une vague de plaisir monte en moi. Irrésistible, dévastatrice.

— Sniper… murmuré-je, ma voix brisée par l'intensité.

Il grogne doucement en réponse, ce son grave vibrant contre ma peau. Chaque coup de langue m'envoie un peu plus près du précipice. J'agrippe ses cheveux, en essayant de le rapprocher et de l'éloigner tout à la fois, enivrée par mes sensations. Et lorsqu'il accélère légèrement, je ne peux plus retenir l'explosion qui s'empare de moi. Mon corps se tend, mes cuisses tremblent, et je gémis, emportée par la vague qui me submerge entièrement.

Sniper se redresse, alors que je peine à revenir de mon orgasme. Il dépose des baisers sur mon ventre. Ses lèvres adorent chaque parcelle de ma peau. Lorsqu'il atteint mes seins, il les capture avec ses mains, les malmène avec une ardeur calculée. Puis sa bouche les remplace et il les mordille doucement tout en traçant des cercles autour de mes tétons.

Mon corps s'enflamme à nouveau, comme si le précédent orgasme n'avait été qu'un prélude. Sniper se détache de mes seins qui hurlent leur désapprobation et m'embrasse, profondément, intensément, tandis qu'il se positionne entre mes jambes.

Un regard. Un échange. Une permission.

Il s'enfonce en moi avec une douceur presque insoutenable, et je sens chaque millimètre de lui m'envahir. Je me tends sous lui alors que mes mains s'accrochent à ses épaules pour le rapprocher davantage. Il bouge avec tendresse, mais chaque mouvement est chargé d'une telle intensité que mon désir ne cesse de croître.

Je suis à bout de souffle quand il me retourne sur le ventre. Il saisit mes hanches puis les soulève pour me mettre à genoux.

Je me cambre sous son regard, consciente de chaque ligne de mon corps qui s'offre à lui dans un abandon total. Lorsqu'il me pénètre à nouveau, la position embrase mes sens. Il alterne rapidité et lenteur. Intensité et douceur. Fougue et maitrise. Enivrée, je me redresse et presse mon dos contre son torse puissant. Mon bras s'enroule derrière sa nuque, et mes doigts se perdent dans ses cheveux que je tire légèrement. Il grogne et accentue son emprise sur mes hanches pour accélérer la cadence.

L'une de ses mains se met à cajoler mes seins. Elle les malaxe avec fermeté, puis se faufile entre mes cuisses, jusqu'à mon point le plus sensible.

— Chelsea...

Sa bouche effleure mon cou, et sa paume remonte de mon bassin à ma gorge qu'il resserre doucement. Juste assez pour m'électriser davantage. Ses lèvres trouvent les miennes, et le baiser est brut, dévorant, un écho parfait de l'union de nos corps.

Prisonnière de ses bras, je jouis à nouveau, et il me suit presque aussitôt, son râle grave vibrant jusque dans ma poitrine.

Nous retombons sur le lit, essoufflés mais comblés. Sniper me fait pivoter pour m'allonger contre lui, son corps enveloppant le mien. Je me niche dans ses bras, sentant son souffle chaud contre mon cou, ses doigts traçant des cercles paresseux sur ma peau.

— C'est le moment que je préfère, murmure-t-il. Quand tu es dans mes bras et que plus rien n'existe autour de nous.

Je pose ma main sur la sienne et la serre avec tendresse, incapable de formuler la moindre phrase alors qu'une larme roule sur ma joue.

Je ferme les yeux pour savourer cette étreinte.

Peut-être la dernière.

* *
*

Je referme la porte derrière moi et observe la pièce avec un certain malaise. Je pose mon sac au sol et détaille chaque objet comme s'ils ne m'appartenaient pas. Après quelques secondes, je retrouve mes repères, pourtant rien n'est plus comme avant. Je comprends rapidement que je ne me sens plus chez moi dans cet appartement. C'était mon cocon. Il me permettait de me ressourcer, de me couper du reste, mais ce n'est plus le cas. Aujourd'hui, il ne me provoque qu'une angoisse sourde. Celle d'être revenue à Washington avec tout ce que ça implique.

Je soupire et me frotte le visage de désespoir.

Quitter Sniper après ce que nous avons vécu, après ce qu'il a fait pour moi, ça m'a brisé le cœur. Mais Ghost avait raison, j'ai ramené le danger avec moi, je devais l'éloigner d'eux, les protéger de moi. Il est hors de question que quelqu'un soit blessé par ma faute. Sans compter que nous avons besoin de preuves, et il n'y a qu'ici que je pourrai les trouver.

Peut-être que si j'arrive à régler la situation, je pourrai avoir ma happy end auprès de Sniper. C'est à cet espoir que je m'accroche.

J'inspire pour me donner du courage, et quand je me sens plus calme, prête à prendre les armes, je sors mon ordinateur portable et le pose sur la table du salon avant d'aller fouiner dans les placards pour dénicher de quoi grignoter. Je récupère deux paquets de biscuits, mes yeux s'égarant sur mon téléphone. Je suis partie comme une voleuse pendant que Sniper était en déplacement à Oxnard pour continuer à partager son expérience de tireur d'élite. C'était l'occasion parfaite pour quitter les lieux sans avoir à m'expliquer. Parce que je sais ce qu'il m'aurait dit, et je ne voulais pas l'entendre. Je n'aurais sûrement pas réussi à m'en aller.

Je pose une main sur mon ventre et le caresse avec tendresse. Elle est là ma force. Dans cette vie qui grandit en moi.

Décidée, j'ouvre ma boite mail et récupère les documents envoyés par Sawyer. Je dois les éplucher pour trouver des pistes. Le temps m'est compté avant qu'on ne découvre que je suis ici. Je ne vais pas me cacher, mais je ne vais pas non plus le crier sur tous les toits. Il faut que je sois plus maline que Derek.

Pendant une heure, j'analyse chaque pièce avec attention. Je connais le milieu, je connais Derek et je connais les médecins, je devrais être capable de dénicher un élément.

Sawyer a trouvé des flux financiers camouflés par une fondation médicale et des cliniques privées, en plus des comptes offshores, probablement pour blanchir l'argent de leur trafic. Sous couvert de bonnes actions, de recherche médicale et de sourires faux-culs, ils crachent sur toutes les valeurs d'un médecin.

Quand je suis devenue infirmière, je me suis rendu compte que beaucoup de centres de soins sont des entreprises avec un business à faire tourner. On est bien loin de l'image idyllique que j'avais de mon métier. Évacuer rapidement les patients pour en traiter de nouveaux, prescrire des examens supplémentaires coûteux. À certains endroits, tout était bon pour faire du chiffre. J'étais satisfaite de l'établissement dans lequel je travaillais. Il restait encore du personnel passionné, comme moi, malgré la difficulté de notre profession. Mais j'avais des œillères. Parce qu'en réalité, il y avait des pommes pourries dans notre panier.

— Il faut que j'épluche les dossiers, marmonné-je.

Il y a forcément des documents comportant des irrégularités. Ça m'étonnerait que tout se passe à la clinique, je suis certaine qu'il doit aussi trouver des cas dans l'hôpital.

— Oh bon sang !

Il y a quatre mois, un politicien a été emmené en urgence à l'hôpital. Il est remonté en tête de liste des demandes de greffe, mais il n'y avait pas de donneur potentiel. Le temps était compté.

Dans la nuit, un patient est mort sur la table d'opération, et comme par magie, il était donneur. Je n'ai jamais cherché plus loin, et je me suis dit que l'homme politique avait eu beaucoup de chance, mais... Et si ce n'était pas de la chance ?

Je récupère un carnet et griffonne une liste pour suivre une ébauche de plan. Je nage à l'aveugle, mais je ne peux pas me planter.

Je dois trouver le dossier de la victime, enquêter sur le personnel, et me renseigner sur le politicien. C'est peut-être une coïncidence, mais mon instinct me crie que je ne me trompe pas.

Je jette un coup d'œil à mon sac et me demande si je ne devrais pas solliciter l'aide de Lexie. C'est une journaliste, et elle pourrait avoir des pistes ou des contacts que je n'ai pas. Mais j'abandonne cette idée, je ne veux pas la mêler à cette histoire. J'ai déjà causé assez de dégâts.

Alors que je m'apprête à fermer mon ordinateur, un mail de Sawyer s'affiche sur mon écran. Je l'ouvre avec précipitation et écarquille les yeux de surprise.

Elle a réussi à retrouver les coordonnées de deux personnes qui ont publié sur les forums. C'est inespéré. Avec ces informations, je pourrai peut-être trouver les dossiers des victimes et remonter le fil jusqu'au personnel concerné.

Je les ajoute à ma liste et récupère ma veste pour me mettre en action.

* *
*

Je repère la femme dès que j'arrive sur la terrasse : elle est assise à une table, légèrement en retrait. Ses épaules sont rigides, et ses doigts jouent nerveusement avec un anneau autour de son pouce.

— Ronie ?

Elle me dévisage avant de hocher la tête.

— Merci d'avoir accepté de me voir, dis-je doucement en tirant une chaise.

Je prends place en face d'elle, sentant la tension vibrer dans l'air.

— Alors ? demande-t-elle enfin en relevant les yeux. Vous avez lu mon message, et maintenant vous voulez quoi ?

Sa voix est trop forte, et je jette un regard autour de nous. Un couple est absorbé par sa conversation. Le serveur nettoie une table un peu plus loin. Personne ne semble prêter attention à nous.

— Je suis désolée pour votre amie.

Son visage se ferme.

— Petite amie, nous étions en couple.

J'acquiesce, perturbée par sa méfiance, mais je ne vais pas me laisser abattre.

— Je veux comprendre ce qu'il s'est passé.

— Pourquoi ? Personne n'a voulu m'aider.

Sa colère est brute, presque palpable. Elle s'échappe par vagues. Mais c'est la peine qu'elle cache qui me touche le plus.

— C'est pour ça que je suis là, lui dis-je doucement. Je pense que ce qui est arrivé à Lana n'est pas un cas isolé.

Elle plisse les yeux.

— Pourquoi ça vous intéresse ?

Un serveur s'approche pour poser une assiette sur une table voisine. Je fais mine de réajuster mon sac, en attendant qu'il s'éloigne.

— Disons que… je cherche à comprendre ce qu'il se passe dans cet hôpital, murmuré-je. Et votre témoignage pourrait m'aider à éclairer certaines choses.

Elle éclate d'un rire amer.

— J'ai déjà tout tenté. Je leur ai écrit, j'ai demandé des explications… Ils m'ont juste envoyé une lettre pleine de conneries médicales.

Ses mots me serrent la gorge. Je me penche légèrement vers elle, essayant d'adoucir ma voix.

— Je ne peux pas imaginer ce que vous ressentez, mais je crois qu'ils cachent quelque chose.

Son regard devient plus tranchant.

— Comment vous pouvez le savoir ?

Le terrain est glissant, mais je ne veux pas lui mentir.

— J'ai travaillé dans cet hôpital, et disons que certaines choses que j'ai vues m'ont poussée à chercher des réponses.

Elle se raidit encore plus.

— Qui me dit que vous n'êtes pas de mèche avec ces pourris ?

— Vous n'avez que ma parole. Et on va devoir se faire confiance. Si c'est bien ce que je pense, c'est bien plus gros que tout ce que vous pourrez imaginer.

Ses yeux me sondent, cherchant une faille. Finalement, elle souffle, moins sur la défensive.

— Vous croyez vraiment qu'ils vont payer pour ce qu'ils ont fait ?

— Si on trouve assez de preuves, ils devront répondre de leurs actes.

— Qu'est-ce que je vous sers, nous interrompt le serveur ?

— Un café.

— Et un jus de fruits pour moi.

Il acquiesce et j'attends qu'il soit suffisamment loin pour reprendre notre conversation.

— Vous avez dit que vous aviez des documents ?

Après une hésitation, elle sort une enveloppe froissée de son sac à main et la fait glisser sur la table.

— Il y a son dossier médical, ce qu'ils m'ont envoyé après sa mort. J'ai aussi noté les noms des médecins, les dates, tout ce que j'ai pu me remémorer. Mais ça ne mène à rien.

Je feuillette rapidement les documents, m'arrêtant sur quelques pages.

— Vous avez trouvé d'autres témoignages ?

Elle secoue la tête, dépitée.

— J'ai cherché, j'ai tout essayé. J'ai même payé un détective privé, mais il m'a dit que je perdais mon temps.

Sa voix se casse légèrement sur la fin, et je relève les yeux vers elle.

— Vous ne perdez pas votre temps. Vous vous battez pour connaitre la vérité.

Elle joue à nouveau avec son anneau, mais cette fois avec moins de nervosité.

— Elle était tout pour moi, murmure-t-elle après un moment.

Je ne dis rien, le cœur brisé pour elle.

— Lana... elle avait ce sourire qui pouvait illuminer une pièce. Elle était forte, indépendante, mais douce.

Sa voix tremble, et elle sèche rapidement une larme qui menace de tomber.

— Elle est allée à l'hôpital pour une appendicite. Juste ça. Et puis... ils m'ont dit qu'il y avait eu des complications.

Elle relève les yeux vers moi.

— Elle n'avait plus de famille, je suis la seule à pouvoir...

Elle essuie sa joue d'un geste rageur.

— Je n'étais même pas là. J'étais en déplacement pour mon travail. Elle m'a appelée avant son opération, alors j'ai sauté dans le premier avion. Mais quand je suis arrivée, elle était morte.

Ses yeux reflètent cette culpabilité que j'ai vue dans le miroir de nombreuses fois.

— Ils m'ont fait douter de tout. Même de moi. J'ai fini par croire que c'était peut-être juste un accident. Que c'était moi qui devenais folle à force de poser des questions.

— Vous n'êtes pas folle, dis-je fermement.

Elle hoche la tête, mais ses yeux brillent de larmes contenues.

— J'avais raison alors ?

Je ne peux répondre directement, mais je lui serre légèrement la main, espérant qu'elle comprenne.

— On va creuser ça, je vous le promets.

Elle renifle et lisse nerveusement son sac.

— Merci, murmure-t-elle, la voix brisée.

Plus je me rapproche du but et plus je suis persuadée de faire ce qu'il faut. Combien de victimes sont tombées dans leur trafic ? Combien n'avaient personne pour poser des questions et se battre pour elles ? Je veux être celle qui leur rend justice. Je veux sauver toutes les personnes que je pourrai et apporter des réponses à ceux qui en ont besoin pour faire leur deuil.

Et peut-être qu'ensuite, j'arriverai à tourner la page de mon passé pour vivre enfin mon présent et créer mon avenir.

- 31 -

SNIPER

Le champ de tir s'étend devant moi, un large espace d'entraînement baigné par la lumière matinale. L'air sec transporte des effluves familières de poudre et de métal chaud. Les cibles métalliques, positionnées à des distances variées, scintillent sous le soleil. Je m'installe au sol, les genoux d'abord, puis je m'allonge. Mon corps se plaque contre le tapis de tir, parfaitement aligné. Mes coudes forment un triangle stable, et j'enfonce le bipied de l'arme dans le sol pour assurer une base solide.

Autour de moi, mes stagiaires, six soldats, s'immobilisent dans un silence teinté d'anticipation.

— La clé, c'est la patience, dis-je en comprenant bien leur excitation. Si vous forcez un tir, vous le manquerez. Et un tir manqué, sur le terrain, c'est la différence entre la vie et la mort.

Mon œil se colle à l'optique. À travers le réticule, la cible à 800 mètres semble minuscule, un disque gris au milieu de la poussière.

— Position. Respiration. Contrôle.

Je déplace légèrement l'arme, cherchant le point d'impact idéal, tandis que je calcule mentalement les variables : vent, humidité, température.

— Vous voyez cette colline à droite ?

Je pointe du doigt sans lever l'œil du viseur.

— Le vent souffle à environ 16 km/h. Sur cette distance, ça veut dire qu'il faut ajuster à 1,5 MOA[4] à gauche.

Un léger clic résonne lorsque je règle la tourelle de dérive. Puis je prends une profonde inspiration.

— Inspirez lentement, laissez l'air remplir vos poumons, mais ne retenez pas votre souffle trop longtemps. Ça doit être naturel.

Je bloque ma respiration un instant, les muscles immobiles. Le monde autour de moi disparait. Puis, je presse la détente, une caresse, pas une pression brutale.

La détonation retentit, une vibration familière résonnant dans ma poitrine. Une demi-seconde plus tard, l'impact métallique confirme mon tir.

Je redresse la tête, un sourire en coin.

— Facile, non ?

Un rire nerveux éclate parmi les stagiaires.

— Allez, à vous messieurs, dis-je en me relevant. Qui commence ?

Peterson s'avance avec enthousiasme.

— Bien. Installe-toi.

---

[4] Minute of Angle. Le MOA est une unité de mesure angulaire, utilisée en balistique (tir longue distance) pour ajuster les optiques (lunettes de visée). 1 MOA ≈ 2,91 cm à 100 mètres.

Je m'agenouille à côté de lui, observant chacun de ses mouvements. Il s'allonge un peu trop rapidement, avec des gestes précipités.

— Pas si vite, lui dis-je en posant une main ferme sur son épaule. Respire d'abord. Calme-toi. La précipitation, c'est ta pire ennemie.

Il reprend, plus lentement cette fois, et ajuste son fusil.

— Pourquoi 1,5 MOA et pas 2 ? demande soudain Ramirez derrière nous, les sourcils froncés.

Je tourne légèrement la tête.

— À cette distance, chaque MOA représente environ 20 centimètres. Si je mets 2, ma balle partira trop à gauche. Chaque clic doit être précis.

Il acquiesce alors que je reporte mon attention sur Peterson.

— Contrôle ta respiration avant de contrôler ton arme. Inspire sur quatre temps, retiens sur trois et expire lentement sur cinq.

Il obéit, et je vois la tension dans ses épaules diminuer. J'ajuste la crosse contre son épaule.

— La crosse doit être une extension de ton corps, pas une pièce étrangère. Maintenant, ton œil dans l'optique. Trouve ta cible.

Je m'accroupis à côté de lui.

— Regarde au-delà de ta cible, murmuré-je. Repère ce qui bouge, ce qui brille. Un bon sniper ne tire pas juste sur ce qu'il voit, il anticipe ce qui vient.

Peterson hoche la tête, mais son souffle est encore irrégulier.

— Tu vois le vent ?

Je pointe la colline, où une herbe haute s'agite en vagues légères.

— Regarde les brins d'herbe. Ils te parlent. La vitesse, la direction… ton projectile va vivre dans cet environnement. Adapte-toi à lui.

Il ajuste son tir. Le clic de sa tourelle résonne à mes oreilles, réglant son MOA pour le vent latéral. J'entends son souffle ralentir, s'aligner sur les battements de son cœur.

— Appuie sur la détente comme si tu serrais la main de quelqu'un, pas comme si tu déclenchais une explosion. En douceur.

Le coup part. Une demi-seconde plus tard, l'impact retentit sur la plaque métallique.

— Bonne maitrise, dis-je avec un sourire. Mais vise plus haut la prochaine fois, ta balle est tombée un peu bas à cause de la gravité sur cette distance.

Je fais signe aux autres de prendre place, et me glisse derrière Ramirez. Il est tellement crispé qu'il va avoir des courbatures demain matin.

— Ton corps est trop rigide. Laisse-toi aller, sois une statue, pas un bloc de béton.

Il grogne une réponse inaudible, et je ris doucement.

— Écoute, le tir de précision, ce n'est pas que de la technique. C'est de la discipline mentale. Tu es dans un duel avec toi-même, pas juste avec ta cible.

Je pose ma main sur son épaule.

— Sur le terrain, on peut rester des heures sans bouger. Le tir de précision, c'est de la concentration, de l'anticipation et une parfaite maitrise de soi, de son arme et de son environnement.

Il hoche la tête et essaie de relâcher ses muscles.

— Fixe ton objectif, oublie le reste. Le vent, la gravité, le recul... ce ne sont pas des ennemis. Ce sont des variables.

Il prend son temps, réajuste sa position, et touche le bord de la cible.

— Voilà, bien joué.

Les soldats autour commencent à se détendre légèrement, et leurs mouvements gagnent en fluidité.

Je me place derrière Johnson, étudiant chacun de ses gestes.

— N'oublie pas : inspire, bloque, tire. Mais sans forcer.

Je le regarde presser la détente. Le coup part, mais la balle frappe juste à côté de la cible.

— Mauvais alignement. Ton réticule a bougé au moment où tu as tiré. Ralentis encore.

Il soupire, frustré, mais hoche la tête avant de se remettre en position.

Un coup de vent soulève une fine couche de poussière, et je ferme un instant les yeux, sentant le grain contre ma peau. L'air est rempli du son des tirs, secs et réguliers, et des impacts métalliques au loin.

Je rouvre les yeux et croise les bras, une vague de satisfaction m'envahissant. Au-delà des missions, j'aime transmettre ma passion pour le tir et former les nouvelles recrues. Il m'arrive souvent d'être appelé pour ce genre de formation de quelques jours. Mon expérience de tireur d'élite, du terrain et des forces spéciales me place en tant qu'expert, et ça me conforte dans l'idée que le jour où je raccrocherai, il y aura peut-être une nouvelle voie pour moi.

Une heure plus tard, alors que les soldats rangent le matériel, je sens mon portable vibrer dans ma poche.

— Salut mec, je...

— Sniper.

La voix de Blue est tendue, ce qui me met tout de suite en alerte. Je m'éloigne de quelques pas.

— C'est Chelsea ?

Il soupire.

— Je pense qu'elle est partie.

— Quoi ? demandé-je en m'appuyant contre l'un des véhicules garés sur le parking.

— Mia m'a appelé parce qu'elle n'arrivait pas à la joindre. Comme tu n'étais pas là, elle s'inquiétait.

Je hoche la tête, même s'il ne peut pas me voir. Blue a toujours son trousseau de clés.

— L'appart était vide. Ses affaires ont disparu.

— Tu es sûr qu'elle est partie ? Peut-être que...

J'imagine déjà le pire. Et si l'autre taré l'avait retrouvée ? Et si les responsables de l'incendie avaient mis la main sur elle ?

— Elle a laissé un mot, Sniper.

Mes doigts se crispent sur le téléphone. Et le souvenir de la lettre de Mia me revient en mémoire. Les mercenaires l'avaient obligée à écrire un message pour faire croire à son départ volontaire.

— Lis-le-moi.

— C'est différent, murmure-t-il comme s'il suivait le fil de mes pensées.

— Lis-le ! dis-je en élevant la voix.

— *Je suis désolée.*

J'attends la suite, mais rien ne vient.

— C'est tout ?

— Oui.

J'ai l'impression que le sol se dérobe sous mes pieds, mais je refuse d'y croire. Elle ne serait pas partie, pas après ces derniers jours, pas après...

Non, elle n'aurait pas fui encore une fois, c'est impossible. C'était différent, cette fois.

Je ferme les yeux et inspire pour reprendre le contrôle.

— Demande à Sawyer de la chercher, je prends la route.

— Sniper…

— Blue, s'il te plait.

— Très bien, on s'en occupe, sois prudent.

- 32 -

SNIPER

Je franchis la porte de l'appartement, le corps tendu. Blue est assis sur le canapé, à côté de Mia et Ghost.

Je fonce directement dans la chambre et je n'ai même pas besoin de la fouiller pour voir qu'elle a effectivement récupéré ses affaires. Même constat dans la salle de bain. Dépité, je reviens dans le salon pour lire le mot que Blue pointe du doigt.

« Je suis désolée. »

C'est tout, pas d'explication. Rien.

J'ai vérifié ma messagerie, j'ai essayé de l'appeler. Je me suis dit que j'étais passé à côté d'un truc, mais il s'avère que non. Elle est juste partie. Comme ça. Comme si rien n'avait existé entre nous. Comme si je n'avais jamais compté.

Je suis complètement perdu. Chelsea a déjà fui. Plusieurs fois.

Mais elle a toujours été franche. Elle n'a jamais caché ses doutes ou son avis.

Pourquoi changer son fusil d'épaule ?

Pourquoi agir de cette façon ?

— Je pense que c'est ma faute.

Ghost se lève et jette un regard coupable à Mia.

— Elle est passée à la maison, il y a quelques jours.

Il se frotte le visage.

— J'étais fatigué, je...

— Qu'est-ce que tu as fait ? murmure Mia en se levant à son tour pour poser une main sur son avant-bras.

— J'ai déversé ma colère sur elle.

— Quoi ? chuchote sa femme en reculant d'un pas.

— Elle ne serait pas partie pour si peu, dis-je.

Chelsea aurait compris sa colère, mais elle ne serait pas partie.

— Tu venais de tout nous raconter, j'étais encore en train de digérer l'info, je lui ai reproché d'avoir amené ses problèmes avec elle. Je lui ai dit qu'elle n'était plus la bienvenue chez nous.

— Matthew... réagit Mia avec horreur.

Je serre les poings, mais Blue pose une main solide sur mon torse.

— Elle vous a mises en danger, toi et Hope. Elle n'aurait jamais dû...

— Elle a commis une erreur, le coupe-t-elle, mais elle avait besoin de nous. Et tu l'as jetée dans la gueule du monstre qui la traque.

Mia secoue la tête, les larmes aux yeux.

— Je devrais t'en coller une, dis-je la mâchoire crispée.

Ghost écarte les bras pour me donner l'autorisation de le faire, mais est-ce que je peux lui reprocher d'avoir réagi sous le coup de l'émotion et de la peur de perdre sa famille ?

Ses bras retombent le long de son corps en constatant que je ne bouge pas. Je ne frapperais pas un ami, et encore moins devant sa femme.

— Je comptais aller m'excuser, mais on a enchainé les réunions, explique-t-il en secouant la tête. Je ne m'attendais pas à ce qu'elle plie bagage.

— Elle a dû retourner à Washington, murmure Mia.

— Pourquoi ? Elle est en danger là-bas, protesté-je, soucieux.

— La mort de sa sœur l'a brisée. Elle veut protéger ses proches à tout prix. Je suis sûre qu'elle a décidé de régler la situation toute seule.

— Elle ne peut pas y arriver seule, dis-je. Ce trafic, c'est quelque chose de très gros.

Blue s'assied sur l'accoudoir, alors que Ghost arbore un masque de culpabilité.

Au même moment, mon téléphone sonne.

— Sa voiture est à l'aéroport, annonce Sawyer sans préambule. Elle a pris un avion pour Washington, il y a quatre jours. Et j'ai vérifié, elle est à son appart.

Quatre putains de jours...

— Merci, dis-je avant de raccrocher. Elle est à Washington, je vais aller la chercher.

— Je viens avec toi, déclare mon chef d'équipe.

— Non, je...

— Je viens avec toi ! On ne sera pas trop de deux et je veux lui montrer que je regrette.

Mia se blottit contre son mari.

— Ramenez-la moi, chuchote-t-elle. Elle ne comprend pas qu'elle peut se reposer sur les autres. Elle est forte, mais on est toujours plus forts ensemble.

— Je suis désolé, murmure Ghost en caressant la joue de Mia.

— Je sais. J'aurais probablement été en colère aussi, dit-elle en souriant tristement.

— Il y a un avion dans quarante-cinq minutes, annonce Blue les yeux rivés sur son écran.

Je jette un regard à Ghost qui hoche la tête.

— Allons-y.

* *

*

CHELSEA

Je lève les yeux vers l'immense façade, le cœur partagé entre deux émotions. Un mélange de nostalgie et d'anxiété.

J'ai passé de très belles années ici, mais j'ai la sensation qu'elles ont été gâchées par la façon dont ça s'est terminé. J'aurais peut-être démissionné pour travailler ailleurs, ou je serais partie à Coronado, mais j'aurais souhaité que ce soit mon choix, au moment où je l'aurais décidé, et pas à cause d'une sombre affaire qui pollue cet hôpital, et même notre système médical.

— Chelsea ?

Je sursaute et pivote vers cette voix familière.

— Oh, je pensais jamais te revoir, s'exclame Jonah en me prenant dans ses bras.

J'affiche un sourire que j'espère convaincant.

— Je t'ai envoyé des messages, me reproche-t-il en secouant son index.

— Désolée, les dernières semaines ont été un peu folles.

— Alors, raconte-moi, qu'est-ce que tu deviens ? Tu nous manques. C'est plus du tout pareil sans toi.

Je souris sincèrement, cette fois, parce que même si nous n'étions pas extrêmement proches, Jonah était un collègue que j'appréciais vraiment.

— J'avais besoin de changer d'air, éludé-je.

Son regard s'assombrit.

— Je comprends, Amanda n'était pas tendre avec toi. Mais elle a changé, tu sais. J'ai l'impression que ton départ l'a adoucie.

— À croire que je la rendais méchante, m'amusé-je.

J'espère simplement que ce que je lui ai dit a fait son chemin et qu'elle a mis un terme à cette relation toxique.

— Du coup, qu'est-ce que tu fais là ?

— J'avais des papiers à signer, mens-je, je ne suis que de passage.

— Il faut que j'y aille, je prends ma garde dans dix minutes, tu as le temps de boire un verre, ce soir ?

— Non, j'ai des choses à régler avant de prendre l'avion.

Il grimace, puis me serre dans ses bras.

— Prends soin de toi. Et s'il te plait, envoie-moi quelques messages.

— Promis.

Et je le pense, je n'aurais pas dû couper les ponts aussi brutalement. Même si les circonstances pesaient dans la balance.

— Oh, Jonah ?

Il regarde par-dessus son épaule.

— Ne dis à personne que je suis là, d'accord ? J'aimerais entrer et sortir rapidement.

Il fronce les sourcils, mais acquiesce, alors que je me dirige vers une porte latérale qui me permettra d'éviter l'accueil des urgences.

J'inspire profondément, une fois dans le couloir, en me repassant le plan en boucle. Ça fait déjà quatre jours que je suis ici, et en dehors du témoignage de Ronie, je n'ai pas beaucoup avancé. Je suis allée poser des questions à la clinique, ce qui était probablement stupide, puisque de toute manière, je n'ai rien découvert.

Je sursaute quand la sonnerie de mon téléphone se répercute tout autour de moi. Je me maudis et le récupère en vitesse avant de décrocher. Ce n'est pas tout à fait mon portable puisque c'est un téléphone jetable. Je n'ai pas allumé le mien. Par sécurité, mais aussi pour ne pas être tentée.

La seule personne qui a ce numéro, c'est Sawyer. Et ce n'est pas plus mal parce que s'il m'arrive quelque chose, je veux que quelqu'un soit au courant.

Mon esprit dérive quelques secondes vers Sniper. Je ne sais pas s'il est rentré de sa mission, mais j'imagine qu'il m'a contactée. Je me demande ce qu'il pense. Est-ce qu'il s'inquiète ? Est-ce qu'il est furieux ? Est-ce qu'il croit que j'ai fui ?

— Chelsea !

J'écarquille les yeux en réalisant que Sawyer est en ligne.

— Désolée, je ne pouvais pas parler.

— Tu es à l'hôpital ?

— Oui, murmuré-je, je suis entrée par une porte de service.

— OK, écoute, j'ai eu une idée. Tu pourrais récupérer le portable de Derek ?

— Tout dépend de son programme de la journée.

— Je pense qu'ils utilisent une messagerie cryptée. C'est la seule solution. Il faut bien qu'ils communiquent. Si le trafic est aussi grand qu'on le croit, ils ne peuvent pas se rencontrer tout le temps. Il doit y avoir du monde sur le coup, et ils évitent les mails ou les appels.

— Donc, ils utilisent autre chose.

— Probablement, mais il faut avoir accès à son portable.

— À moins qu'il ait un deuxième téléphone.

Je débouche au bout du couloir et marche d'un pas rapide jusqu'aux escaliers que peu de personnel emprunte puisqu'ils ne mènent pas aux salles principales.

— Je n'ai rien trouvé en ce sens, mais c'est une possibilité.

— OK, écoute, je vais voir s'il travaille et si je peux dénicher son planning, je te rappelle.

— Je peux hacker le système, propose Sawyer.

— On va plutôt utiliser la vieille méthode, plaisanté-je.

— Comme tu veux, mais si c'est chaud pour tes fesses, tu fais machine arrière et on trouve un autre plan, compris ?

— Compris.

Je raccroche en souriant, reconnaissante qu'elle ait décidé de m'aider. On s'est parlé à plusieurs reprises ces derniers jours, et même si je n'ai rien appris de sa vie, nous avons sympathisé. J'espère pouvoir la rencontrer en personne un jour.

Je jette un coup d'œil dans l'escalier et grimpe à l'étage supérieur pour aller vérifier le planning des médecins. Je longe le mur, mais comme souvent, c'est l'effervescence, et personne ne fait attention à moi. Je me faufile derrière le bureau, déverrouille l'écran, qui était en veille, et ouvre le fichier du planning.

Je constate rapidement que Derek est présent, ce qui est, à la fois, une bonne nouvelle puisque je vais peut-être pouvoir mettre mon plan à exécution, et une mauvaise nouvelle puisqu'il pourrait me voir.

J'inspire et sors de la pièce en regardant discrètement à gauche, puis je prends à droite pour aller checker le tableau des opérations. Je suis la colonne des médecins et retiens un cri de joie en découvrant qu'il est en chirurgie au bloc 2. Je vérifie l'heure sur ma montre. Si tout se déroule bien, il devrait en avoir pour, au moins, trente minutes de plus. Mais rien n'est sûr, alors je ne dois pas trainer. Je regagne la blanchisserie, enfile une blouse, attache mes cheveux, puis je mets un calot et un masque pour passer inaperçue. Cette fois, je m'assure que mon téléphone est bien en silencieux.

— Allez, murmuré-je, on va y arriver.

Derek ne laisse jamais ses affaires dans son bureau. Comme beaucoup de médecins, il a des rituels, qui deviennent presque des superstitions. Et déposer sa montre, son bracelet et son portable dans les vestiaires qui jouxtent les salles d'opération en font partie. En passant, je prends un bloc-notes pour donner l'impression que je suis en train de travailler et je reprends l'escalier pour descendre deux étages plus bas. Un coup d'œil dans le couloir, et je trottine jusqu'à la bonne pièce.

— Bonjour, me salue un infirmier en me tenant la porte.

Je hoche la tête et pénètre dans la salle qui sent le déodorant et le désinfectant. Je passe d'allée en allée pour voir qui est présent, mais en dehors de deux infirmiers qui terminent d'enfiler leurs vêtements, il n'y a personne. Je trouve le casier 27 et grimace en avisant le cadenas. Il faut que la chance soit de mon côté.

Je me concentre et fais tourner les chiffres, en croisant mentalement les doigts. Je sautille presque de soulagement quand je me rends compte qu'il n'a pas changé le code. Il l'a déjà fait plusieurs fois devant moi, et je remercie ma curiosité naturelle d'avoir fait le job.

— Mince.

Je n'avais pas pensé au verrouillage de l'écran. Je fouille dans ma mémoire pour me rappeler du modèle. J'étouffe un grognement mécontent alors que l'écran se bloque pendant trente secondes. J'en profite pour explorer son casier, mais il n'y a rien de plus. Quand je peux à nouveau faire des essais, je recommence, et à la sixième tentative, je finis par y arriver.

Je ravale mon cri de joie et fais défiler les applications, sauf que rien ne me saute aux yeux. Je survole les appels, les messages, les mails. En vain.

Dépitée, je récupère mon téléphone, le cœur battant. Il ne me reste plus beaucoup de temps.

— Alors ? demande immédiatement Sawyer.

— Je ne trouve rien.

— Tu as son téléphone ? s'exclame-t-elle.

— Oui, mais je ne vois rien d'utile.

— OK, laisse-moi dix secondes que je me connecte au wifi de l'hôpital pour accéder à son portable.

Je l'entends tapoter à grande vitesse sur son clavier.

— Ce sera bon dans 4, 3, 2, 1, j'y suis.

J'écarquille les yeux, impressionnée, alors que l'écran se met à bouger tout seul.

— Allez, allez, murmure-t-elle.

— Là ! dis-je en réalisant que je suis passée à côté tout à l'heure. Le logo de la banque, il manque le trait vert au milieu.

— Bien vu !

Je trépigne sur place tout en jetant des coups d'œil anxieux vers la porte. Le personnel est parti, et je suis seule, mais l'opération devrait se terminer sous peu.

— C'est bon, je suis dedans, dit-elle alors que rien ne se passe de mon côté.

— Je fais une copie. J'aurais voulu placer un logiciel espion, mais j'aurais eu besoin de ton portable pour ça.

Je grimace en me rendant compte que je nous complique la tâche avec mon téléphone jetable.

— Ça va être long ? demandé-je en entendant déjà du bruit dans le couloir.

— Encore deux minutes.

Mes mains tremblent et je dois m'appuyer contre le casier adjacent pour éviter à mes jambes de me lâcher. Je suis une boule de nerfs.

— Du monde arrive, chuchoté-je au bord de la panique.

— J'y suis presque.

Je me place au bout de l'allée quand la porte s'ouvre au fond de la pièce.

- 33 -

CHELSEA

Un infirmier et un anesthésiste sont en train de discuter de l'opération, ce qui me procure un court soulagement, jusqu'à ce que la voix de Derek me parvienne.

Mon sang se glace dans mes veines.

— Il est là, dis-je en reculant d'un pas comme s'il allait me sauter dessus.

— Merde... Une minute.

Je ferme les yeux et pose une main sur mon ventre pour me calmer. Il ne pourrait rien me faire ici, mais je ne veux pas lui donner de raisons de croire que je continue mes recherches. Et encore moins lui faire savoir que je suis à Washington. Il est capable de tout, il me l'a prouvé. Ce danger, seule, j'aurais pu l'affronter, mais pas avec mon bébé.

Je rouvre les yeux quand il entre dans la pièce, toujours en discutant avec une infirmière. Elle semble boire ses paroles comme du petit-lait. Elle ne sait pas qu'il est périmé son fichu lait.

— C'est bon, murmure Sawyer.

Je glisse mon téléphone dans ma poche, me dépêche de verrouiller son écran et remets le portable à sa place. Je ferme tout doucement la porte en amortissant le bruit du battant métallique, et alors que ses pas se rapprochent, je replace le cadenas. J'ai à peine le temps de tourner les talons avant qu'il n'arrive dans l'allée. Je jette un coup d'œil en arrière mais il ne fait pas attention à moi, trop occupé à draguer l'infirmière. Je souffle de soulagement et baisse la tête en quittant les vestiaires. Sans attendre, je fonce vers les escaliers et remonte deux étages. J'abandonne la blouse, le calot et le masque sur un brancard qui traine et me plaque contre un mur pour reprendre mes esprits.

J'ai envie de rentrer chez moi. Je veux fuir cet hôpital et m'éloigner de ce monstre, mais j'ai encore une mission.

— Prends tes ovaires en main, ma fille.

J'essaie d'afficher un visage serein en traversant à nouveau les couloirs pour ne pas me faire remarquer. Puis, je me rends aux sanitaires des infirmières en croisant les doigts pour que l'une d'elles soit en train de se doucher.

Je pénètre discrètement dans la pièce, ravie d'entendre l'eau couler. Je regarde les vêtements sur les bancs, ou plus précisément les badges. Quand je trouve celui qui me convient, je l'enlève de la blouse et repars en sens inverse. Cette fois, je grimpe au troisième étage, vers la salle des archives. Cet hôpital est un vrai labyrinthe et durant ma première année, j'ai passé mon temps à me perdre.

Même si la situation est merdique, je me rends compte que j'ai fait du chemin depuis mes études. Je n'ai peut-être pas le quotidien dont je rêvais, mais j'ai avancé, j'ai sauvé des vies, j'ai essayé d'être une bonne collègue et une bonne amie. Et maintenant, je vais devenir mère. Une nouvelle aventure, plus terrifiante que tout ce que j'ai connu jusqu'à présent.

Une fois dans la pièce, je me glisse derrière l'un des ordinateurs, et sors le papier que j'ai préparé, pendant qu'il démarre. Depuis deux ans, il faut un badge pour accéder aux dossiers, et comme je n'ai plus le mien, je devais en emprunter un. Ça me permettra aussi d'être plus discrète.

Je tape rapidement les noms des patients, notamment Lana, la petite amie de Ronie. Et je lance des impressions pour tous les cas, puisqu'il me faudra les éplucher plus tard. La machine n'est pas récente, et je ronge mon frein en attendant qu'elle ait fini. Je guette chaque bruit en fixant la porte, la jambe remuant d'anxiété. C'est toujours quand on est stressé que tout nous parait suspect, même l'infime craquement du bois.

L'impression enfin terminée, je récupère les documents et les feuillette pour m'assurer que tout est en ordre, ensuite j'éteins l'ordinateur et quitte la pièce d'un pas rapide. Ce que je viens de faire est totalement illégal, mais c'est pour la bonne cause, alors je fais taire cette sensation pesante de violer l'intimité des victimes.

En passant devant la salle de pause des infirmières, je jette le badge au sol pour faire penser que l'infirmière concernée l'a perdu, et je reprends le chemin de la sortie.

Le plus dur est fait.

Maintenant, il faut récolter un maximum de preuves. Mais j'ai bon espoir, surtout avec la messagerie cryptée qu'a repérée Sawyer.

Une fois chez moi, j'envoie un message à ma complice pour la rassurer, puis je file me doucher pour me laver de cette journée. Je suis fière de moi, fière d'avoir osé, d'être allée au bout, mais je suis aussi terrifiée et anxieuse. Des conséquences, de mes actes, de ce que je vais découvrir, de la suite.

J'ai peur de trouver quelque chose.

Mais j'ai également peur de ne rien trouver.

J'attache mes cheveux avant d'enfiler une culotte, des chaussettes colorées, et un tee-shirt de Sniper. Il n'a presque plus son odeur, mais il me rassure. C'est un peu comme s'il était avec moi, le soir, quand les ombres menacent de m'engloutir. Parce que même si je l'ai sûrement blessé, même si je me suis éloignée, même si j'ai agi sans réfléchir, il est toujours là. Dans ma tête. Dans mon cœur. Pour me rassurer et m'épauler.

Une petite voix ne cesse de me répéter que j'aurais dû lui parler et lui demander son aide. Mais le visage furieux de Ghost et la peur dans les yeux de Mia quand l'incendie menaçait de nous tuer ont raison de mes doutes. J'ai pris la bonne décision pour préserver les personnes qui comptent pour moi. J'ai mis le doigt dans l'engrenage. À moi d'enrayer la machine.

Je ne veux plus commettre les mêmes erreurs qu'avec Lauren. Maintenant, je suis adulte, je peux protéger les miens.

Je regagne le salon et sors les documents pour les étaler sur la table basse.

Pendant les trois heures qui suivent, je ne m'arrête que pour manger et aller aux toilettes. Plus les pages défilent et plus je sens que je suis proche du but. Concentrée, je vérifie chaque élément jusqu'aux plus infimes détails. J'examine les dossiers des patients, les interventions subies, les causes du décès. Je prends des notes, je recoupe les informations, et au bout d'un moment, les similitudes me sautent enfin aux yeux.

Tous les patients étaient isolés. Aucun d'eux n'avait une maladie susceptible de toucher les organes, ou alors, l'infection était confinée à un seul organe. Les décès sont toujours survenus par accident. Une réaction allergique, une défaillance, une malformation inconnue. Et comme aucun d'eux n'avait de proches, il n'y a pas eu d'autopsie, et les organes ont été prélevés. En tout cas dans la plupart des cas, car dans d'autres, il a été déclaré que le prélèvement n'était pas possible, mais je doute que ce soit vrai. Je me demande si ces organes-là n'ont pas transité vers un autre établissement dans le plus grand secret sans que l'hôpital n'en soit informé. Ce qui expliquerait pourquoi certains patients, comme le fameux politicien, ont été opérés sur place, et d'autres ont probablement été opérés dans des cliniques privées.

Je compte le nombre de dossiers devant moi.

Douze.

Et ce n'est que le sommet de l'iceberg. Combien n'en ai-je pas trouvé ? Combien de victimes sont des patients de la clinique gratuite ?

Cette constatation me brise le cœur. C'était sous mes yeux. Sous nos yeux. Des innocents. Des personnes qui comptaient sur nous, qui nous faisaient confiance.

Épuisée, je repose les documents et me laisse tomber contre le dossier du canapé. Il y a des moments où je me dis que je n'ai pas les épaules pour affronter cette affaire. Mais je pense à Ronie, à sa douleur. Je ne peux décemment pas abandonner. Même si je suis terrifiée. Je n'ai pas assez de preuves pour en parler, mais je peux persévérer et me battre pour toutes ces vies perdues.

Mes yeux s'ouvrent d'un coup quand je sens une présence près de moi. Pendant une fraction de seconde, je ne comprends pas, encore noyée par le sommeil. Jusqu'à ce que la réalité me heurte. J'ai à peine le temps d'apercevoir une cagoule noire avant d'avoir le réflexe de lever les jambes et de frapper l'intrus en plein ventre. Il recule en grognant, et je me laisse tomber du canapé, atterrissant lourdement sur mes genoux. Je rampe jusqu'à l'angle et bondis sur mes pieds pour me précipiter vers la porte. Malheureusement pour moi, j'étais du mauvais côté de la pièce, et l'homme se place dans le chemin. Je fais volte-face pour courir vers la cuisine et attraper de quoi me défendre, mais il happe mes cheveux et me ramène brutalement en arrière. Je ravale mon cri de douleur et fronce les sourcils quand il plaque mon dos contre son torse.

— Tu n'aurais jamais dû fouiller, murmure-t-il.

Sa carrure, son odeur, sa voix.

Derek.

Je sens qu'il plonge la main dans sa poche, et du coin de l'œil, j'aperçois une seringue. Je me décolle très légèrement et envoie un coup de coude en arrière. Je n'arrive à toucher que le côté de sa taille, mais c'est suffisant pour qu'il lâche du lest. J'attrape la casserole qui sèche sur le plan de travail et me retourne d'un coup pour le frapper à la tête. Il l'évite au dernier moment en s'accroupissant, mais je ne m'arrête pas là, je réitère mon geste à plusieurs reprises, jusqu'à ce qu'il parvienne à bloquer mon bras contre le mur. Il écrase ma joue sur le béton et m'oblige à lâcher mon arme de fortune.

— Cesse de lutter, grogne-t-il.

— Va te faire foutre, marmonné-je, péniblement.

Je remue dans tous les sens, lui rendant la tâche difficile. Le mouvement, c'est la survie. Si je renonce, je meurs.

Sa main glisse sur ma joue et je me laisse tomber au sol comme un poids mort. Il est tellement surpris qu'il n'est pas assez rapide pour me rattraper. J'envisage de courir chercher un couteau, mais ça ne mènerait à rien, alors à la place, je rampe, puis me redresse d'un bond, fonce dans ma chambre, claque la porte, et la verrouille.

Je me poste derrière la commode et la pousse difficilement jusqu'au battant pour empêcher mon agresseur d'entrer. Ça ne le retiendra pas longtemps, le meuble n'est pas massif, mais ça me donnera du répit pour trouver une solution.

Quelques secondes plus tard, il essaie déjà d'ouvrir. Paniquée, je me tiens immobile au milieu de la pièce alors qu'il s'acharne en râlant.

— C'était pas une bonne idée, soufflé-je en constatant que je n'ai absolument rien pour me défendre si ce n'est une lampe.

Je la débranche et m'en saisis, la brandissant comme une arme. Mais quand la commode bouge de quelques centimètres sous ses assauts, je recule de quelques pas, les yeux écarquillés.

Plaquée contre la fenêtre dans mon dos, j'inspire et expire à plusieurs reprises pour réussir à réfléchir correctement. Si je panique, je ne trouverai aucune solution. Peut-être que le bruit alertera des voisins et qu'ils appelleront la police, c'est mon seul espoir.

Quand je vois sa main passer dans l'interstice de la porte, je lâche la lampe, cours à travers la chambre et me jette presque sur le battant. Il claque sur son poignet. Derek crie de douleur et retire son bras, mais ça ne fait que renforcer sa colère, puisque la seconde d'après il percute la porte avec une telle hargne que le meuble se décale bien plus. D'ici peu, il parviendra à entrer et je n'ai pas la force de le bloquer.

Mes yeux parcourent la pièce dans tous les sens, jusqu'à ce que mon attention soit attirée par la fenêtre. Je m'y précipite et l'ouvre d'un coup sec avant de me mettre à crier pour demander de l'aide.

J'entends Derek s'énerver dans mon dos, et un coup d'œil me permet de constater que la commode s'est encore déplacée. L'impasse est totalement déserte, et les voisins ont probablement leurs fenêtres fermées. Je regarde la rue en contrebas, je ne suis qu'au deuxième étage, et...

L'échelle de secours !

J'ai choisi cet immeuble ancien parce qu'il avait un look new-yorkais avec ses petits balcons métalliques et son échelle de secours. Je ne sais pas du tout si elle est en service, mais ça vaut le coup d'essayer. Je grimpe par-dessus la fenêtre et me laisse glisser de l'autre côté, grimaçant quand l'air frais de la soirée balaie mes jambes nues. L'ironie de la situation ne m'échappe pas. Deux fois que je me retrouve en danger sur un balcon en si peu de temps. Mon prochain appart sera au rez-de-chaussée.

Je m'approche prudemment du bord et jette un coup d'œil en bas avant de regarder à nouveau dans ma chambre. Derek est en train de se faufiler pour pénétrer dans la pièce. Je suis au deuxième étage mais il n'y a pas de balcon à l'étage d'en dessous, donc le dispositif part de mon palier. Je n'ai pas vraiment le choix. Je cherche désespérément le mécanisme pour l'actionner jusqu'à ce que je repère le levier. Je dois m'y reprendre à plusieurs reprises pour le déverrouiller. Je retiens un cri de joie quand enfin l'échelle descend. Plus lentement que ce qu'on voit dans les films. Et surtout, elle se bloque à mi-parcours.

J'essaie de pousser avec mon pied et de sautiller sur place pour l'abaisser davantage, sans succès.

Au même moment, Derek apparait dans l'encadrement de la fenêtre. Il me jette un regard furieux, ce qui me décide à passer à l'action. Je pose mon pied sur le premier barreau avec précaution et quand je constate que c'est stable, je m'engage sur la structure métallique, le cœur battant. Mes mains tremblent mais je me force à ne pas regarder en bas. Derek apparait sur le balcon, et au lieu de me suivre, il se met à secouer l'échelle avec vigueur. Je m'agrippe du mieux possible, et accélère pour m'éloigner de lui au plus vite. Mais dans ma précipitation, mon pied droit glisse et je perds l'équilibre. Je dévale quelques barreaux, et me rattrape d'une main, in extremis, le cœur battant la chamade.

Tout mon organisme est submergé par l'adrénaline alors que je suis suspendue dans le vide, mes pieds dépassant le dernier barreau. Je grimace et jette mon bras en l'air pour attraper l'échelle avec mon autre main. Je serre l'échelon et balance mes jambes pour remonter. En vain, je n'arrive pas à hisser mon corps. Mes muscles tremblent tandis que je ferme les yeux avec force pour contenir la peur qui s'insinue en moi. Mes pieds battent dans le vide, et je prie presque pour que le mécanisme se débloque et descende jusqu'en bas. Malheureusement, rien ne se passe. Mes yeux s'écarquillent d'horreur quand Derek secoue à nouveau l'échelle.

— Je t'avais prévenue, claque-t-il alors que mes mains glissent dangereusement.

Je crie au moment où mes doigts lâchent la barre. On pourrait croire que ma vie défile devant mes yeux, que mille pensées me traversent, mais tout se déroule si vite que je n'ai pas le temps de réaliser quoi que ce soit avant de heurter le sol et de sombrer.

- 34 -

SNIPER

— Il y a de la lumière, dis-je en voyant un peu de luminosité provenant de l'appartement de Chelsea.

— Je t'attends ici ? propose Ghost.

Je m'apprête à lui répondre quand je perçois des bruits métalliques suspects dans l'allée qui longe le bâtiment.

Je tapote mon oreille et fais un signe à mon ami, qui hoche la tête. Nous nous engageons lentement sur le petit chemin pavé, bordé de pelouse quand un cri à glacer le sang perce le silence de la soirée. Mon corps se propulse en avant sans que j'aie besoin d'y réfléchir à deux fois. J'entends un choc sourd et aperçois une silhouette se faufiler par une fenêtre.

Un mauvais pressentiment me tord les tripes quand je réalise que c'est l'étage de Chelsea. J'ai l'impression de franchir les derniers mètres au ralenti. Je repère une chevelure blonde au sol. Je saute sur la pelouse et me jette à genoux.

Je dérape, le cœur au bord de la rupture.

— Chelsea !

Mes mains tremblent lorsque je les approche de son corps immobile. Je n'ose pas la toucher alors que mon chef d'unité est au téléphone avec les secours. Le soulagement m'envahit quand je remarque que sa poitrine se soulève. Je prends sa main dans la mienne et pose mon front sur son ventre pour calmer mon anxiété.

— Merde, murmure Ghost après avoir raccroché.

Je lève la tête vers lui et suis son regard. Les cuisses de Chelsea sont couvertes de sang. Je pince les lèvres et retire ma veste pour la couvrir.

Mes émotions partent en vrille, et ce sont mes années de tireur d'élite qui m'aident à garder mon calme. J'ai connu des situations d'urgence, de crise, de drames, mais on parle de Chels. Celle qui fait battre mon cœur depuis des années. Je caresse ses cheveux avec douceur, retenant difficilement la douleur qui m'agresse par vagues.

— Tu n'as pas le droit de me laisser avant que je t'aie convaincue de vivre avec moi et de m'épouser, murmuré-je, penché près de son oreille.

Ma main s'immobilise sur le haut de son crâne et mon pouce effleure son front.

— Tu n'as pas le droit de me laisser avant que j'aie pu te dire que je t'aime.

J'inspire en serrant sa main.

— Tu n'as pas le droit de me laisser avant qu'on ait eu la chance de vivre notre histoire.

Ghost pose une paume sur mon épaule.

— Les secours sont là.

— Je t'interdis de me lâcher maintenant, tu entends ? Tu dois t'accrocher. De toutes tes forces, Chelsea.

Je ne sais pas ce qu'il en est de son état, mais une telle chute fait forcément des dégâts, et je redoute ce qui va arriver.

Ghost serre mon épaule pour m'inviter à m'éloigner, mais je ne parviens pas à lâcher sa main. J'ai l'impression que si je la lâche, je la perds.

Mon ami explique la situation tandis que les ambulanciers s'agenouillent près de Chelsea.

— Elle est enceinte, dis-je, la voix cassée.

— Écartez-vous, s'il vous plait, on s'occupe d'elle.

— Sniper, laisse-les faire leur travail. Ils doivent la prendre en charge. Tout de suite.

Sa voix de chef d'équipe, celle que j'écoute depuis des années, perce la brume d'angoisse qui étreint mon âme. Je hoche la tête et dépose un baiser sur son front. Je grave ses traits dans ma mémoire, même si je me refuse à imaginer le pire.

Quand je me redresse, je sens la force silencieuse de mon ami à mes côtés.

— Il faut que tu ailles voir son appart, chuchoté-je. Il y a peut-être un indice.

Je me frotte les yeux pour essayer de penser clairement.

— Elle cherchait sûrement des preuves. Appartement 203.

Je n'ai pas besoin de le lui dire deux fois. Il tourne les talons et fonce vers l'entrée du bâtiment. On doit récupérer les preuves s'il y en a, et savoir qui lui a fait ça, même si ça ne fait aucun doute.

Qu'il l'ait commandité ou qu'il l'ait fait lui-même, c'est Derek qui est derrière tout ça. Il a dû se sentir acculé, et il a agi par peur d'être découvert.

— On l'emmène, annonce l'ambulancier alors qu'ils la déposent sur un brancard avec précaution.

— Je vous accompagne.

— Et vous êtes ?

— Son fiancé.

Il hoche la tête, et tout en marchant, j'envoie un message à Ghost pour le prévenir. Nous avons loué une voiture, donc il devra me rejoindre à l'hôpital. En espérant qu'il ait pu récupérer de quoi faire plonger l'autre connard.

Nous montons dans l'ambulance, et pendant tout le trajet, je fixe sa poitrine pour m'assurer que Chels respire toujours. En la regardant, on pourrait croire qu'elle dort. Mais la vue de son tee-shirt et de ses cuisses maculées de sang ne laisse aucun doute sur la violence de la situation.

J'ai été témoin de beaucoup de choses dans ma carrière, mais la voir dans cet état est pire que tout ce que j'ai connu. Je grave chaque seconde, chaque détail. Le tee-shirt qu'elle porte, *mon* tee-shirt, ses chaussettes colorées qu'elle adore, la petite cicatrice sous son genou, vestige d'une chute à vélo quand elle avait dix ans, le tatouage sur son poignet, ses cheveux qu'elle aime coiffer de différentes manières. Et son sourire. Ce sourire qui me fait chavirer et que j'espère revoir. Son regard. Celui qui me rend complètement fou. Elle. Tout simplement.

L'ambulancier s'active, prenant des constantes et donnant des informations à ses collègues. Ils échangent des termes que je comprends à moitié, mais je retiens l'essentiel : elle est stable. J'inspire calmement pour maitriser la tempête qui fait rage, me concentrant sur le positif. Parce qu'elle est en vie, c'est tout ce qui importe.

À notre arrivée aux urgences, l'agitation monte d'un cran.

— Merde, c'est Chelsea ! s'exclame l'une des infirmières quand nous débarquons dans la salle.

Son visage se fige une seconde avant de reprendre un masque professionnel. J'aurais préféré que Chelsea soit emmenée ailleurs vu ce qu'il se passe ici, mais le temps était compté. Ce qui est sûr, c'est que je ne vais pas la lâcher d'une semelle.

Les roues du brancard claquent contre le sol, les portes battantes s'ouvrent dans un souffle. Le personnel se presse autour d'elle avec des mouvements rapides et précis. Une infirmière appelle un médecin tout en préparant une perfusion.

— Fréquence à 95, tension à 110, annonce l'un des ambulanciers. Commotion probable. Possible fracture au poignet gauche et aux côtes. Suspectée fausse couche en cours. Perte de sang modérée.

Un médecin arrive en courant. Grand, la cinquantaine, cheveux grisonnants. Ses yeux s'arrêtent sur le visage de Chelsea. Il semble surpris, mais il se reprend rapidement.

— Passez un bilan sanguin complet. Préparez deux unités d'O négatif au cas où. Une écho en salle pour évaluer les organes internes. Appelez Harper de l'obstétrique. On la garde sous oxygène à 2 litres pour l'instant.

Chelsea est branchée à un moniteur cardiaque. Les bips réguliers de la machine me donnent un mince réconfort. Une infirmière pose une voie intraveineuse sur son bras, tandis qu'une autre découpe son tee-shirt pour dégager ses côtes. J'écoute ce qu'ils disent, je suis chaque geste, et pourtant, je me sens totalement impuissant. Tout ce que je peux faire, c'est être présent.

— Elle respire bien, murmure l'un des internes. Saturation à 98 %.

Le médecin passe un stéthoscope sur son thorax et vérifie chaque côté avec attention.

— Crépitants sur le flanc droit. Probable lésion costale. Faites une radio thoracique après l'écho.

La porte s'ouvre et une femme, petite et les cheveux tirés en arrière, entre dans la salle.

— Qu'avons-nous ?

L'interne résume la situation et la femme se penche sur Chelsea, sa main gantée effleurant son ventre. J'imagine qu'il s'agit de l'obstétricienne.

— Il me faut une écho, tout de suite.

Mon attention est détournée de la scène quand je sens la présence de Ghost dans mon dos. Son visage est soucieux.

— Comment va-t-elle ?

— Stable.

Il hoche la tête alors qu'une infirmière allume une machine. Sur l'écran noir et blanc, des formes floues apparaissent.

— Poussez-vous ! crie un infirmier en passant devant nous en courant. Deux lits plus loin, la situation semble s'aggraver pour l'un des patients. Je ne quitte pas des yeux Chelsea, mais je n'entends plus ce que disent les soignants avec le brouhaha ambiant.

Une heure plus tard, elle est transférée dans une chambre et je suis enfin autorisé à m'approcher. Chelsea a le poignet gauche plâtré et une minerve autour du cou. Des ecchymoses fleurissent déjà sur sa peau, mais son visage est détendu.

— Alors ? demandé-je pour me changer les idées.

— Je n'ai rien vu dans son appart en dehors de quelques signes de lutte. Je pense qu'elle a essayé de s'enfermer dans sa chambre.

La commode entravait en partie la porte. Mais il a dû réussir à ouvrir.

— Et elle s'est enfuie par l'échelle de secours, finis-je à sa place, horrifié.

— J'ai jeté un coup d'œil à l'échelle. Elle est en assez bon état, mais elle était bloquée. Je ne sais pas si elle a glissé ou si on l'a poussée…

— Des indices sur l'agresseur ?

— Non.

Je me passe la main sur le visage, pressé d'en savoir plus. Je veux faire tomber ce salopard. Et de préférence, en écartant les voies légales.

— J'ai trouvé ça, annonce Ghost en me tendant un téléphone jetable. Un numéro l'a contactée plusieurs fois.

Je lance l'appel et mets le haut-parleur.

— Chelsea, putain ! Je me faisais un sang d'encre.

— Sawyer ?

— Merde, Sniper ?

— Je suis avec Ghost.

— Il lui est arrivé quelque chose ? demande-t-elle le ton de sa voix indiquant qu'elle est anxieuse.

— Elle a été agressée dans son appartement, explique Ghost, on est à l'hôpital.

— Elle va bien ?

— Son état est stable.

Ma main toujours dans la sienne, je la caresse avec mon pouce. Je suis incapable de la lâcher.

— Fait chier ! Je lui avais dit de ne pas rester chez elle, c'était trop facile de l'atteindre là-bas.

— On a besoin d'infos, Sawyer. Vous avez avancé ?

— On a super bien avancé, les gars. Elle a géré la blondinette.

Sawyer nous relate les dernières découvertes, et je réalise que Chelsea s'est vraiment mise en danger aujourd'hui. Oui, elle a récupéré des preuves, mais elle a dû alerter l'autre taré.

— Elle avait imprimé des documents. Elle les analysait pour déceler des similitudes, vous les avez trouvés ?

— Non, répond Ghost, il n'y avait rien dans son appart. Sauf si elle les a cachés.

— La messagerie nous a donné beaucoup de pistes, mais ce ne sera pas suffisant. Il nous faut plus.

— On s'en occupera plus tard, annoncé-je. Continue de fouiller.

— Bien sûr. Tenez-moi au courant, d'accord ?

Je raccroche et tends le téléphone à Ghost au moment où on toque à la porte.

— Messieurs.

Deux agents de police entrent dans la chambre et jettent un coup d'œil à Chelsea avant de reporter leur attention sur nous.

— Lieutenant Bones et Chefield, nous enquêtons sur l'agression de mademoiselle Reed.

Je fronce les sourcils, étonné qu'ils aient été contactés.

— Des cris ont été entendus et des voisins ont appelé nos services. Vous étiez sur place ?

— Nous sommes arrivés après son agression, dis-je, tendu.

Bones plisse les yeux.

— Et vous êtes ?

— Logan Hartwell.

Je n'annonce pas mon métier ni mon grade. Certains flics n'aiment pas qu'on pisse plus loin qu'eux.

— Et qui êtes-vous par rapport à mademoiselle Reed ?

— Son compagnon.

Il hoche la tête comme s'il venait de trouver un os à ronger.

— Matthew Kincade, intervient Ghost. Un ami.

— Pouvez-vous nous dire ce qu'il s'est passé ?

— Nous étions devant l'immeuble quand nous avons entendu des cris. Le temps qu'on arrive sur place, Chelsea était déjà au sol. Et une silhouette s'enfuyait par la fenêtre de sa chambre.

— Une silhouette ? Pouvez-vous nous en faire une description ? demande Chefield, un petit bloc-notes dans les mains.

— Il était habillé en noir, avec une cagoule.

Bones ricane.

— Ben voyons. Et donc vous étiez dans la rue ?

— Je viens de vous le dire.

— Les voisins ont entendu des cris et des bruits d'objets qu'on lance. Est-ce que vous vous êtes disputés ?

— Je n'étais pas là, on arrivait tout juste de l'aéroport.

— Peut-être que Mademoiselle Reed n'était pas heureuse de vous voir ? Ou qu'elle n'était pas seule ?

Je me redresse, le corps tendu.

— Est-ce que vous êtes en train d'insinuer que j'ai levé la main sur elle ?

— C'est le cas ?

Ghost pose une paume sur mon épaule, sentant la tension augmenter dangereusement.

— Nous n'étions pas dans son appartement, explique mon coéquipier.

— C'est ce que nous verrons avec mademoiselle Reed quand elle se réveillera.

Je contracte la mâchoire alors qu'ils quittent la chambre.

— Putains d'incompétents, grogné-je.

— Tu sais comment ça se passe. Le compagnon est le premier soupçonné. On était sur place. On est des coupables tout choisis.

Je soupire et malmène mes cheveux avant de reprendre sa main dans la mienne alors que Ghost se dirige vers la porte.

— Je vais nous chercher des cafés.

- 35 -

SNIPER

Appuyé contre la fenêtre, je regarde les gens déambuler dans la rue pour essayer de me distraire. Chelsea est inconsciente depuis des heures. Selon les infirmières, son corps a besoin de se remettre, même si elle s'en sort plutôt bien au vu de sa chute. Des côtes fêlées et un poignet cassé. Des hématomes et une légère commotion cérébrale. Ça aurait pu être bien plus grave. Elle a eu beaucoup de chance que son immeuble soit entouré d'une allée de gazon. Si elle s'était écrasée sur du béton, le résultat aurait été bien différent.

Je me tourne en entendant la porte s'ouvrir. Comme Chelsea est appréciée, ses anciens collègues passent souvent demander des nouvelles, mais cette fois-ci, c'est un visage que je rêve d'avoir dans mon viseur qui entre dans la pièce. Inconscient de ma présence, il s'avance vers le lit, la mâchoire crispée. Je ne bouge pas, attendant de savoir ce qu'il va faire, mais il se contente de se pencher pour murmurer quelque chose à son oreille. Le voir si près de Chelsea me révulse. Je suis sur lui en deux enjambées, je le saisis à la gorge et le plaque contre le mur le plus proche.

— Qu'est-ce que vous faites ? demande-t-il difficilement.

— Je sais qui tu es.

— Je…

— Pas la peine de me prendre pour un con. Ça ne marchera pas avec moi.

— Lâchez-moi.

— Écoute-moi bien. Tu ne la touches plus. Tu ne l'approches plus. Tu ne la regardes même plus. Si tu oses ne serait-ce que respirer dans la même pièce qu'elle, c'est la dernière chose que tu feras.

— Vous me menacez.

— Dis-toi que je connais bien plus de façons de tuer que toi.

Je le relâche et il s'écroule en se retenant au mur.

— Vous êtes taré.

— Peut-être, dis-je en croisant les bras sur mon torse.

— Vous allez le regretter, grogne le médecin en se redressant.

Il réajuste sa blouse et lance un dernier regard vers le lit avant de quitter la pièce. Quand je me tourne vers Chelsea, je me rends compte qu'elle remue. Ses yeux s'ouvrent et se referment à plusieurs reprises.

Je me penche et pose une main au-dessus de son front.

— Salut, toi, murmuré-je.

— Sni… Sniper.

— Je suis là. Tu es en sécurité.

Ses yeux se plantent enfin dans les miens, perdus.

— Où sommes-nous ?

— On est à l'hôpital. Tu te rappelles ce qu'il s'est passé ?

Elle tourne la tête pour regarder autour d'elle.

— Non.

J'hésite à lui révéler la vérité alors qu'elle vient à peine d'émerger.

Elle grimace en portant la main à sa tempe. Et mes yeux se perdent sur les hématomes qui ornent son bras.

— Mal à la tête ?

Elle acquiesce doucement en évaluant l'état de ses membres.

— Tu as une légère commotion, un poignet cassé et des côtes fêlées.

Elle fronce les sourcils, fouillant probablement dans sa mémoire, jusqu'à ce que les souvenirs lui reviennent.

— Je dormais, il était penché sur moi, je...

Son rythme cardiaque s'accélère, et elle serre le drap dans sa main.

— Tout va bien, dis-je en caressant son front.

— J'ai essayé de m'enfuir, mais il barrait le passage. Je suis allée dans ma chambre...

Ses yeux s'écarquillent quand elle tourne son visage vers moi.

— Il s'acharnait sur la porte. J'ai... j'ai déverrouillé l'échelle de secours.

— Calme-toi, Chels.

Je m'assieds au bord du matelas et pose une main sur sa hanche pour qu'elle se détende, mais ses souvenirs semblent revenir comme une vague impossible à contrôler.

— L'échelle était bloquée, mais il est entré dans ma chambre, alors je suis descendue. Mes chaussettes ont glissé. J'ai essayé de me tenir, mais il a secoué l'échelle.

Un masque impassible sur le visage, je domine toutes les pulsions qui m'assaillent pour la rassurer, mais savoir que ce connard a volontairement tout fait pour qu'elle tombe... J'aurais dû lui briser la nuque, ici, dans cette chambre.

— Mes doigts ont lâché, et...

Elle plaque une paume sur son ventre, le regard paniqué.

— Mon bébé, est-ce que...

Je pince les lèvres et pose ma main sur la sienne.

— Je suis désolé, mon ange, la chute a été trop brutale.

— Non... murmure-t-elle les yeux écarquillés.

Elle touche encore son ventre, comme pour déceler la vie en elle.

— Non, j'ai essayé de mettre mes bras, je...

Son regard se porte à nouveau sur moi pour chercher quelque chose... De l'espoir. Mais je n'ai rien à lui donner.

— Non, sanglote-t-elle plus fort. NON !

Son cri me déchire l'âme alors que les larmes dévalent ses joues. Je la prends dans mes bras et la berce tandis qu'elle déverse toute sa douleur.

Elle marmonne des « Je suis désolée », des « Non » en continu, complètement perdue dans son brouillard d'émotions. Et mon cœur se brise encore et encore à mesure que sa souffrance s'intensifie.

Je ne sais pas pendant combien de temps, je la tiens dans mes bras, mais au bout d'un long moment, elle s'apaise enfin, probablement épuisée. Je la garde contre moi, lui murmurant des paroles réconfortantes. Je ne peux rien faire de plus. Ni le ramener ni atténuer sa douleur.

— C'était le tien, chuchote-t-elle.

Je fronce les sourcils, croyant avoir mal entendu.

— Quoi ?

Je m'écarte légèrement pour observer son visage.

— C'était ton bébé, notre bébé, avoue-t-elle la douleur toujours présente dans son regard. C'était notre bébé, répète-t-elle.

— Mais…

— Je n'ai jamais couché avec Derek, ni avec aucun autre. C'était…

— Pourquoi tu ne me l'as pas dit ? soufflé-je, complètement décontenancé.

Sa lèvre inférieure tremble et elle essuie ses joues humides.

— Ça n'a plus d'importance, maintenant.

Elle se rallonge, en grimaçant, alors que je peine à assimiler l'information. Je comptais élever cet enfant, c'était celui de Chelsea. Mais savoir que c'était le mien, qu'on l'avait conçu ensemble, c'est…

Je me lève et passe une main sur mon visage.

— Notre bébé, murmuré-je.

La boule dans ma gorge semble grossir, chaque seconde, alors je quitte la chambre pour aller prendre l'air. Je ne fais attention à rien dans les couloirs, noyé dans un millier de sentiments contradictoires.

J'allais être père.

Une fois à l'extérieur, je m'appuie contre le mur sentant la vague d'émotions me submerger. Je suis connu pour ma maitrise, mais dans le cas présent, je ne maitrise plus rien. J'ai envie de hurler, de tout casser, de retourner la Terre entière pour m'abandonner à ma peine. Mon poing s'écrase sur le mur, une fois, deux fois, trois fois, jusqu'à ce que les larmes prennent le relais. Les avant-bras appuyés contre le béton, je laisse ma tête retomber en avant. Je ferme les yeux pour atténuer le flot qui m'engloutit, mais je n'y parviens pas.

Je ne m'attendais pas à une telle douleur, alors je n'imagine pas ce que doit ressentir Chelsea. Même si elle n'en était qu'au début de sa grossesse, ce petit être était dans son ventre. Elle sentait son corps se modifier pour l'accueillir.

Et elle l'a perdu.

Nous l'avons perdu.

— Sniper, chuchote Ghost avant de poser une main sur mon épaule. Qu'est-ce qu'il y a ? Chelsea va bien ?

— C'était le mien, dis-je en tournant la tête vers mon ami. C'était mon bébé.

Un éclair de compréhension et de douleur traverse son regard.

— C'était notre bébé, murmuré-je, la voix rauque.

— Je suis désolé, dit-il en serrant plus fort mon épaule.

J'essaie de reprendre le dessus, mais je ne peux pas. Je n'ai pas su les protéger, et à cause de moi, notre enfant n'aura même pas eu le temps de découvrir le monde.

— Sniper…

Ghost m'agrippe et me prend dans ses bras. Pas l'étreinte des hommes mal à l'aise qui se tapent le dos pour conserver leur air viril. Il serre ma nuque alors que je déverse toute ma douleur et ma culpabilité sur son épaule pendant de longues minutes.

— Je n'imagine pas ce que ça me ferait si j'avais perdu Hope.

Je crois n'avoir jamais ressenti une telle peine. Un tel sentiment de perte. Je n'aurai jamais la chance de le voir naitre et grandir. De le tenir dans mes bras. De le bercer. De…

— Tu as Chelsea, elle est vivante, et c'est déjà un miracle. Accroche-toi à ça.

Je hoche la tête contre son épaule et essuie mes yeux avec mon pouce et mon index pour me ressaisir. C'est douloureux. Terrible. Déroutant. Mais je ne peux pas m'effondrer. Je n'en ai pas le droit alors que la femme que j'aime souffre bien plus que moi.

Je m'écarte et lance un regard reconnaissant à mon frère. Celui sur lequel on se repose souvent. Celui qui nous ramène à la maison à chaque mission.

— Comment va-t-elle ?

— Pas bien.

Il garde sa main derrière ma nuque pour s'assurer que je vais mieux, puis il me relâche sans pour autant reculer. Il fourrage dans ses cheveux et détourne les yeux, une fraction de seconde.

— Je me sens coupable, dit-il tout bas.

— Ghost...

— Non, si je ne l'avais pas repoussée, tout ça ne serait pas arrivé.

— Tu connais Chels, non ? Elle serait partie, à un moment ou à un autre. Elle n'aurait jamais laissé tomber.

Il hausse les épaules.

— Vous auriez peut-être toujours votre bébé.

Ce serait trop facile de lui en vouloir et de rejeter la faute sur lui, ou sur Chelsea. Il y a des événements qu'on ne maitrise pas. Et ce drame en fait partie.

— Personne ne peut l'affirmer, c'était peut-être écrit comme ça.

J'ai du mal à me convaincre d'une force supérieure qui déciderait de tuer délibérément un bébé, mais je ne peux pas me laisser aller à la colère, à l'injustice de la situation, parce que je ne peux pas changer les choses.

— Il paiera, assure mon chef d'équipe.

J'acquiesce et jette un coup d'œil à ma montre.

— Je retourne la voir, je dois lui parler.

— Ça va aller ?

— Oui, dis-je en hochant la tête. Elle a besoin de moi, c'est tout ce qui importe pour le moment.

— On est là pour toi, tu sais ce qu'il en est.

Je serre son épaule et nous regagnons l'entrée de l'hôpital. Oui, je sais ce qu'il en est. Garder pour nous ce qui nous tracasse, ce n'est jamais bon, ni dans la vie ni en mission. Mais pour l'instant, j'ai déversé ma douleur, c'est suffisant. Je préfère jeter toutes mes forces dans la guérison de Chelsea. Elle en aura plus besoin que moi.

— Excusez-moi, nous interpelle une infirmière, vous ne pouvez pas passer.

Je fronce les sourcils, décontenancé.

— Pardon ?

— Vous n'êtes plus autorisés à aller en chambre.

— Attendez, dis-je en la voyant faire signe à un agent de sécurité. Ma fiancée est hospitalisée.

— Je sais très bien qui est Chelsea, et le médecin a demandé à ce que vous ne l'approchiez plus.

— Il doit y avoir une erreur, argue Ghost en s'avançant, mais l'agent de sécurité se positionne à sa hauteur.

Comme s'il pouvait nous maitriser.

— Est-ce que je peux savoir pourquoi ? Chelsea va bien ?

— Elle va bien, affirme l'infirmière et je ne fais qu'appliquer les ordres.

Elle retourne derrière le comptoir d'accueil, alors que Ghost me jette un regard inquisiteur.

Je lui fais signe de me suivre dans la salle d'attente. Je ne vais pas quitter les lieux et abandonner Chels, mais il me faut un plan d'action.

— C'est lui ?

J'acquiesce, la mâchoire crispée.

— Il est entré dans sa chambre quand j'étais là.

— Je vois.

— Il se venge, ce connard.

Ghost hoche la tête. Si, en plus, les flics me soupçonnent, ça n'arrangera rien à mon cas. Le personnel va faire bloc autour du médecin, pensant que je suis le coupable. Même s'il n'est pas en charge de son dossier, j'imagine qu'il a de l'influence.

— Il faut qu'on la ramène en Californie dès que possible. Elle n'est pas en sécurité, ici.

- 36 -

CHELSEA

Mon moral est aussi gris que le temps. La pluie tombe sans cesse depuis ce matin. Un déluge en continu qui symbolise parfaitement l'avalanche de douleur que je ressens.

Trop entêtée, trop égoïste, trop butée. J'ai voulu démanteler un trafic à moi toute seule. Je me suis crue capable de réussir là où les autorités ont échoué. J'ai couru au-devant du danger. Résultat ? J'ai tué mon bébé.

J'ai déjà tué ma sœur, et maintenant mon enfant. Qui sera le prochain ? Sniper ? Mia ? Je n'apporte que douleur et déception. Finalement, ma mère avait sûrement raison. J'aurais dû mourir à la place de Lauren. C'est ma punition. Mon ventre abritait la vie. C'était à moi de protéger cet enfant. Et à présent, il n'y a plus rien. Juste ce vide immense qui me consume et semble aspirer toute bribe de vitalité. Je n'ai plus le courage de rien.

J'ai vu des femmes sombrer au fil des ans, suite à une fausse couche. J'essayais de les réconforter, de leur communiquer mon énergie. Je ne comprenais pas pourquoi elles ne se battaient pas pour la vie.

Maintenant, je comprends.

Je comprends leur douleur. Je comprends leur abattement. Je comprends cette culpabilité.

Dans mon cas, elle est réelle. C'est ma faute.

Alors, à quoi bon me battre ?

Je n'ai plus rien.

Plus de boulot.

Plus d'amis.

Plus de bébé.

Et plus de Sniper.

Je n'ai même plus de larmes. Je me sens juste engourdie.

Je ne me tourne pas quand on toque à la porte. Mes collègues vont et viennent, mais depuis qu'ils ont compris que je n'avais pas envie de parler, ils se font plus rares.

— Salut, ma belle, chuchote Jonah.

Je l'entends refermer le battant et contourner le lit.

Il jette un coup d'œil au plateau que je n'ai pas touché et s'installe sur la chaise qui trône sous la fenêtre.

— Je ne sais pas quoi te dire qui pourrait t'aider.

J'observe toujours la pluie qui dévale la vitre, ressentant la froideur jusque dans mes entrailles.

— Je sais que tu traverses une épreuve, mais tu n'as pas le droit de te laisser dépérir, Chelsea. Tu es vivante. Blessée, mais vivante.

Je détourne mes yeux de la fenêtre pour le regarder.

— J'aurais mieux fait d'y rester, alors.

Il pince les lèvres et pose une main sur mon bras valide.

— Tu veux que j'appelle Wellington ?

Wellington, c'est l'un des psys de l'hôpital. Un homme plutôt avenant et empathique.

Je secoue la tête en déglutissant.

— Je sais que ce n'est pas le moment, mais j'ai besoin de te poser une question, je peux ?

J'acquiesce et fronce les sourcils quand il regarde vers la porte.

— Est-ce que le type qui était tout le temps ici, le militaire, c'est lui qui t'a fait ça ?

J'écarquille les yeux de surprise.

— Bien sûr que non, affirmé-je.

— Écoute, reprend-il mal à l'aise. La police le soupçonne, et comme tu as refusé de leur parler, ils pensent à des violences conjugales.

— C'est absurde. Sniper préférerait se couper les deux bras que faire du mal à une femme.

— Chelsea, tu sais que les victimes défendent souvent leur bourreau...

— Je ne le défends pas, il n'a rien fait. Il n'était même pas là. Tu crois vraiment que je serais partie vivre en Californie s'il était violent ?

Jonah hausse les épaules. Malheureusement, nombre de femmes sous emprise font quelques mauvais choix. Elles ne voient pas toujours le monstre qui se cache derrière les faux sourires ou elles ne se sentent pas la force de changer de vie.

— Sniper n'a rien fait. Un homme cagoulé est entré chez moi. J'étais venue vider mon appart. Sniper devait me rejoindre pour m'aider, mens-je, et il m'a trouvée...

Je ne termine pas ma phrase ne souhaitant pas revivre ce moment. Ces quelques secondes de chute durant lesquelles je me suis sentie impuissante. J'ai cru que j'allais retrouver ma sœur. Finalement, c'est mon petit ange qui y est allé à ma place.

Je pose une main sur mon ventre, désormais vide, pour essayer de contenir la douleur.

— D'accord, je te crois, mais je pense que tu devrais parler aux flics. Ils ne vont pas le lâcher.

J'acquiesce, dépitée de devoir raconter cette soirée. Je ne peux pas tout dire, mais je peux au moins protéger Sniper. Il ne mérite pas d'avoir des ennuis par ma faute. Il paie assez le prix de mes erreurs.

J'imagine qu'il ne voudra plus jamais me parler. Je lui ai menti et j'ai tué notre enfant. Il doit se mordre les doigts d'avoir espéré vivre une histoire avec moi.

— Je te laisse. Je reviendrai te voir, d'accord ?

Il se penche et dépose un baiser sur ma joue.

— Et s'il te plait, mange. Tu ne pourras plus mettre ton jean préféré si tu n'as plus rien pour le remplir.

J'aimerais m'esclaffer, mais rien. Aucune émotion.

Juste ce néant infâme.

* *

*

SNIPER

— Est-ce qu'elle t'avait dit qu'il était de lui ? me demande Ghost, alors que nous sommes assis dans la salle d'attente.

Je secoue la tête, les avant-bras posés sur mes cuisses.

— Elle avait juste dit qu'il n'était pas de moi.

Chelsea est sortie avec ce type, elle a fui Washington, j'ai imaginé qu'il était de lui. Je ne lui ai pas posé la question, elle n'a rien confirmé ou infirmé. J'aurais sûrement dû être plus direct au lieu de marcher sur des œufs pour ne pas la braquer.

— Tu penses que Mia savait ? demandé-je.

— Je ne crois pas. Vu la situation, elle aurait craché le morceau.

Je soupire et me redresse, inquiet pour Chelsea. L'autre enfoiré a le champ libre pour aller dans sa chambre, même si l'infirmière de garde m'a affirmé qu'il était de repos. Rien ne l'empêche de revenir discrètement.

— S'il la touche, il est mort, dis-je à voix basse.

— Je sais.

On a beau respecter la loi, la défendre et tuer uniquement par nécessité. Je n'aurai aucun scrupule à éliminer cette vermine de la surface de la Terre.

— Je reviens, dis-je en me dirigeant, à nouveau, vers l'accueil.

L'infirmière soupire, prête à me renvoyer dans les cordes, mais je prends sur moi pour afficher mon sourire le plus avenant.

— Est-ce que Jonah est de garde en ce moment ?

Elle fronce les sourcils.

— C'est à quel propos ?

Chelsea m'a souvent parlé de son collègue, même si je ne l'ai jamais rencontré.

— C'est personnel.

— Écoutez, vous...

— Meryl, la coupé-je en lisant le prénom sur son badge. C'est un ami de Chelsea, je veux simplement qu'il me donne des nouvelles.

Elle plisse les yeux, puis finit par vérifier son écran.

— Il a terminé sa garde, mais je peux essayer de l'appeler.

— S'il vous plait, oui, et je vais sagement retourner m'asseoir dans la salle d'attente.

Elle me fusille du regard tandis que je recule en levant les mains devant moi.

Je me cale dans la chaise, retrouvant rapidement cette douleur sourde qui pulse dans tout mon corps.

— Tu ne dois pas rentrer à Coronado ? demandé-je à Ghost.

— Je rentrerai en même temps que vous.

— Ghost... Mia doit...

— Mia veut que je sois ici, avec toi et Chelsea, surtout en ce moment. Elle me foutrait dehors à coups de pied au cul si je revenais sans vous.

— Et tu ne veux pas dormir sur la pelouse ? On a connu bien pire.

— Je préfère le corps chaud de ma petite femme.

Je suis reconnaissant qu'il soit près de moi. Sans l'un de mes coéquipiers, j'aurais dû affronter cette épreuve, seul. Et je ne sais pas si j'en aurais eu la force. Je tente juste de garder la tête hors de l'eau pour elle. C'est ce qui m'aide à tenir.

Quelques minutes plus tard, un jeune homme brun s'approche de l'accueil tandis que l'infirmière nous pointe du doigt. Il se tourne vers moi et ses sourcils se froncent, mais il s'avance quand même. Je le rejoins à mi-chemin, essayant de ne pas paraitre trop empressé. Il est ma seule chance de voir Chelsea.

— Sniper, je présume ?

Je hoche la tête.

— J'ai un service à vous demander.

— Vous êtes direct.

— Parce que la situation le nécessite, dis-je en lui faisant signe de me suivre vers la sortie pour éviter les oreilles indiscrètes.

Une fois dehors, j'enchaine directement.

— Est-ce que vous tenez à Chelsea ?

Il hausse les sourcils de surprise avant de glisser les mains dans ses poches.

— Oui. Quand je suis arrivé ici, j'étais novice, à la fois impatient et terrifié, explique-t-il en souriant. Chelsea m'a pris sous son aile, elle est devenue une amie.

Je hoche la tête, sentant la sincérité dans sa voix.

— Vous savez ce qu'il s'est passé pour qu'elle démissionne ?

— Pas vraiment, mais c'était tendu.

— Elle est en danger, lancé-je sans y mettre les formes.

— À cause du type à la cagoule.

— Elle vous en a parlé ?

— Je lui ai demandé si vous étiez responsable de son état, répond-il mal à l'aise. Elle m'a assuré que non. Qu'un homme cagoulé avait pénétré chez elle.

Je hoche la tête.

— Je ne lui aurais jamais fait de mal, en revanche, le type qui l'a agressée a ses entrées ici. Il est venu dans sa chambre hier.

— Quoi ? s'exclame Jonah. Pourquoi ne pas l'avoir dit à la police ?

— Ils me pensent coupable et je n'ai aucune preuve du contraire.

— Mince.

Il fronce les sourcils et se passe la main sur le front.

— Qu'est-ce que je dois faire ?

— On m'a interdit l'accès à sa chambre, j'ai besoin que quelqu'un de confiance demeure près d'elle en permanence.

Il hoche la tête, semblant réfléchir à la situation.

— Je dois avoir des nouvelles, avoué-je. Je suis certain qu'elle va mal, et je ne peux pas être auprès d'elle.

Son visage se ferme, ce qui fait bouillir le sang dans mes veines.

— Elle ne mange pas, elle est prostrée dans son lit à regarder par la fenêtre ou dans le vide.

Je me passe la main sur le visage, dépité. Je me doutais qu'elle allait s'effondrer. Chelsea a beau être forte, elle est aussi plus sensible qu'on ne le pense.

— Vous pouvez rester avec elle ?

Il acquiesce en vérifiant sa montre.

— J'ai fini ma garde et je ne reprends que dans quarante-huit heures.

— Il faut l'avoir à l'œil tout le temps, d'accord ?

— Qui c'est, le type ?

— Il vaut mieux que vous ne le sachiez pas.

Nous retournons vers l'entrée, mais avant qu'il franchisse les portes, je lui tends la main.

— Merci, dis-je quand il la serre.

- 37 -

SNIPER

J'ouvre les yeux en sentant une présence près de moi. Assis sur la même chaise depuis des heures, je somnolais alors que Ghost est rentré se reposer. Alexander n'est pas à Washington, mais il a proposé à mon coéquipier de dormir chez lui.

De mon côté, je ne quitterai pas l'hôpital sans Chelsea.

— Si vous voulez la voir, c'est maintenant, murmure Jonah en se penchant vers moi.

La salle d'attente est quasiment vide depuis que la nuit est tombée.

— Je me suis arrangé avec l'infirmière de garde pour qu'elle vous laisse tranquilles cette nuit.

J'acquiesce, impatient de revoir Chelsea. Ça me rend dingue de ne pas pouvoir être auprès d'elle alors qu'elle souffre. C'est mon rôle de la protéger, mais au lieu de ça, je suis coincé dans cette salle avec le mot « coupable » placardé sur le front.

Jonah m'entraine dans les corridors, en passant par un escalier que je n'ai jamais emprunté.

— Allez-y, murmure-t-il, c'est à gauche au fond du couloir.

— Vous partez ?

— Je vais aller dormir dans une salle de repos, je reviendrai demain matin.

Je le remercie et ne perds pas une minute pour prendre la direction de sa chambre. Quand je pousse la porte, la pièce est sombre, seulement éclairée par une petite lampe à côté du lit. Je m'approche du matelas et caresse doucement la tête de Chelsea pour lui signifier ma présence. Elle met quelques secondes à ouvrir les yeux, mais lorsqu'elle m'aperçoit, elle se tourne complètement vers moi.

— Salut, mon ange.

— Je croyais que tu étais déjà reparti en Californie.

Je fronce les sourcils.

— Pourquoi je serais parti sans toi ?

Elle se redresse sur le lit, les yeux embués. Je remarque alors ses traits tirés, ses cernes et son teint pâle.

— Tu...

Elle déglutit et détourne le regard.

— Tu es parti après que... Je pensais que...

Je réalise qu'elle n'est pas au courant de la situation. J'aurais dû demander à Jonah de lui expliquer ce qu'il en était au lieu d'ajouter à sa douleur. Je me maudis intérieurement pour ce timing pourri et la pousse un peu pour monter sur le matelas à côté d'elle. Il n'est clairement pas assez grand pour deux, mais ça fera l'affaire pour cette nuit.

— Quand tu m'as avoué que j'étais le père, j'ai eu besoin de prendre l'air pour digérer. J'ai eu l'impression qu'on m'avait enlevé un bout de moi.

Elle hoche la tête en reniflant.

— Je suis désolée.

Je soupire.

— Je ne t'en veux pas. Ça n'aurait rien changé entre nous que je sois le père biologique ou non, je voulais l'élever si tu nous donnais une chance. Mais il fallait que j'encaisse la nouvelle.

— Je regrette de t'avoir menti. J'attendais que la situation soit plus... enfin j'attendais d'avoir réglé tout ça.

Je pose ma tête contre sa tempe.

— Il faut que tu te reposes sur les gens qui tiennent à toi, Chelsea. On forme une famille. Pas par le sang, mais par l'amitié, l'amour et les valeurs qui nous réunissent.

— Je ne voulais entrainer personne dans mes problèmes.

— Je sais.

— J'avais décidé de commencer une nouvelle vie, mais il y a eu l'incendie, et Ghost...

Elle s'interrompt et détourne le regard.

— Ghost quoi ?

Elle hésite.

— Rien, je pensais qu'il était furax à cause de Mia.

— Je suis au courant, dis-je platement.

— Oh !

— Et je trouve adorable que tu le protèges pour ne pas te mettre en travers de notre amitié.

Elle hausse les épaules.

— Il avait toutes les raisons de dire ce qu'il a dit.

— Il regrette. D'ailleurs, il est ici avec moi.

— Vraiment ?

— Oui, il voulait s'excuser et réparer les choses.

Elle grimace et repose sa tête sur mon épaule.

— Je ne voulais faire de mal à personne, et finalement, je n'ai commis que des erreurs.

J'embrasse son front ne sachant pas quoi répondre.

— Je croyais que tu allais me détester, murmure-t-elle la voix brisée.

— Je ne te détesterai jamais. J'étais malheureux, mais je serais venu plus tôt si Derek ne nous avait pas interdit l'accès à la chambre.

— Quoi ?

— Il a profité de la situation pour m'écarter.

— Il ne me laissera jamais tranquille.

Elle se frotte le visage et tourne sa tête vers moi.

— Comment es-tu entré ?

— Jonah.

Le silence s'installe tandis que ma main caresse son avant-bras.

— Je me sens vide, dit-elle finalement.

J'acquiesce sans trop savoir quoi dire pour la réconforter.

— On ne sait même pas si c'était un garçon ou une fille.

J'inspire pour ravaler ma douleur.

— On pourrait lui trouver un prénom, murmuré-je.

— Tu voudrais ? s'étonne-t-elle, les yeux écarquillés.

— Il a existé, c'est notre bébé.

Elle caresse le tatouage sur son poignet.

— L'échographie.

— Quoi ? chuchoté-je.

— Sa première échographie, c'est ça que je cherchais le jour de l'incendie. Elle était dans la poche arrière de mon jean, et elle est tombée.

— Je suis désolé, mon ange.

— Ça aurait été notre seul souvenir, dit-elle un sanglot dans la voix.

— Il restera dans ton cœur et dans ta mémoire. Il est impossible que tu l'oublies un jour. Et même s'il n'a pas beaucoup vécu, il a été aimé, et il le sera pour toujours.

Elle cache son visage dans mon cou, et je la serre contre moi, le cœur au bord des lèvres. J'aimerais pouvoir la soulager de sa douleur. J'aimerais trouver les mots, la bonne chose à faire. Mais je nage en terrain inconnu.

— Dors, je veille sur toi.

Elle se cale davantage contre moi, et quelques minutes plus tard, sa respiration s'apaise. Les yeux humides, je bascule la tête en arrière pour contenir mes larmes. Ça ne l'aiderait pas de me voir craquer, pourtant, j'ai la sensation qu'on m'a enlevé une partie de moi que je n'arriverai jamais à retrouver.

* *
*

— Je ne veux pas retourner à Coronado.

Je pose mes mains sur le pied de lit, bras tendus, et je ne détache pas mon regard du sien.

— C'est nouveau, ça ?

Elle essaie de croiser les bras sur sa poitrine, mais son plâtre l'en empêche. Chels a parlé aux enquêteurs, et j'ai été écarté de la liste des suspects, ce qui m'a permis d'être auprès d'elle.

— Je reste ici. Je n'ai plus de raison de venir en Californie, dit-elle en détournant les yeux vers cette fichue fenêtre.

Je fronce les sourcils, surpris par ce revirement. Je pensais qu'elle serait pressée de quitter Washington.

— Chelsea…

— Ne discute pas. Ce n'est pas à toi de décider.

Elle mordille sa lèvre inférieure et je constate que son mal-être est bien plus profond. Ce n'est pas qu'une lubie, elle souffre.

— Très bien, alors je reste avec toi.

Sa tête tourne vivement dans ma direction.

— Non.

— Je ne te laisse pas. Donc si tu restes ici, moi aussi.

— Tu as un travail.

— Je prendrai des congés.

— Et si ça dure des mois ? claque-t-elle en me jetant un regard noir.

— Je démissionnerai, dis-je en haussant les épaules.

— Quoi ? s'étrangle-t-elle en abandonnant toute hargne.

— Je ne te laisse plus, Chels. Si tu as besoin de rester ici, on reste ici. Si tu veux partir à Hawaï, on ira à Hawaï, et si tu veux rentrer à la maison, on rentre à la maison.

Elle me dévisage un instant, l'air choqué.

— La maison… murmure-t-elle finalement.

Je contourne le lit et caresse sa joue.

— La maison, entourée de tes amis pour affronter cette épreuve tous ensemble.

Et je n'ajoute pas qu'elle sera plus en sécurité là-bas plutôt qu'ici avec Derek dans les parages.

— Je ne veux pas l'abandonner, chuchote-t-elle si bas que j'ai failli ne pas l'entendre.

— Qui, mon ange ?

— Notre bébé. Si on s'en va, je...

Je soupire et m'assieds sur le matelas, le ventre noué.

— On ne peut pas l'abandonner parce qu'il vit dans nos cœurs, tu te rappelles ? Il nous accompagnera partout où on ira.

Elle hoche la tête, les larmes aux yeux.

— On rentre à la maison ? murmuré-je contre sa tempe.

— D'accord.

- 38 -

CHELSEA

Une larme roule sur ma joue puis s'écrase sur le sable. Je pose mon menton sur mon avant-bras et observe les gens qui profitent de la plage, les genoux repliés contre ma poitrine. La journée se termine dans la douceur, illuminée par un magnifique coucher de soleil qui inonde l'eau de ses reflets orangés. Cependant, à l'intérieur, tout est sombre. Je n'arrive pas à m'émerveiller de ce que je vois, des rires que j'entends, des groupes d'amis ou des familles qui s'amusent, insouciants de la douleur qui m'étreint.

Nous sommes revenus en Californie, il y a cinq jours. J'ai l'impression que ça fait des mois que je me noie pourtant. Mes côtes ne me font pas trop souffrir, sauf dans certaines positions ou quand je fais un effort. Merci les antalgiques. En revanche, je déteste que mon poignet soit entravé, et mon corps est toujours couvert d'hématomes qui changent progressivement de couleur. C'est une maigre punition au regard de ce que j'ai fait.

Sniper a dû reprendre le travail, et même si les filles essaient de se relayer pour me tenir compagnie, j'ai simplement envie de solitude. C'est difficile de faire semblant pour ne pas inquiéter les autres, de sourire même quand tout me parait douloureux.

Je déteste voir la peine dans leurs regards, déceler la pitié derrière leurs paroles réconfortantes.

Quant à Sniper, il est toujours aussi présent et attentionné, alors qu'il aurait toutes les raisons de me haïr. Parce qu'en plus d'avoir tué notre enfant, je lui ai menti en lui faisant croire qu'il n'était pas de lui. Je ne voulais pas lui avouer la vérité dans ces circonstances. J'ai pris peur. Peur de ce grand engagement. De ce bouleversement.

Il me fallait du temps pour encaisser la nouvelle et trouver des solutions.

Encore une fois, j'ai fait les mauvais choix.

— Je peux m'asseoir ?

Je sursaute et tourne la tête vers Megan qui se tient à quelques pas de moi, hésitante.

— Si tu n'en as pas envie, je ne me vexerais pas.

Je hausse les épaules et elle s'installe à mes côtés, déposant ses chaussures devant nous. Pendant de longues minutes, elle reste silencieuse, le regard plongé vers l'océan.

— J'ai fait une fausse couche, il y a deux mois, avoue-t-elle finalement.

J'ai la sensation qu'un seau d'eau glacé se déverse sur ma tête.

— Avec Jackson, on a décidé de fonder une famille, explique-t-elle, les yeux toujours rivés sur l'océan, je me sentais enfin prête. C'était un grand pas.

Elle soupire alors que je ne peux détacher mes yeux d'elle.

— Un soir, j'ai eu des douleurs, puis j'ai vu du sang, et j'ai su. À l'hôpital, ils m'ont dit que mon utérus était endommagé à cause des coups que j'ai reçus quand j'étais prisonnière.

Elle hausse les épaules, un masque de souffrance sur le visage.

— Je suis désolée, dis-je bêtement.

En réalité, je ne sais pas quoi dire. Elle a déjà tellement enduré.

— Je vais avoir du mal à mener une grossesse à son terme. Ce n'est pas impossible, mais les chances sont minces.

— Est-ce que... tu en as parlé ?

— On n'a rien dit à personne.

Elle tourne la tête vers moi, les yeux humides.

— Je me sens coupable de ne pas pouvoir faire comme la plupart des femmes, de ne pas pouvoir donner d'enfant à Jackson. D'être cassée. Il a déjà tellement encaissé à cause de moi.

— Il t'aime plus que tout, dis-je avec douceur. Ce n'est pas ta faute tout ce qui t'est arrivé.

— Mon cœur le sait. Mais il y a toujours cette petite voix dans ma tête qui me hurle qu'il mérite mieux que moi. Que je ne lui apporte que du malheur.

Elle pince les lèvres pour ravaler ses larmes. Je ne comprends que trop bien cette sensation, mais Hunter est fou d'elle. Ils sont tellement fusionnels que je n'aurais jamais pu imaginer qu'il lui arrivait de douter. Quelque part, je me sens moins seule, parce qu'au fond, même si on ne le montre pas, on a tous des peurs, des doutes, des blessures qu'on dissimule comme on le peut. Une part d'ombre qu'on garde pour soi.

Dans cette bulle de sincérité, pendant quelques minutes, j'ai la sensation de pouvoir être honnête, de pouvoir ouvrir mon cœur.

Parce que si elle s'est confiée à moi, je peux essayer de me livrer à mon tour.

— Je n'aurais jamais dû aller enquêter à Washington. J'ai déclenché moi-même cette spirale infernale. J'ai tué mon bébé au lieu de le protéger, je n'arriverai jamais à me pardonner, lâché-je presque en un souffle, tant je me suis répété ces phrases en boucle, ces derniers jours.

Megan sourit tristement et pose sa joue sur ses genoux, le visage tourné vers moi.

— J'essaie de croire qu'il y a une raison à toute chose, mais c'est difficile, murmure-t-elle.

Je hoche la tête et pince les lèvres pour contenir la vague de douleur.

— Si j'avais su...

— On se demande toujours ce qu'on aurait dû faire autrement, mais on ne peut pas revenir en arrière. On ne peut qu'avancer.

Avancer. Qu'est-ce que ça signifie ? Accepter. Vivre. Rire. Sourire. Avoir d'autres enfants. Pourquoi aurais-je le droit d'être heureuse alors que mon bébé est mort ?

— Tu vas devoir te pardonner, continue Megan semblant lire dans mes pensées. C'est difficile et ça te parait insurmontable, mais la seule autre option, c'est d'abandonner et de blesser tous ceux qui tiennent à toi.

Elle touche une corde sensible. Je sais que Sniper et Mia s'inquiètent beaucoup pour moi, et ça me peine de les blesser davantage. Sniper souffre aussi de notre perte, et je n'arrive pas à le soutenir, alors qu'il se démène pour que j'aille mieux.

— Comment tu fais pour tenir le coup ?

Ses yeux se portent sur sa main alors qu'elle caresse son alliance.

— Je me repose sur Jackson. Quand tout devient trop difficile, c'est mon pilier, mon roc. Je sais qu'il ne me laissera jamais sombrer. Et même si je tombe, il est toujours là pour me rattraper.

Je détourne les yeux. La relation qu'elle a avec son mari est unique, et...

— Arrête de faire cette tête, tu as aussi ton pilier.

— Quelle tête ?

— Celle qui dit que tu n'as pas la même relation avec Sniper.

Je soupire. Nous n'étions qu'au début de quelque chose, et j'ai la sensation que cet événement a bousillé ce que nous aurions pu construire.

— C'est compliqué.

— Ça l'est toujours, non ?

Elle me sourit avec douceur.

— Sniper tient beaucoup à toi, et il remuerait ciel et terre pour toi. Tu l'as cette relation incroyable, il faut simplement que tu lui fasses de la place.

— J'ai peur, avoué-je, revenant au nœud du problème.

Celui qui m'a tenue éloignée de lui pendant des mois.

— Bien sûr, on a toutes peur. Ouvrir son cœur, c'est risquer d'être blessée. Si Jackson m'avait brisé le cœur, je ne suis pas certaine que j'aurais pu m'en relever, mais j'ai pris le risque.

— Si un homme comme Sniper me blessait, alors je crois que je ne pourrai plus jamais faire confiance à un homme.

— Et s'il ne te blessait pas ?

Elle regarde à nouveau l'horizon.

— Tu vas avoir besoin de lui pour guérir.

— C'est égoïste, non ? Peut-être qu'il irait mieux sans moi.

— Ou peut-être qu'il a besoin de toi pour guérir lui aussi, tu y as pensé ?

Elle se redresse et époussette son pantalon.

— Cet homme a traversé le pays pour aller te chercher quand tu es partie. L'amour, c'est effrayant, mais c'est également merveilleux. Ouvre-lui ton cœur ou tu finiras par le perdre.

— C'est ce que tu as fait ? demandé-je en me levant à mon tour.

J'inspire doucement pour maitriser la douleur dans mes côtes quand j'effectue un effort.

— Oui. J'étais dans la pire période de ma vie, mais j'ai su. J'ai su que j'y arriverai avec lui à mes côtés, et j'ai su que je ne voyais pas mon avenir sans lui, alors je lui ai fait confiance.

— J'aimerais tellement en être capable.

— Tu l'es, Chelsea. Quand tout est parti en vrille, où est-ce que tu es allée ?

Je fronce les sourcils, réfléchissant à ses paroles. J'imagine que je fais déjà confiance à Sniper. Au fil des ans, j'ai appris à le connaitre, et je n'ai jamais douté de lui. Est-ce que je suis prête à lui ouvrir mon cœur ? Peut-être que je l'ai déjà fait sans le savoir. Après tout, je suis ici avec lui. Il m'a tendu la main, et je l'ai saisie. Peut-être que c'est le moment de faire tomber mes barrières pour aller de l'avant.

— Est-ce que ça fait moins mal, un jour ? dis-je finalement en me tournant vers Megan.

— La douleur est toujours là, mais elle s'estompe progressivement. J'ai bon espoir d'arriver à y penser un jour sans que ce soit comme si on me broyait le cœur à mains nues.

Je hoche la tête et m'avance d'un pas.

— Je peux ? murmuré-je en ouvrant lentement mes bras.

Megan me sourit et s'approche pour me serrer contre elle.

— Merci de t'être confiée à moi, dis-je reconnaissante.

— Si un jour tu as besoin de parler, ma porte est ouverte.

Je la serre un peu plus fort, impressionnée par la résilience de cette femme. Après tout ce qu'elle a vécu, elle aurait pu baisser les bras. Au lieu de ça, elle est là pour les autres. Elle avance, elle vit sa vie, malgré les embûches.

Si elle y est arrivée, j'y arriverai aussi.

Peut-être pas tout de suite, mais j'y arriverai.

* *
*

— Ça sent bon, dis-je en franchissant la porte de l'appartement.

Sniper me lance un sourire qui déclenche quelques papillons dans mon ventre. Je m'immobilise, les yeux écarquillés, et pose une main sur mon estomac.

— Ça va ? s'inquiète-t-il en se précipitant vers moi. Ce sont tes côtes ?

Je ferme les yeux un instant, puis les rouvre alors qu'il m'observe les sourcils froncés.

— Ça va mieux maintenant, dis-je en passant mes bras autour de sa taille.

Il met un moment à réagir, sûrement dérouté par mon attitude. Je pose mon front contre son épaule et inspire son odeur rassurante. Pendant quelques secondes, cette sensation de vide s'est atténuée, remplacée par une brise de bonheur. C'était léger, mais bien réel.

Depuis ma conversation avec Megan, il y a quelques jours, une nouvelle lueur s'est immiscée dans mon cœur : l'espoir.

L'espoir d'aller mieux.

L'espoir d'avoir moins mal.

L'espoir d'un avenir heureux.

— Tu as faim ?

— Oui, réponds-je en m'écartant pour le regarder dans les yeux.

Il caresse ma joue et passe une mèche de cheveux derrière mon oreille.

— Merci, chuchoté-je pour ne pas briser l'instant.

— Pour quoi, mon ange ?

— Pour tout. Tu aurais pu abandonner, mais tu ne l'as pas fait.

— Jamais.

— Ça fait tellement mal à certains moments, avoué-je.

— Je sais.

Il glisse sa main sous mon oreille pour envelopper mon cou et appuie son front contre le mien.

— J'ai quelque chose pour toi.

Il m'embrasse sur le nez et récupère un petit paquet qui était posé sur la table du salon. Je fronce les sourcils en constatant qu'il semble très nerveux, ce qui ne lui ressemble pas.

J'attrape la boite et la déballe du mieux possible malgré mon plâtre, à la fois impatiente et anxieuse. Sniper se frotte le menton, les yeux rivés sur mon visage comme s'il redoutait ma réaction.

Mes yeux s'écarquillent et mon cœur se comprime en découvrant une échographie dans un joli cadre noir et blanc.

— C'est... ?

Je lève les yeux vers lui, avant de les reporter sur le cadre photo.

— J'ai demandé une copie de l'échographie, souffle-t-il, ému.

— Charlie, murmuré-je dans un sanglot en caressant le prénom gravé sur l'encadrement en bois.

Ma gorge se serre d'émotion.

— Il te plait ? On peut...

— C'est parfait, chuchoté-je.

Je ravale ce mélange de tristesse et de bonheur qui m'assaille et se propage dans tout mon corps. J'ai du mal à détacher mon regard du cadre, comme si je pouvais y voir mon bébé. Comme si j'étais plus près de lui en cet instant. Dans un souffle tremblant, je lève le visage vers Sniper, qui a les yeux humides.

Je pose ma main sur sa joue sans rien ajouter tant l'émotion est puissante, mais je lui communique tout ce que je n'arrive pas à exprimer par les mots.

Ma reconnaissance.

Ma tendresse.

Ma douleur.

Mon amour.

Contre toute attente, je sens mon cœur s'alléger. Comme si je commençais enfin à faire mon deuil. Comme si ce geste donnait du poids à ce que nous avons vécu. J'avais besoin qu'il y ait une trace de cet enfant. De son passage sur Terre. Je ne voulais pas qu'on l'oublie.

Et grâce à Sniper, la douleur perd du terrain sur le souvenir.

Le chemin est encore long, mais j'ai la sensation qu'à partir d'aujourd'hui, il sera moins douloureux.

Grâce à lui.

Mon pilier.

- 39 -

SNIPER

— Quand est-ce que tu me la présentes ? râle ma mère.

— Bientôt, ce n'était pas le bon moment.

Elle hoche la tête, en me lançant un regard désolé.

— Ça va, maman.

— Non, ça ne va pas, mais je vais faire semblant de te croire.

J'appuie mon épaule contre le mur, les bras croisés sur mon torse.

— Tu sais mieux que moi ce que je ressens.

— Je te connais comme si je t'avais fait, répond-elle en me pointant avec sa spatule. Oh mais attends ! Je t'ai vraiment fabriqué.

Je ricane en regardant l'état de sa cuisine. Il y a du matériel, pour créer des bougies, étalé un peu partout.

— Je fais aller, je n'ai pas le choix.

— Et comment va Chelsea ?

— Mieux, je crois. Elle m'a crié dessus ce matin.

Ma mère éclate de rire.

— Qu'est-ce que tu avais fait ?

— Pourquoi ça devrait être ma faute ? J'avais juste préparé le petit-déj.

— Et c'est tout ? demande-t-elle, l'air suspicieux.

Je détourne le regard.

— J'ai peut-être fait deux ou trois autres petites choses.

— Mon chéri…

— Quoi ? Je prends soin d'elle, protesté-je en décroisant mes bras.

— Je sais que tu veux bien faire, mais parfois tu en deviens étouffant.

Je soupire et me passe la main dans les cheveux. Certaines femmes que j'ai fréquentées m'ont déjà fait la remarque, mais je pensais simplement que nous n'étions pas faits pour être ensemble.

— Je ne peux pas perdre Chelsea, dis-je piteusement.

Ma mère lâche sa spatule et pose une paume sur mon torse.

— Tu as beaucoup de cœur et tu ne supportes pas de voir une femme souffrir. Avec ce qui vous arrive, c'est normal que tu essaies de l'aider.

Je la dévisage, perdu.

— Mais tu ne peux pas empêcher les autres de souffrir. C'est la vie qui est comme ça. Tu ne peux pas sauver tout le monde.

— Je…

— C'est ma faute, me coupe-t-elle. Tu avais bien trop de choses sur tes épaules quand tu étais petit.

— Maman…

— Non, je sais. J'ai fait comme j'ai pu, même si ce n'était pas forcément les bons choix, mais toi, j'aurais dû mieux te protéger.

— Je n'étais pas malheureux.

Elle hausse les épaules, la culpabilité toujours présente dans son regard. Mon père est parti en nous laissant des dettes alors que je ne marchais pas encore. Ma mère a enchainé les petits boulots pour nous faire vivre, mais ce n'était jamais assez. Il y a des soirs où elle ne mangeait pas pour que je puisse avoir un repas et des affaires d'école. Après des années de galère, elle a fini par tomber dans la prostitution. Je n'ai pas eu une enfance classique, mais je ne manquais de rien. Nous n'étions pas riches, c'est certain, en revanche ma mère se battait pour moi. Elle m'aimait de toutes ses forces. J'avais un toit sur la tête, de la nourriture et des vêtements. Elle aurait pu abandonner, me laisser, comme la mère de Blade, mais elle ne l'a pas fait.

— Ce n'était pas une enfance normale pour un petit garçon.

J'ai grandi très vite. J'étais l'homme de la maison et j'essayais de l'aider comme je le pouvais. Je ne savais pas ce qu'elle faisait, mais je la voyais rentrer parfois avec des bleus. Je l'entendais pleurer dans son lit le soir. Je me sentais impuissant. Quand, à l'adolescence, j'ai compris ce qu'il se passait, j'ai fait des boulots pour ramener de l'argent. Je voulais arrêter l'école pour la soutenir, mais elle a refusé. Elle ne voulait pas que je gâche ma vie, alors j'ai tenu bon jusqu'à ce que je puisse m'engager. Je lui envoyais quasiment tout ce que je gagnais afin qu'elle se remette à flot et qu'elle puisse enfin changer de vie, après avoir passé des années à souffrir en silence pour moi.

Depuis, elle a déménagé et recommencé à zéro. Et c'est tout ce que je souhaitais pour elle.

— On s'en est sortis, dis-je en passant mon bras sur ses épaules.

Elle me sourit tendrement en tapotant mon torse.

— Laisse-la respirer. N'envahis pas son espace. Elle a besoin de guérir seule.

— Je veux juste que ce soit plus facile.

— Essaie de l'écouter davantage, mon chéri. Si vous communiquez, tout ira bien.

Elle prend mon visage en coupe.

— Et prends soin de toi aussi. Tu as le droit de souffrir, de faiblir ou de te montrer vulnérable.

— Elle a besoin de moi.

— Oui, sûrement, mais elle n'a pas besoin que tu sois infaillible, juste que tu sois présent, et sincère. Si tu lui caches ce que tu ressens, tu lui caches une partie de toi.

Ma mère dépose un baiser sur ma joue.

— Laisse-la aussi être là pour toi. C'est ta partenaire, ton égale, pas ton enfant.

Je grimace, essayant d'effacer cette image de mon esprit.

— Dégoutant.

Elle éclate de rire en reculant d'un pas.

— Tu vois ce que je veux dire.

— Je crois oui.

— Je suis fière de toi, fière de l'homme que tu es devenu. Mais sois plus souple, d'accord ? Vis sans tenter de tout contrôler.

C'est peut-être pour ça que j'apprécie autant Chelsea. Lorsque je l'ai connue, nous étions opposés. Elle était bordélique, impulsive, tête en l'air, alors que j'étais plus posé, plus calme, plus réfléchi. Quand elle était dans les parages, tout pétillait. Je ne savais jamais à quoi m'attendre avec elle. C'était à la fois frustrant et excitant.

Elle mettait le foutoir dans ma vie, et j'adorais ça. C'était une bouffée d'air frais dans mon quotidien trop millimétré.

— J'aurais aimé rencontrer Charlie, murmure finalement ma mère.

— Moi aussi.

* *
*

CHELSEA

— Les enfants ont adoré, s'extasie Alyssa.

Elle a emmené sa classe au Children's Park and Pond de San Diego et apparemment la journée a été réussie.

— Ça devrait plaire à Sophia, dit April en se servant à boire.

— Il y a des structures de jeux, des aires d'escalade, un étang. On n'a pas le temps de s'ennuyer.

— On devrait organiser une sortie avec Madi et Sophia, propose Ace. Elles pourraient s'amuser ensemble.

Je jette un coup d'œil à la petite fille qui court après Sanka en riant, alors qu'Ayden joue au ballon avec Blue, mais mon attention est rapidement attirée par Megan qui est assise à l'écart du groupe. Mia a insisté pour faire un barbecue, et même si j'ai apprécié l'idée, j'ai peut-être été ambitieuse sur ma capacité à faire semblant. La journée n'a pas été des plus joyeuses. Trop de pensées toxiques se bousculent dans mon esprit. Un jour, j'ai la sensation d'être sur la bonne voie, et le lendemain, je suis au fond du trou. Aujourd'hui est un jour à mi-chemin entre les deux.

Je laisse le groupe discuter et me dirige vers la femme d'Hunter.

— Je suis jalouse, dis-je en m'asseyant sur le transat à côté d'elle.

Sa chienne a la tête posée sur ses cuisses, pendant que la photographe observe le ciel.

— Tu veux que je te gratouille la tête ? s'amuse-t-elle en tournant son visage vers moi.

Je ris et m'allonge dans la même position qu'elle.

— Je ne dirais pas non, mais je parlais surtout du lien que tu as avec cette chienne.

— On s'est bien trouvées, répond-elle en souriant.

— Est-ce que ça va ? demandé-je plus bas.

— J'avais juste envie d'un peu de calme.

J'acquiesce. Les soirées avec tout le groupe sont parfois bruyantes et fatigantes. Ça ne m'a jamais dérangée. J'étais plutôt du genre à être entourée, à parler beaucoup, à prendre de la place, mais en ce moment, je me reconnais en Megan.

— Tu as l'air d'aller mieux, dit-elle avec douceur.

Physiquement, je vais mieux, mes côtes ne me font presque plus mal, les bleus se sont estompés. Il ne reste que le plâtre. Mais moralement, c'est une autre histoire.

— Il y a des jours avec et des jours sans.

Elle hoche la tête.

— Et toi ?

— Comme toi, répond-elle en souriant. Un jour après l'autre.

Mia se laisse tomber au pied de mon transat en soupirant.

— Je crois qu'elle m'a pompé mille litres de lait.

Je jette un coup d'œil à Megan, de peur que parler de Hope la peine, mais elle rit en secouant la tête. Même si voir ma filleule m'a fait un petit pincement au cœur, je n'ai pas ressenti la douleur à laquelle je m'attendais. Au contraire, ça m'a fait beaucoup de bien de la serrer contre moi.

— J'espère que t'as équilibré pour ne pas être bancale, dis-je en montrant ses seins.

— Figure-toi que parfois c'est pas possible, et l'autre jour, Matthew a éclaté de rire alors qu'on était en plein préliminaires.

— Non, il n'a pas osé ?

— Si, répond-elle en grimaçant. J'ai fait deux fois le même sein sur deux tétées au lieu de changer, et je ne m'en suis pas rendu compte. Il a fait semblant de souffler dans le sein le plus petit pour le regonfler.

Elle secoue la tête.

— J'étais morte de honte. Je suis allée m'enfermer dans la salle de bain, et il a passé quinze minutes à s'excuser pour que j'en sorte.

Je ris tellement que je suis pliée en deux sur le transat. Les hommes sont si maladroits parfois, mais j'avoue que cette anecdote est hilarante.

Quand je me redresse en essuyant mes yeux, Mia me dévisage, la bouche ouverte.

— Quoi ?

Je vérifie mon haut pour m'assurer que je n'ai pas un truc dégoutant sur moi, mais tout semble en ordre.

— Ça faisait longtemps que je ne t'avais pas entendu rire comme ça.

Je me fige, réalisant qu'elle a raison.

— C'est difficile en ce moment.

— Je sais, mais je parlais d'avant. Ça faisait des mois que tu étais différente. Plus distante, plus secrète.

Il n'y a pas de condamnation dans sa voix, juste une inquiétude sincère.

— C'était compliqué à l'hôpital.

— Et avec Sniper ?

— Je ne voulais pas que ça te mette mal à l'aise ou que ça te gêne.

— Je ne m'en serais pas mêlée.

Je hausse un sourcil.

— Bon d'accord, peut-être, mais j'aurais été heureuse pour vous.

— Il n'y avait pas vraiment de nous, à l'époque.

— Et maintenant ?

Je soupire.

— Je ne sais plus vraiment ce qu'on est. Avant... avant mon accident, on était bien partis pour entamer une relation, mais...

Mia pose une main sur la mienne.

— Vous avez tout le temps.

Megan s'assied sur le transat pour se rapprocher de nous.

— On ne fait plus rien, avoué-je à voix basse, on ne dort même pas ensemble.

— Attends, vous faites chambre à part ? s'étonne ma meilleure amie.

Je hoche la tête, honteuse.

— C'est comme s'il ne voulait plus de moi.

— C'est ridicule, claque Mia, il est fou de toi.

J'aimerais la croire, mais plus le temps passe, plus j'en doute.

— Il est allé voir sa mère, et il ne m'a pas proposé de l'accompagner.

— Tu voulais rencontrer sa mère ?

— Je ne sais pas, j'aurais aimé qu'il en ait envie.

— Il ne souhaitait peut-être pas te presser, temporise Megan.

— Avant, il était tactile, mais j'ai presque l'impression qu'il m'évite. Il me touche à peine. Peut-être qu'il a changé d'avis.

— Chelsea...

— Mais non, réfléchissez, on avait entamé une relation, j'ai perdu le bébé. Il s'est occupé de moi par devoir, parce que c'est dans sa nature, mais maintenant que je vais mieux, il reprend ses distances. Je crois qu'il veut simplement qu'on soit amis.

— Tu dis n'importe quoi, grogne Mia en me claquant la cuisse.

— J'ai l'impression qu'il a de l'affection pour moi, mais plus de vrais sentiments.

— Tu lui en as parlé ? demande Megan.

— Je n'ai pas osé. Je ne suis pas prête à encaisser s'il me rejette.

— Teste-le.

— Quoi ?

— Enfile une tenue sexy, continue Mia et fais-le craquer.

— Je ne veux pas seulement du sexe, râlé-je. Le faire craquer ne me mènera à rien.

— Alors, rends-le jaloux. Dis-lui que tu as rendez-vous avec un autre mec.

— Tu as d'autres idées lumineuses ?

— Tu peux aussi simplement lui parler, insiste Megan en jetant un regard noir à Mia.

— Je crois que je vais aller demander conseil à Madi, dis-je, je suis sûre qu'elle sera plus efficace que vous.

Megan s'esclaffe alors que Ghost vient se glisser derrière Mia et pose les mains sur ses épaules.

— On pourrait passer au dessert, propose-t-il en embrassant le sommet du crâne de sa femme.

J'éclate de rire en repensant à ce qu'elle nous a raconté. Mia devient rouge et me jette un regard furieux.

— J'ai dit un truc drôle ?

— Non, plaisanté-je, juste une histoire de ballon qui m'est revenue en tête.

Nous nous levons pour rejoindre la table, mais Ghost siffle pour regrouper tout le monde sur la terrasse.

— Avant de passer au dessert, j'aimerais vous proposer quelque chose.

Il me lance un coup d'œil nerveux, puis échange un long regard avec Sniper qui s'avance à mes côtés.

— Qu'est-ce qu'il se passe ? murmuré-je en me penchant légèrement vers lui.

— Je ne sais pas.

— Les derniers jours n'ont pas été faciles, et...

Ghost se passe la main sur le visage.

— Deux de nos amis ont fait face à une perte épouvantable.

J'écarquille les yeux sentant mon cœur accélérer dans ma poitrine.

Sniper glisse son bras sur mes épaules, me rapprochant de lui, alors que Blue et Ace rejoignent la pelouse avec des lanternes.

— J'aimerais rendre hommage à Charlie, un petit ange qui restera gravé dans nos mémoires.

Mon corps se met à trembler sans que je parvienne à le maitriser, complètement submergé par l'émotion. Je lève le visage vers Sniper, qui a les larmes aux yeux, même s'il essaie de se contenir. Je me presse contre lui, ayant besoin de sa chaleur plus que jamais.

Ghost récupère un briquet et allume la première lanterne avant de la laisser s'envoler en murmurant quelques mots que nous n'entendons pas. Je tente, du mieux possible, de dominer mes émotions, mais sans succès. Les larmes dévalent mes joues, rendant ma vision floue.

Le mari de Mia s'approche de nous avec deux lanternes.

— Ça ne ramènera pas votre petit ange, mais j'ose espérer que, quelque part, ceux que nous avons perdus ressentent notre amour.

Il hésite en me tendant la lanterne, que j'attrape d'une main tremblante. J'essuie grossièrement mon visage, alors que Sniper récupère la sienne. Nous nous éloignons de quelques pas. Et j'inspire profondément, laissant mon cœur parler, même si la douleur m'étreint avec violence.

— J'aurais aimé avoir la chance de te connaitre, de te voir grandir et découvrir le monde, chuchoté-je alors que Sniper m'aide à allumer ma lanterne. Tu resteras à jamais mon premier enfant. Je t'aime.

Mon SEAL murmure quelques paroles de son côté, puis nous nous rapprochons l'un de l'autre pour les laisser s'envoler. Je pose ma tête sur son épaule, dans un silence à la fois douloureux et réconfortant.

Au bout de quelques minutes, je détourne les yeux du ciel et regarde autour de moi. D'autres lanternes se balancent doucement dans les airs, mais c'est Megan qui attire mon attention. Hunter la serre contre lui, alors qu'elle tente de garder la tête haute, mais je vois la douleur sur son visage, la même que celle que je ressens.

J'échange un regard avec Hunter qui me sourit tristement, puis je me glisse à côté de Megan pour prendre sa main dans la mienne. Elle la serre comme si elle puisait toute la force possible dans notre amitié. Et mon cœur se brise un peu plus pour elle.

Je ne sais pas si Sniper est au courant de la situation, mais il se rapproche de moi et pose une main sur ma nuque. En silence, unis, nous regardons les lanternes danser dans le ciel pour rejoindre nos bébés perdus et leur transmettre tout notre amour.

Le jardin est paisible en dehors d'un petit carillon qui s'agite dans la brise. Même les enfants et les chiens ont arrêté de bouger.

Et en cet instant, la douleur semble s'estomper et mon cœur se remet à battre normalement. Ce poids qui écrasait ma poitrine et m'empêchait de respirer se libère. J'inspire profondément pour la première fois depuis des jours, et pose ma tempe contre celle de Megan.

— Pour nos bébés, murmuré-je tout bas.

Elle serre ma main en réponse, tandis que le pouce de Sniper caresse ma nuque. Je tourne légèrement le visage vers lui, et tout s'éclaire dans mon esprit. Je doutais de l'avenir, de mes sentiments, de la direction à prendre, mais je sais. Je sais que c'est avec lui que je veux affronter les prochaines tempêtes. La force qu'il me manque parfois quand la vie me renvoie dans les cordes, c'est en lui que je peux la puiser. Mais plus que ça, je veux aussi être sa force. Celle vers qui il se tourne quand il perd pied.

Lâchant doucement la main de Megan, je m'écarte du couple et me place devant Sniper qui baisse son visage vers moi. Sans un mot, j'entoure sa taille de mes bras et j'appuie ma joue contre son torse. Je ferme les yeux alors qu'il m'enveloppe dans son étreinte. Je cale ma respiration sur les battements de son cœur, comme si nous ne formions plus qu'un. Son menton se pose sur le sommet de ma tête et nous restons immobiles, tristes, un peu cassés, mais ensemble.

- 40 -

SNIPER

J'essuie mon visage et pose la serviette sur le plan de travail. Nous n'avions pas d'entrainement ce matin, mais je suis quand même allé courir avec Hunter pour me vider la tête.

Ce que Ghost a organisé pour nous était incroyable. J'ai bien vu qu'il hésitait, je pense qu'il avait peur de faire un faux pas, mais il a visé juste. Chelsea et lui ont discuté pendant un long moment en fin de soirée. Il avait besoin de crever l'abcès, d'affronter sa culpabilité. Ça leur a fait du bien à tous les deux. Mais j'ai surtout remarqué l'attitude de mon infirmière avec Megan. Je les ai observés Hunter et elle, et j'ai compris qu'il s'était passé quelque chose. Aller courir avec mon coéquipier, c'était une façon de lui ouvrir une porte. S'il n'avait pas envie de se confier, je n'aurais pas forcé les choses. Chacun gère à sa manière. Mais finalement, il a déchargé son cœur. J'ai été choqué et profondément triste d'apprendre qu'ils traversaient aussi cette épreuve. Après tout ce qu'ils ont vécu l'un et l'autre, ils méritent leur part de bonheur, mais le destin leur met encore des bâtons dans les roues. Ils ont décidé de vivre cette perte à deux, à huis clos, avant d'en parler, et je respecte leur choix, mais j'ai été d'autant plus touché de savoir que Megan était allée discuter avec Chelsea pour l'aider alors qu'elle se débattait encore avec sa douleur. Ça montre, une fois de plus, à quel point la femme de mon coéquipier est une force de la nature avec une grande empathie.

— Bien dormi ? demandé-je quand Chelsea débarque dans le salon.

Elle grogne en se dirigeant vers la machine à café.

Je souris, amusé par sa mauvaise humeur matinale. Elle porte encore l'un de mes tee-shirts et des chaussettes roses, mais ce qui attire mon regard, ce sont ses jambes nues et ses fesses bombées quand elle s'étire pour attraper une tasse.

Je m'apprête à lui parler quand mon téléphone sonne. En voyant le nom de l'interlocutrice sur l'écran. Je m'éloigne vers la chambre et récupère mes vêtements tout en décrochant.

— Salut Camille.

Tout en l'écoutant, je jette un coup d'œil vers la porte pour m'assurer que Chelsea n'est pas dans le coin.

— OK, envoie-moi l'adresse par message.

* *

*

CHELSEA

J'entends la porte de la salle de bain se fermer, puis l'eau couler, quelques secondes plus tard. Quand je suis certaine qu'il est sous la douche, je me précipite dans la chambre pour regarder son téléphone. Je n'ai même pas besoin de le déverrouiller, un message est en attente sur son écran.

Camille...

[Au Bay Café, à 14 h]

Je serre le téléphone dans ma main et déboule comme une furie dans la salle de bain. Sniper sursaute et essuie ses yeux. Il se penche pour dépasser la paroi de douche, alors que du shampoing dégouline sur son visage.

— Chels...

— Tu te fous de moi !

Son regard se porte une fraction de seconde sur son smartphone avant de revenir vers mon visage.

— Je vais t'expliquer.

— Ah bah bravo, comme réplique clichée, on fait pas mieux, trou du cul.

Je balance son portable sur le tas de vêtements au sol et quitte la salle de bain en claquant la porte bien fort.

Sniper débarque en nouant une serviette autour de sa taille, de l'eau ruisselant de ses cheveux pour suivre la ligne de ses muscles.

Enfoiré sexy...

— Tu as fouillé mon téléphone ?

— Même pas, c'était sur ton écran.

Il sourit en coin, parce que je joue clairement sur les mots.

— Tu aurais pu me dire que tu la voyais à nouveau.

— Je ne la vois pas.

— Alors elle donne rendez-vous à ton alter ego maléfique.

Il rit et se passe la main sur la bouche.

— Mon ange...

— Va te faire voir avec tes *mon ange*, claqué-je en faisant un grand geste avec ma main. Il a bon dos l'ange.

Il croise les bras sur son torse bien trop alléchant en haussant un sourcil.

— Alors quoi ? Elle est pas passée à la casserole la dernière fois, donc tu veux rectifier le tir, monsieur le sniper.

Il s'esclaffe.

— Passée à la casserole ? Ça se dit encore ?

— Va. Te. Faire. Voir ! articulé-je en saisissant un coussin pour le lui lancer au visage.

Il le rattrape, ce qui ne fait que me mettre davantage en colère. Je m'empare de tout ce qui me tombe sous la main pour les lui jeter dessus, malgré mon fichu plâtre. Coussins, vêtements, lampe, livres, télécommande. Tout y passe, mais cet idiot esquive tout. Il va même jusqu'à attraper ce qui pourrait se casser.

— Tu veux bien m'écouter ? dit-il quand je reprends mon souffle.

— J'ai pas envie de t'écouter, murmuré-je, les larmes aux yeux. Je veux juste arrêter de souffrir pendant quelques minutes.

Son sourire s'efface et il me rejoint en deux enjambées.

— Mon ange, chuchote-t-il en prenant mon visage en coupe. Je t'assure que je ne la vois pas pour cette raison.

— Alors tu la vois ?

— Pas tout à fait, je l'ai contactée pour lui demander un service.

Je plisse les yeux, suspicieuse.

— Tu demandes un service à une ex ?

— Ce n'est pas vraiment une ex.

— Ne joue pas sur les mots.

Il me lance un regard qui signifie que moi je le fais quand ça m'arrange.

— Quel service ?

Il soupire et recule d'un pas en rompant le contact entre nous.

— Elle est journaliste, j'avais besoin d'une info.

— Lexie est journaliste, râlé-je en m'appuyant contre le canapé.

— Reporter de guerre. J'avais besoin d'un journaliste qui a des infos sur un certain milieu.

J'écarquille les yeux quand les éléments s'assemblent dans mon cerveau.

— Camille a travaillé trois ans à Washington avant de venir ici.

— Et elle a tes infos ?

Il hausse les épaules.

— Elle voulait me le dire en personne.

— Ben voyons, claqué-je alors que la morsure de la jalousie refait surface.

— Tu n'as pas confiance en moi ? demande-t-il, l'air sincèrement blessé.

— Confiance ? Pour ça, il faudrait qu'on soit un couple, dis-je amère.

Après la soirée des lanternes, je pensais que les choses allaient changer. Et même s'il est moins distant, nous n'avons pas avancé.

— Chels…

— Pourquoi tu ne me touches plus, tu ne m'embrasses plus ? On ne dort même pas dans le même lit ! crié-je, laissant les émotions me submerger. J'appelle ça de la colocation !

— Merde… murmure-t-il en me tournant le dos.

Son geste me brise un peu plus le cœur. Terrifiée par la douleur qui menace de m'engloutir, je le dépasse pour rejoindre ma chambre.

— Je vais m'installer chez Mia.

Il attrape mon poignet valide et me fait pivoter vers lui. Mon souffle s'arrête alors que l'odeur de sa peau m'enivre malgré moi. Ses yeux, sombres et intenses, sont un champ de bataille où se mêlent colère, douleur et désir. Son torse se soulève rapidement, et je peux voir une goutte d'eau tracer un lent chemin sur sa clavicule avant de se perdre sur son épaule.

Puis il se jette sur mes lèvres.

C'est sauvage, désespéré, comme si sa vie en dépendait. Sa bouche écrase la mienne, et tout en moi s'effondre.

Il me pousse contre le mur, et la froideur du béton contre mon dos contraste violemment avec la chaleur de son torse. Sa peau glisse contre mes paumes tandis que je le touche enfin, explorant chaque muscle tendu.

— Tu crois que je ne te veux plus ? murmure-t-il contre mes lèvres, la voix rauque et chargée d'émotion.

Ses cheveux encore mouillés tombent en mèches désordonnées sur son front, et l'ombre de sa barbe accentue les lignes de sa mâchoire crispée. Son odeur, mélange de savon et de quelque chose de plus brut, me submerge.

Il attrape l'ourlet de mon tee-shirt et l'arrache presque. Ses mains effleurent ma peau nue, déclenchant des frissons qui me brûlent. Mes jambes tremblent lorsqu'il glisse sa bouche dans mon cou, ses dents mordillant doucement ma clavicule.

— Je voulais te laisser du temps. J'attendais que tu sois prête.

Sa voix est basse, rauque, comme un grondement qui vibre jusque dans ma poitrine. Son sexe se frotte contre ma culotte et je gémis d'anticipation.

— Je ne veux pas de temps, juste toi.

Il écarte ma culotte d'un geste sec et me hisse contre le mur. Mes cuisses s'enroulent autour de lui et ma main s'accroche instinctivement à son épaule, comme si j'allais m'effondrer sous le poids de tout ce que je ressens.

Ses doigts caressent mon intimité avec vigueur. Ce n'est pas l'heure d'être tendre, ou doux, je le veux tellement que mon corps hurle d'avoir sa libération.

Sniper semble lire dans mes pensées, puisque la seconde d'après, il retire sa serviette et me pénètre d'une seule poussée puissante.

Ses mouvements sont féroces, empreints d'un besoin viscéral de me posséder, de me retrouver.

— Sniper, soufflé-je, submergée par l'intensité, mes ongles enfoncés dans ses épaules.

— Logan... dit-il dans un grondement presque animal juste avant qu'il ne capture encore ma bouche.

Chaque fibre de mon être répond à sa proximité, à sa manière de me toucher, comme s'il s'accrochait à moi pour survivre.

— Logan, répété-je, dans un souffle.

Je ne lui avouerai jamais que je connaissais déjà son prénom après avoir jeté un coup d'œil à son courrier, il y a quelques mois. Mais qu'il me le dise tisse un lien spécial entre nous. Un lien plus intime. Même s'il restera toujours Sniper à mes yeux. Le SEAL qui a fait sombrer mon cœur, deux ans auparavant.

Quand il m'emporte vers la table du salon, le monde autour disparaît. Il me dépose sur le bord, renversant tout ce qui s'y trouve, et m'attire sous lui. Ses mains me caressent, m'enflamment, me ramènent à la vie.

Les minutes s'étirent, chaque seconde amplifiant l'émotion brute entre nous. Ses lèvres explorent mon cou, mes épaules. Chaque baiser, chaque souffle contre ma peau ravivant quelque chose que j'avais cru perdu. Ses gestes deviennent plus doux, plus mesurés, comme s'il voulait s'assurer que je ressente chaque instant. C'est plus qu'un simple acte. C'est une guérison.

Je rends les armes et tout explose comme un feu d'artifice qui ranime chaque parcelle de mon âme. Son front retombe entre mes seins, et il ne reste que nos respirations saccadées pour combler le silence.

— Tu m'as manqué, murmuré-je en caressant ses cheveux.

— Je suis désolé.

Je regarde le plafond, perturbée par l'intensité de ce que je ressens. Sniper et moi avons déjà fait l'amour à de nombreuses reprises, et ça a toujours été incroyable. Incomparable. Mais aujourd'hui, c'était différent.

Et pour la première fois, depuis longtemps, je me sens entière.

- 41 -

CHELSEA

— Tu es sure ?

Je hoche la tête, ma main dans celle de Sniper. Maintenant que nous nous sommes retrouvés, je me sens plus sereine. Et cette affaire me concerne, je dois aller au bout, mais cette fois, je ne vais pas le faire seule. Je ne reproduirai pas les mêmes erreurs.

— Allons-y, dit-il en m'embrassant sur la tempe.

Après notre séance de sexe intense, nous avons remis le couvert avec beaucoup plus de douceur. La tension était évacuée, et elle a laissé place à quelque chose de tendre. Sniper m'a expliqué pourquoi il n'avait initié aucun contact. Il pensait que j'avais accepté d'être avec lui à cause de Charlie et de ma situation. Il attendait qu'on ait réglé le problème avec Derek pour essayer de me séduire à nouveau. Le fait est que nous n'étions pas alignés sur ce coup-là, mais je ne peux pas lui reprocher d'avoir eu des doutes sur moi quand on sait que je l'ai fui pendant deux ans.

Je pensais qu'il ne voulait plus de moi. Il attendait que je me sente mieux.

J'aurais dû écouter Megan et lui poser directement la question au lieu de me faire des films.

Nous pénétrons dans le café et je repère immédiatement Camille, qui est en train de lire quelque chose sur son téléphone. Elle lève la tête vers nous quand nous nous approchons et son visage se fige une fraction de seconde avant qu'elle ne sourie.

— Salut Chelsea.

— Salut, dis-je, étonnée par son ton avenant.

J'avoue que je m'attendais à davantage d'animosité.

— Deux cafés ? demande mon SEAL en tirant ma chaise pour que je m'asseye.

Nous acquiesçons et un silence s'installe entre nous alors que Sniper s'éloigne. Camille semble aussi gênée que moi.

— Écoute, je crois qu'il faut qu'on soit franches l'une avec l'autre, commence la journaliste.

Elle essuie une miette imaginaire sur la table avant de me regarder à nouveau.

— Je veux que tu saches que je ne lui cours pas après. Je n'ai pas de vues sur lui et je n'essaie pas de me la jouer groupie harceleuse.

Je m'esclaffe, amusée par son entrée en matière.

— C'est bon à savoir.

— Je me doutais que ça ne marcherait pas entre lui et moi.

— Vraiment ? m'étonné-je.

Elle hausse les épaules.

— Il me plaisait réellement, mais pendant nos rendez-vous, j'ai senti qu'il avait quelqu'un d'autre en tête. Il m'avait même parlé de toi.

J'écarquille les yeux, surprise par cette révélation. Camille regarde dans mon dos et se penche vers moi.

— Pour tout te dire, reprend-elle plus bas, à notre dernier rencard chez lui, je ne m'étais même pas épilée tu sais où.

J'éclate de rire et me cale dans ma chaise, plus détendue.

— Je savais que ça n'irait pas plus loin.

— Pourquoi avoir accepté alors ? demandé-je sincèrement.

— Sniper est vraiment gentil. J'avais envie de passer une bonne soirée, avoue-t-elle en grimaçant. Et puis, ça me donne l'espoir qu'il existe d'autres spécimens comme lui qui n'attendent que moi.

— Tu es revenue pour retenter ta chance, souligné-je en repensant au soir où elle s'est pointée avec son repas préféré.

Elle hausse les épaules.

— Je m'en serais voulu de ne pas avoir essayé une dernière fois. Finalement, j'ai compris que c'était peine perdue. Je n'allais pas lutter pour rien. Je me respecte assez pour savoir quand il faut lâcher l'affaire.

— C'est difficile de te détester, dis-je en secouant doucement la tête.

— Il n'y a pas de raison. Si vous vous êtes trouvés alors c'est que c'était écrit comme ça.

— Voilà, mesdames.

Je fais un clin d'œil à Camille alors que Sniper dépose les tasses sur la table. Il s'assied à mes côtés et pose son bras sur le dossier de ma chaise.

— J'ai un contact pour toi, dit-elle. Je ne voulais pas te le dire au téléphone parce que de ce que j'ai compris, c'est un gros sujet.

Le visage de Sniper se transforme. La douceur laisse place à la concentration du SEAL.

— Sur quoi il bosse exactement ?

— Trafic d'organes.

— Il a monté un dossier ? demandé-je avec espoir.

— Oui, il travaille dessus depuis un an et demi.

J'écarquille les yeux, mon cœur s'accélérant brutalement.

— Il ne veut pas être découvert avant de l'avoir publié.

— On peut l'aider, dit Sniper. On a récolté des informations de notre côté, mais pas assez pour lancer une enquête.

— Comment êtes-vous tombés sur ce cas ? s'intéresse Camille en fronçant les sourcils.

— Je travaillais avec l'un des médecins impliqués.

— Merde...

— Tu peux nous filer ton contact ? Il est sur Washington en ce moment ?

— Oui, mais il sera d'accord pour venir ici.

— Ce sera plus discret et plus sûr, confirme Sniper.

Camille nous donne ses coordonnées et nous discutons quelques minutes avant qu'elle se lève.

— Je vais vous laisser.

Elle récupère sa veste et son sac.

— J'espère que vous réussirez à les faire tomber.

— Merci de nous avoir aidés.

Elle m'adresse un franc sourire et un dernier regard à Sniper avant de s'engager vers la sortie.

— Je reviens.

Mon SEAL se lève à son tour, et la suit à l'extérieur. Je les vois discuter quelques secondes, et il pose une main sur son épaule, mais aucune pointe de jalousie ne me traverse. Camille me fait un petit signe de la main à travers la vitrine, puis elle part vers le parking.

— Ça va ? demandé-je quand il se rassied.

— Oui, je voulais juste...

— Je sais.

Je soupire en jouant avec la tasse devant moi.

— J'espère qu'on touche au but.

— J'espère aussi, et si ce journaliste ne peut pas nous aider, on trouvera autre chose.

J'acquiesce, puisant dans sa détermination. Derek devra payer. Pour toutes les victimes. Pour moi. Et pour Charlie.

* *
*

— Surprise ! m'exclamé-je en montrant la table.

— Tu as cuisiné ? s'étonne Sniper en fermant la porte.

— Ne fais pas cette tête !

Il plisse les yeux et s'assied en regardant ce que j'ai préparé. Il est allé à un entrainement tôt ce matin, et j'en ai profité pour me mettre aux fourneaux. J'avais envie de lui faire plaisir pour le remercier de tout ce qu'il a fait pour moi. Mais autant dire qu'avec mon plâtre et mon incompétence culinaire, j'ai vraiment galéré.

Nous avons rencontré le journaliste de Washington, il y a deux semaines. Il était très intéressé par mon histoire et les preuves récoltées par Sawyer. Son dossier était déjà très complet, mais comme nous, c'était un mélange de copies, de témoignages et de déductions. Pas de quoi faire tomber Derek, sans compter qu'il est difficile de trouver ses complices. Mais c'était suffisant pour son article. Il l'a publié, il y a dix jours, et dans la foulée trois anciens membres du personnel se sont présentés à la police pour apporter leurs témoignages. L'affaire a pris un autre tournant tant l'article a fait scandale. Les autorités ne pouvaient plus faire l'autruche, même avec le manque de preuves, ils ont été obligés de prendre les choses en main. Plusieurs membres du personnel et de la clinique ont été arrêtés pour être interrogés, d'autres ont disparu des radars, dont Derek. Des documents ont été saisis, les dossiers que j'avais aussi copiés, et des nouveaux dont je n'avais pas connaissance. Les enquêteurs ont agi rapidement pour éviter que tout ne capote et que les preuves s'évaporent. Je m'attendais à ce que ça dure des mois, et pourtant, tout s'est enchainé très vite. Les procès, s'il y en a, prendront plus de temps, mais au moins, le trafic a été mis en lumière, et j'ose espérer que nous avons pu sauver des vies.

Sniper attrape un muffin dans lequel il croque avec envie, pendant que je lui sers une tasse de café. Ses yeux s'écarquillent légèrement puis il mâche lentement.

— C'est bon, dit-il avec un sourire forcé.

— Quoi ? J'ai mis trop de sucre ?

J'en goute un et le recrache immédiatement.

— C'est dégueulasse.

Sniper rit en reposant le sien.

— C'est particulier.

— Je comprends pas, j'ai pourtant suivi la recette, marmonné-je en m'emparant de mon téléphone pour vérifier.

— Je vais prendre autre chose.

Je lève les yeux de mon écran quand il s'étouffe avec un morceau de pancake.

— Quoi ? Qu'est-ce qu'il y a ?

— Rien, j'ai avalé de travers.

Je lui lance un regard noir et en découpe un petit bout. Je grimace et l'ingère avec difficulté tant il est sec.

— Avec de la confiture, ça sera très bien, ou trempé dans du café.

Il reprend un morceau, alors que je m'affale sur ma chaise.

— Laisse tomber, c'est fichu.

Je lâche mon téléphone sur la table, dépitée.

J'ai passé des heures en cuisine pour préparer un petit-déjeuner immangeable.

— Chels...

Il repose sa serviette.

— Viens par là, dit-il en ouvrant un bras.

Je soupire et contourne la table pour m'asseoir en travers de ses cuisses.

— C'était adorable, murmure-t-il en déposant un baiser dans mon cou.

— Je voulais te faire plaisir.

— Ça me fait plaisir. Tu t'es donné du mal.

Il caresse mon genou.

— Mais la prochaine fois, achète du tout fait.

Je le frappe à l'épaule en souriant.

— Tu as plein d'autres talents, s'amuse-t-il en haussant plusieurs fois les sourcils.

— Très fin, monsieur Hartwell.

— Comment tu te sens ? demande-t-il au bout de quelques secondes.

— J'ai l'impression qu'on a retiré un énorme poids de mes épaules.

Sniper hoche la tête en dégageant mes cheveux pour les passer dans mon dos.

— J'avais la sensation d'avoir cette responsabilité, de devoir faire quelque chose. Maintenant, ce n'est plus de mon ressort.

— Tu as fait tout ce que tu pouvais, murmure-t-il.

— J'espère qu'ils le retrouveront.

— Il ne pourra pas fuir éternellement. Ses comptes ont été gelés et sa tête est affichée dans tout le pays.

— Ça ne ramènera pas les victimes, soufflé-je, le cœur serré.

Sniper pose son menton sur mon épaule et resserre ses bras autour de moi.

— Tu voudras d'autres enfants ? demandé-je, hésitante.

Il tourne ses yeux vers moi, essayant sûrement de me sonder avant de répondre.

— Oui, je me vois bien avec une petite blondinette qui court partout.

— Ou une mini version de toi, dis-je en souriant.

— Un jour, on sera prêts, et ça se passera différemment, d'accord ?

Je hoche la tête, enivrée par cette idée. Notre relation a pris un tournant que je n'aurais jamais soupçonné.

— Et tu accepteras de te marier ? chuchote-t-il contre mon oreille.

— Ça dépend avec qui.

Il rit et serre ses doigts sur ma taille.

— Il n'est pas né celui qui te piquera à moi.

Je me tourne légèrement pour passer mes bras autour de son cou.

— J'accepterai sûrement oui. La totale, la maison, le chien, le bébé et le mariage.

— Bah dis donc, je ne te savais pas si conventionnelle.

— Je crois que j'ai envie de ça, avec toi, réponds-je en haussant les épaules.

— Va pour tout ça, alors.

Son regard plonge dans le mien et il prend ma joue en coupe. Son pouce caresse mes lèvres.

— Je t'aime, Chelsea Reed, et je t'offrirai tout ce dont tu rêves, et même plus.

Une vive émotion me traverse alors que ses lèvres se posent sur les miennes. Sans urgence, avec une tendresse qui me bouleverse. Ses bras autour de moi forment un cocon protecteur dont je n'arriverai plus jamais à me défaire. Avec lui, je me sens en sécurité, aimée telle que je suis.

Je n'ai pas besoin de faire semblant, d'être celle que je ne suis pas. Je peux être moi, avec mon bordel, mon impulsivité et mes piètres talents de cuisinière.

— Et si je nous préparais une omelette ? propose-t-il.

Je hoche la tête, incapable de former le moindre mot tant les émotions se bousculent dans tout mon être.

Parce que cette évidence est aussi terrifiante qu'enivrante.

- 42 -

CHELSEA

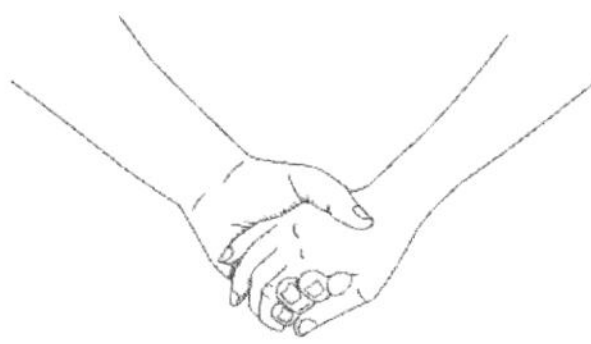

Clay trottine vers moi, le sourire aux lèvres.

— Comment ça s'est passé ?

— Bien, je crois.

— Avec ton expérience et l'affaire que tu as aidé à démanteler, ils seraient fous de ne pas t'embaucher.

Je hausse les épaules ne souhaitant pas faire de plans sur la comète. Ce serait incroyable de pouvoir travailler dans cet hôpital, mais si cette porte se ferme, je ne me laisserai pas abattre et je trouverai autre chose.

— Merci de m'avoir parlé du poste.

— Pas de soucis. Tu devrais rentrer, la tempête s'intensifie. Huit comtés sont en état d'urgence[5].

J'écarquille les yeux.

---

[5] Une violente tempête a réellement frappé la Californie en février 2024.

— Déjà ? Et toi ?

— Ils ont rappelé tout le personnel disponible.

— Mince, j'aurais aimé vous aider.

Il me sourit et presse mon épaule.

— Rentre te mettre à l'abri.

Je hoche la tête et me dirige vers la sortie alors qu'il prend la direction des urgences.

Quand je mets le nez dehors, une forte bourrasque me fouette le visage. Je resserre ma veste autour de mon corps et regarde le chaos qui m'entoure. Pour le moment, le vent s'en donne à cœur joie, et des trombes d'eau s'abattent sur la ville. J'envisage d'aller me réfugier chez Lexie qui est plus proche, mais finalement en apercevant des véhicules qui circulent sans trop de difficultés, je décide de rentrer à l'appartement.

Je cours jusqu'à ma voiture, les yeux plissés pour voir où je pose les pieds et me jette presque dans l'habitacle pour me mettre à l'abri.

— Bon sang... marmonné-je.

Je secoue mes cheveux et retire ma veste avant de lancer un appel. Depuis qu'on m'a enlevé mon plâtre, j'ai l'impression de redécouvrir tous les gestes du quotidien. Quel bonheur de pouvoir me servir du café sans en renverser, me laver les cheveux des deux mains ou enfiler mon jean sans me tortiller dans tous les sens.

— Tu as fini ? me demande immédiatement Sniper.

— Oui, je vais rentrer.

— Fais attention, la tempête a pris de l'ampleur.

— J'ai vu ça. J'ai l'impression d'avoir été absente des heures.

Alors que l'entretien n'a duré que quarante-cinq minutes.

— On a été appelés à la base, j'allais partir.

— Pourquoi ?

— Ils anticipent les conséquences. Si ça empire, on va prêter main-forte aux secours.

Mon cœur se serre à cette idée, je n'ai pas du tout envie qu'il soit dehors avec ce temps.

— Ça va bien se passer, d'accord ? Mais je veux que tu rentres tout de suite.

— D'accord, je suis en route.

— Garde ton téléphone près de toi.

— Fais attention.

— Promis. Envoie-moi un message quand tu es à l'appart.

J'acquiesce et raccroche tout en me dirigeant vers Coronado. Les essuie-glaces battent frénétiquement sur le pare-brise, mais c'est à peine si je vois quelque chose devant moi. La pluie tombe en rideau et les phares des voitures venant en sens inverse ne sont que des éclats flous et déformés. Mes jointures sont blanchies tant mes doigts sont crispés sur le volant.

Après quelques minutes chaotiques, le Coronado Bridge se dessine enfin devant moi. Je soupire de soulagement en constatant qu'il est toujours ouvert. Mais la tension se rappelle rapidement à moi. Si j'étais plutôt protégée en ville, le pont ne sera pas une partie de plaisir. Ça me rassure presque de voir d'autres véhicules traverser sans encombre. Je déglutis difficilement et lance une playlist doudou sur mon téléphone pour me calmer.

À peine quelques mètres plus loin, les rafales de vent secouent déjà la voiture. Je serre les dents et me penche légèrement en avant comme si ça pouvait me permettre de mieux voir. Je m'efforce de garder une vitesse constante, mais chaque bourrasque me donne l'impression que la voiture va s'envoler, comme dans ces films catastrophes que je devrais arrêter de regarder.

Je plisse les yeux et me concentre sur la ligne blanche à peine visible sous l'eau qui commence à stagner sur la route, formant de larges flaques inquiétantes. Mes épaules sont si tendues que j'anticipe déjà le bain chaud que je vais m'octroyer en arrivant.

Un camion passe dans l'autre direction, envoyant une vague de flotte sur mon pare-brise. Mon cœur rate un battement et je freine légèrement pour me stabiliser.

— Enfoiré, murmuré-je.

Le claquement de la pluie sur le toit et les vitres est assourdissant, couvrant presque la musique. Le trajet n'a jamais été aussi long, avec l'impression que le pont s'étire à l'infini.

Quand enfin les bâtiments de Coronado se dressent à l'horizon, la tension diminue progressivement jusqu'à ce que je me retrouve dans la rue principale. Je ne suis pas arrivée, mais la route me semble déjà plus sûre. Concentrée, j'avale les derniers mètres, et souffle de soulagement au moment où je me gare dans le parking sous-terrain de l'immeuble. De l'eau s'infiltre dans la descente mais je me vois mal laisser ma voiture dehors. Je cours presque jusqu'à l'ascenseur, et ce n'est qu'en refermant la porte de l'appartement que mon cœur se calme.

J'envoie un SMS à Sniper pour le rassurer et retire mes chaussures avant de foncer vers la chambre.

Un bain, une série, et un goûter sont au programme. Tout en récupérant de quoi me changer, j'envoie aussi un message à Mia.

[Salut, ma grognasse. Vous êtes en sécurité à la maison ?]

Elle me répond quelques secondes plus tard.

[Oui, je n'aime pas du tout ce temps,
il me fait flipper.]

[Moi aussi.]

Depuis ce qui est arrivé à ma sœur, je n'ai pas peur de l'eau, en revanche, je préfère en être loin quand il y a un gros orage ou une tempête.

[J'aurais préféré que Matthew soit à la maison.]

[Tu veux que je vienne ?]

Je comprends qu'elle ne soit pas rassurée, seule dans cette maison avec un bébé.

[Non, ça va aller, je vais fermer tous les
stores et regarder une série.]

[Pareil.]

Je pousse la porte de la salle de bain et dépose mes affaires sur le lavabo.

[Appelle-moi si besoin.]

[Toi aussi.]

Un éclair illumine la pièce pendant une fraction de seconde, et je fais rapidement demi-tour pour aller fermer tous les rideaux, regrettant qu'il n'y ait pas de stores. J'en profite pour regarder ce qu'il y a dans les placards. Je jette mon dévolu sur des paquets de biscuits que je pose déjà sur la table basse.

Je grimace en entendant le vent hurler à l'extérieur. Je ne suis pas certaine de réussir à dormir cette nuit. Avec un peu de chance, ça se sera calmé d'ici là.

Décidée à ne pas me laisser abattre après cette bonne journée, je fais couler l'eau et me déshabille en vitesse. Une fois le bain prêt, je m'y glisse avec délectation. J'adore les bains, c'était mon critère numéro un lorsque je cherchais un appartement. Il n'y a rien de mieux pour me détendre après une garde à l'hôpital.

Les yeux fermés, je savoure l'instant quand la lumière s'éteint brutalement.

— Merde.

Je patiente quelques secondes, mais le courant est aux abonnés absents. Je jette un coup d'œil à mon téléphone, il ne me reste que 15 % de batterie, et je n'ai pas pensé à le charger en rentrant.

— Adieu la soirée série, marmonné-je.

Dépitée, je me rince en vitesse et sors de la baignoire, avec l'espoir de la retrouver rapidement. Sniper a plein de bougies, ça fera parfaitement l'affaire. Enroulée dans une serviette, je décale un rideau pour regarder à l'extérieur, et je n'aperçois aucune lumière. J'hésite quelques secondes, immobile dans le salon, puis je me décide en ouvrant doucement la porte d'entrée. J'appuie sur l'interrupteur du couloir, mais rien ne se passe. Je vérifie rapidement les autres portes, constatant qu'il n'y a de la lumière nulle part.

Je retourne à l'intérieur et fouille les tiroirs à la recherche de bougies et d'une lampe de poche, éclairée par mon téléphone. Avec ça, il ne va pas durer longtemps. Sniper doit avoir du matériel, mais on n'a jamais eu l'occasion d'en discuter.

[Tu as une lampe torche ?]

J'envoie le message, puis regarde dans un énième placard. Je crie de joie en dénichant les bougies. J'en place quelques-unes sur la table du salon et les allume pour éclairer un minimum la pièce.

— Bah voilà, c'est plutôt agréable.

Je suis en train de retourner vers la salle de bain pour y disposer d'autres chandelles quand mon téléphone sonne.

— J'ai trouvé des bougies, mais pas de lampe, dis-je en décrochant.

— Tu n'as plus de courant ?

— Non, et dans l'immeuble non plus.

Je l'entends murmurer quelque chose à quelqu'un.

— Écoute, les filles vont se regrouper chez Ace et Alyssa.

— Pourquoi ? m'étonné-je. Ce n'est pas plus sûr de rester à l'intérieur ?

— En principe, si, mais la tempête va empirer. Certaines zones vont être évacuées, d'autres risquent d'être inondées.

— Dis-moi que je ne suis pas dans ces zones.

— Je ne sais pas encore, Chels, mais chez Ace, il y a un générateur de secours, la maison est dans une zone sûre, légèrement en hauteur, et il y a assez de place pour tout le monde.

— Tu me fais peur, chuchoté-je.

— Je suis désolé, mon ange, mais ça ne va pas aller en s'améliorant, vous serez mieux là-bas, toutes ensemble.

— Mia va prendre la voiture ? m'alarmé-je.

— Elle est déjà en route, Ghost l'a appelée avant même qu'on ait des infos.

Je hoche la tête, rassurée. J'étais flippée seule, alors avec un bébé, ce doit être encore pire. Surtout à Glorietta Bay, qui est tout près de l'eau.

— Je… d'accord, si tu penses que c'est mieux.

Alyssa et Ace vivent à moins de dix minutes d'ici sur Alameda Boulevard, c'est faisable.

— Ne traine pas, tu dois partir rapidement avant de ne plus pouvoir circuler.

— Et vous ?

— Pour le moment, on est encore à la base.

Je vide la baignoire et attrape mes vêtements avant de rejoindre la chambre.

— La lampe torche est dans le placard de l'entrée.

J'acquiesce et la récupère, soulagée d'avoir mieux que mon portable pour m'éclairer.

— Envoie-moi un message quand tu es arrivée, OK ?

— D'accord.

Je raccroche, m'habille et prépare rapidement un sac avec le nécessaire. Ne sachant pas combien de temps ça va durer, j'y ajoute de la nourriture, et un plaid.

— C'est comme une soirée pyjama, marmonné-je.

Une fois prête, je regarde autour de moi pour m'assurer que je n'ai rien oublié, puis j'éteins les bougies avant de quitter l'appartement.

Je dévale les escaliers, éclairée par la lampe torche et retrouve ma voiture, grimaçant quand je sens de l'eau tremper mes chaussures.

— Merde…

Je grimpe vite à l'intérieur et mon cœur s'accélère dangereusement quand je démarre. J'aurais préféré rester à l'appart, mais j'ai dans l'idée que si Sniper me demande de partir c'est qu'il anticipe quelque chose que je ne sais pas. Je quitte ma place et me dirige vers la sortie. Heureusement pour moi, la porte du garage est bloquée en position ouverte. Malheureusement, ça me permet aussi de voir que le temps se déchaine.

— Allez, ça va le faire.

Je prends la direction de la maison d'Ace quand mon téléphone sonne à nouveau.

- 43 -

CHELSEA

— Salut Megan.

— Salut, tu es déjà chez Aly ?

— Non, je pars à peine de l'appart, pourquoi ?

Elle renifle et je peux entendre les bourrasques souffler dans le téléphone.

— Ma voiture est tombée en panne, je ne sais pas quoi faire. Personne ne s'arrête pour m'aider.

— Je peux passer te chercher, dis-je sans même avoir besoin d'y réfléchir.

— Non, ça te ferait un détour, je...

— Ne dis pas de bêtises, j'avais envie de laver ma voiture, de toute manière.

Elle rit mais je perçois bien sa panique.

— Je suis sur la 10e rue, devant le numéro 1405.

Des phares m'éblouissent dans le rétroviseur intérieur et je maudis celui qui me suit.

— J'arrive, reste bien dans ta voiture, dis-je en activant mon GPS.

Quinze minutes plus tard, je la repère sur le bas-côté. Je stationne à côté d'elle, et rapidement, je la vois émerger du véhicule, accompagnée de sa chienne.

Je grimace en comprenant que Naya va dégueulasser mes sièges, mais ce n'est pas le moment de râler. Megan jette son sac à l'intérieur, fait monter la chienne, puis elle me rejoint à l'avant.

— Merci, désolée de t'avoir embêtée.

— Pas de problème.

Elle essuie son visage trempé.

— J'ai essayé d'arrêter des voitures, mais tout le monde m'a ignorée.

Je me remets en route alors qu'elle tapote rapidement sur son téléphone.

— Je n'en reviens pas que le temps ait tourné si vite.

— Moi non plus, dis-je la gorge nouée. Je n'avais même plus de courant.

— Mince… Un vrai film d'horreur.

Je ricane, reconnaissante de ne plus être seule. Finalement, ce n'est pas plus mal que j'ai fait un détour.

— Mia est bien arrivée, m'informe-t-elle.

— April et Lexie ?

— April est à la base, et Lexie est allée chez ses parents.

Je hoche la tête, rassurée, tout en restant concentrée sur la route. Le déluge ne fait que s'intensifier, et j'ai l'impression que mes essuie-glaces vont se décrocher tant ils bataillent contre l'eau.

Je serre le volant en essayant de demeurer calme. Naya, sur la banquette arrière, gémit doucement, comme si elle ressentait l'atmosphère tendue.

Une bourrasque secoue la voiture, et je jure entre mes dents. Les gouttes de pluie glissent sur les vitres comme des rivières, déformant les lumières des rares lampadaires qui fonctionnent encore. Il n'y a presque personne sur la route, juste des ombres floues de temps à autre, des silhouettes emmitouflées qui se pressent pour aller se mettre à l'abri.

Le vrombissement sourd du tonnerre résonne au loin, suivi d'un éclair qui illumine brièvement la rue. Mon cœur rate un battement quand, au dernier moment, une masse sombre se dessine devant nous.

— Merde ! crié-je en appuyant sur la pédale de frein.

Naya aboie, surprise, tandis que Megan s'agrippe instinctivement à la poignée de la portière. La voiture glisse légèrement avant de s'immobiliser.

Je soupire, mais le soulagement est de courte durée quand je comprends que c'est un arbre qui nous bloque le passage.

J'enclenche la marche arrière, mais la visibilité est quasiment nulle. Les rétroviseurs ne me renvoient qu'une bouillie grise de pluie et de reflets distordus. Je tourne la tête pour regarder par-dessus mon épaule, et même là, c'est un mur liquide qui m'accueille.

— On ne voit rien, râlé-je.

Megan resserre son gilet, plus pour se protéger de la tension qui nous submerge que du froid.

Je recule doucement pour éviter de heurter quoi que ce soit, puis je redresse pour revenir sur la voie principale. Une rafale secoue la voiture, et je sens mes nerfs prêts à lâcher.

— Je ne connais pas d'autre chemin, dis-je.

— Le plus court, c'est le bord de mer.

Je grimace, pas convaincue, mais nous n'avons pas vraiment le choix. Nous ne pouvons pas rester en plein milieu de la route.

— OK, dis-je en inspirant profondément. Guide-moi.

Je remets ma Chevrolet en marche et bifurque lentement dans une rue latérale. Le rugissement des vagues se mêle désormais au martèlement de la pluie, un grondement continu et menaçant.

— Fais attention, murmure Megan d'une voix tendue.

— Ça va aller, j'ai été pilote dans une autre vie, répliqué-je en me penchant légèrement en avant.

Megan s'esclaffe malgré l'angoisse qui la tenaille. Elle tend la main en arrière pour caresser sa chienne qui est couchée, les oreilles repliées.

La route qui longe le bord de mer est déserte, ce qui amplifie mon anxiété. Les lampadaires vacillent sous l'assaut des bourrasques, projetant des éclats de lumière tremblants à travers le rideau de pluie.

— Bon sang...

Le vent hurle, faisant tanguer la voiture comme un jouet. L'eau commence à s'accumuler sur les bas-côtés, des flaques se transformant en petites rivières qui serpentent sur le bitume.

— La mer est déchaînée, dis-je en apercevant quelques vagues frapper la digue.

À chaque impact, des gerbes d'eau salée jaillissent et éclaboussent la chaussée. Quand la nature s'anime, elle ne rigole pas.

Je fixe la route, ou du moins ce que j'arrive à en distinguer. J'ai l'impression que quelqu'un a jeté un seau de peinture grise sur le pare-brise.

Le grondement sourd d'une vague plus puissante que les autres attire mon attention. Je tourne la tête juste à temps pour voir un mur d'eau s'écraser contre la digue. Une pluie de débris s'abat sur la chaussée, certains rebondissant dangereusement près de la voiture.

Alors que je reporte mon regard sur la route, un objet heurte le pare-brise avec une telle violence que je crie, lâchant brièvement le volant. Le verre se fissure sous la force du choc, une toile d'araignée qui s'étend d'un côté à l'autre. Je rattrape rapidement le volant tout en écrasant la pédale de frein. Un petit trou s'ouvre au centre de l'impact, et de fines gouttes commencent à s'infiltrer.

— Qu'est-ce que c'était ? hurle Megan, sa voix tremblant de panique.

— Je n'en sais rien ! Il faut colmater le trou où on va se retrouver dans une piscine.

Naya gémit de plus en plus fort à l'arrière, griffant la banquette avec ses pattes. Sa peur est palpable, et je sens un nœud se former dans ma gorge. Je me jette sur mon sac et en sors un pull que je donne à Megan.

Tandis qu'elle le roule en boule, je redémarre, ne souhaitant pas rester trop longtemps immobile.

Elle le fourre dans le trou avec maladresse, ses mains tremblant autant que les miennes.

— Ça devrait tenir... pour l'instant, murmure-t-elle.

Je hoche la tête, les yeux rivés sur la route. Les fissures sur le pare-brise rendent la visibilité encore plus difficile.

— On devrait peut-être retourner chez moi, dit Megan d'une voix hésitante.

— Ce serait tout aussi dangereux. On est déjà trop loin. Et si les rues derrière nous sont bloquées ? On doit continuer, dis-je, essayant de me convaincre autant que de la rassurer.

J'espère que je ne regretterai pas cette décision, mais en l'état actuel des choses, difficile de savoir ce qu'il faut faire.

— Tu peux tenter d'appeler Hunter ou Sniper ?

Elle acquiesce et récupère son téléphone, qui était tombé à ses pieds.

— Ça ne capte pas.

Il ne manquait plus que ça...

Les minutes s'étirent, chaque mètre parcouru ressemblant à un combat contre la nature elle-même. Les voitures se font de plus en plus rares, tout comme les silhouettes qui se pressaient sur les trottoirs. Ma respiration est courte et mes mains glissent sur le volant, même si je m'y agrippe avec force.

Megan serre la poignée de la portière, le visage blême, quand un bruit sourd retentit à l'arrière. Je jette un coup d'œil dans le rétroviseur. Impossible de voir ce que c'était. Peut-être un débris qui a heurté le coffre.

Le ronflement d'une crue soudaine m'arrache un cri qui semble provenir de quelqu'un d'autre. La mer déferle sur la route comme un monstre affamé, frappant ma Chevrolet de plein fouet. Le véhicule tangue, puis commence à dériver.

— Accroche-toi ! hurlé-je à Megan, mes mains serrant le volant par pur réflexe.

Naya pousse un gémissement déchirant à l'arrière et Megan s'agrippe à la poignée avec force. L'eau claque contre les fenêtres me rappelant à quel point nous ne sommes pas grand-chose face à la nature.

Au bout de quelques secondes qui semblent durer des heures, nous percutons un mur. Je suis projetée en avant, retenue de justesse par la ceinture de sécurité. L'eau s'abat violemment sur ma portière qui menace de céder à tout instant, alors que la voiture est légèrement penchée sur le côté droit, coincée entre le bâtiment et des véhicules stationnés sur le bas-côté.

— Megan, ça va ? demandé-je en tentant de redémarrer.

Elle hoche la tête, le souffle court. Ses mains tremblent tandis qu'elle s'évertue à défaire sa ceinture.

— La portière est encore dégagée de mon côté, dit-elle, les mots se bousculant quand il est évident que mon moteur a rendu l'âme.

Elle s'efforce d'ouvrir, sans succès. J'essaie d'actionner les vitres mais c'est peine perdue, rien ne se passe. Dans un sursaut d'espoir, je détache ma ceinture et fouille le sol pour en sortir une canne antivol que j'ai achetée après qu'on ait forcé deux fois ma voiture.

— Essaie avec ça, dans l'angle.

Elle la récupère et protège son visage avec son bras avant de frapper la vitre. Elle doit s'y reprendre à plusieurs reprises, mais le verre se brise dans un bruit qui sonne comme une libération. Elle dégage le contour autant que possible alors que l'eau s'engouffre déjà dans l'habitacle. Le tissu qui bouchait le trou du pare-brise était si imbibé qu'il a fini par tomber sur le tableau de bord.

— Vas-y, dis-je en la poussant un peu en avant.

Elle se faufile et tend son bras pour m'aider, mais je me tourne pour essayer d'attraper la chienne qui s'est aplatie sur les sièges.

— Naya, viens ! crie Megan.

— Elle ne bougera pas, grogné-je, mon cœur battant à tout rompre.

Je pince les lèvres et me glisse sur la banquette arrière alors que l'eau monte rapidement.

— Allez, ma grande, il faut sortir ! insisté-je, ma voix oscillant entre douceur et urgence.

Naya tremble comme une feuille, ses griffes se plantant dans le tissu. Je la pousse par-derrière tandis que Megan se penche pour agripper son collier et la tirer vers elle. La chienne résiste de toutes ses forces, terrifiée.

— Megan, tire plus fort !

Naya finit par céder, glissant à travers l'ouverture.

— Chelsea, vite !

L'eau continue d'envahir l'habitacle, et je sens le froid atteindre mes hanches. Je repasse à l'avant même si chaque mouvement semble être un combat.

— Allez, Chels ! crie Megan, en dégageant les cheveux plaqués sur son front.

Je me hisse sur le siège passager. Avec une poussée désespérée, je me faufile à travers le cadre brisé de la portière. La pluie me frappe le visage si violemment que je plisse les yeux pour tenter de distinguer Megan.

— Qu'est-ce qu'on fait ? dit-elle, agrippant mon bras pour garder l'équilibre.

L'eau nous arrive aux cuisses, ce qui va compliquer nos déplacements, mais une chose est certaine, on ne peut pas rester ici, c'est bien trop dangereux.

- 44 -

SNIPER

Je me passe la main sur le visage alors que le briefing reprend après une pause pour obtenir les dernières infos. Les secours sont déjà en place à San Diego, quelques équipes sont parties leur prêter main-forte puisque le temps a empiré très rapidement. Bien plus rapidement que ce que nous avions prévu.

Je jette un coup d'œil à mon portable. Toujours aucune nouvelle de Chelsea, mais le réseau est capricieux. Une partie de la ville est plongée dans le noir et ça ne va pas aller en s'améliorant.

— Messieurs, vous allez intervenir sur Coronado.

April lance une carte à l'écran alors que le commandant reprend.

— Le bord de mer a été évacué, et les vagues passent par-dessus la digue. Des crues violentes emportent tout sur leur passage. Plusieurs quartiers sont sous l'eau, et il reste des habitants bloqués.

Il jette un coup d'œil à l'écran.

— Vous allez vous déplacer par équipes. Pas de risques inutiles.

Essayez de secourir au maximum mais ne mettez pas votre sécurité en péril.

Nous acquiesçons. Un secouriste qui perd la vie en portant secours, ça s'est déjà vu, et ce n'est clairement pas le but de la manœuvre.

— Le vent et la pluie rendent les choses plus difficiles. La visibilité est nulle, et de nombreux débris volants sont à déplorer.

Ghost se rapproche du commandant qui dispatche les zones d'intervention alors qu'Ace nous rejoint, le regard soucieux.

— Aly et les enfants vont bien ? demandé-je.

Il acquiesce.

— Aly, Mia et les enfants vont bien, mais elles n'ont aucune nouvelle de Chelsea et Megan.

Mon cœur s'accélère alors que je jette un coup d'œil à ma montre. Même en roulant doucement, elle devrait être arrivée depuis longtemps.

— Megan est tombée en panne. Chelsea est allée la chercher.

— Merde, grogne Hunter en portant le téléphone à son oreille.

Il secoue la tête et se passe la main sur le visage.

— Pourquoi elle ne m'a pas appelé ? dit-il, le regard inquiet.

— D'après Alyssa, elle ne voulait pas te déranger alors que tu étais avec les secours. Les filles pensaient avoir le temps de faire le trajet.

Le ventre noué, j'essaie, à mon tour, de joindre Chelsea.

— Rien, dis-je à Hunter qui me dévisage dans l'attente d'une info.

— Où est-ce qu'elles pourraient se trouver ? dis-je en observant le plan.

— Elles sont peut-être retournées chez l'une ou l'autre.

— Peut-être... murmuré-je.

— April ? lance Blue, tu as des indications sur des routes impraticables ?

Elle acquiesce.

— J'étais en train de mettre à jour la carte pour faciliter vos recherches.

Elle regarde son écran, puis fronce les sourcils en relevant la tête.

— Qu'est-ce qu'il y a ? s'étonne-t-elle.

— Megan et Chelsea ont disparu.

— Mince. Les croix rouges, ce sont les routes impraticables. Les oranges, ce sont les voies difficiles d'accès, mais encore praticables. Les bleues, ce sont les zones inondées.

— Elle aurait pris ce chemin, dis-je en montrant la route la plus logique alors que Ghost nous rejoint.

— Qu'est-ce qu'il se passe ? demande-t-il en avisant nos expressions tendues.

— Megan et Chelsea sont introuvables.

— La route principale est impraticable, continue Hunter.

— Donc, elles ont fait un détour.

— Ici ou ici ? demande Ace en pointant deux possibilités.

— Chelsea ne connait pas la ville. Par où serait passée Megan ?

— Le plus court, c'est le bord de mer.

— Merde... murmuré-je en m'appuyant sur la table, bras tendus.

— Dis-moi qu'on est dans cette zone, grogne Hunter.

— Je reviens.

Ghost s'éloigne, alors que je regarde à nouveau le plan comme s'il détenait les réponses à mes questions. La zone part du bord de mer et s'étend sur plusieurs pâtés de maisons. Avec ce temps, c'est une aiguille dans une botte de foin.

Je récupère mon téléphone et appelle une nouvelle fois, mais je tombe directement sur le répondeur.

— C'est bon, annonce notre chef d'unité, on a cette zone.

— Comment savoir si elles sont toujours dehors ? questionne Ace, à juste titre.

Le courant a été coupé dans notre immeuble, mais elles auraient très bien pu vouloir se mettre à l'abri.

— Je vais demander à l'équipe qui est dans cette zone de passer chez toi, explique Ghost en s'adressant à Hunter. Ça nous permettra d'éliminer une piste.

— On n'a qu'à passer également par l'appart, proposé-je. C'est à deux rues de la zone.

Je n'aurais jamais dû lui dire de se rendre chez Ace. Elle serait en sécurité chez nous à l'heure actuelle. Au pire, elle aurait été évacuée. Mais je ne pouvais pas deviner qu'elle allait récupérer Megan.

Ghost me dévisage un instant avant d'acquiescer.

— On se met en route tout de suite, dit-il.

* *
*

CHELSEA

L'eau me mord la peau à chaque pas, comme si elle cherchait à nous engloutir. Nos jambes se battent contre le courant, et chaque mouvement est un effort. Megan tient fermement le collier de Naya, qui refuse d'avancer, effrayée par le chaos autour de nous. Je dois régulièrement poser une main sur son dos pour l'encourager, mais ses pattes semblent coincées dans des blocs de béton.

Une branche s'écrase dans un bruit sourd à quelques mètres, me faisant sursauter. Megan jette un regard en arrière, puis vers moi, le visage tendu. Nous restons proches l'une de l'autre pour ne pas risquer d'être emportées et nous nous accrochons à tout ce que nous pouvons pour nous aider à progresser dans l'eau. Plus nous avançons, plus le niveau baisse, ce qui nous donne l'énergie de continuer.

Aux cuisses. Puis aux genoux. Enfin aux mollets.

Mètre après mètre, notre situation s'améliore malgré les vêtements qui collent à la peau, la fatigue, et le déchainement des éléments. Nous ne sommes pas tirées d'affaire. Rester dehors est bien trop dangereux, mais au moins, nous ne sommes plus aussi proches du bord de mer.

Naya pousse un gémissement plaintif. Megan la tire doucement, sans relâcher sa poigne sur le collier.

Je plisse les yeux quand il me semble apercevoir quelque chose. Mes cheveux fouettent mon visage avec violence. Je les écarte et m'immobilise pour mieux voir.

C'est alors qu'elle apparait. Une lumière. Non deux. Des phares.

— Il y a une voiture ! crié-je pour couvrir le bruit du vent.

Megan se tourne vers la route, le corps crispé, puis elle se met à faire de grands gestes avec son bras libre. Je force mes jambes à avancer de quelques pas, et je gesticule à mon tour, pour que le conducteur me remarque. Avec cette pluie, il ne nous repérera qu'au dernier moment.

Quand il arrive à notre hauteur, je crois qu'il ne va pas s'arrêter, mais finalement, il freine. Sa voiture dérape légèrement avant de s'immobiliser. Nous nous précipitons vers la portière tandis que la vitre, côté passager, descend lentement, semblant lutter elle aussi contre la pluie battante.

— À croire que le destin a voulu me donner un coup de pouce.

Mon souffle se bloque et je recule d'un pas, heurtant Megan, qui se tenait dans mon dos.

Derek.

Un sourire cruel déforme ses traits et mon estomac se tord d'horreur.

— Je t'ai suivie toute la journée, je ne pensais pas te retrouver avec cette tempête.

Son ton est moqueur, comme si tout ça n'était qu'un jeu pour lui.

— Chelsea, murmure Megan, la panique vibrant dans sa voix.

Je me reprends, réalisant que nous ne sommes pas coincées.

— Cours ! crié-je en tirant la main de mon amie.

Nous nous lançons dans l'eau froide, forçant nos jambes fatiguées à se mouvoir. La voiture redémarre violemment en patinant sur le sol glissant. La pluie fouette nos visages, et le courant ralentit nos mouvements.

Quand est-ce que cette foutue tempête va s'arrêter ? Je n'en vois pas la fin.

Derrière nous, j'entends toujours le moteur de Derek qui gronde. L'eau ne l'entrave pas vu la hauteur de ses roues, en revanche, les débris freinent sa progression, ce qui nous laisse une petite longueur d'avance. Je trébuche sur un objet et me rattrape in extremis à une barrière sur le trottoir. Megan lutte pour tracter Naya, qui ne lui facilite pas la tâche.

Nous bifurquons dans une rue plus étroite, espérant qu'il ne puisse pas y manœuvrer aussi aisément, mais Derek n'abandonne pas. Il tourne dans le quartier. Sa voiture réapparaît à chaque détour comme un prédateur traquant ses proies. Ce doit être le seul être humain en Californie qui a volontairement décidé de se balader avec cette maudite tempête.

— Là ! crie Megan en désignant une rangée d'arcades dans une rue commerçante.

Je la suis sans réfléchir, jetant un coup d'œil dans mon dos pour m'assurer que le véhicule n'est pas en vue. Les arcades offrent un semblant d'abri, ce qui est inespéré vu qu'absolument tous les commerces et bâtiments sont fermés. Nous nous plaquons contre un pilier, le souffle court, et les muscles hurlant de douleur.

Quelques secondes plus tard, la voiture passe à nouveau. Elle avance au ralenti, comme dans un film d'horreur, faisant monter mon angoisse.

— Qu'est-ce qu'on fait ? murmure Megan, tremblante.

— On devrait rester ici pour le moment. On voit bien la rue et on est à l'abri.

Megan hoche la tête, collée contre moi. Nos habits sont trempés, et mes dents claquent tant de stress que de froid.

À nouveau, le moteur se fait entendre. Je jette un coup d'œil au cas où il s'agirait des secours, mais c'est bien Derek qui refait un passage.

— La ville est grande, chuchoté-je, et même si je déteste cette pluie, elle nous cache un minimum.

— Tu crois que les secours vont arriver ? demande-t-elle, faisant écho à mes pensées.

— Peut-être…

Le quartier est désert, je ne sais pas si les gens sont calfeutrés ou s'ils ont été évacués.

Un coup de tonnerre éclate, si fort qu'il me fait sursauter. Une fraction de seconde plus tard, un craquement retentit. Deux branches massives tombent à quelques mètres, envoyant voler de l'eau et des débris. Je me plaque contre le poteau au moment où Naya pousse un hurlement de terreur. Elle tire violemment sur son collier et réussit à s'échapper.

— Naya ! crie sa maitresse, se lançant instinctivement à sa poursuite.

— Megan ! Non, attends !

Je m'élance à mon tour, mon cœur tambourinant ardemment dans ma poitrine. J'écarte les mèches de mon visage tandis que la voiture de Derek apparait au bout de la rue. J'écarquille les yeux d'horreur à l'idée qu'il s'attaque à mon amie. Son moteur vrombit et il avance à toute vitesse, envoyant des gerbes d'eau de part et d'autre de la route. Au moment où il rattrape Megan, elle saute par-dessus des tables et des chaises qui trônent au milieu de la rue, bloquées par un camion stationné sur le bas-côté. Derek sort rapidement de sa voiture pour se lancer à sa poursuite.

— Arrête-toi, hurle-t-il, la voix emplie de rage.

Poussée par l'adrénaline et la colère, je cours vers lui et le percute de toutes mes forces.

- 45 -

CHELSEA

Nous tombons au sol, l'impact brutal m'envoyant une décharge sourde à l'épaule. Derek grogne, surpris par mon geste. Je me débats, frappant au hasard, cherchant à le retenir le plus longtemps possible.

Il attrape mon poignet d'une main, resserrant son étreinte dans un étau douloureux. Je hurle et me tortille comme une furie pour me dégager. Mon pied rencontre son genou, ce qui le fait vaciller, mais il ne cède pas.

Je lui envoie mon autre main en plein visage, mes doigts éraflant sa joue. Il me repousse, et je glisse dans l'eau, atterrissant lourdement sur le dos.

La pluie continue de s'abattre sans relâche, mêlée au vent qui gronde dans mes oreilles. Je tousse et essaie de me redresser.

— Espèce de salope ! rugit-il en me saisissant par les épaules.

Je le frappe au ventre, un coup désespéré qui le fait grogner, mais sa prise se resserre. Il me retourne violemment, m'écrasant le visage contre l'eau.

— Tu as ruiné ma vie !

L'eau glaciale envahit mon nez. Je suffoque, battant des bras pour trouver un appui. Il relâche légèrement la pression, juste assez pour me laisser inspirer un filet d'air, avant de replonger ma tête sous l'eau.

— Tu crois que tu peux t'en sortir après ça ?

Ma vision se brouille alors qu'il réitère son geste. Le liquide glacé s'engouffre dans ma gorge et mes poumons qui implorent de l'air. Mes mains griffent ses poignets, mais à mesure que les secondes passent, mes mouvements désordonnés deviennent plus faibles.

L'eau rugit, le vent hurle, le tonnerre éclate au loin. Puis, tout disparaît.

Le bruit se retire, le chaos s'estompe et un silence morbide s'abat sur moi.

Lauren...

Cette nuit-là. La tempête. La mer déchaînée. Sa poigne pour me sauver. Son courage. Ses mots rassurants. Et puis le néant. Le vide. L'absence.

Mes poumons brûlent à nouveau, mais je ne bouge pas. Ce n'est plus l'eau qui m'étouffe, c'est ce souvenir. La peur enfantine, viscérale, me saisit. Je veux hurler, mais je suis déjà submergée. Les vagues m'enveloppent, m'aspirent vers le fond, tout comme elles ont entrainé Lauren, ce jour-là.

Puis, dans mon néant, une autre image brise le chaos.

Charlie.

Mon bébé, mon ange, qui n'a jamais eu la chance de respirer.

Une chaleur inattendue traverse ma poitrine, bousculant la paralysie.

Sniper.

Son regard. Sa force. Ses paroles. Son soutien.

L'air revient dans mes poumons comme une gifle.

Je ne veux pas mourir ici.

Reprenant le contrôle de mon esprit, je remarque que Derek a relâché sa pression. Je jette brusquement ma tête hors de l'eau, inspirant une bouffée désespérée. Ses paumes me repoussent, mais cette fois, je me débats avec une énergie nouvelle. Mes mains tâtonnent à la recherche d'un objet, n'importe quoi pour me défendre. Mes doigts accrochent ce qui semble être une branche. Je l'empoigne, la serre de toutes mes forces. D'un mouvement brutal, je me retourne et le frappe au visage.

Le bruit sourd du choc me fait sursauter. Derek vacille, ses yeux s'écarquillant sous le coup. Il s'effondre dans l'eau, le sang s'échappant d'une plaie ouverte sur sa tempe.

Je reste un instant immobile, tremblante, fixant son corps inerte dans l'eau trouble.

Puis un rugissement m'arrache à ma stupeur. Une nouvelle crue déferle dans la rue, alors que Derek se redresse en titubant, une main sur son visage.

* *

*

SNIPER

Un hélico survole la zone alors que je descends du véhicule pour rejoindre mon immeuble. Le courant a été coupé dans tout le quartier et j'ai de l'eau jusqu'aux genoux. J'imagine que le parking sous-terrain doit être inondé. Je pousse la porte du bâtiment et grimpe les marches deux par deux. Je sais déjà qu'il n'y a personne avant même de faire le tour de l'appartement.

Par acquit de conscience, je jette un coup d'œil partout, mais rien n'a bougé. Aucun signe qui indiquerait que Chelsea est revenue ici pendant la tempête. Donc soit elles se sont mises à l'abri, soit elles sont toujours dehors. Cette idée me glace le sang.

Je referme la porte et dévale les escaliers en trombe pour rejoindre mon équipe. Je secoue la tête à la question silencieuse de Ghost, mon regard croisant celui de Hunter. Je perçois sa peur et son impatience. Comme moi, il veut des nouvelles, il veut savoir ce qu'il se passe et où sont nos femmes.

— Prenons la route qu'elles ont empruntée pour refaire le trajet, décide notre chef d'unité.

Il informe la seconde voiture de notre plan, alors que je claque la portière et me passe la main sur le visage, tentant de ne pas céder à la panique.

La tension est palpable dans l'habitable. La montée des eaux dans la baie provoque des inondations dans les zones basses comme

Coronado, en plus des vagues qui franchissent la digue. Dans le sud, le San Diego Bay National Wildlife Refuge, qui protège plusieurs espèces d'oiseaux et de poissons, est un site humide et marécageux qui déborde facilement en cas de fortes pluies.

— Putain, murmure Blue en voyant une vague engloutir la digue et s'abattre sur la route.

— Ralentis, dit Ghost.

L'hélicoptère passe à nouveau au-dessus de notre position, mais avec le vent, il ne s'approche qu'en cas de nécessité. Les conditions sont bien trop catastrophiques pour risquer la vie des secouristes.

— Allons-y, tenez-vous prêts, et gardez l'œil ouvert au cas où il y aurait des victimes, annonce Ghost.

Nous roulons au pas dans la zone sinistrée, ébahi par la force des éléments. Rien n'échappe à la puissance de la nature.

— À 2 heures, dit Blade via la radio.

Je tourne la tête dans cette direction et remarque une voiture, en travers, coincée entre des véhicules et un mur. Elle a probablement été emportée par une crue.

— Blue, tu restes ici, on va voir. Hunter avec nous.

Notre coéquipier descend de son véhicule et nous rejoint.

L'eau nous arrive aux genoux et nous devons forcer sur nos cuisses pour avancer. À mesure que je me rapproche, j'aperçois l'arrière d'une Chevrolet à travers le rideau de pluie. Hunter balaie la voiture avec sa lampe torche. Mon cœur s'emballe quand je comprends que c'est celle de Chelsea. J'accélère le pas, dépassant Ghost, alors que j'entends le colosse faire de même. Je ressens du soulagement mêlé à de la panique en constatant qu'elle est vide. Soulagement, parce qu'elles ont pu sortir de l'habitacle. La panique parce qu'elles sont seules, et dehors avec ce temps.

— Elles ont cassé la vitre, dit Hunter en contournant le véhicule.

Je jette un œil à l'intérieur, essayant de voir s'il y a du sang, mais avec l'eau, c'est peine perdue.

— Je crois apercevoir un sac, lâche Ghost en se penchant.

Ce qui signifierait qu'elles n'ont pas leurs téléphones, ce qui serait logique puisqu'aucune d'elles ne nous a contactés. De toute façon, avec le réseau en demi-teinte, ça n'aurait probablement pas fonctionné.

— Impossible de deviner quelle direction elles ont prise, grogne Hunter en frappant le toit de la voiture.

— Elles étaient à pied, elles ont dû retourner vers les zones moins inondées et s'éloigner du bord de mer.

J'acquiesce, d'accord avec mon chef d'équipe. Hunter et moi avons du mal à y voir clair, et c'est pour ça qu'on est toujours plus forts tous ensemble. Les uns complètent et soutiennent les autres. C'est ce dont nous avons besoin en ce moment.

— Allons-y.

Nous remontons en voiture et prenons la direction de l'intérieur des terres. En essayant de réfléchir comme des piétons, mais les possibilités sont multiples.

Le téléphone satellite sonne, nous mettant directement en alerte.

— Ghost ?

— Sawyer ? s'étonne notre chef en mettant le haut-parleur.

— Oh bon sang, j'arrive enfin à vous joindre. C'est la merde. Sniper est là ?

— Je suis là.

— OK. Derek est en Californie.

— Quoi ? Tu en es sûre ?

— Non, je te fais une frayeur pour le plaisir, claque-t-elle.

— Désolé, marmonné-je alors que Blue sourit comme un idiot.

— Il a pris un avion privé, il est arrivé hier.

— D'autres infos ? demande Ghost.

— Je pense qu'il a loué une voiture, mais je n'en suis pas certaine parce qu'il n'a pas utilisé son vrai nom ni sa carte de crédit.

— Merci.

Ghost repose le téléphone et se tourne vers moi.

— Il n'est pas là pour visiter le zoo de San Diego.

— Pourquoi est-ce qu'il ne s'est pas tiré à l'autre bout du pays ? s'étonne Blue.

— Son égo, dis-je sombrement. Il veut se venger.

— La tempête nous aura laissé un peu de répit pour mettre des choses en place.

— Ce salopard ne s'en sortira pas.

Je tourne le visage vers la vitre, repensant à la réaction de Chelsea en découvrant l'échographie encadrée de Charlie. Sa douleur. Ses yeux hantés. Son absence de sourire. Ce connard ne peut pas s'en sortir. Il ne doit pas s'en sortir.

— On s'en occupera le moment voulu.

Je hoche sèchement la tête, reportant mon attention sur la route.

— Hurricane à Ghost, tu me reçois ?

Je ferme les yeux, espérant enfin une bonne nouvelle.

— Cinq sur cinq.

— On a retrouvé Megan.

- 46 -

CHELSEA

— Bordel ! rugit Derek, la voix noyée par le grondement de l'eau.

Le courant m'emporte comme un fétu de paille, me projetant contre un véhicule immergé. L'impact me coupe le souffle, et je perds l'équilibre, avalant une gorgée d'eau. Je tousse et tente de m'agripper à tout ce que je trouve mais je suis secouée dans tous les sens. Je suis propulsée sur le côté et ma jambe rencontre quelque chose de tranchant. Une douleur fulgurante me traverse, comme si une lame venait de s'enfoncer dans ma chair. Je hurle, le cri se perdant dans le vacarme.

L'eau continue de tourbillonner, et je lutte de toutes mes forces pour reprendre le dessus malgré le sang qui se répand autour de moi. Mes pieds glissent, incapables de trouver un point d'appui, alors je tends les bras et essaie d'attraper tout ce qui me frôle, jusqu'à ce que mes doigts se referment sur un objet métallique. Un panneau de signalisation tordu. Je m'y accroche avec une énergie désespérée, mon cœur battant à un rythme effréné. Je cligne plusieurs fois des yeux pour en chasser les gouttes et cherche Derek du regard.

Il est à quelques mètres de moi, luttant lui aussi contre le courant. Je serre la barre et cale mes pieds du mieux possible pour soulager la traction dans mes muscles. Derek crie et son corps bascule, submergé un instant, avant de refaire surface, en toussant et en crachant. Il se débat, ses bras frappant l'eau, pour essayer de se stabiliser.

— Chelsea ! hurle-t-il, sa voix déchirant le chaos environnant.

Il tend une main vers moi, et pendant une fraction de seconde, tout semble se figer. Le grondement de l'eau s'efface, remplacé par ce moment suspendu où nos yeux se croisent.

Mais je reste accrochée au panneau, mes doigts crispés à en blanchir.

Je ferme les yeux alors que le courant l'emporte, partagée entre la culpabilité de ne pas secourir un autre être humain et le soulagement de le voir s'éloigner de moi. Je n'oublie pas tout ce qu'il a fait. Je n'oublie pas. De toute manière, si je l'avais aidé, j'aurais sûrement été emportée avec lui.

Après quelques minutes durant lesquelles je reste accrochée à mon panneau, malgré mes muscles douloureusement tendus, l'eau semble légèrement se calmer. Je relâche doucement la pression et me hisse, en grinçant des dents. Mes doigts tremblent alors que je monte sur le toit d'une voiture coincée entre les débris.

— Megan ! crié-je à m'en casser la voix.

Dépitée, je prends une grande inspiration et saute sur une autre voiture plus proche de la rue perpendiculaire en gémissant. Je dérape et me rattrape de justesse aux essuie-glaces.

Quand je suis assez près des bâtiments, je me laisse glisser sur le capot et retombe sur mes jambes, les lèvres pincées pour ravaler un cri de douleur. L'eau m'arrive à la taille, mais ce n'est pas le plus inquiétant, je dois regagner une zone qui n'est pas inondée.

— Megan ! hurlé-je à pleins poumons.

Seul le vent me répond.

Mes muscles tremblent sous l'effort, et chaque pas m'arrache une grimace. Et puis je les entends. Un aboiement puis un gémissement. Je tends l'oreille et me concentre pour essayer de repérer d'où vient le bruit, puis je boitille dans cette direction, une main posée sur ma cuisse ensanglantée.

J'écarquille les yeux en voyant Naya aux prises avec le courant. Elle est coincée entre deux voitures qui forment un V dans son dos. Ses pattes frappent l'eau avec vigueur, mais elle ne parvient pas à sortir de son piège. Je me faufile aussi rapidement que possible entre les débris et les véhicules en me tenant à tout ce que je trouve pour ne pas me laisser emporter.

— Naya !

La chienne ne m'entend pas, terrorisée.

Je me hisse difficilement sur l'une des deux voitures, et je m'accroche au capot pour ne pas perdre l'équilibre.

— Naya ! claqué-je plus fort.

Elle m'aperçoit, mais il n'y a que de la peur dans ses yeux. Je dois m'y reprendre à trois fois pour saisir son collier, puis je crie pour la ramener vers moi alors que le courant pousse dans l'autre sens. Naya continue de battre des pattes, en me labourant les bras à plusieurs reprises, jusqu'à ce qu'elle s'écroule sur moi. Je gémis quand son corps touche ma blessure, mais je suis tellement contente de la retrouver que j'ignore la douleur.

— Où est ta maitresse ? demandé-je en regardant autour de nous.

Aucun signe de Megan, ce qui m'inquiète réellement, j'espère qu'elle aura réussi à se mettre à l'abri.

— Allez, on doit s'éloigner, dis-je à la chienne qui rechigne à bouger.

Son collier en main, je glisse sur le capot. Naya bat des pattes à côté de moi, m'éclaboussant à grandes eaux, et je dois la tracter pour qu'elle suive la bonne direction. Soulagée, je remarque que la pluie s'est calmée, même si le vent souffle toujours. Les rues ne sont pas sûres, mais la situation s'améliore.

Je jubile presque en apercevant un coin où se mettre à l'abri. Un camping-car s'est encastré dans le mur du cinéma. Et un arbre est tombé sur son pare-brise. Je comptais rejoindre une zone sécurisée, mais je peine à marcher, et la chienne, paniquée, ne m'aide pas vraiment. Je crois que le plus sûr est de trouver un endroit où attendre les secours.

— Allez viens.

Je tire Naya et la fais grimper sur le tronc d'arbre. Il n'est pas très épais, et j'espère qu'il va supporter notre poids. J'essuie mon visage trempé et me place derrière la chienne, la poussant pour qu'elle avance. Elle freine des quatre fers, mais je m'acharne en grognant.

Quand, enfin, elle atterrit sur le toit du camping-car, je lui fais signe de sauter sur l'auvent en béton du cinéma. Mais encore une fois, elle n'obéit pas, trop affolée. Mon cœur fait un bond dans ma poitrine au moment où le tronc craque dans mon dos. Il se sépare en deux, la partie basse disparaissant dans l'eau, alors que l'autre reste suspendue.

— Allez, dis-je à la chienne, monte !

Angoissée, j'essaie d'insuffler de l'autorité dans ma voix pour la forcer à agir. Heureusement, elle finit par sauter. Mais l'exercice s'avère plus difficile pour moi. Je me hisse à la force des bras, et crie de rage pour parvenir à faire passer tout mon corps alourdi par mes vêtements trempés. Une fois en haut, je me laisse tomber sur le dos, les yeux fermés, tandis que la chienne me lèche le visage.

Je ris, mais c'est un rire nerveux. Tant de choses pourraient encore mal tourner…

Je roule sur le côté et m'assieds en boule contre le mur, les genoux repliés contre ma poitrine, pour conserver un peu de chaleur.

Une vague d'impuissance me submerge. Je devrais faire un garrot à ma jambe, mais je n'ai pas la force de retirer ma veste. Naya se blottit contre moi et j'agrippe son collier, mon front posé contre ses poils trempés.

Mes dents claquent si fort que j'ai l'impression qu'elles vont se briser.

— On va s'en sortir… murmuré-je en me raccrochant au visage de mon SEAL.

* *
*

SNIPER

Hunter s'éjecte du véhicule et se précipite vers l'une des ambulances. Je sors à mon tour, accompagné de Ghost, alors que les autres demeurent sur place. Nous n'allons pas rester longtemps, mais nous avons besoin de toutes les infos que pourrait nous communiquer Megan.

Je la repère au moment où elle jette la couverture de survie qu'elle avait sur les épaules pour courir et sauter dans les bras de mon coéquipier. Il la serre contre lui, embrasse son front, regarde son visage, la serre encore, et je n'ai qu'une envie : pouvoir faire de même avec Chelsea.

— Tu vas bien ? demande Hunter en écartant les cheveux de son visage pour lui embrasser à nouveau le front.

Le soulagement qui émane de lui est tellement puissant qu'on le ressent tous. Megan et Hunter, c'est une connexion qui ne s'explique pas.

— Quelques coupures, des bleus, mais je suis vivante, dit-elle en haussant les épaules.

Hunter récupère une autre couverture de survie et enveloppe sa femme avant de l'écraser contre lui.

— À l'avenir, dès qu'il pleut, je t'enferme chez nous.

Megan s'esclaffe et pose sa tête contre le torse de mon coéquipier. Je leur laisse quelques secondes, puis je m'approche. Je ne veux pas briser ce moment, mais le temps joue toujours contre nous.

— Je suis heureux que tu ailles bien, dis-je en pressant son épaule.

La culpabilité traverse son regard.

— Vous ne l'avez pas retrouvée ?

Je secoue la tête.

— C'est ma faute, je n'aurais jamais dû lui demander de venir me chercher.

— Tu ne pouvais pas savoir, intervient son mari. On n'avait pas anticipé que le temps tournerait si vite.

— Tu penses qu'elle est toujours en vie ? soufflé-je même si j'ai l'impression d'avoir avalé du sable.

— La dernière fois que je l'ai vue, elle l'était. Naya s'est enfuie, je lui ai couru après, et Derek a débarqué.

— Il vous a trouvées ? s'inquiète Ghost.

— Oui, Chelsea lui a sauté dessus pour le ralentir. Je suis revenue sur mes pas, mais il y a eu une énorme crue. J'ai dû me mettre à l'abri.

Elle se frotte le visage, perdue.

— La rue était inaccessible, j'ai... je n'ai pas pu l'aider, je suis désolée.

— Tu as fait ce que tu as pu.

— Et Derek ? demande Ghost.

— Je ne l'ai pas revu. J'ai marché pour regagner les zones moins inondées et je suis tombée sur l'équipe d'Hurricane.

Ghost sort un GPS de sa poche et ouvre une carte.

— Montre-nous le trajet que vous avez emprunté à partir du moment où vous avez dû laisser la voiture.

Megan acquiesce et nous relate les différents événements en pointant les rues. Heureusement pour nous, elle arrive à bien se repérer, ce qui nous fera gagner du temps.

— Je n'ai pas rattrapé Naya, souffle-t-elle, les larmes aux yeux.

Cette chienne compte beaucoup pour elle, d'autant plus depuis qu'elle a fait une fausse couche.

— Elle est coriace, la rassure Hunter, on va la retrouver.

— On y va, ordonne Ghost en regardant sa montre.

Alors que je grimpe dans le véhicule, je suis surpris de voir

Hunter se diriger vers le sien. Je croyais qu'il resterait avec sa femme.

— Elle va bien et elle est en sécurité, dit-il comme s'il avait compris mes pensées, mais Chelsea a besoin de nous.

Je hoche la tête, reconnaissant, et m'installe alors que Ghost partage les infos dans la radio pour en aviser nos coéquipiers, mais également les autres équipes qui tournent dans la ville.

Blue est concentré sur la route, les mains serrées sur le volant. Ghost consulte son GPS pour anticiper les prochains déplacements. Même si nous connaissons bien Coronado, avoir ce support nous aide à agir de manière méthodique.

— Je prends à gauche ou je continue ?

Ghost hésite une seconde alors que mon regard ne lâche jamais l'extérieur dans l'espoir d'apercevoir un signe de vie.

— Continue tout droit. On vérifiera cette rue après.

La tension est palpable dans l'habitacle. Même si la pluie s'est calmée, le vent continue de hurler à intervalles réguliers, et les rues sont jonchées de débris. Blue évite un poteau électrique tombé en partie sur le trottoir, mais une branche se dresse soudain devant le pare-brise.

— Merde!

Il freine brutalement, et je me rattrape de justesse à la poignée au-dessus de la portière. La voiture dérape légèrement, mais Blue la redresse habilement.

— Ça va ? demande-t-il, jetant un coup d'œil dans le rétroviseur.

— Oui, dis-je, en réajustant ma position.

Le silence retombe alors que nous progressons lentement. Des chaises, des tables, des poubelles, et même des meubles flottent un peu partout, rendant l'accès difficile. Dans certaines zones, les secours ont dû opter pour des zodiacs tant la tempête a été violente.

— On y va à pied, dit Ghost en ouvrant sa portière dans une rue, en partie inaccessible.

Je descends à mon tour, tandis que Blue coupe le moteur. Nous avançons prudemment, les pieds s'enfonçant dans l'eau fraiche.

— Attendez, murmure Blue, en s'arrêtant net.

Je lève les yeux et vois ce qu'il pointe : une silhouette, échouée sur ce qui ressemble à un tronc d'arbre. Mon cœur s'emballe, et sans réfléchir, je me précipite, forçant le passage dans l'eau qui m'arrive aux mollets.

— Sniper !

Plus je m'approche, plus mon souffle devient court. Des cheveux blonds emmêlés, un corps immobile...

Je m'arrête à un mètre, n'osant plus franchir ce dernier pas, celui qui pourrait tout changer.

Blue me jette un coup d'œil compatissant et s'avance pour tourner légèrement la femme.

Ce n'est pas Chelsea.

Le choc est brutal, me coupant presque le souffle.

Ce n'est pas Chelsea.

J'expulse tout l'air que j'avais retenu et me penche en avant, les mains appuyées sur mes cuisses.

— Elle est morte, annonce mon coéquipier.

Ghost serre mon épaule et lance un appel dans la radio pour qu'une équipe vienne récupérer le corps de la victime.

Ce n'est pas elle, mais ça aurait pu l'être.

— Sniper.

La voix de Blue me ramène à la réalité. Les poings crispés, je me redresse.

— On va la retrouver, affirmé-je, incapable d'envisager le contraire.

Nous retournons à la voiture, l'air chargé de silences. Blue redémarre, et nous reprenons les recherches, chaque seconde pesant un peu plus lourd sur mes épaules.

Une peur visqueuse s'insinue en moi, rampant le long de ma colonne vertébrale. Je n'imagine pas perdre Chelsea alors que nous venons à peine de nous donner une chance.

— On laisse les véhicules ici, décide Ghost quand nous arrivons dans une zone bien trop sinistrée.

Nous descendons des voitures et avançons à pied, l'eau froide frôlant nos mollets. Une pluie fine s'est remise à tomber, s'infiltrant sous nos vêtements. Elle dégouline sur mon visage, ruisselle dans mon cou, et le vent n'arrange rien, fouettant l'eau comme des aiguilles contre ma peau. Je secoue la tête pour dégager ma vue, mais mes cheveux collent toujours à mon front.

Le courant, bien que léger, complique notre progression. Mais ce sont les débris qui nous posent le plus de problèmes. On a l'impression qu'un conteneur a été vidé en plein milieu de la rue. Une chaise de jardin côtoie une poubelle, un vélo et parasol alors qu'une table trône sur le toit d'une voiture qui a défoncé la vitrine d'un magasin.

La lourdeur de l'ambiance est écrasante.

— Attendez, chuchote Hunter en levant une main.

Nous nous immobilisons. Le silence retombe, à peine troublé par le clapotis de l'eau et le gémissement du vent. Et là, je l'entends aussi. Un aboiement, faible et étouffé.

— Ça vient d'où ? demande Blue, en tendant l'oreille, sa lampe braquée devant nous.

Un autre aboiement, plus clair cette fois. Hunter avance d'un pas, les yeux plissés. Ce n'est pas pour rien qu'il est notre chasseur. Tous ses sens sont toujours en alerte.

— Ça vient de là-bas.

Nous suivons le bruit. L'aboiement se répétant, fragile mais régulier. La tension monte à mesure que nous approchons. Puis Blade s'arrête brusquement, sa lampe dirigée vers le bâtiment.

— Là-haut.

Je lève les yeux. Sur l'auvent du cinéma, une silhouette se détache. Un chien, trempé et immobile.

— Naya, souffle Hunter, ses épaules s'affaissant de soulagement.

Nous avançons prudemment, le danger n'étant pas écarté. Que ce soit la tempête ou Derek.

— Comment est-elle montée là-haut ? murmure Ace en constatant qu'il n'y a aucun accès.

Les battements de mon cœur s'intensifient quand j'aperçois enfin ce qui se cache derrière la chienne.

— Chelsea !

Mon cri déchire le silence, et nous courons vers le bâtiment malgré l'eau qui freine nos mouvements. Ghost et Blue se positionnent près du mur pour me rattraper au cas où. Hunter place ses mains, prêt à faire la courte échelle. Il n'y a pas besoin de mots, on fonctionne ensemble depuis si longtemps que tout s'imbrique parfaitement. Je me hisse sur l'auvent, soulagé de voir qu'il semble assez solide. Je tapote doucement la tête de la chienne qui jappe en apercevant mon coéquipier au sol.

— Chelsea… murmuré-je.

Elle est recroquevillée entre le mur et Naya. Ses lèvres sont bleues, son visage blême, et du sang s'écoule d'une grosse entaille le long de sa cuisse.

Je me laisse tomber à genoux à côté d'elle, la gorge serrée, les mains tremblantes.

— Putain, merci, dis-je en voyant qu'elle respire.

Je m'approche et la prends doucement dans mes bras. Elle gémit et ouvre les yeux avant de les refermer.

— Je suis là, mon ange. Je vais m'occuper de toi.

— Logan...

— Je te tiens, soufflé-je, ma voix se brisant. Je ne te lâche plus.

- 47 -

CHELSEA

— Bonjour, murmuré-je, blottie contre Sniper.

Il resserre son bras autour de moi et embrasse mon crâne.

— Comment tu te sens ?

— À ma place.

— Parce que tu y es.

Je souris comme une idiote et grimpe à califourchon sur ses hanches.

— Attention, ta jambe.

— Ma jambe va bien, dis-je en déposant un baiser sur son torse.

Et c'est vrai, j'ai perdu du sang, j'ai une fine cicatrice, mais je m'en sors bien. La douleur est passée au bout de quelques jours, et je préfère tirer un trait sur toute cette histoire.

En tout cas, j'essaie, puisqu'en réalité, je fais encore des cauchemars. J'y vois le visage effrayant de Derek, celui terrifié de ma sœur. Puis l'image se floute, et apparaissent Megan et Naya, étendues dans l'eau, inertes. Il me faudra du temps pour surmonter cette épreuve, mais j'y arriverai, je le sais, parce que j'ai le meilleur partenaire possible pour affronter les obstacles que la vie dressera sur mon chemin.

Le téléphone de Sniper sonne et je me penche pour le récupérer et le lui tendre. Tandis qu'il décroche, j'en profite pour caresser son torse du bout des doigts, me délectant des frissons qui parsèment sa peau.

— C'est sûr ?

Le ton de sa voix m'oblige à relever la tête vers son visage et son regard m'indique que la conversation est sérieuse.

Sniper raccroche et jette le portable sur le côté, ses yeux rivés aux miens.

— Qu'est-ce qu'il y a ? Tu me fais peur.

— Ils ont retrouvé Derek.

Mon cœur rate un battement. Depuis qu'ils m'ont secourue, cette question revient en boucle : où est passé cet enfoiré ?

— Il est mort.

J'écarquille les yeux.

— Quoi ? Mort ? Tu en es sûr ? C'est vraiment lui, je veux dire...

— Chels, me coupe Sniper. C'est sûr. Il est bel et bien mort dans la tempête.

Une multitude d'émotions me traversent.

De la joie.

De la culpabilité.

De la tristesse.

Mais c'est le soulagement qui prédomine.

Je pose une paume sur mon ventre désormais vide. Et Sniper recouvre ma main avec la sienne.

— Et le réseau ? dis-je.

— L’enquête se poursuit, ça ne change rien. Ils veulent les faire tomber. L’affaire a fait trop de bruit, ils ne lâcheront pas.

Je hoche la tête à plusieurs reprises, le temps de remettre de l’ordre dans mes pensées.

— Ça va ? chuchote Sniper.

Je veux que justice soit faite. J’ai besoin que justice soit faite. Mais pour l’instant, j’ai fait tout ce que je pouvais.

— Je crois. J’ai du mal à réaliser.

Il se redresse et glisse ses mains dans mon dos, déposant des baisers le long de ma mâchoire, mais un aboiement puis des grattements contre la porte nous interrompent.

Je ris alors que Sniper grogne.

— Sérieusement, c’est la troisième fois.

Depuis la tempête, Megan et Hunter nous hébergent puisque le quartier de notre appartement a souffert, tout comme le sous-sol et le rez-de-chaussée de l’immeuble qui ont été inondés. On aurait pu aller chez n’importe lequel de nos amis, mais un lien indéfinissable s’est créé entre Megan et moi.

Une vingtaine de personnes sont mortes. Il y a eu des chutes d’arbres, des zones ravagées par l’eau, des glissements de terrain et trois cent mille foyers ont été privés d’électricité. Alors, même si j’ai vécu des heures terrifiantes, j’ai eu beaucoup de chance. Peut-être que Lauren veillait sur moi...

— Il va falloir me partager, mon petit chou, lancé-je en me dandinant sur lui.

Il me bascule sur le dos et glisse son nez dans mon cou.

— Je n’ai pas envie de te partager.

Je bloque son corps avec mes jambes et fourrage ses cheveux avant de les tirer doucement en arrière pour relever son visage. Je caresse sa lèvre inférieure avec mon pouce, puis plonge mon regard dans le sien.

— Je t'aime, avoué-je, le cœur battant.

Son visage s'illumine alors que l'adoration, l'amour, et le bonheur se succèdent dans ses yeux.

Il dépose un baiser sur mes lèvres. Doux. Tendre. Réconfortant.

— Ne me brise pas le cœur, murmuré-je si bas que j'entends à peine les mots qui franchissent mes lèvres.

— Je n'en ai pas l'intention, mon ange.

Je caresse son visage et l'attire pour un autre baiser, plus passionné.

Enivrant.

Délectable.

Inoubliable.

Parce qu'il signe le point de départ de ma nouvelle vie.

- EPILOGUE -

SNIPER

Je secoue la tête, amusé, en voyant les femmes se mettre en ligne pour reproduire une chorégraphie. Mia essaie de donner des ordres, mais Chelsea l'interrompt sans cesse alors que les autres sont déjà en train de remuer comme si la musique avait commencé. Ce qui n'est pas le cas.

Je croise les bras sur mon torse quand les premières notes de Wannabe des Spice Girls résonnent dans le salon[6]. L'ambiance devient électrique et les filles sont déchainées. On croirait qu'elles jouent leur vie sur cette chanson.

Blue se poste à mes côtés, son portable en main.

— Qu'est-ce que tu fais ?

— Je filme. Ça me servira pour faire du chantage un jour.

Je ris alors que les filles entament la chorégraphie du refrain.

— C'est la jambe droite, se moque Mia.

[6] Clin d'œil à un épisode de la série One Tree Hill.

Chelsea lui fait un doigt d'honneur et se place devant elle pour l'embêter.

— Bouge tes fesses, grognasse.

— On doit continuer ? demande Megan sans savoir si elle doit danser ou intervenir.

— Continue jusqu'à la dernière note ! crie Lexie à fond dans sa prestation.

Chelsea et Mia finissent la chanson bras dessus bras dessous en chantant plutôt faux alors que les autres sont pliées en deux tellement elles rigolent.

Quand la musique se termine, j'applaudis en m'approchant.

— Mesdames, c'était remarquable, mais je n'aurais jamais payé pour voir ça.

— Enfoiré, grogne Chelsea en me lançant un coussin que j'esquive facilement.

— Mon ange, tu étais fabuleuse, mais je crois que tu confonds la gauche et la droite.

— Les hommes n'étaient pas conviés, râle Mia.

— Dans ce cas, il ne fallait pas vous exhiber, s'amuse Blue en secouant son téléphone.

— Le fourbe ! crache April en se précipitant vers lui.

Mon coéquipier se met à courir alors que notre analyste le poursuit jusque dans le jardin.

— Ah ben voilà ! Maintenant vous êtes cinq. Le groupe est reformé, c'est très émouvant.

— Mais tu n'as pas une arme à aller astiquer, claque Lexie.

Elle écarquille les yeux au moment où Chelsea éclate de rire.

— Mes armes sont toutes astiquées, je te remercie.

— Ouais, ben pas sûr que je participe avant longtemps, commente Chels.

— Ça devient gênant, chuchote Megan à Mia.

— Tu t'y habitueras.

— Oncle Sniper ! crie Madi.

— Tu es très demandé, dit Chelsea en s'approchant pour passer ses bras autour de mon cou.

Depuis plusieurs semaines, nous partageons l'histoire que j'ai toujours voulu vivre avec elle. Une vraie relation. Elle a même rendu son appart à Washington pour s'installer avec moi. On déménagera sûrement dans quelque chose de plus spacieux le jour où on agrandira notre famille, mais pour l'instant, nous sommes simplement heureux d'être ensemble. Dans cet appart qui a été le témoin de nos débuts chaotiques.

— Que veux-tu, on sait reconnaitre mon caractère sympathique et mon talent pour diverses activités.

— Je confirme, plaisante-t-elle en haussant plusieurs fois les sourcils.

— Je t'aime, murmuré-je en déposant un baiser sur ses lèvres.

— J'espère bien.

Je ris et claque ses fesses, la faisant râler avant de me diriger vers Madison et Sophia.

Mia a tenu à organiser un repas pour Thanksgiving, et elle n'y est pas allée de main morte sur les invités. Je jette un coup d'œil à ma mère qui discute avec le père de Ghost et sa compagne. Pour l'occasion, elle a accepté de faire le déplacement, ce qui me fait réellement plaisir, j'avais envie qu'elle connaisse mieux les gens qui gravitent autour de moi, et surtout celle qui fait battre mon cœur.

Comme je l'avais prévu, elles se sont bien entendues. Il faut dire que ma mère rêvait d'avoir une belle-fille. Et comme Chels ne parle plus à ses parents, elle était ravie d'avoir à nouveau une figure maternelle dans sa vie.

En arrivant près de l'espace de jeux des enfants, je salue Camille, qui discute avec Clay. Chelsea a insisté pour l'inviter. Je n'ai pas compris pourquoi elle semblait autant l'apprécier, mais ça me réjouit. Camille est une belle personne, et je regrette la façon dont ça s'est passé entre nous.

— Regardez qui est là ! lance Ghost en se décalant pour dévoiler un nouvel invité.

— Alex ! s'écrie Mia en courant vers lui.

Il la rattrape au vol en riant, puis dépose un baiser sur son front.

— Tu avais dit que tu n'étais pas libre ! râle-t-elle.

— Surprise… s'amuse-t-il.

Chelsea les rejoint et il la serre aussi dans ses bras, en lui murmurant quelques paroles que nous n'entendons pas.

— Où est Hope ? demande-t-il impatient.

Il l'a déjà vue, mais trop peu comparé à la vitesse avec laquelle la petite grandit.

Mia lui prend la main et l'entraine vers sa fille. Et tandis qu'ils se rapprochent de l'endroit où je me trouve, Alexander croise le regard de Camille. Tous les deux se figent quelques secondes avant de se reprendre. Je plisse les yeux, et remarque que la journaliste rougit. Alexander lui sourit et reporte son attention sur Hope, mais son regard revient vers Camille quelques secondes plus tard.

Le sourire aux lèvres, mon cœur se gonfle de bonheur au milieu des discussions et des rires de mes proches.

On en a fait du chemin ces dernières années, mais ces épreuves nous ont menés là où on se trouve aujourd'hui, alors ça en valait la peine.

* *

*

BLADE

Lexie se sert un verre d'eau et me lance un sourire qui illuminerait n'importe quelle nuit sombre. Elle contourne la table et pique de quoi grignoter dans mon assiette.

— Tu m'as vu danser ?

— Malheureusement.

Elle tape mon épaule.

— Goujat !

— Tu es plutôt quelle Spice Girls ?

— La sixième, dit-elle sérieusement.

Mon père éclate de rire.

J'ai finalement accepté de le rencontrer, et sa réaction m'a profondément touché. Il était ému, choqué aussi. Qui aurait pu imaginer ça ? Moi, Blade, j'ai une famille de sang. Jamais je n'aurais cru que ça arriverait, et c'est grâce à la femme incroyable qui discute avec eux comme si elle les connaissait depuis toujours. S'il y a bien une chose que Lexie fait facilement, c'est nouer des contacts avec les gens. Elle s'intéresse sincèrement à eux, et elle semble à l'aise dans n'importe quelle situation. Elle compense mes silences.

Mon père a été marié pendant vingt-cinq ans, mais son épouse est décédée d'un cancer. Ils ont eu deux enfants. J'ai donc découvert que j'avais un demi-frère et une demi-sœur. Ils ne combleront jamais toutes mes années de solitude, mais ils ont le mérite d'essayer et de me faire une place dans leurs vies. J'ai déjà perdu assez de temps à ruminer mon passé, maintenant, je me concentre sur mon avenir. Je me surprends même à avoir réellement envie de fonder une famille. Lexie et moi en avons discuté. Et nous sommes d'accord pour adopter. Pour offrir un foyer à des enfants qui en ont besoin, comme j'en aurais eu besoin quand j'étais jeune. Et comme ses parents l'ont fait avec Miguel et Sofian.

La douleur et le vide qui comprimaient ma poitrine ont été remplacés par la chaleur et l'amour.

Ces sentiments indescriptibles qui me donnent envie de me battre chaque jour pour protéger tout ce que j'ai de plus cher.

Aujourd'hui, je ne survis plus, je vis. Tout simplement.

* *
*

BLUE

— Mais qu'est-ce que vous faites ? s'amuse Kate alors que je tourne autour d'elle pour échapper à April.

— Attrape-le ! grogne mon analyste.

Je m'éloigne et m'excuse après avoir bousculé Bailey.

— Oncle Sean ! crie Sophia.

— Je suis occupé, crapule.

Elle croise les bras sur sa poitrine et me lance un regard noir. Je m'arrête en soupirant, vaincu, alors qu'April ricane.

— Laisse-moi ma vidéo, la supplié-je en me mettant à genoux.

Elle éclate de rire.

— Pourquoi ? Tu vas juste te moquer.

— Non, tu étais tellement sexy, ma rouquine.

— Mais bien sûr.

J'avance sur mes genoux et pose ma main sur sa cuisse.

— Très sexy, comme toujours.

— Garde-la, abdique-t-elle.

— Tu me referas la choré ? soufflé-je en me redressant.

Je dégage ses cheveux, la serre contre moi et dépose un baiser dans son cou.

— Hé, il y a des âmes sensibles par ici, râle ma sœur.

— Sophia m'a déjà vu embrasser April.

— Je parlais de moi, claque-t-elle en roulant jusqu'à sa fille.

April éclate de rire et tapote mon torse avant de rejoindre les deux autres femmes de ma vie.

Je n'ai besoin de rien d'autre que tout ce qui se trouve ici. April, ma sœur, ma nièce, mes coéquipiers et leurs femmes.

Pendant longtemps, rongé par la culpabilité et mes peurs, je me suis empêché d'être heureux. Jusqu'à April.

J'ai perdu trop d'années. Je suis bien décidé à profiter de chaque seconde auprès des personnes qui comptent pour moi.

Parce que la vie est trop courte pour rester prisonnier du passé.

* *
*

HUNTER

Je quitte le barbecue et regagne la table en attendant qu'il soit l'heure de lancer la cuisson. Mon frère fait une partie de football avec ceux de Lexie, tandis que mes parents discutent avec les siens. Regrouper tout ce petit monde était une belle idée. Elle tombe au bon moment alors que, depuis quelques mois, nous profitons d'une accalmie dans les missions.

— Comment tu te sens ? demandé-je à Megan qui s'approche.

Elle s'installe sur mes genoux et se blottit contre moi, comme toujours.

— Très bien.

Je dépose un baiser sur sa tempe et pose une main protectrice sur son ventre.

Elle est à nouveau enceinte. Nous n'en avons pas encore parlé parce que l'avenir de notre enfant est incertain, mais j'ai bon espoir que la vie nous fasse ce cadeau merveilleux pour effacer toutes les douleurs du passé.

Les derniers mois n'ont pas été faciles pour ma femme. Cette fausse couche a été un coup dur. Et j'ai eu peur de la voir sombrer, qu'elle se perde dans sa peine. Mais elle s'est battue. Elle a affronté ce drame avec courage. J'aurais tout fait pour lui épargner une épreuve supplémentaire. Si je pouvais donner tout ce que je possède pour qu'elle vive enfin en paix, je le ferais, mais je n'en ai pas le pouvoir.

La tempête m'a rappelé de la plus cruelle des façons que tout pouvait basculer en une fraction de seconde. Les jours défilent et on oublie. On oublie de vivre, d'être reconnaissant, de profiter de chaque seconde.

— J'y crois, murmure-t-elle.

— Moi aussi, avoué-je.

Rien n'est impossible. Nous avons soulevé des montagnes par le passé, et nous avons survécu à tout ce qui a été mis en travers de notre route. On gagnera cette bataille, d'une manière ou d'une autre.

Le passé n'est plus et le futur n'est pas encore là, c'est ici et maintenant qu'il faut vivre. Alors on prend chaque jour l'un après l'autre, et quoi qu'il arrive, on sera ensemble pour tout affronter.

* *
*

ACE

— On n'arrivera jamais à les coucher, s'amuse Aly.

Madison, Sophia et Ayden courent après Sanka depuis dix bonnes minutes et ils ne semblent pas épuisés.

— C'est pas grave, dis-je en haussant les épaules. C'est un jour particulier.

— De quoi es-tu reconnaissant ? me questionne Aly en glissant ses bras dans mon dos, son visage relevé vers moi.

— Tu me le demandes vraiment ? murmuré-je en poussant ses cheveux pour dégager ses épaules.

Elle acquiesce en souriant.

— Je suis reconnaissant d'être aussi beau et musclé à mon âge.

— Scott, râle-t-elle.

Je m'esclaffe et dépose un baiser sur son nez.

— Je suis reconnaissant de t'avoir rencontrée. Tu m'as offert tout ce que j'ai toujours espéré, et bien plus. Je n'ai jamais été aussi heureux que ces dernières années.

— Je croyais que tu serais reconnaissant pour mon super ragout.

J'éclate de rire et pose mon front contre le sien.

— Aussi.

— J'ai hâte qu'on agrandisse notre famille.

— Il va nous falloir plus de chiens pour occuper nos enfants.

Aly caresse mon visage.

— Je suis reconnaissante d'avoir croisé la route d'un homme aussi extraordinaire qui nous a ouvert les portes de sa maison, de son cœur et de son avenir.

Je capture ses lèvres, plus heureux que jamais. Agrandir notre famille serait un beau cadeau, mais je peux déclarer sans peine que j'ai déjà tout ce dont j'ai toujours rêvé.

* *
*

GHOST

Mes yeux ne quittent pas le visage de Hope alors qu'elle gazouille dans mes bras.

— Elle a tout pris de Mia, heureusement, s'amuse Hurricane.

Elle a mes yeux, mais pour le reste, c'est le portrait de ma femme.

— C'est pas moi qui vais te contredire.

Il se penche pour faire une grimace à ma fille.

— C'est fou ce qu'on peut devenir con devant un bébé.

— N'est-ce pas, se moque One Shot alors qu'Ava lui pince la taille.

— Arrête de jouer les machos, on a le droit de fondre devant ce petit ange.

— Où sont les autres ? demandé-je en cherchant les membres de leur équipe.

— Ils arrivent.

— Il y a du monde, commente One Shot.

Je hausse les épaules.

— Mia avait envie de réunir tous nos proches pour l'occasion.

— C'est sympa, dit Ava en souriant.

— Je suis surpris qu'elle n'ait pas invité Bill.

— Elle l'a fait, dis-je amusé, mais il avait déjà quelque chose de prévu.

— Et l'équipe de Storm ?

— En mission, dis-je en grimaçant.

— Pas de bol, répond le tireur d'élite.

— Asher ! s'écrie Mia.

— Femme, calme tes ardeurs, râlé-je.

Elle rit et tape mon épaule avant de saluer nos invités.

— Je suis contente que vous soyez là. Ava, tu as loupé la choré du siècle.

— Je dirais que tu as eu de la chance, dis-je en me penchant légèrement vers elle.

— Et toi, tu as de la chance d'avoir notre fille dans les bras.

Je m'esclaffe et lui vole un baiser. C'est le moment que choisit Hope pour se mettre à pleurer.

— C'est l'heure du repas, s'exclame Mia en la récupérant.

— Je peux t'accompagner ? demande Ava.

— Bien sûr.

— Servez-vous à boire, les gars, dis-je en désignant le bar.

Hurricane acquiesce alors que One Shot le bouscule pour lui passer devant.

Je m'esclaffe et appuie mes avant-bras sur la rambarde de la terrasse pour observer tous nos proches qui ont répondu présents pour cette journée. Mon cœur se gonfle de gratitude et de bonheur. Qui aurait pu penser, il y a quelques années, que nous six allions nous mettre en couple, nous marier ou avoir des enfants. Notre vie se résumait surtout à nos missions.

Je croyais que c'était suffisant. C'était une vocation, une évidence, et puis les choses ont changé. On aime toujours autant notre métier, mais de nouvelles priorités ont remplacé les anciennes.

Les gars me rejoignent les uns après les autres en silence. Ace pose une main sur mon épaule, et la serre avec émotion.

Avant, il n'y avait que nous, des coéquipiers, des frères.

Maintenant, il y a nos amis, nos femmes et nos enfants.

Notre chemin a été parsemé de larmes, de rires, d'épreuves, de célébrations, d'erreurs… et de bonheur.

Finalement, ce nous, ce n'est plus seulement cette équipe, ces amis, ces frères.

C'est ce pour quoi on se bat.

Notre famille.

* FIN *

C'était le dernier tome, merci pour votre fidélité
et votre amour pour mes soldats et leurs femmes incroyables.

On se retrouve bientôt avec l'équipe de Hurricane.

* Psst : tourne la page.

PS : *Je sais que tu es curieuse, alors je vais te confier un secret. Mon plat préféré, c'est le Meatloaf avec de la purée et une sauce gravy. Ce n'est pas le plat le plus extraordinaire, le plus impressionnant, ni le plus cher, mais pour moi, il vaut tous les plats gastronomiques.*

Il me rappelle les dimanches où ma mère parvenait à acheter de la viande. Elle me préparait un repas familial pour compenser notre quotidien médiocre. Elle y mettait tout son cœur, et j'adorais la regarder chantonner et sourire tandis qu'elle cuisinait.

C'était un moment de bonheur, hors du temps. Loin des tracas qui la brisaient un peu plus chaque jour. Il n'y avait qu'elle et moi, et pendant ces quelques heures, nous nous sentions comme une famille américaine classique.

Depuis, ce plat, pourtant simple, me rappelle d'où je viens, à quel point ma mère s'est battue pour moi. À quel point les femmes sont incroyablement résilientes et courageuses. Et à quel point, nous avons fait du chemin.

Le pain de viande a toujours un goût particulier parce qu'il fait partie de qui je suis.

Sniper

SAGA

SOLDATS D'ÉLITE

Tome 1 : Ghost

Tome 2 : Ace

Tome 3 : Hunter

Tome 4 : Blue

Tome 5 : Blade

Tome 6 : Sniper

LECTRICES VIP

Tu veux avoir accès aux précommandes avant tout le monde, à des anecdotes inédites, des scènes coupées, des infos exclusives ou en avant-première, des confidences d'autrice, alors rejoins (gratuitement) le groupe **des lectrices VIP :**

www.audreymartinez.fr/newsletter/

Un mail envoyé chaque semaine dans lequel je te parle de mes coulisses et de mon actualité, à cœur ouvert, avec plein d'infos croustillantes sur la création des Soldats d'Élite, mais pas que... Crois-moi, ces mails, ce ne sont pas des mails habituels, c'est un lien entre toi et moi. Sans filtre, sans tabou, en toute sincérité. À l'image de la vraie vie. Parce que ce qui compte pour moi, c'est de partager.

Une fois que tu auras cliqué,
tu n'auras plus envie de partir.

*

Tu peux aussi me retrouver sur **Instagram** @audrey.martinez.auteur:
https://www.instagram.com/audrey.martinez.auteur

Et tu peux me contacter par **mail** pour discuter:
audrey.martinez.auteur@gmail.com

REMERCIEMENTS

Que dire… Les mots me manquent tant l'émotion est puissante.

Quatre ans que je travaille sur cette série. Que je vis et respire Soldats d'Élite. Cette unité, cette série qui est devenue bien plus que des romans. Ils font partie de moi. Des amis, une famille.

J'ai adoré passer ces nombreuses heures à leurs côtés, et c'est le cœur serré et douloureux que je dois leur dire au revoir.

J'ai écrit des romans qui m'ont touchée, mais cette série restera à jamais exceptionnelle. Elle a marqué un tournant dans ma carrière, dans mon écriture, dans mon cœur. J'ai évolué en tant qu'autrice à leurs côtés, et en tant que femme.

J'ai aimé partager toutes leurs aventures. J'ai aimé faire partie de leur existence. J'ai aimé lutter à leurs côtés. Vibrer. Aimer. Pleurer. Espérer.

C'est les larmes aux yeux que je dois tourner cette page, avec une gratitude infinie pour eux, pour ce qu'ils m'ont apporté, mais aussi pour toi, lectrice.

Pour ton engouement, ton soutien, tes retours mémorables, ton amour pour cette série. Pour une autrice, il n'y a pas plus belle récompense que de voir ses lectrices aussi investies et amoureuses.

Ce chapitre se termine, mais l'histoire se poursuit avec d'autres aventures, d'autres unités. Et puis, tu te doutes bien que je ne vais pas complètement abandonner Ghost et ses coéquipiers. Pour notre plus grand bonheur, ils feront quelques apparitions dans la série Hurricane.

Merci infiniment, du plus profond de mon cœur. Grâce à toi, je vis mon rêve d'écriture depuis 8 ans. 16 romans. 8 ans de passion. Et j'espère t'avoir à mes côtés pour les 8 prochaines années.

N'oublie pas de laisser un petit commentaire sur Amazon ou sur les réseaux sociaux. C'est ce qui me permet de faire découvrir mes romans et de vivre de ma plume.

Juste quelques secondes, mais qui ont un grand impact pour moi.

Merci ❤

MES ROMANS

Découvre mes romans sur Amazon, et sur mon site internet pour une version dédicacée avec marque-page.

BIOGRAPHIE

Audrey MARTINEZ met de l'émotion au cœur de toutes ses histoires. Elle aborde des thèmes forts et s'attache à les partager dans des récits émouvants et réalistes.

Adolescence, vie de famille, deuil, amour, maladie, ses personnages nous font vibrer et nous embarquent dans des romances à suspense et des romans "tranche de vie" inoubliables.

***

Imprimé par Amazon KDP

Dépôt légal : septembre 2025

Printed by Amazon Italia Logistica S.r.l.
Torrazza Piemonte (TO), Italy

74565323R00278